Vladimir Sorokin · Marinas dreißigste Liebe

VLADIMIR SOROKIN

Marinas dreißigste Liebe

ROMAN

AUS DEM RUSSISCHEN
VON
THOMAS WIEDLING

HAFFMANS VERLAG

Titel des russischen Originalmanuskripts
»Tridcataja ljubov' Mariny«,
geschrieben in Moskau 1984
Anmerkungen des Übersetzers
am Schluß des Bandes

Umschlag unter Verwendung
des Gemäldes von Erik Bulatov
»Roter Horizont«, 1971–72«, 150×180 cm,
Collection I. Schelkowskij, Paris.
Abdruck mit freundlicher Genehmigung
des Parkett Verlags, Zürich,
und Claudia Jolles.

1.–10. Tausend, Herbst 1991

Satz: LibroSatz, Kriftel
Herstellung: Offizin Andersen Nexö, Leipzig
ISBN 3 251 00 187 6

». . . denn die Liebe, mein Freund, wie der Heilige Geist, lebt und atmet, wo sie will.«

MICHEL DE MONTAIGNE im Gespräch

Kratzend fuhr ein langer perlmuttfarbener Fingernagel über den alten Verputz. Marinas Finger drückte den schwarzen Klingelknopf zum dritten Mal tief hinein.

Hinter der hohen, reich beschlagenen Tür waren endlich hastige, schlurfende Schritte zu hören.

Marina seufzte, schob den Ärmel des Regenmantels zurück und schaute auf die Uhr. Die goldenen Zeiger trafen sich auf der Zwölf.

An der Tür schnarrten lang und kaum hörbar die Schlösser, sie wurde gerade so weit geöffnet, um Marina durchschlüpfen zu lassen.

– Entschuldige, Kätzchen. Bitte.

Marina trat ein, die Tür schlug dumpf zu und gab den Blick frei auf die massive Gestalt von Valentin. Er lächelte betont schuldbewußt, drehte den silbrigen Knopf des Schlosses um und zog Marina mit seinen riesigen weißen Armen an sich:

– Mille pardons, ma chérie . . .

Urteilte man danach, wie lange er nicht aufgemacht hatte, und nach dem Hauch von Klogeruch, der sich in den Falten seines kirschroten Samtmorgenrocks hielt, so hatte ihn Marinas Klingeln auf der Toilette überrascht.

Sie küßten sich.

– Haben Sie sich Erleichterung verschafft, – lächelte Marina, schob sich weg von seinem breiten markanten Gesicht und fuhr vorsichtig mit dem Fingernagel über die kleine Schramme an seinem sorgsam rasierten Kinn.

– Du bist einfach die illegitime Tochter Pinkertons, – lächelte er breit und nahm ihr Gesicht behutsam und gebieterisch zwischen seine weichen warmen Handflächen.
– Wie bist du hergekommen? Wie ist das Wetter? Wie ist die Luft?

Marina lächelte, sah ihn an und schwieg.

Hergekommen war sie schnell – in einem der mittags nie zur Eile neigenden Taxis, in denen es stark nach Benzin und Fahrer roch, draußen war Märzwetter, die Luft jedoch in dieser großen staubigen Wohnung atmete sich immer schwer.

– Du siehst mich an mit den Augen eines Malers, der ein Portrait beginnt, – sagte Valentin und drückte ihre Wangen zärtlich zwischen seinen riesigen Handflächen, – Kätzchen, es ist zu spät für dich, den Beruf zu wechseln. Deine Pflicht ist es, Talente zu fördern und das allgemeine musikalische Niveau der Werktätigen einer ruhmreichen Fabrik zu heben, und nicht, die Spuren des Verfalls in der Physiognomie eines alternden Adelssprößlings zu studieren.

Er kam näher, verdeckte mit dem Gesicht das falsche Empire-Interieur der Diele und küßte sie erneut.

Er hatte weiche sinnliche Lippen, die zusammen mit den außergewöhnlich geschickten Händen und dem phänomenalen Penis eine tödliche Trias bildeten, deren Fundament ein weißer, nicht alternder Körper war, massiv und ruhevoll, wie ein Block carrarischen Marmors.

– Ob du wohl manchmal traurig bist? – fragte Marina, während sie ihre Tasche auf das Telefontischchen legte und ihren Regenmantel aufknöpfte.

– Nur wenn Šafran mir eine gemeinsame Tournee vorschlägt.

– So wenig magst du ihn?

– Im Gegenteil. Ich bedaure, daß die mir angeborene Egozentrik mir nicht erlaubt, in einem Ensemble zu arbeiten.

Kaum war Marina mit den Knöpfen und dem Gürtel fertig, als die gebieterischen Hände ihr sanft den Mantel von den Schultern nahmen.

– Aber du bist doch mit Rostropo aufgetreten.

– Aufgetreten nicht, ich habe geprobt. Gearbeitet.

– Mir hat man gesagt – du bist aufgetreten . . .

Er lachte laut auf, während er den Mantel an den massiven, altarähnlichen Kleiderständer hängte:

– Märchen der philharmonischen Elite. Wenn ich damals zugesagt hätte aufzutreten, dann hätte ich heute einen etwas anderen Gesichtsausdruck.

– Was denn für einen? – grinste Marina, während sie in den altersblinden Spiegel blickte.

– Weniger Längs- und mehr Querfalten. Hätte ich meine Egozentrik besiegt, würde ich weit weniger aussehen wie ein vor Angst entkräfteter Senator zu Zeiten Caligulas. Vorherrschen würden in meinem Gesicht Züge sokratischer Ruhe und platonischer Weisheit.

Marina streifte ihre Stiefeletten ab und richtete vor dem Spiegel ihr auf die Schultern fallendes Haar.

– Mein Gott, so viele Worte . . .

Valentin umarmte sie von hinten und bedeckte vorsichtig die sich unter dem Pullover wohlgeformt abzeichnenden Brüste mit seinen schaufelartigen Handtellern:

– Hast ja recht, hast ja recht. Silentium. Hast nicht du, Apsara, diese Perle dem schon gebrechlichen Tjutčev zugeflüstert?

– Was ist das? – runzelte Marina lächelnd die Stirn.

– Der Gedanke, ausgesprochen, lügt.

– Kann sein, – seufzte sie und hatte ihre winzig erscheinenden Hände auf die seinen gelegt. – Hör mal, wie groß bist du eigentlich?

– Wieso? – wandte er seinen Blick in den Spiegel.

Er war um drei Kopf größer als sie.

– Nur so.

– Ein Rubel dreiundneunzig, mein Schatz, – Valentin küßte sie auf den Hals, und sie sah sein sich lichtendes Haar.

Marina drehte sich um und streckte ihre Hände nach ihm aus.

Sie küßten sich.

Valentin zog sie an sich, umarmte sie und hob sie hoch wie eine Flaumfeder:

– Soll ich dir etwas zu essen machen, Kätzchen?

– Nachher . . . – murmelte sie und fühlte die berauschende Macht seiner Arme.

Er hob sie auf die Arme und trug sie durch den langen Korridor ins Schlafzimmer.

Den Arm um seinen Hals gelegt, sah Marina nach oben. Über ihrem Kopf schwamm, so daß es sie beinahe gestreift hätte, ein ungeheures Hybrid aus gedunkelter Bronze und Kristall, es folgte ein weißer Deckenraum, dann schlugen Bambusvorhänge aneinander, die ein Halbdunkel verbargen.

Valentin ließ Marina behutsam auf das in aller Eile gemachte Doppelbett nieder.

– Kätzchen . . .

Die schweren grünen Vorhänge waren heruntergelassen, durch einen dünnen Spalt drang das blasse Märzlicht ins Schlafzimmer.

Während sie auf dem Rücken lag und den Reißverschluß ihrer Hosen aufmachte, betrachtete Marina ein zweites kupfern kristallenes Geschöpf, das drohend über dem Bett hing. Es war kleiner, aber klauenartiger als das erste.

Valentin setzte sich neben sie und half ihr, die Hosen auszuziehen:

– Du Echse des adriatischen Meers. Bist nicht du zu Stein erstarrt damals, unter dem schizoiden Blick der Gorgone?

Marina lächelte schweigend. Im Schlafzimmer war sie unfähig zu scherzen.

Im Nu streiften ihr die riesigen Hände Pullover und Strumpfhosen samt Slip ab.

Valentin stand auf. Sein Morgenrock schlug auseinander, verdeckte das halbe Zimmer und sank geräuschlos auf den dicken Perserteppich.

– Kätzchen ...

Das Bett quietschte vernehmlich, die weißen Arme umschlangen den dunkelhäutigen Körper Marinas.

Valentin hatte eine breite, unbehaarte Brust mit großen, beinahe weiblichen Brustwarzen und ein kopekengroßes Muttermal am kaum hervortretenden linken Schlüsselbein.

– Kätzchen ...

Seine Lippen schoben gierig die Haare beiseite und nahmen Marinas Ohrläppchen in sich auf, die mächtige Bildhauerhand fuhr über die Brüste, den Bauch, bedeckte die Scham. Ihre Knie zitterten und öffneten sich, um diese große, Kraft und Wonne ausstrahlende Hand durchzulassen.

Einen Augenblick später lag Valentin schon auf dem Rücken, und Marina, auf allen vieren, setzte sich langsam auf sein Glied, das hart und dick war wie eine Opferkerze für dreineunzig.

– Schaukelnde Venus ... Schatz ... du warst es, die den Heiligen Antonius in Versuchung geführt hat ...

Er scherzte, bemühte sich zu lächeln, doch sein markantes Gesicht verlor in diesem Moment bestürzend an Markantheit.

Marina sah es sich begierig an.

Das schattige Halbdunkel des Schlafzimmers, es verschwamm, rundete sich, kroch über das frische arabische Laken.

Als Marina sich auf ihn senkte und ihre Schambeine sich trafen, trat in Valentins Gesicht der Ausdruck völliger

Hilflosigkeit, die sinnlichen Lippen schwollen an, die Augen rundeten sich, die bläulich schimmernden Wangen wurden rot, und auf Marina blickte zutraulich ein dicker Junge, eben jener, der in dem gesprungenen Holzrähmchen im Wohnzimmer über dem riesigen Konzertflügel hing.

Marina hielt einen Moment inne, dann begann sie sich zu bewegen, wobei sie die Hände auf ihre dunkelhäutigen Schenkel stützte.

Valentin lag stumm da, sein Blick schweifte wie von Sinnen über sie hin, seine Arme, entlang des Körpers ausgestreckt, bewegten sich kraftlos.

Direkt über dem Bett, auf dem grün-goldenen Hintergrund der alten Tapete, deren bukolische Muster noch ein verschwommen erotischer Unterton durchwob, hing in einem dunkelgrauen Rahmen eine weibliche Aktstudie des späten Falk.

Die Frau ohne Gesicht, vor graublauem Hintergrund meisterlich gezeichnet, saß auf irgend etwas Matt-Braunem, Weichem und richtete mit fingerlosen Händen ihr dichtes Haar.

Während ihrer rhythmischen Bewegungen wandte Marina den Blick von der fließenden Gestalt auf den ausgestreckten Körper Valentins und überzeugte sich zum hundertsten Male von der erstaunlichen Übereinstimmung der Körperlinien.

Beide wirkten sie hilflos – die Frau vor dem Pinsel des Meisters, der Mann vor dem dunkelhäutigen, agilen Körper, der sich so leicht und elegant auf ihm im Halbdunkel des geschmacklosen Schlafzimmers hin und her wiegte.

Marina umarmte ihn stürmisch, preßte ihre Lippen an seine braune Brustwarze und bewegte sich heftiger.

Valentin stöhnte auf, nahm ihren Kopf zwischen die Hände.

– Mein Schatz . . . Süße . . . mein Mädchen . . .

Sein Gesicht war ganz rund, die Augen halb geschlossen, er atmete schwer.

Marina gefiel es, seine Brustwarzen zu küssen und zu beißen und dabei zu spüren, wie dieser hilflose rosa Klumpen unter ihr erbebte.

Die weichen runden Brüste Marinas berührten seinen Bauch, sie spürte, um wieviel kühler sie waren als Valentins Körper.

Plötzlich kam Leben in seine Arme, sie schlossen sich hinter ihrem Rücken.

Er stöhnte auf bei dem ungeschickten Versuch, ihr bei den Bewegungen zu helfen, doch keine Kraft, so schien es, hätte diesen Koloß vom Bett lösen können.

Marina verstand seinen Wunsch und bewegte sich schneller.

Die Uhr im Wohnzimmer schlug klar und hell halb eins.

In Valentins schweres Atmen trat ein deutlich hörbares Zittern, er stöhnte, während er Marina unter Stammeln an sich drückte.

In seinen herkulesartigen Umarmungen fiel es ihr schwerer, sich zu bewegen, die Brüste wurden an seinen Körper gedrückt, die Lippen bedeckten die glatte Haut mit heftigen Küssen, die kastanienbraunen, gelockten Haare zitterten leicht auf ihren dunkelhäutigen Schultern.

Er preßte sie stärker an sich.

Sie konnte kaum noch atmen.

– Liebster . . . erdrück mich nicht . . . – flüsterte sie an die runde, von kaum sichtbaren Härchen bewachsene Brustwarze.

Er löste den Griff, doch konnten die Arme auf dem Laken nicht mehr still liegen – sie berührten in konvulsivischen Bewegungen die zwei verschlungenen Körper, streichelten Marinas Haar, streiften ihre Knie.

Sein Atmen wurde unregelmäßig, heiser, von jeder Bewegung Marinas erschauerte er am ganzen Körper.

Das Zittern bemächtigte sich seiner bald ganz. Marina beobachtete aufmerksam sein Gesicht.

Plötzlich wurde es weiß wie das Laken. Schnell hob sich Marina und löste sich, wobei ihre Scheide ein kurzes und sattes Schmatzen von sich gab. Sie sprang von Valentin herunter, beugte sich vornüber, drückte mit der Hand sein mächtiges Glied und umfing mit den Lippen die bordeauxrote Eichel.

– Aaaaa . . . – der für einen Moment vor Erregung erstarrte Valentin stöhnte auf, seine wie Säulen daliegenden Beine beugten sich qualvoll in den Knien.

Marina konnte gerade noch mit der freien Hand eines der Straußeneier des riesigen, violett angelaufenen und sich zusammenziehenden Hodensacks drücken, als das warme dickflüssige Sperma ihr in den Mund schoß.

Während sie das Glied in rhythmischen Bewegungen zusammendrückte, sog sich Marina mit den Lippen an der Eichel fest und schluckte die herausstoßende köstliche Flüssigkeit.

Der totenblasse Valentin wand sich schlaff auf dem Laken und schnappte lautlos mit dem Mund wie ein ans Ufer geworfenes Meerestier.

– Aaaaa . . . du bist mein Tod . . . Marinočka . . . kleine Odaliske . . . fester . . . fester . . .

Sie preßte den angeschwollenen heißen Stab, spürte, wie er pulsierte und portionsweise die sakrale Mahlzeit ausstieß.

– Oooooj . . . das ist der Tod . . . mein Untergang . . . Schatz . . . Kätzchen . . .

Kurz danach stützte er sich auf die Ellbogen, und Marina streckte sich wohlig auf dem kühlen Laken aus, nachdem sie die letzten trüb-weißen Tropfen von der bordeauxroten Zitrone geleckt hatte.

– Das haut einen um . . . Schatz . . . – murmelte Valentin vor sich hin, während er den auf seinem Bauch liegenden und bis zum Nabel reichenden Penis betrachtete.
– Zufrieden . . . – fragte Marina bestätigend und küßte ihn auf die ergraute Schläfe.
– Du bist eine professionelle Hetäre, ich hab es ja immer gesagt, – hauchte er müde, lehnte sich zurück und legte seinen schwergewordenen Arm auf sie, – Beati possidentes.

Sein Gesicht war rosa, die Lippen wieder hochmütig-sinnlich.

Marina schmiegte sich an seine gleichmäßig atmende Brust und beobachtete, wie auf dem marmornen Bauch die dunkelrote Blüte welkte.
– Das Schwert des Roland, grinste Valentin, als er merkte, wohin sie sah, – und du bist seine treue Scheide.

Marina streichelte gedankenverloren seine Hand:
– Nicht nur ich. Er hatte wahrscheinlich Hunderte.
– Il est possible. On ne peut pas se passer de cela.
– Wie riesig er ist . . .
– Je remercie Dieu.
– Hast du ihn mal gemessen, wenn er steif ist?
– Il y a longtemps. Aux temps de ma jeunesse folle . . .
– Komm, sprich russisch!
– Achtundzwanzig Zentimeter.
– Sagenhaft . . .

Marina streifte mit dem kleinen Finger einen klebrigen durchsichtigen Tropfen von der feuchten glänzenden Spitze.

Irgendwo tief im Innern Valentins erklang für einen Moment der gedämpfte Ton einer Oboe. Valentin zog die Beine an und ließ laut einen fahren:
– Pardon . . .
– Flegel . . . – lachte Marina leise und strich sich eine Haarsträhne aus dem Gesicht.

– L’homme est faible . . .
– Ich verstehe nicht, für wen du das sagst?
– Für die Historie.

Marina erhob sich mit einem Seufzer und streckte sich:
– Mach mir was zu essen . . .
– Warte eine Minute. Bleib liegen.

Er tätschelte ihr den Rücken.

Marina legte sich wieder hin.

Valentin streichelte ihr Haar, küßte sie auf die dunkelhäutige Schulter mit der kleinen vertieften Impfnarbe:
– Müde, mein Engel?
– Von deinem dummen Französisch.
– Dumm – du meinst schlecht?
– Es geht darum, daß ich überhaupt keines kann – weder gutes noch schlechtes. Das weißt du ganz genau. Was soll dieser Snobismus . . .

Er lachte ein wenig und lehnte sich, auf den Ellbogen gestützt, über sie:
– Schließlich bin ich ja auch ein alter, übriggebliebener Snob. Auch du weißt das ganz genau!

Marina berührte wieder die kleine Schramme an seinem Kinn:
– Unverbesserlicher Mensch.
– In der Tat.

Er streichelte ihr Haar.

Einige Minuten lagen sie schweigend.

Dann setzte Valentin sich auf und tastete mit der Hand nach den Zigaretten auf dem niedrigen indischen Nachtkästchen:
– Kätzchen, du hattest wirklich noch nie mit einem Mann einen Orgasmus?
– Noch nie.

Er schüttelte den Kopf, während er eine Zigarette in eine Elfenbeinspitze schraubte.

– Und was ist mit mir, – sagte Marina leise und klimperte irgend etwas mit den Fingern auf seiner Schulter.

– Pardon, Liebste. Die Angewohnheiten eines Junggesellen sind einfach unausrottbar . . . bitte . . .

Die Zigaretten schoben sich kerzengerade aus der Pakkung, die sich zwischen seinen Fingern knisternd beklagte. Marina zog eine heraus.

Das Gasfeuerzeug schnippte und ließ eine übermäßig lange blaue Flamme hochzüngeln.

Sie rauchten.

Marina stand auf und zog gierig an ihrer Zigarette, während sie über den Teppich wanderte und erneut das Gemälde betrachtete. Die verschwommene Frau richtete immer noch ihr Haar.

Valentin nahm im Sitzen seinen Schlafrock vom Boden hoch, warf ihn sich über und erhob sich mit Mühe vom Bett.

– Gemütliches Eckchen, – zog Marina fröstelnd die Schultern zusammen.

– Nett, nicht wahr? – murmelte Valentin, hielt die Zigarettenspitze mit den Zähnen und band sich den seidenen Quastengürtel um.

– Ja . . .

Sie bückte sich und sammelte ihre verstreute Wäsche auf.

Valentin streifte sie leicht an der Schulter und entschwand paffend aus dem Schlafzimmer:

– Komm, essen.

Marina streifte ein zylindrisches Stück Asche in einer perlmuttüberzogenen Muschel ab, zog den Pullover über und schlüpfte in den Slip, wobei sie seitlich in einen hohen Standspiegel blickte.

Sie hörte Valentin in der geräumigen Küche die Arie der Dalila singen.

Marina zog ihr Haar aus dem weit ausgeschnittenen Kragen des Pullovers und lief barfuß in die Küche.

Im Flur spielte sie mit ihrer etwas verdreckten Stiefelette Fußball:

– Hey-ho!

Valentin, der in den Tiefen eines doppelstöckigen »Rosenlefs« kramte, schaute sich um:

– Zauberhaft ... weißt du was ... – er hatte für einen Moment die Zigarettenspitze herausgenommen und begann gleich draufloszureden, wobei er mit der anderen Hand einen Haufen Lebensmittel an seiner Samtbrust festhielt, – du siehst gerade aus wie eine Römerin zur Zeit des Niedergangs des Imperiums. Man hat ihre Familie umgebracht, das Haus ist zerstört. Sie hat eine Woche bei einem behaarten Barbaren gelebt. Er hat ihr auch seinen Wams aus Ziegenfell geschenkt. Und so läuft sie nun über das rissige Pflaster der Ewigen Stadt. Na, wie klingt das?

– Perfekt. Es ist an der Zeit, daß aus dir ein Tacitus wird.

– Ach was. Nicht Tacitus. Lieber Suetonius, man möge es mich lehren ...

Er ging in kleinen Schrittchen zu dem breiten Tisch und beugte sich tief vornüber. Die Lebensmittel purzelten dumpf auf den Tisch. Die Zigarettenspitze aus Elfenbein klapperte wieder zwischen den Zähnen:

– ßuetoniuß ist genauer als alle anderen. Keiner kennt das Leben am Hof beßßer als der ßekretär. Oder der Koch. ßetz dich.

Marina ließ sich auf einen knarrenden Stuhl nieder, Wiener Möbel, packte ein gelbes Käsedreieck aus und machte sich daran, es mit einem schweren Pavlover Messer aufzuschneiden.

Valentin hatte zu Ende geraucht, warf die Zigarette in die Muschel, blies pfeifend die Zigarettenspitze durch und steckte sie in die Tasche seines Schlafrocks:

– Man müßte ihn gaufrieren, richtig schön ...

– Du wirst schon nicht krepieren. Schnibble lieber was von der Wurst runter.
– Aber chérie, was ist das für eine Ausdrucksweise . . .
– Was für ein prima Messer.
– Und ob. Von meinem erschossenen Großvater.
– Wie, sie haben ihn erschossen?
– Ja, sechsundzwanzig.
– Armer Kerl.

Marina verteilte die Käsescheibchen auf dem Teller.

Valentin riß die Haut von der Wurst und schnitt sie geschickt in dünne Scheiben.

– Der Koch vom »Metropol« würde dich beneiden, – grinste Marina und öffnete ein Döschen Kaviar, – das Junggesellenleben lehrt jedenfalls eine Menge.
– Zweifellos, – längliche Ovale lagen auf dem Brettchen.
– Sag mal, warum kocht dir eigentlich deine Haushaltshilfe nichts?
– Was heißt, kocht nichts? Sie kocht.
– Und heute?
– Sie muß doch nicht jeden Tag hier rumschwirren.
– Wann kommt sie denn?
– Abends.
– Du hast sie natürlich schon, oder?
– Da war mal was, Kätzchen, war . . .
– Und?
– Uninteressant. Ein sowjetisches Individuum voller Komplexe.
– Frigide?
– Ach nein, das war es nicht. Gequiekt hat sie vor Vergnügen. Gezappelt hat sie wie wild unter mir. Ich meine etwas anderes.
– Primitiv?
– Absolut. Was Fellatio heißt, hat sie erst von mir gelernt. Achtundvierzig ist die Tante.

– Du hättest ihr doch Bildung angedeihen lassen können.
– Häschen, ich tauge nicht zum Erzieher. In keiner Beziehung.
– Ich weiß . . .

Marina half ihm, die Wurst auf dem Teller zu verteilen.

Valentin machte eine Herdflamme an und stellte scheppernd einen hohen Topf darauf:
– Boršč macht sie allerdings genial. Deshalb behalte ich sie auch.
– Und ihr hat es mit dir tatsächlich gefallen?
– Mit mir? Katerchen, eine pathologische Männerphobie hast nur du. Übrigens gefällst du mir gerade deshalb.
– Welche, sag mir bitte, gefällt dir nicht? Du treibst es doch mit jeder.
– Stimmt. Ich, Liebste, bin wie Väterchen Karamazov. Eine Frau ist der Leidenschaft bereits wert, weil sie – eine Frau ist.
– Für wie viele es dir wohl noch reicht . . .
– Wir werden uns Mühe geben.
– Kann ich mir denken . . .
– Hör mal, chérie, in dir stecken heute irgendwelche Bazillen von Aggressivität. Was ist das – der Einfluß deiner exaltierten Geliebten?
– Wen meinst du?
– Na, diese . . . Arbeiterin mit Pinsel und Palette . . . deine Künstlerin . . .
– Wir haben uns längst getrennt, – nuschelte Marina, ein Stück Wurst kauend.
– Sieh an. Und wen hast du jetzt?
– Was geht dich das an . . .
– Aber, Kätzchen, beruhige dich.
– Ich bin ruhig . . .

Valentin öffnete erneut den Eisschrank, holte eine angebrochene Flasche Sekt heraus und nahm Glaskelche vom Regal:

– Auf den nicht vorhandenen Ai.
– Hundert Jahre hab ich keinen Sekt mehr getrunken.
– Na also. Trink und reg dich ab.

Der Sekt schäumte schwach beim Eingießen.

Marina nahm ihr Glas und betrachtete die vom Boden aufsteigenden Bläschen:
– Valečka, ich habe mich verliebt. Unsterblich verliebt.
– Das ist wunderbar, – sagte Valentin ernst und nippte am Sekt.
– Ja. Es ist traumhaft.

Marina trank aus und schmierte ein Brot.
– Wer ist sie?
– Ein Mädchen.
– Jünger als du?
– Fünf Jahre.
– Bezaubernd, – er stellte den leeren Kelch elegant zurück, hob den Deckel von dem Kristalldöschen mit schwarzem Preßkaviar und holte mit einem breiten Messer ein Drittel davon heraus.
– Ja. Unglaublich, – hauchte Marina und fuhr mit dem Fingernagel übers Tischtuch.

Valentin strich eine dicke Schicht Kaviar aufs Brot:
– Ein guter Mensch?
– Reizend.
– Charakter?
– Impulsiv.
– Sanguinikerin?
– Ja.
– Mag sie Meditation?
– Ja.
– Sinnlich?
– Sehr.
– Verletzlich?
– Wie ein kleines Kind.

– Treibt sie es heiß?
– Sehr.
– Wie steht sie zu meinen Geschlechtsgenossen?
– Sie haßt sie.
– Halt mal, das ist ja eine Kopie von dir!
– So ist es. In ihr konnte ich mich zum ersten Mal von der Seite sehen.

Valentin nickte, biß die Hälfte von seinem Brot ab und schenkte nach.

Marina leckte geistesabwesend den Kaviar vom Brot und hatte den Blick auf die goldglänzenden Bläschen gerichtet.
– Ich beneide dich, Kindchen, – murmelte er kauend und hob den Kelch, – auf deine Gesundheit.

Der Sekt machte sich bei Marina bereits mit Wärme und Trägheit bemerkbar.

Sie trank einen Schluck, hob den Kelch vor die Augen und betrachtete durch die goldglänzenden Schattierungen hindurch den ungestört trinkenden Valentin.
– Mein Leben lang habe ich davon geträumt, jemanden zu lieben, – murmelte er und spülte die eben verschlungene Schnitte hinunter, – wahnsinnig zu lieben. Um sich zu quälen, zu schluchzen vor Leidenschaft, graue Haare zu bekommen vor Eifersucht.
– Und?
– Du siehst ja. Eines verstehe ich nicht: Entweder können wir unter unseren sowjetischen Bedingungen dieses Gefühl nicht entwickeln, oder ich bin dem richtigen Menschen einfach nicht begegnet.
– Vielleicht hast du dich einfach verzettelt und basta?
– Ich weiß nicht recht. Hier drin, – er setzte sanft die Fingerspitzen auf seine Brust, – etwas Verschlossenes ist da. Daran hat keiner jemals gerührt. Eine Tabuzone für Niedrigkeit und Laster. Eine einzige gewaltige Sprengladung. Nichts verteilt. Sie verausgabt sich sofort, wie ein Kugelblitz.

– Gebs Gott, daß du dieser Frau begegnest.
– Gebs der Zufall.
– Gebs Gott.
– Für dich – Gott, für mich – der Zufall.
– Deine Sache. Der Boršč kocht . . .
– Aaaa . . . ja, ja . . .

Er drehte sich um, wollte aufstehen, doch dann überlegte er es sich anders:

– Kätzchen, gib du aus. Du kannst das besser.

Marina schlurfte zum Herd, nahm zwei tiefe Teller vom Trockenständer und verteilte den dampfenden Boršč.

– Und verstehst du, worin das ganze Dilemma im Grunde besteht – ich kann nicht lieben, so sehr ich mir auch Mühe gebe. Und ich will wirklich.

– Du willst nicht, heißt das.

– Ich will, ganz bestimmt! Du sagst – Liebe sei vor allem Opfer, und dieser alte Snob sei zum Opfer nicht fähig. Er ist fähig! Alles bin ich bereit zu geben, alles werfe ich fort, verbrenne es, nur einen Menschen richtig lieben! Darum beneide ich dich so. Aus ganzem Herzen!

Marina stellte ihm einen vollen Teller hin.

Valentin nahm den Deckel von einem hohen weißen Glas und holte einen Löffel Smetana heraus:

– Aber du bist unser Sonntagskind.

– Stimmt. Es war ein Sonntag, – Marina trug vorsichtig ihren Teller her. – Ja, ja . . .

Sein Löffel verrührte die Smetana gleichmäßig im Boršč.

Marina setzte sich, bekreuzigte sich, brach ein Stück Brot und machte sich mit Heißhunger über den Boršč her.

– Nimm Smetana, Kätzchen, – raunte Valentin und blieb dann lange über seinen Teller gebeugt.

Schweigend verzehrten sie den Boršč.

Valentin schob träge den leeren Teller von sich weg und breitete die Arme aus:

– Mehr ist nicht da . . .

Sein quadratisches Gesicht war dunkelrosa, als sei ihm ein Teil des Boršč in die gepflegten Wangen gestiegen:

– Etwas anderes ist auch nicht mehr da . . . mhja . . .

– Ich glaube, es hat gereicht, – antwortete Marina und schob einen verkochten Dillstengel auf den Tellerrand.

– Es war köstlich, – nickte er und holte die Zigarettenspitze aus seinem Schlafrock.

– Für diesen Boršč kann man der Tante verzeihen, daß sie nicht weiß, was Fellatio ist . . .

– In der Tat . . .

Bald darauf gingen sie in das geräumige Wohnzimmer hinüber.

Marina hockte sich mit verschränkten Beinen in einen riesigen niedrigen Sessel, Valentin ließ sich schwer auf den Diwan sinken.

– Jetzt bist du eine Odaliskenfigur, – murmelte er, wobei er ein wenig Rauch zwischen den Lippen hervorblies, – Matisse hat so eine gemalt. Allerdings in einem gestreiften Shawl. Und oben nackt. Bei dir ist es genau umgekehrt.

Marina nickte und nahm einen Zug von ihrer Zigarette.

Sein Blick war auf sie geheftet, er fuhr mit der Zunge übers Zahnfleisch, wodurch die Lippen zu schimmernden Wülsten anschwollen:

– Trotzdem sonderbar . . .

– Was ist sonderbar?

– Die lesbische Leidenschaft. Verblüffend . . . irgend etwas vom Wahn des armen Narziß ist darin. Im Prinzip liebst du nicht den fremden Körper, sondern den eigenen im fremden . . .

– Das stimmt nicht.

– Wieso?

– Das verstehst du sowieso nicht. Eine Frau wird einer Frau nie überdrüssig wie dem Mann. Wir erwachen am

Morgen noch sinnlicher, als wir es am Abend waren. Deine Geschlechtsgenossen schauen uns morgens an wie eine überflüssige Schlafunterlage, obwohl sie abends vor Leidenschaft gestöhnt haben ...

Valentin schwieg, kaute nervös auf seiner Zigarettenspitze, dann streckte er sich träge und knackte laut mit den Fingern:

– Und wenn schon. Vielleicht ...

Asche fiel in eine Falte seines Schlafrocks.

Marina betrachtete den dicken Jungen in dem gesprungenen Rähmchen. Schüchtern lächelnd antwortete er ihr mit unschuldigem Blick. Eine riesige Schleife bildete einen hübschen Klecks unter dem rundlichen Kinn. In den Wangengrübchen saß die graue Vorkriegsluft.

– Valja, spiel mir etwas vor, – sagte Marina leise.

– Was? – sah er sie fragend und müde an.

– Na ... was übst du gerade?

– Cage. Den »Präparierten Flügel« werde ich spielen ...

– Red keinen Blödsinn.

– Spiel du lieber etwas vor.

– Ich bin berufsuntauglich.

– Dann spiel ohne Oktaven. Damit sich dein fünfter nicht so quälen muß.

– Ausgerechnet ich ... sinnlos ...

– Spiel, spiel. Ich habe Lust zuzuhören.

– Aber nur, wenn ich mit Noten ...

– Dort sind welche.

Marina drückte die Zigarette aus, rutschte vom Sessel und ging an den riesigen, die ganze Wand einnehmenden Schrank. Unten war er voll mit Noten.

– Wo steht bei dir Chopin?

– Dort links irgendwo ... Was brauchst du?

– Die Nocturnes.

– Genau. Spiel die Nocturnes. Da ist alles klar und deutlich.

– Also . . . wo jetzt . . .
– Tiefer, tiefer . . .
– Aha . . . hier . . .

Marina zerrte ein zerfleddertes gelbes Heft heraus und ging zum Flügel.

Valentin sprang auf, öffnete den Deckel und befestigte ihn mit der Stütze.

Marina ließ sich auf dem abgewetzten Plüschhocker nieder, klappte das Notenpult hoch, schlug die Noten auf und blätterte:

– Also . . .

Ihre nackte Fußsohle berührte das kalte Pedal, sie seufzte, lockerte die verspannten Schultern und senkte die linke Hand auf die Tasten. Der schwarze, nach Politur duftende »Blüthner« erklang weich und konzentriert. Das ungewohnt leichte Ansprechen der vergilbten Tasten ließ Marina die ersten zwei Takte der Einleitung abgehackt und laut spielen, so daß Valentin tief seufzen mußte.

Eine lebhafte und doch schwermütige Melodie entwikkelte sich in der Rechten, die Bässe traten gehorsam zurück, erklangen samtener.

Gestern hatte sie dieses Nocturne auf einem fürchterlichen Klavier im DK der Fabrik gespielt – einem armseligen gedrungenen Klotz mit dem Messingschildchen LYRA, mit unglaublich hartem Pedal und erbärmlich klirrenden Tasten.

Dieser bescheuerte scheppernde Chopin tönte ihr noch im Ohr, vermischte sich mit einem neuen – lebendig, kräftig, rein und klar.

Valentin lauschte und kaute auf dem Mundstück, seine Augen sahen aufmerksam durch den offenstehenden Flügel.

Die sich wiederholenden arpeggierten Bässe stiegen auf und verschmolzen mit dem nervös flatternden Thema, die

Oktaven kamen, und der gespreizte fünfte Finger machte dem vierten Platz.

Valentin nickte stumm.

Das crescendo steigerte sich zu einem stürmischen forte, Marinas Fingernägel klapperten ganz leicht auf den Tasten.

Valentin erhob sich und blätterte elegant die zerfledderte Seite um, wie das Flügelchen eines von Kinderhand mißhandelten Zitronenfalters.

Das Nocturne klang aus, Marina trat ganz sacht das linke Pedal, krümmte sich, stöhnte auf, verzog das Gesicht und setzte nervös den Schlußakkord.

Sanft legte Valentin den Arm um ihre Schulter und nahm das Mundstück heraus:

– Genau, genau so, Liebste.

Sie lachte, warf ihr Haar zurück, dann seufzte sie traurig und senkte den Kopf.

– Nein, im Ernst, – er stand auf und warf die brennende Kippe in den Aschenbecher, – den Nerv von Chopin triffst du genau. Du triffst ihn.

– Danke.

– Nur darf man nicht vom Gefühlvollen ins Sentimentale abgleiten, du mußt immer wissen, wo die Grenze liegt. Heute wissen das viele nicht. Die meisten. Entweder akademisch, trockenes Tippen auf einer Schreibmaschine, oder schleimig und sülzig. Chopin, liebe Marina, war in erster Linie Salonmensch. Man muß ihn elegant spielen. Horowitz hat gesagt, daß er beim Chopin-Spielen seine Hände immer in Manschetten aus jener Zeit stecken fühle. Und weißt du, was für Manschetten man damals trug?

– Brabanter Spitze?

– Zum Teufel mit der Brabanter Spitze. Die lassen wir den verrückten Kapitänen bei Gumilev. In der ersten Hälfte des neunzehnten trug man einfache, schöne und elegante Manschetten. Und so mußt du auch spielen – einfach, schön, elegant. Auf jeden Fall – klar. Und, Liebling, schneide dir deine Krallen, es ist grausam, mit solchen Klauen an den Flügel zu gehen. Vor allem die Haltung der Hände ändert sich, du tust dich schwerer, einen klaren Ton hervorzubringen.

– Saša sagt, es steht mir . . . Prolos dürfen auch mit solchen Fingernägeln spielen.

– Prolos schon, ich nicht.

Er drückte behutsam ihre Schulter:

– Laß mich hin, ich spiele dir etwas vor.

– Dasselbe? Spiel ein anderes.

– Ist mir gleich . . .

– Warte, ich such dir eins raus . . . – sie griff zu den Noten, doch Valentin verneinte mit dem Kopf, – nicht nötig. Ich kenne sie.

– Alle zwölf?

– Alle zwölf. Setz dich, gib Ruhe.

Marina setzte sich auf den Diwan und schlug die Beine übereinander.

Valentin brachte den umgeschlagenen Schlafrock in Ordnung, ließ sich auf den Hocker nieder, rieb die Hände, sah aus dem Fenster.

Aus dem kristallenen Aschenbecher stieg bläulicher Rauch.

Die weißen Hände schwebten über den Tasten, dann senkten sie sich sanft.

Marina erschauerte.

Es war IHR Nocturne, das dreizehnte, c-Moll, die glühende Achse, die durch ihr Leben ging.

Ihre Mutter hatte es auf dem kaputten »Rönesch« gespielt, und die fünfjährige Marina hatte geweint vor unbekanntem schmerzendem Gefühl, das so einfach und schrecklich in ihr aufbrach. Später, als sie selbst auf dem runden Hockerchen saß, hatte sie diese glühende Gespanntheit mit sich sträubenden Fingerchen durchforscht. Damals war es, daß diese unstet und qualvoll unter ihren Fingern aufflammenden Töne sie zur Musik bekehrt hatten – mit Leib und Seele.

Das Nocturne hatte sich mit fortschreitendem Alter und Können verändert. Aber es war und blieb Spiegel und Grundton ihrer Seele. In der Schule hatte sie es auf der Abschlußfeier gespielt, Tränen waren aus den geschwollenen Neurastheniker-Augen von Ivan Serafimyč getreten, und den mit Eltern und Schülern überfüllten Saal hatte sie augenblicklich zum Verstummen gebracht.

Die drei Jahre Hochschule hatten das Nocturne bis zur Unkenntlichkeit verwandelt. Marina hatte gelacht, als sie die knisternde Aufnahme aus der Schulzeit auf dem klobigen Tonbandgerät von Ivan Serafimyč hörte, hatte sich entschlossen an seinen kleinen Zimmerflügel gesetzt und gespielt. Der Alte hatte wieder geweint, sich verschluckt und bellend gehustet, so daß die ein halbes Pud schwere sibirische Katze auf seinen Knien verschreckt auf ihr Herrchen äugte . . .

Das war ihr Nocturne, ihr Leben, ihre Liebe.

Eine Gänsehaut lief ihr trotz Pullover über den Rücken, als die zwei riesigen Hände mit den sich antwortenden Akkorden genau dies hervorriefen – jenes Vertraute, quälend Süße.

Er spielte göttlich.

Die Akkorde fügten sich leicht und leidenschaftlich, der Flügel gehorchte ihm vollkommen – aus dem weit geöffneten schwarzen Schlund strömte eine Melodie von Qual und Liebe, kurz unterbrochen von der getragenen Verzierung des Arpeggios.

Die großen braunen Augen Marinas verengten sich, füllten sich mit bitteren Tränen, die himmlischen weißen Hände verschwammen zu ruhig wandernden Flecken.

Die durch die Akkorde dringende Melodie erstarb und – o Gott, das süße vertraute d, es nahm den alten Schmerz und zog in den eisigen Strudel eines neuen. Valentin spielte so, daß eine richtige Gänsehautwelle Marina konvulsivisch zucken ließ. Tränen liefen ihr über die Wangen und tropften auf die entblößten Knie.

Marina preßte ihre Hand ans Kinn: Flügel, Valentin, Bücherschrank – alles schwamm in Tränen, schwankte und floß ineinander.

Und das Nocturne strömte gleichmäßig dahin, das Moll wechselte zur ruhigen Klarheit der Dur-Akkorde, die mit ihrer kalten Brandung die vergangenen Qualen hinwegspülten.

Durch die Tränen hindurch sah Marina, wie leicht Valentins Hände zurechtkamen mit der Häufung von mühsamen Dehnungen.

Sie stand auf und ging geräuschlos zum Flügel.

Die Oktaven liefen mit betonter Eleganz, erneut kehrten Splitter des schmerzenden Vergangenen wieder, blitzten auf als quälendes Kaleidoskop und sammelten sich, doch – zu etwas anderem.

– Läuterung ... – hauchte Marina und verstummte.

Das Dreizehnte ging dem Ende zu, die Tränen trockneten an den Wangen.

– Läuterung ...

Der Schmerz zerschmolz, schwand, riß sich von der Seele, nahm Abschied von ihr.

Den weißen Händen blieb nur noch wenig Zeit auf den Tasten: Die Wellen des Arpeggios ergossen sich, und da – der Schlußakkord, ein Prokrustesbett für kurze Finger.

Marina sah zu, wie die ungeheuren Hände sich lösten und ein wenig senkten.

Valentin wartete, bis der Ton verklungen war, dann nahm er die Hände von den Tasten.

Marina stand stumm neben ihm und rieb sich geistesabwesend die Schläfen.

– Was ist mit dir, Kätzchen? – fragte er und betrachtete ihr verweintes Gesicht.

– Nur so ... – sagte sie kaum hörbar und mit heiserer Stimme.

– Aber ... du mußt doch nicht weinen ...

Valentin erhob sich schwerfällig und wischte ihr behutsam mit den Fingerspitzen die Tränen von den Wangen.

Marina nahm seine Hand, sah sie an und küßte sie auf die tiefe Lebenslinie.

– Mein Gott ... was ist mit dir? – er hob sie hoch und versuchte ihr in die Augen zu blicken.

Marina wandte sich ab, zupfte mit den Fingern am Samtkragen des Schlafrocks herum, ein Seufzer stieg aus ihrer Brust.

– Eine alte Erinnerung?

Sie nickte unbestimmt.

– Das kommt vor. Das Nocturne hat dir gefallen?

Sie nickte wieder.

Valentin ließ sie herunter.

– Soll ich noch etwas spielen?

– Nein, sonst flenne ich nur noch mehr.

– Wie du möchtest, – murmelte er mürrisch und klappte den Deckel zu.

Marina streichelte seine Schulter:

– Du bist ein großer Pianist.

Er lachte müde:

– Ich weiß, Katerchen.

– Seit wann?

– Schon seit dem Konservatorium.

– Hat es dir jemand gesagt, oder hast du es selbst gemerkt?

– Gesagt. Und dann gemerkt.

– Wer hat es gesagt?

– Garri.
– Hat er es vielen gesagt?
– Nicht vielen. Aber er hat.

Marina setzte sich auf den Diwan, nahm eine Zigarette aus der Schachtel, schnippte mit dem bekannten Feuerzeug, wobei sie der Flamme frühzeitig auswich.
– Hast du verstanden, wie man Chopin spielt?

Sie grinste und hatte die von den Tränen leicht geschwollenen Augen zugekniffen:
– Ich weiß, wie man ihn spielt. Ich kann es nur nicht. Du weißt und kannst es. Ruhm und Ehre Ihnen, Valentin Nikolaič.
– Was hast du heute – ich verstehe nicht.
– Gott sei Dank.

Er seufzte und schickte sich an, in die Küche zu gehen:
– Ich setze Teewasser auf . . .
– Tu das. So lange werde ich nur nicht bleiben.
– Wie das? – fragte er bereits aus der Küche.
– Ich muß gehen . . .
– Was?
– Ich muß gehen, sagte ich!
– Wie du willst, Mausi . . .

Marina ging hinüber ins Schlafzimmer, nahm ihre Hosen, zog sie an und warf dem Akt von Falk mit dicken Lippen eine kaum hörbare Kußhand zu:
– Lebe, meine Liebe . . .

Aus der Küche sang Dalila mit französischer Baßstimme.

Die Uhr schlug.
– Was, ein Uhr? – fragte Marina ihr dreifaches Spiegelbild,
– Oder sogar später?

Ihren Reißverschluß machte sie zu, während sie aus dem Schlafzimmer eilte:
– Wie spät ist es, Valja?
– Halb zwei.

– Ich muß um zwei bei den Prolos sein . . . Meine Güte . . .
– Schnapp dir einen Wagen, – riet Valentin, der aus der Küche kam, – wie steht es mit deinen Finanzen?
– Bescheiden . . .

Er nickte und verschwand im Schlafzimmer.

Marina machte sich daran, ihre Stiefeletten anzuziehen.

Valentin kam zurück und wedelte mit einem Fächer aus Zehnrubelscheinen.

– Wohltäter, – lächelte Marina, – du hast gespielt wie Richter.
– Pfui, was für ein Unsinn. Chopin kann er überhaupt nicht spielen. Viel zu rund und akademisch. Er weiß nicht, was sich quälen heißt. Wie Horowitz habe ich gespielt.
– Also, wie Horowitz. Ich war zu Tränen gerührt.

Mit der geübten Bewegung eines Kartenspielers schob er den Fächer zu einem dünnen Stoß zusammen und streckte ihn ihr hin:

– Je vous pris adopter cela à signe de ma pleine disposition.
– Mersi Baku . . .

Marina nahm das Geld und steckte es in ihr Täschchen.

Valentin nahm ihren Mantel vom Haken und breitete ihn aus wie ein Torero:

– Bitte.

Sie schlüpfte in die Ärmel:

– Danke . . . ich komme vielleicht übermorgen kurz vorbei.
– Besser – morgen.
– Morgen kann ich nicht.
– Verstehe . . . Hör mal, Mausi, – er strich elegant über den Aufschlag ihres beigen Mantels, – du . . . könntest du nicht auch deine Freundin mitbringen? Ich würde euch vorspielen, wir könnten Tee trinken, und überhaupt . . . eine nette Zeit haben. Ich würde . . .

Marinas rechte Hand hob sich langsam bis zu seinem

Mund und ballte sich zur Faust, mit durchgestecktem Daumen.

Valentin grinste und küßte das Faustzeichen auf das perlmuttfarbene Schnäbelchen:

– Bin ja schon still ... Also, ich erwarte dich übermorgen ...

Marina drehte den silbrigen Knopf des Schlosses um.

– Falls etwas ist – ruf an, – schlug ihr Valentin ein wenig schuldbewußt vor.

– Mach ich. Danke.

– Danke dir, Liebste ...

Sie küßten sich flüchtig.

Marina strich über seine glatte Wange, lächelte und ging zur Tür hinaus – dorthin, wo das Leben wartete – beunruhigend, berauschend, zornig, grausam, gut, trügerisch und freilich auch – überraschend ...

Marina war eine gutaussehende Frau von dreißig Jahren, mit großen braunen Augen und einem leichten Silberblick, mit weichen Gesichtszügen und einer schlanken, agilen Figur.

Die lächelnden, vollen Lippen, der aufgeweckte Blick und der flinke Gang verliehen ihrem Charakter etwas Ungestümes, Rastloses. Die Haut war weich und dunkel, die Hände – edel, mit langen schlanken Fingern, die Nägel in diesem Frühjahr perlmuttfarben lackiert.

Die Absätze ihrer Halbstiefel zersplitterten das im März schon brüchige Eis, als Marina forschen Schrittes über die Meščanskaja zum Sadovoe-Ring lief, in der Hoffnung, ein Taxi zu erwischen, um rechtzeitig um zwei im Dom Kultury der Fabrik zu sein, wo sie die Kinder der Werktätigen in Klavier unterrichtete.

Vor dreißig Jahren war sie zur Welt gekommen in einer einstöckigen Siedlung, die in der Gegend vor Moskau starr in der Kälte stand, mitten im von heißen Tränen getränkten Märzschnee des Jahres dreiundfünfzig.

Stalin war gestorben, Marina war geboren.

Die Kindheit tauchte auf zwischen vielen Scheunen und wenigen Kiefern in einem endlosen, mit einem Blick nicht zu überschauenden Hof.

Holunder und Heckenrose wuchsen vor dem Fenster bis hoch unters Dach, oft riß der Vater das wild wuchernde Gestrüpp heraus, doch bis zum Ende des Sommers war der Verlust wettgemacht, und im Frühjahr stießen die Dornen und Ästchen schon wieder ans Fenster.

In diesem chaotischen Dickicht aus Zweigen, Dornen und Blättern liefen entlang eines morschen Zaunes Gänge, die bei den Müllgruben an ein weiträumiges Stabsquartier grenzten.

Hier war es weit und eng, es roch nach Erde, Rosen und Müll, Ratten liefen oft ins Stabsquartier und ließen die jungen Strategen aufkreischen und mit Steinen werfen.

Im Stab dachten sie sich neue Spiele aus, schmiedeten Komplotts gegen die gestrenge Hausherrin Timocha, heckten Fluchtpläne aus, um zu den Erdbeerfeldern auf ihre Datscha zu kommen.

Hier versteckten sie sich vor den abendlichen Nachhauserufen der Eltern, lauschten auf die erbosten Stimmen, duckten sich in die kühle Dunkelheit und bezahlten gern mit Schürfungen und Stichen für ihr Versteck.

– Marina! Nach Hause! – rief der Vater vom Eingang, und durch das Geflecht der Zweige sah Marina die orangerote Glut seiner Papirosa.

Er war groß und schlank, hatte ein schmales Gesicht mit schwarzen Augenbrauen, kleiner Nase und großen wulstigen Lippen.

– Marinka! Schnell nach Haus!

Er liebte es, mit ihr zu spielen, brachte ihr das Pilzesammeln bei, schaukelte sie in der Hängematte zwischen zwei dicken Kiefern, schnitt Grimassen, erzählte lustigen Unsinn.

Von seinem Lohn kaufte er Waffeltüten mit Cremefüllung und Spielzeug.

– Du verwöhnst sie, Vanja, – sagte die Mutter oft, während sie ihr schön gekämmtes Haar vor dem ovalen Spiegel richtete und mit einem Lächeln Marina betrachtete, die an einer Waffel knabberte.

Der Vater war schweigsam, schon nach einem Glas wurde sein schmales Gesicht blaß, und die Papirosa wanderte hin und her zwischen den blutunterlaufenen Lippen.

Abends, nach der Arbeit, die Ärmel des karierten Hemdes hochgekrempelt, mähte er das Gras neben den Schuppen, und Marina brachte es mit Nachbars Petjka in die Scheune.

– Vanja, sei vorsichtig! – rief die Mutter aus dem Fenster.

Der Vater blickte sich um und hob beschwichtigend den schmalen, dünnen Arm.

Er arbeitete als Ingenieur in einer Chemiefabrik, fuhr morgens früh los und kam spät zurück.

Die Mutter arbeitete nicht, sie gab Kindern von nebenan Musikstunden, holte sich Tipparbeiten ins Haus.

Die meiste Zeit lag sie auf dem breiten Metallgestellbett, hatte die Beine übereinandergeschlagen, ihr schönes Haar wallte übers Kopfkissen, und sie rauchte die ewigen Papirosy.

Der süßliche Rauch zog vorbei an ihrem attraktiven Gesicht, sie lächelte über irgend etwas, während sie an die verschwimmende Decke sah.

Im Haus wohnten noch drei Familien.

Der lange gewinkelte Flur endete in einer engen Küche, in der drei Tische standen und zwei Gasherde, versorgt von einer einzigen grünen Gasflasche, die vor dem Eingang in einer schmalen Metallkiste verstaut war.

Die Mutter kochte schlecht und nachlässig – die Frikadellen brannten an, aus der Suppe wurde vom stundenlangen Brodeln eine trübe Brühe, die Milch kochte weißschäumend über und erstickte die bläulichen Flämmchen.

Den Tee jedoch, der in einer runden Blechbüchse aufbewahrt wurde, brühte sie in einer schönen Porzellankanne auf, schenkte ihn in hübsche Tassen und trank selbst reichlich, wobei sie genüßlich mit den kleinen Lippen schlürfte.

– Marinku, meine beßre Hälfte du, – liebte sie zu sagen, hatte Marina auf ihren Schoß gesetzt und hielt die Hand mit der brennenden Papirosa zur Seite.

Der Vater mochte Tee nicht – trank eine halbe Tasse und ging auf die Veranda, um zu rauchen und Zeitung zu lesen.

Die Mutter setzte sich ans Klavier, schlug die Noten auf und spielte Romanzen, zu denen sie mit ihrer schönen Bruststimme leise sang.

Marina gefielen die Tasten, sie patschte mit den Händen darauf und sang ebenfalls, was die Mutter nicht leiden konnte.

Manchmal machte die Mutter mit ihr musikalische Spiele, schlug die Bässe an und die Höhen:

– Das hier ist der tolpatschige Miška, und hier singen die Vögelchen . . .

Mit fünf Jahren spielte Marina schon Walzer und Etüden von Gedike, und als sie sechs war, ging der Vater aufgrund eines Arbeitsvertrages in den Norden, »um bald mit Marinka in den Süden zu fahren«.

Sie blieben zu zweit zurück, bei der Mutter tauchten Schüler aus den Nachbarstraßen auf, sie begann mehr abzutippen.

Marina ging jetzt in den Kindergarten – eine lange hellblau gestrichene Baracke. Dort kannte sie viele der Jungen und Mädchen, doch die Spiele kamen ihr langweilig vor – irgendwelche Feiertage, die sich ständig wiederholten, uninteressante Kinderreime, Tänze mit blödem Stampfen und Klatschen. Die Jungs im Kindergarten rauften meistens, hatten es darauf abgesehen, sie an den Zöpfen zu ziehen oder zu zwicken.

Auch die dicke Erzieherin langte hin, ausgiebig verteilte sie Kopfnüsse und Klapse auf den Po. Ihr lautes Organ dröhnte von morgens bis abends durch die Baracke.

Dafür entdeckte sie im Kindergarten zum ersten Mal ES.

– Komm, ich zeigs dir, und dann du, – hatte ihr der dunkeläugige Žorka ins Ohr geflüstert, der aussah wie eine Ameise, und war, nachdem er sich umgesehen hatte, über den Gang gehuscht.

Kichernd war ihm Marina hinterhergerannt.

Sie liefen den ganzen Gang entlang, dann schwenkte Žorka zur Seite, öffnete flugs die grüne Tür zum Abstellraum und nickte Marina zu.

In der engen dunklen Kammer standen Eimer, Besen und Schrubber. Licht drang in staubigen Strahlen durch die Ritzen einer zugenagelten Fensterklappe.

Es roch nach feuchten Lumpen und Chlor.

– Mach die Tür zu, – flüsterte Žorka und zog einen Hosenträger von der Schulter.

An einem krummen Griff zog Marina die Tür zu und drehte sich um zu Žorka.

Seine blauen Hosen rutschten hinunter, dann ließ er die Unterhose runter und hob das Hemd:

– Schau . . .

Der dicke rachitische Bauch mit der Druckstelle vom Gummizug und der kleinen Nabelknospe lief genau wie bei Marina in ein blasses Dreieck hinunter. Doch da hingen zwei von runzliger Haut überzogene Kügelchen, und ein kurzes dunkelhäutiges Stöckchen stand ab.

– Faß es an, keine Angst, – raunte er und humpelte ungeschickt zu ihr hin, wobei er die staubigen Strahlen verdeckte.

Marina streckte schüchtern die Hand aus und fühlte etwas Warmes, Geschmeidiges.

Das Hemd festhaltend, beugte Žorka den Kopf nach unten.

Sie stießen leicht mit der Stirn zusammen, als sie im Halbdunkel das abstehende Stöckchen betrachteten.

– Das heißt Schwanz. Du darfst es aber keinem sagen. Es ist ein Schimpfwort.

Marina faßte es nochmal an.

– Jetzt du.

Sie hob schnell ihr Kleid und zog den Schlüpfer runter.

Žorka schnaufte, ging in die Hocke, die aufgeschlagenen Knie gespreizt:

– Mach die Beine auseinander, man sieht nichts . . .

Sie machte die Beine auseinander, knickte um und stieß scheppernd an einen Eimer.

– Still, – er hob den hochroten Kopf, dann schob er seine rauhe Hand vor und betastete Marina.

– Und wie heißt es bei mir? Möwe? – fragte Marina und zuckte gekitzelt zusammen.

– Möse, – sagte er schnell, und seine Nasenflügel bebten.

– Auch ein Schimpfwort?

– Mhm.

Schweigend befühlte er sie.

Ein Lichtstrahl traf Marina ins Auge, sie mußte niesen.

Žorka stand auf, zerrte Unterhose und Hosen hoch:

– Komm, sonst merkt es die Fette. Sag keinem was, verstanden?

– Verstanden.

Marina zog ihren Schlüpfer hoch und ließ das Kleid hinunter.

Sie gingen noch ungefähr dreimal in den Abstellraum, um sich gegenseitig zu berühren und zu begutachten. Der Geruch von Chlor und modernden Lumpen zusammen mit den kitzelnden Berührungen der rauhen Hände blieb auf immer im Gedächtnis.

Damals erwachte etwas in ihr, drängte sich ins Herz als süßes Geheimnis.

– Das ist unser Geheimnis, verstanden? – flüsterte Žorka ihr oft zu, wenn er die kleine geschwollene Schnecke ihrer Genitalien berührte.

Marina begann ihre älteren Freundinnen auf dem Hof auszufragen, und in einer Pause zwischen lärmenden Spielen, wenn die Hüpfgummis nutzlos in der Hand baumelten, schlüpfte die atemlose Wahrheit ins Ohr:

– Er hat ein Däumchen und du ein Pfläumchen. Das ist alleß!

– Wie, alles?

– Däumchen inß Pfläumchen.

Eine Woche brütete Marina über ihrer Entdeckung, schielte verwundert auf die Leute, die sich von nun an in »Däumchen« und »Pfläumchen« teilten.

– Nadja, und machen das alle? – fragte sie im verschworenen Kreis der Freundinnen.

– Alle. ßelbstverständlich. Nur Kinder dürfen nicht. Aber die Erwachßenen – alle. Ich hab zweimal geßehen, wie Mama mit Papa. Intereßßant . . .

– Und wenn du groß bist, machst du es dann auch?

– Mhm. Klar. Daher kommen die kleinen Kinder.

– Wie?

– Man macht eß und macht eß, und dann wird der Bauch aufgeßnitten und das Kind rausgeholt. Unßer Mitka ist auch ßo rausgeholt worden.

Morgens brachte die Mutter sie im überfüllten Bus zum Kindergarten. Marina betrachtete aufmerksam die Fahrgäste um sich herum – lustig aufgelegte und müde schweigende, hübsche und unansehnliche.

Dort, unter den Kleidern und Hosen wuchsen Däumchen, öffneten sich Pfläumchen, die Kleider wurden weggezogen, Däumchen schlüpften in Pfläumchen, und mit schrecklichen Messern wurden die Bäuche aufgeschnitten, und gewickelte Kinder mit Schnuller im Mund wurden herausgeholt, in Kinderwagen gelegt, und die Kinderwagen rollten quietschend über die Höfe und Straßen.

Sie glaubte es nicht.

Žorka glaubte es auch nicht, obwohl er viel früher davon gehört hatte:

– Dumme Gans, Kinder kommen von Tabletten. Das da macht man bestimmt nicht. Das ist irgendwie so ein Schimpfwort ... Die Blödiane haben sich das ausgedacht ...

Doch die lispelnde Nadja verzog vorwurfsvoll die Lippen zum Fischmaul:

– Haßt du eine Ahnung! Maša hat eß mir erzählt, die ist in der ßechsten Klaßße! Du brauchst eß ja nicht zu glauben ...

Marina glaubte und glaubte nicht. Glaubte und glaubte nicht, bis zu jener Nacht. Immer wenn sie sich an den vorangegangenen Tag erinnerte, entdeckte Marina mit Erstaunen neue Zufälle, die den Tag nachdrücklich in die Kategorie der besonderen einreihten: Die Fette war krank gewesen und nicht erschienen, als Vertretung war die junge hellhaarige Putzfrau Zoja gekommen. Vasjka Lotkov hatte sich den Arm gebrochen, als er von einem Heizkörper auf den Boden sprang: im Kochtopf mit Kompott hatten sie eine mitgekochte Ratte gefunden mit erbärmlich eingeknickten Pfötchen, langem eingeringeltem Schwanz und weißen hervorgequollenen Augen ...

Und abends holte die Mutter sie in einem neuen braunen Kleid ab, mit neuer Frisur und dick geschminkten Lippen.

Sie steckte ihr eine Tafel Schokolade zu und zog sie schnell zur Bushaltestelle:

– Komm, Marinočka ...

Im Bus aß Marina die Schokolade und knisterte mit dem Staniolpapier, die Mutter sah aus dem Fenster und richtete, vielmehr – kontrollierte ihre Frisur. Sie war erregt und dachte die ganze Zeit an etwas, ohne auf Marina zu achten.

Als sie zu Hause ihr Zimmer betraten, roch es nach Tabak und Blumen, die in der blauen Vase auf dem gedeckten Tisch standen.

Am Tisch saß ein breitschultriger blonder Mann mit grauem Jackett und bunter Krawatte, er las in einem Buch und rührte nebenbei den Tee im Glas um.

Als er die Eintretenden bemerkte, stand er gemächlich auf, ging vor Marina in die Hocke und reichte ihr seine große Hand:

– Aaaaa ... das ist also die hübsche Marina. Grüß dich.

Marina gab ihm die Hand und sah zu ihrer Mutter.

– Na, sag Guten Tag zu Onkel Volodja, was ist ... – haspelte die Mutter, lächelte seltsam und schaute an ihr vorbei.

– Tag, – sagte Marina und senkte den Kopf.

– Sind wir ein bißchen schüchtern, – lachte Onkel Volodja und bleckte die regelmäßigen weißen Zähne.

– Sonst immer so vorlaut, und jetzt geniert sie sich, – beugte die Mutter sich zu ihr, – komm, ich hab dir etwas zu essen gemacht ...

Sie zog Marina mit Nachdruck in die Küche, wo sich im Fettdunst am Herd fünf Frauen drängten.

Alle fünf drehten sich zu ihnen um und schauten die Mutter an, irgendwer sagte, Tanečka sähe heute bezaubernd aus.

Die Mutter lächelte ihnen zu, klatschte Marina kalten Kartoffelbrei auf den Teller und legte obendrauf eine lange saure Gurke mit riesigen weißen Kernen:

– Iß und dann komm. Tee trinken . . .

Mit klappernden Absätzen verschwand sie über den Flur.

Marina stocherte mit dem Aluminiumlöffel im Kartoffelbrei, die beleibte Taisija Petrovna von der vierten beugte sich mit dem Geruch ihres verschossenen chinesischen Schlafrocks zu ihr herab und strich ihr mit der vom Wäschewaschen bleichen Hand über den Kopf:

– Marinočka, wer ist denn da bei euch zu Besuch?

– Onkel Volodja, – antwortete Marina kurz und biß in die wäßrige Gurke.

Taisija Petrovna richtete sich mit einem Ächzen auf und schmunzelte Tante Klava zu, die Fischfilets wendete:

– Onkel Volodja . . .

Die lachte leise und wedelte den Fettdunst mit einem zerschlissenen Küchentuch weg.

Marina schien, als wüßten sie etwas sehr Wichtiges.

Sie aß den Kartoffelbrei auf, warf die Gurke in den Müll und ging zurück ins Zimmer.

Dort war es verraucht, die Deckenlampe brannte, die Mutter spielte »Festbeleuchtung«, Onkel Volodja schaukelte mit dem Korbsessel und rieb sich die Backe mit der Hand, in der er eine Papirosa hielt.

Marina näherte sich dem abgegessenen Tisch, nahm eine Praline und ging auf die Veranda.

Den ganzen Abend tranken die Mutter und Onkel Volodja Tee, tanzten zum Grammophon, rauchten und unterhielten sich angeregt.

Es wurde dunkel.

Der Hof vor der zerfallenen Verandabrüstung leerte sich, in den Fenstern der Häuser gingen die Lichter an. Marina konnte sehen, wie im Fenster gegenüber Sanjka und Oleg von Nina Sergeevna gefüttert wurden, dann blätterte sie in einem zusammengehefteten Bündel des »Krokodil«, wo sie dicke häßliche Generale mit dünnen Spinnenbeinchen anschaute, dann schnitt sie, an ihrem kleinen Tischchen sitzend, aus Buntpapier kleine Blütenblätter aus.

Viel Zeit verging, die Fenster erloschen, die ausgeschnittenen Blütenblätter hatte Marina in ihr Heft geklebt, sie blätterte erneut in dem Zeitschriftenbündel.

Durch die Glastür war zu sehen, wie Onkel Volodja, lächelnd, etwas zur Mutter sagte und dabei ein Gläschen Wein vor sich hielt. Langsam hob die Mutter das ihre, seufzte, lachte und kippte es hinunter, wobei sie ihren schönen Kopf schnell nach hinten warf. Onkel Volodja trank langsam und leerte den Rest in seinen Tee.

Er hatte das Jackett ausgezogen, die bunte Krawatte sah hübsch zum weißen Hemd aus.

Die Mutter stand auf, ging auf die Veranda und beugte sich zu Marina:

– Du willst schlafen, mein kleines Mädchen.

– Nein, will nicht . . . – murmelte Marina und betrachtete das unbekannte gerötete Gesicht mit den trunken glänzenden Augen.

– Du willst, du willst, mein Püppchen. Komm, ich mach dir drinnen das Bett, und ich bleibe mit Onkel Volodja hier sitzen.

Marina trottete hinter ihr her.

Der rot angelaufene Onkel Volodja lächelte ihr zu, wünschte Gute Nacht, griff nach Flasche und Gläsern und ging hinaus auf die Veranda.

Die Mutter deckte schnell das Bett auf, zog Marina das Nachthemd an, gab ihr mit beschwipsten Lippen einen Kuß, legte sie hin und löschte das Licht.

Marina lag mit der Wange auf dem schweren, klammen Kissen, die Glastür wurde fest zugemacht.

An diese Nacht erinnerte sich Marina klar und deutlich.

Im Zimmer war es schwül und verraucht, nur von der geöffneten Fensterklappe kam ein kühler Luftzug.

Der Strauß Gladiolen schimmerte in der Dunkelheit als weißer Fleck.

Im Nachbarhof bellte heiser ein Hund.

Marina sah zur erhellten Glastür, hinter der sie leise lachten und redeten. Ein rechteckiger Lichtstreif und der gewürfelte Schatten des Türrahmens lagen auf dem Boden, berührten mit der oberen Ecke Marinas Bett.

Die Wange ans Kissen gedrückt, sah sie immerfort zur Tür, bis ihr die Augen zufielen. Marina rieb sie sich mit der Faust, doch die gelbe Tür verdoppelte sich, verschwamm, nach und nach überkam sie der Schlaf.

Eine Minute noch und sie wäre ganz in den Schlaf gesunken, wenn nicht das Licht plötzlich verloschen wäre, und die Dunkelheit sie wach werden ließ.

Der Hund bellte nicht mehr, er heulte böse und kraftlos.

Die Tür ging auf, Marina schloß die Augen, spürte, wie die Mutter vorsichtig ins Zimmer kam. Die lauten Schuhe machten sogar jetzt ein hörbares Geräusch auf dem Boden.

Die Mutter kam näher, ihre nach Tabak riechenden Hände strichen die Decke glatt.

Dann ging sie auf Zehenspitzen wieder hinaus und schloß die Tür. – Freilich schläft sie . . . – hörte Marina ihr von der Scheibe gedämpftes Flüstern.

Von diesem Augenblick an pochte Marinas Herz heftiger. Die sie umgebende Finsternis verstärkte das anschwellende Pochen.

Hinter der Tür herrschte jetzt Stille, dann ein kaum hörbares Kleiderrascheln, Flüstern, und wieder Stille.

Dann schoben sie irgend etwas herum, etwas fiel herunter und kullerte über den Boden.

Marina hob den Kopf, um das zweite Ohr freizumachen. Das Herz pochte in den Schläfen.

Wieder war Kleiderrascheln zu hören, Flüstern und das leichte Quietschen von Vaters Bett.

Stuhlbeine rutschten über den Boden, dann war es still.

Marina stützte sich auf und horchte in die Dunkelheit, doch außer dem Hund und einem Grammophon am anderen Ende der Straße war nichts zu hören.

Zeit verging, und sie ließ sich lächelnd wieder aufs Kissen sinken: Das also waren Nadjas Lügenmärchen. Wie hatte sie es nur glauben können. So ein Blödsinn ...

Ihr verkrampfter Körper entspannte sich, die Augen begannen zuzufallen.

Und plötzlich, unerwartet wie ein Lichtblitz, ertönte das laute Quietschen des Bettes. Es quietschte rhythmisch, irgend etwas machten sie darauf mit ruhiger Beharrlichkeit.

Marina hob den Kopf.

Das Bett quietschte, und noch etwas war zu hören, wie ein Schluchzen.

Es pochte wieder in den Schläfen.

Hin und wieder wurde das Quietschen unterbrochen von Gemurmel und Flüstern, dann ging es weiter.

Als es immer schneller ging, wurde das Schluchzen lauter, das Bett stieß mit dem Rückenteil gegen die Wand.

Die Mutter und Onkel Volodja machten irgend etwas, machten es konzentriert und eifrig.

Marina setzte sich auf, schob vorsichtig ihre Decke zurück.

Das Herz hämmerte heftig, ließ die verrauchte Finsternis im Takt pulsieren.

Das Bett quietschte schneller, und zu Marina drang ein leichtes Stöhnen.

Es war die Mutter, die stöhnte.

Ein leichtes unsicheres Zittern überfiel Marina. Sie blieb einen Moment sitzen, bevor sie die Füße von der Bettkante hinuntersetzte. Als die Fußsohlen den kalten Boden berührten, ließ das Zittern augenblicklich nach, als flösse es ab über die Füße.

Das Bett quietschte ohrenbetäubend, das Rückenteil hämmerte.

Marina ging zur Tür und lugte auf Zehenspitzen hinaus.

Das matt-gelbe Licht des Lämpchens über dem Eingang drang von außen durch das Rosen- und Holundergestrüpp und beleuchtete spärlich die Veranda. Seine unregelmäßigen Flecken lagen auf Boden, Tisch und Wänden, sie schwankten, wenn der Wind das Lämpchen bewegte.

In diesem zitternden Kaleidoskop bewegte sich etwas, bewegte und bewegte sich und brachte das Bett zum Quietschen.

Sich noch höher streckend, sah Marina in die Ecke.

Da, in den Lichtflecken, in dem zerwühlten Laken waren zwei entblößte Körper ineinander verschlungen.

Der breite Rücken von Onkel Volodja verdeckte die Mutter – zu sehen waren nur Hände, die die Schultern des Mannes streichelten, eigenartig aufs Kopfkissen hingeworfenes Haar und Beine – weit geöffnet, die eng gepreßten Beine Onkel Volodjas zwischen sich.

Er war es, der sich schwerfällig und oft bewegte, als wollte er die Mutter noch tiefer in das sich durchbiegende Bett stoßen, sein nackter, etwas flacher Hintern bewegte sich auf und ab, auf und ab, die Arme verschwanden bis zu den Ellbogen unterm Kopfkissen.

All das schwankte, verschwamm mit den wackelnden Lichtflecken, die schwarzen Holunderzweige kratzten an der Scheibe.

Plötzlich regten sich die Beine der Mutter, beugten sich in den Knien und umschlangen die Beine von Onkel Volodja. Er bewegte sich schneller.

Die Mutter stöhnte auf, verkrallte sich in seinen Schultern, ein Lichtfleck wanderte über ihr Haar und erhellte für einen Augenblick ein blasses unbekanntes Gesicht.

Die Augen waren halb geschlossen, die geschminkten Lippen geöffnet zu einer leuchtenden Knospe.

Marina schaute und schaute mit allem, was sie war – Augen, trockener Mund, ungestüm pochendes Herz. Alles in ihr verwandelte sich in Sehen, die Hände waren an die Scheibe gepreßt, erneut kam das Zittern, doch ein anderes – heiß sich ausbreitend von irgendwoher aus dem Innern der Brust.

Die Mutter stöhnte, und mit jedem Stöhnen drang etwas ein in Marina – etwas Neues, Süßes, Geheimnisvolles, das anschwoll in der Brust und ungestüm in den Schläfen pochte.

Sie hatte ihr Geheimnis gesehen, sie spürte, wie wohl es ihnen dabei war, sie verstand – was sie machten – durften sie nicht . . .

Onkel Volodja stöhnte dumpf auf in Mamas Haar und erstarrte bewegungslos.

Die Beine der Mutter lösten sich.

Einige Minuten lagen sie regungslos, ließen die Lichtflecken über ihre erhitzten Körper kriechen.

Dann drehte sich Onkel Volodja auf den Rücken und lag neben der Mutter.

Marina duckte sich.

Man hörte Flüstern, das Rascheln der Decke.

Marina lugte hinaus.

Sie wischten sich mit dem Bettbezug zwischen den Beinen ab. Dort war es dunkel, und Marina konnte nichts erspähen außer der weißen Mutter und müde sich bewegenden Armen.

– Tanjuš, gib mir eine Papirosa . . . – brummte Onkel Volodja.

Von der Tür zurückweichend huschte Marina über den Fußboden und schlüpfte unter die Decke.

Diese Nacht schlief sie fast gar nicht.

Der Schlaf, der die Erregung dämpfte und vertrieb, hatte sie noch nicht ganz eingehüllt, als das Bett sich erneut regte und sie zwang, die Decke zurückzuschlagen und auf Zehenspitzen zur Tür zu schleichen.

Das ging so viele Male, der Wind bewegte das Lämpchen, die Zweige stießen an die Verandabrüstung, die Mutter stöhnte, und Onkel Volodja verausgabte sich über ihr ...

Marina erinnerte sich nicht, wie sie ins Bett gelangt und eingeschlafen war.

Sie träumte vom Kindergarten – klar, laut, wie in Wirklichkeit.

Die Fette erzählt ihnen von Artek, sie sitzen im schmalen Speisesaal und hören zu. Die Sonne scheint grell durch die weit geöffneten Fenster auf den langen Tisch mit dem geblümten Wachstuch. Das Wachstuch glänzt im Sonnenlicht, auf ihm dampfen Teller mit rotem Boršč.

Die Fette erhebt sich, die Sonne spielt in ihrem Haar, ihrer Brosche, das laute Organ erfüllt den Speisesaal:

– Artek! Artek, Kinder! Artek – ist ein Märchen, das wahr geworden ist!

An der rechten Wand hängt ein großes Leninportrait, wie zum Feiertag geschmückt – mit roten Papiernelken.

Lenin lächelt Marina zu und sagt freudig, mit dem r hinten am Zäpfchen anstoßend:

– Agtek, Maginočka, Agtek!

Marina beugt sich über den mit Fettaugen bedeckten Boršč, ißt ein wenig mit dem Löffel, als die Fette plötzlich lauthals schreit:

– Leg ihn hin! Leg ihn hin! Stell dich auf den Tisch!

Schnell klettert Marina auf den Tisch.

– Schlüpfer ausziehen! Rock hoch! – schreit die Fette bebend vor Bosheit.

Mit klammen Händen hebt Marina den Rock und zieht den Schlüpfer runter.

– Seht hin! Seht alle hin! – bebt die Fette, und plötzlich

schlägt sie Marina klatschend mit der Hand ins Gesicht, – Ha! Ha! Ha!

Marina heult. Es ist schmerzhaft und süß, unvorstellbar süß.

Alle, alle – die Jungs, die Mädchen, Lenin, die Putzfrauen, die Erzieherinnen, die Eltern, sie drängen sich in der schmalen Tür – alle sehen sie, wie sie den Rock hochhält und die Fette mit ihrer schweren, nach Blumen und Tabak riechenden Hand zuschlägt:

– Ha! Ha! Ha! Höher den Rock! Die Beine! Mach die Beine breit!

Marina macht die zitternden Beine breit, und die Fette faßt ihr plötzlich schmerzhaft dazwischen mit den kräftigen Krallen ihrer fünf Finger.

Marina schreit auf, doch die böse Stimme übertönt sie, gellt in den Ohren:

– Bleib stehn! Stehn! Stehn!! Breiter die Beine! Breiter!!

Und alle schauen, schauen stumm, und die Sonne blendet – grell, gelb, unerträglich, glühend-leidenschaftlich, verzehrend-heilig, betäubend-grausam . . .

Ein grauer »Volga« bremste sanft ab, das ausgestellte dreieckige Seitenfensterchen blitzte.

Marina öffnete die Tür, ihr Blick traf auf das fragende Gesicht eines rüstigen Alten.

– Metro Avtozavodskaja . . .

– Steigen Sie ein, – nickte er, lächelte und wandte sich wieder nach vorn.

Sein ergrauter Schädel verschwand bis zu den Ohren in einer dunkelbraunen Windjacke.

Marina stieg ein, der Alte knarzte mit dem Ganghebel und gab Gas, die linke runzlige Hand am Lenkrad. Das

Wageninnere war abgenützt, es roch nach Benzin und Kunstleder.

Der Wagen schlingerte stark, der quietschende Sitz warf Marina immer wieder in die Höhe.

– Müssen Sie direkt zur Metro? – fragte der Alte und bog sich nach hinten, um Zigaretten aus der Jackentasche zu ziehen.

– Ja. Nicht weit von der Metro . . .

– Wie fahren wir? Über den Ring?

– Wie Sie wollen . . . – Marina öffnete ihr Täschchen, klappte mit dem Fingernagel den Deckel ihrer Puderdose auf und erhaschte in dem runden Spiegelchen ihr vom schnellen Laufen errötetes Gesicht.

– Schönes Wetter heute, – lächelte der Alte und sah zu ihr hin.

– Ja . . .

– Morgens ist die liebe Sonne direkt eine Augenweide.

– Mhm . . . – sie ließ die Puderdose verschwinden.

– Mögen Sie sonniges Wetter?

– Ja.

– Sie mögen den Sommer? – lächelte er noch breiter und sah immer öfter zu ihr hin.

– Ja.

– Mögen Sie Ausflüge ins Grüne? In die Natur?

– Ja, – seufzte Marina, – finde ich fotzengeil.

Er zuckte zusammen, als hätte man an sein gelbes Ohr eine Elektrode gelegt, der Kopf versank noch tiefer in der Jacke:

– A . . . also . . . Sie . . . das heißt – über den Ring?

– Über den Ring, über den Ring . . . – seufzte Marina müde und betrachtete angeekelt den Fahrer – alt und hilflos, jämmerlich und geschäftig in seiner armselig-schwindenden Geilheit . . .

Onkel Volodja kam noch ein paarmal zu ihnen, blieb die Nacht, und jedesmal sah sie wieder alles und schlief erst kurz vor Morgengrauen ein.

In diesen Nächten hatte sie klare farbige Träume, in denen eine laut schreiende Bande von Jungs und Mädchen ihr zwischen die Beine faßte und sie, starr vor Furcht und Scham, laut schluchzte. Manchmal waren die Träume komplizierter – sie sah Erwachsene, beobachtete heimlich, wie sie sich in großen lichtüberströmten Wannen wuschen, sie lachten, öffneten die Beine und zeigten sich gegenseitig etwas Schwarzes, Nasses. Dann, als sie sie bemerkten, sprangen sie schreiend aus dem Wasser, jagten ihr nach, erwischten sie, fesselten sie ans Bett und schlugen sie, wollüstig lachend, mit breiten Riemen. Die Riemen pfiffen, entstellten sie erbarmungslos, die Erwachsenen lachten und faßten Marina ab und zu zwischen die Beine. Sie weinte vor qualvoller Süße und Schamlosigkeit ...

Einmal, nach einer schlaflosen Nacht, saß sie auf der Toilette und hörte ein Gespräch der Nachbarinnen in der Küche:

– Onkel ... Onkel Volodja ... – zischelte Taisija Petrovna wütend zur Zvorykina, – du hättest hören sollen, was nachts bei denen auf der Veranda los ist! Man kann nicht schlafen!

– Wie, man hört alles? – fragte die, geräuschvoll den Brei umrührend.

– Natürlich! Er knetet sie durch wie Teig, es wackelt förmlich alles!

– Ha, ha, ha! Nicht übel ...

– Der Mann ist fort, und sie holt sich einen zum Ficken. So ist das ...

Marina bohrte mit dem Finger in der abgebröckelten Türfüllung und lauschte gierig auf die neuen Wörter. Fikken, Nutte, Flittchen – das waren unbekannte, geheime Zauberformeln, ebenso betörend wie die neuen Träume, wie das Quietschen und Stöhnen in der Dunkelheit.

Die Mutter war nicht verändert nach den Besuchen von Onkel Volodja, nur die Ringe unter den Augen und die geschwollenen Lippen verrieten etwas von dem nächtlichen Geheimnis, aber alle Angewohnheiten blieben gleich. Sie lachte, wenn sie mit Marina spielte, unterrichtete sie in Musik, löste die zusammengepreßten Hände mit dem gewohnten schnalzenden Geräusch, sang beim Geschirrabtrocknen vor sich hin und tippte konzentriert auf der Schreibmaschine, wobei sie die Lippen leicht bewegte.

Marina gewöhnte sich an, sie anders zu sehen, sie betrachtete ihre Hände und erinnerte sich, wie sie den fremden Hals umschlangen, sie dachte an das wollüstige Zittern der nackten Knie, auf denen jetzt friedlich das Strickzeug ruhte ...

»Sie zeigt ihm alles«, dachte Marina mit einem Blick auf die adrett gekleidete Mutter. »Alles dort unter dem Büstenhalter, alles dort unter dem Schlüpfer. Alles, alles, alles. Und er berührt alles. Alles, was er will.«

Das war schrecklich und doch irgendwie schön.

Alles, alles zeigen sie sich, öffnen die Beine, reiben sich stöhnend aneinander, quietschen mit den Betten, wischen sich zwischen den Beinen. Aber in der Električka, in der Metro, auf der Straße sehen sie einander wie Fremde an, die Körper verschnürt in Kleidern, Jacken und Hosen ...

– Mama, woher kommen die kleinen Kinder? – fragte Marina eines Tages und sah der Mutter gespannt in die Augen.

– Die kleinen Kinder? – hob die strümpfestopfende Mutter das Gesicht, sie lächelte, – kennst du das Haus des Kindes auf der Školnaja?

– Ja.

– Dort holt man sie ab. Dich haben wir dort geholt.

– Und woher hat sie das Haus des Kindes?

– Was?
– Na, wo waren sie vorher?
– Das ist ganz kompliziert, mein Mädchen. Das verstehst du nicht.
– Warum?
– Das können Kinder nicht verstehen. Geh erst mal in die Schule, da wird es dir erklärt. Das hat mit Wissenschaft zu tun, ganz kompliziert.
– Wie – kompliziert?
– Eben so. Wenn du groß bist, erfährst du es.

Ein halbes Jahr später kam der Vater zurück.

Wieder ein halbes Jahr später kam sie in die Schule, spürte das leichte Gewicht des quietschenden Schulranzens und steckte hin und wieder die Nase in das Sträußchen weißer Dahlien.

Das lange, grüngestrichene Klassenzimmer mit der schwarzen Tafel, den blauen Bänken und dem bekannten Leninportrait schien ihr ein Kindergarten für Erwachsene zu sein.

Alle Blumensträuße legten sie zu einem riesigen Haufen auf einen eigenen Tisch, dann lernten sie, wie man den Ranzen unter der Bank verstaut.

Die hochgewachsene Lehrerin ging in ihrem dunkelgrünen Kostüm durch die Bänke, sprach laut von der Heimat, der glücklichen Kindheit und der Ermahnung des großen Lenin, »lernen, lernen und nochmals lernen«.

Die Schule gefiel Marina von Anfang an nicht mit ihrer klingelnden grünen Langeweile.

Alle saßen sie still in den Bänken, mit erschrocken-aufmerksamen Gesichtern, und hörten auf die Lehrerin. Sie redete immer viel, zeigte irgendeine Karte, schrieb einzelne Wörter an die Tafel, doch Marina merkte sich nichts, und wenn die Mutter ihr den Ranzen abnahm und fragte, wovon man ihnen heute erzählt hätte, antwortete sie:

– Von der Heimat.

Die Mutter lächelte, strich ihr über den Kopf:

– Von der Heimat . . . das ist recht . . .

Von da an zogen sich eintönige blau-grüne Tage hin, die einen zwangen, Schularbeiten zu machen, früh aufzustehen, in der Schulbank zu sitzen, die Hände darauf zu legen und sich etwas über Geraden, Ziffern und Kreise anzuhören.

Bei weitem besser gefiel ihr, zu Hause Musik zu üben, die Noten zu lernen und der Mutter zuzuhören, wie sie Chopin und Bach spielte.

Im Jahr darauf brannte das Nachbarhaus ab und Nadjka brachte ihr das Onanieren bei.

Wieder zwei Jahre später fuhr der Vater mit Marina ans Meer.

Als es – neblig und blau – auftauchte zwischen den auseinandertretenden Bergen, fand Marina ganz plötzlich dafür die Bezeichnung fürs Leben:

– Dickflüssiger Himmel, Paps!

Sie quartierten sich in einem weißen, von Weinstöcken umrankten Häuschen bei einem lustigen Alten ein, der von morgens bis abends mit seinen wenigen Bienenstöcken beschäftigt war.

Nachdem der Vater ihm die »Hälfte im voraus« in die vom Bienenharz schrumplige Hand gedrückt hatte und eine verführerisch gluckernde Viertelliterflasche »Moskovskaja« dazu, wurde der Alte auf einmal sehr großzügig mit billigen Eiern und Honig.

– Wenns wollten – dort ließet sich auch Scholle beschaffen. Bei Polinas Pavlo. Ich red gleich mal mit ihm . . .

Doch die Unterredung mit Pavlo warteten sie nicht ab – der durchwühlte Koffer verschwand unter der Schlafpritsche, Marina riß mit den Zähnen das GUM-Etikett vom neuen Badeanzug, der Vater kam in einer neuen schönen Badehose hinter dem Vorhang hervor:

– Los, beeil dich Mariš.

Der zehnminütige steinige Pfad zum Meer wand sich zwischen überwucherten Häuschen hindurch, verlief oberhalb eines Abhangs und führte dann zielstrebig über festgestampften Kalkstein hinunter, der gleichmäßigen und langen Brandung entgegen.

– Schneller, Paps, – Marina sah gierig auf das zu ihren Füßen schäumende Meer und riß sich das Panamahütchen vom Kopf.

Der Vater, im Sand sitzend und den nach Talk schmekkenden Stöpsel des Gummireifens im Mund, nickte fröhlich.

Zwei Minuten später kreischte Marina in der warmen, langsam heranrollenden Brandung, der Reifen schaukelte unter ihren Armen.

– Geh bis zur Brust hinein, hab keine Angst! – rief davonschwimmend der Vater und zog mit den Füßen paddelnd weiße Salven hinter sich her.

Marina fing eine Welle mit den Armen, spürte ihren geschmeidig davongleitenden Körper, schluckte das köstliche Salzwasser und rief laut den Vater zurück.

– Mein kleiner Angsthase, – lachte er, warf sich auf den heißen Sand und atmete tief, – wie deine Mamočka.

Marina setzte sich an den Rand der Brandung und spürte mit Begeisterung, wie jede zurückweichende Welle den Sand unter ihr wegspülte.

Der »dickflüssige Himmel« verdrängte alles Gewesene, ließ Moskau vergessen, die Freundinnen, das Onanieren.

Morgens, unter einem Laubdach aus Weinranken, verschlangen sie gierig die frischen Eier mit Tomaten, tranken Krasnodarer Tee und rannten dann über den von der Sonne noch nicht erwärmten Pfad.

Am Strand war meistens niemand außer ihnen.

Der Vater streifte flugs das Trikothemd ab, die Segeltuchhosen und warf sich mit einem Anlauf ins Wasser. Er schwamm weit hinaus. Marina kletterte auf einen großen, sandverklebten Fels, um den immer kleiner werdenden Punkt von Vaters Kopf zu beobachten.

– Paaaaaps!

Weiter entfernt sitzende Möwen erhoben sich bei ihren Rufen und begannen schreiend zu kreisen.

Der Vater winkte mit dem Arm und schwamm zurück.

Oft zog er sie mit dem Schwimmreif ins Tiefe. Marina kreischte, ruderte mit den Armen auf dem ungewohnt dunkelblauen Wasser, der Vater furzte, planschte übertönend mit den Füßen, seine Haare klebten an der Stirn . . .

Am Ufer aßen sie Kirschen aus einem Säckchen, spuckten die Kerne in die Brandung, dann ging Marina Krebse beobachten, der Vater rubbelte mit dem Handtuch seinen Kopf ab und las Stendhal.

Nach einer Woche konnte Marina ungefähr zehn Meter weit schwimmen, indem sie mit Armen und Beinen im Wasser strampelte.

Es war in der Woche darauf, als der Vater sie im Sperrholzverschlag der Dusche unter dem Strahl des von der Sonne warmen Wassers wusch. Marina stand nackt auf dem vom Seifenschaum bläulichen Holzrost, in der Dusche war es eng, der Vater in seiner schönen Badehose saß in der Hocke und rieb sie ab mit einem seidenweichen Schwamm.

Er roch stark nach Wein, die dunklen Augen glänzten fröhlich und müde.

Er hatte zum Essen eine Flasche Portwein mit dem Alten getrunken und gebratene Scholle gegessen, die Marina zu fett gewesen war und ihr nicht geschmeckt hatte.

– Die wievielte bist du in deiner Klasse der Größe nach? – fragte der Vater und seifte sie gehörig mit dem Schwamm ein.

– In der Klasse?

– Ja.
– Die fünfte. Bei uns sind die Mädchen größer.

Er lachte, entblößte seinen lustigen Metallzahn, drehte sie und rieb ihr den Rücken ab.

– Richtig groß bist du geworden, und ich habe es gar nicht gemerkt. Wie ein Pilz.
– Eine Rotkappe?
– Ein Birkenpilz! – brach der Vater in schallendes Lachen aus, legte den Schwamm beiseite und machte sich daran, mit den Händen über ihren weißen Rücken zu fahren.

Der Schaum tropfte mit leichtem Schmatzen auf den Rost, durch Löcher im Sperrholz drangen glühende Lichtstrahlen.

– So. Der Rücken ist sauber. War völlig vom Salz verkrustet . . .

Seine vom Schaum leicht glitschigen Hände langten an Marinas Hintern:

– Der Popo ist auch voll Salz . . . so . . .
– Der Popo ist auch voll Salz, – wiederholte Marina, während sie ihre nassen Handflächen an die Holzverschalung drückte und die Abdrücke der fünf Finger bewunderte.

Der Vater seifte ihr den Hintern ein.

Er wusch sie zum ersten Mal – gewöhnlich machte das die Mutter, deren schnelle und ungeschickte Hände Marina jedesmal unangenehm waren.

Vaters grob aussehende Hände waren ganz anders – zärtlich, weich, behutsam.

Marina streckte den Po heraus und machte eine neue Reihe Abdrücke mit den Händen.

– Was für ein süßer Fratz . . .

Sie streckte ihn noch stärker raus, krümmte den Rücken.

Vaters Hand glitt an ihre Schamlippen, und Marina erstarrte, sah nur auf die Abdrücke.

– So . . . und hier müssen wir waschen . . .

Der Mittelfinger glitt über die Genitalien.

Um die Beine weiter aufzumachen, ging sie leicht in die Knie und ließ ihn dazwischen:

– Oi . . . ist das schön, Paps . . .

Der Vater lachte leise und fuhr erneut über die Genitalien.

– Oi . . . tut das gut . . . nochmal, Paps . . .

Es war ebenso herrlich, wie in der anrollenden Brandung zu liegen und sich mit dem ganzen Körper dem Streicheln der geschmeidigen Wellen hinzugeben.

– Nochmal, Paps, nochmal . . .

Still in sich hineinlachend streichelte der Vater ihre Schamlippen.

Marina machte die Beine immer wieder auf und zu, ihre nassen, an den Schultern klebenden Haare zitterten.

Durch einen unregelmäßig breiten Spalt war im Sonnenlicht eine Ecke der Bienenstöcke zu sehen und ein Streifen blauer Himmel, durchschnitten vom trüben Kondensstreifen eines Düsenflugzeugs.

Plötzlich brachen die süßen Wellen ab:

– Na, genug jetzt. Los, abduschen . . .

– Paps nochmal! Mach nochmal so.

– Es langt, genug, Marin. Wir trödeln schon so lange hier herum . . .

– Paps, nochmal . . .

– Mach kein Theater . . .

Er drehte am Hahn, und Wasser kam ungleichmäßig von oben.

– Ach Mensch, – stieß Marina verärgert hervor, richtete sich unter der Dusche auf und bemerkte plötzlich, wie es in Vaters roter Badehose vorstand.

Der »dickflüssige Himmel« wich zurück, verschwand hinter zusammentretenden rosa Bergen, die Finsternis brach herein, roch nach Blumen und Tabak, es ertönte ein rhythmisches Quietschen, Marina dachte an Nadjkas heimliche Lehrstunden ...

Sie tat so, als sähe sie durch den Spalt, schielte aber auf die Badehose.

ER stand nach oben, spannte sie mit seiner abgerundeten Spitze, stand, wie eine in der Badehose versteckte Mohrrübe. Der Vater beugte sich zu Marina vor und versuchte ungeschickt, ihn mit dem Ellbogen zu verbergen. Er lachte nicht mehr, das Gesicht war gesenkt, hochrote Flecken spielten auf seinen Wangen.

Gleich darauf war das Ventil zu, und Marina von Kopf bis Fuß in ein breites geblümtes Leintuch gewickelt:

– Reib dich schnell trocken und dann ab ins Zimmer.

Die Sperrholztür sprang auf, die zum Vorschein kommende Welt blendete, der Vater gab ihr einen Klaps auf den Hintern:

– Schnell ... ich dusch mich ab und komme gleich ...

Blinzelnd trat Marina auf den heißen Ziegelweg, die Tür ging zu, und es war das Geräusch vom Ausziehen der Badehose zu hören.

Sich im Gehen abtrocknend und im Leintuch verheddernd lief Marina zum Eingang und hinein ins Zimmer.

Der neue Schlüpfer, die weißen Strümpfe mit dem blauen Saum und das grüne Trägerkleidchen lagen zusammengeknüllt auf dem Bett.

Marina schleuderte das Leintuch fort, zog den Schlüpfer an, wobei sie zufällig ihre Genitalien berührte, und erstarrte.

»Du winkelst die Beine so an und stellst dir einen Mann mit einer Frau vor« ... tauchten Nadjas Worte in ihr auf, »Und dann – so, so, so ... das ist ganz toll ...«

Marina legte sich aufs Bett, winkelte die Beine in den Knien und schloß, sich streichelnd, die Augen.

Im aufgeheizten Zimmer war es schwül, es roch nach

Farbe und feuchter Bettwäsche. Das ganz leise gestellte Radio erzählte irgend etwas ernst mit wispernder Stimme.

Sie stellte sich Onkel Volodja mit der Mutter vor und begann heftig ihre kleine Schnecke zu massieren. Nach ein paar Minuten wurde ihr sehr, sehr wohlig zumute, sie zog die Knie an, stöhnte auf, sah an die Decke – weiß, grenzenlos und süß, gut und vertraut, einschläfernd-beruhigend . . .

– Es geht über die Brücke und dann nach rechts, – erklärte Marina und nahm aus ihrem perlenbestickten Geldbeutel zwei Rubelmünzen.

Der Alte nickte, ohne zu ihr hinzusehen, raste über die Brücke und ging waghalsig in die Kurve.

– Geradeaus, geradeaus, – sagte Marina und hielt sich am Türgriff fest.

Die massiven grauen Häuserbauten hörten auf, es erschien das gelbe einstöckige Gebäude des DK.

– Halten Sie hier an, bitte . . .

Der Alte bremste, Marina streckte ihm die zwei Rubel hin.

Sie klimperten in seiner verstohlen vorgestreckten Hand.

– Wiedersehen, – murmelte Marina, öffnete die Tür und setzte die Füße auf den schmutzigen Asphalt.

– Auf Wiedersehen, – schaute er verständnislos.

Die Tür schlug zu, Marina sog mit Genuß die feuchte Märzluft ein.

Das gelbe DK mit den bauchigen Säulen erhob sich zehn Schritte weiter.

Bei solchem Wetter sah es besonders heruntergekommen aus – die Säulen hatten dunkle Wasserflecken, der abgebröckelte Fries erinnerte an etwas sehr Bekanntes . . .

Marina lief die Steinstufen hoch und zog an dem Türgriff, der dick und abgenutzt war – einfach, primitiv, grob ausgeführt in seiner totalitären Zuverlässigkeit . . .

In jener Nacht erwachte sie von zärtlichen Berührungen.

Der Vater saß betrunken in der Hocke neben dem Bett und streichelte vorsichtig ihren Bauch.

Marina hob den Kopf, schaute ihn fragend an.

– Was ist, Paps?

Im Zimmer stand schwüle Finsternis, der nackte Vater erschien klein und schwächlich.

– Marin . . . Marinočka . . . komm, laß mich das . . . – stammelte er und zog die Decke von ihr herunter.

Sie setzte sich auf, rieb sich die Augen.

– Komm . . . soll ich dich da streicheln . . . hm . . . wie in der Dusche . . .

Er roch betäubend nach Wein, die heißen Hände zitterten.

Er setzte sich aufs Bett, hob Marina hoch und nahm sie auf den Schoß.

Sein Körper war, wie die Hände, heiß und erregt. Er begann sie zwischen den Beinen zu streicheln, Marina erstarrte im Halbschlaf, legte ihren schwerwerdenden Kopf an seine Schulter. Ihr wurde wohlig, der Schlaf kehrte schnell wieder, sanfte Wellen liefen zwischen den Beinen.

Sie kam zur Besinnung durch einen stechenden Schmerz unten im Bauch. Der Vater hielt sie mit zitternden Armen umfaßt und pflanzte sie auf etwas Hartes, Glitschiges, Heißes.

Sie stieß einen Schrei aus, der Vater wich erschrocken zurück:

– Ich tus nicht, ich tus nicht . . .

Schluchzend lag sie auf dem Bett, zusammengekauert.

Unten im Bauch schmerzte es anhaltend, es kam ihr vor,

als hätte der Vater etwas dortgelassen und nicht wieder herausgezogen:

– Es tut weh, Paps . . .

– Ich tus nicht, ich tus nicht . . . ich tus nicht, Liebstes . . .

Er murmelte lange vor sich hin in der Dunkelheit, während er sie streichelte.

Dann nahm er sie wieder in die Arme und flüsterte begehrlich ins Ohr:

– Marin . . . ich machs nur so . . . es wird dir gut tun . . . mach die Beine auseinander, so . . . breiter, breiter . . .

»Breiter! Breiter!« – rief in ihrem schlaftrunkenen Bewußtsein die Fette, und die bekannte schamhafte Süße strömte durch ihre Brust.

Marina machte die Beine breit.

– Breiter, Marinočka, breiter . . .

»Breiter! Breiter die Beine!! Breiter!!«

Scham und Süße halfen ihr, den wiederholten Schmerz zu ertragen. Das drang in sie ein, dehnte sich unerbittlich aus beim Bewegen.

– Ich mach nur ein bißchen . . . Marin . . . so . . . das ist gesund . . . – flüsterte der Vater in ihr Haar mit heiser atmendem Mundgeruch.

Die Finsternis huschte umher, sah ihr zu mit den Augen der sich in der Tür drängenden Eltern, irgendwer wisperte im Takt von Vaters Bewegungen:

– Breiter . . . breiter . . . breiter . . . breiter . . .

Sie schwankte auf Vaters Knien, stieß mit dem Gesicht an seine schweißnasse Schulter, das Bett schwankte auch, und das Fensterbrett schwankte, und die kaum erkennbare Deckenlampe, und die wenigen Sterne im Fenster, und die Dunkelheit:

– Scham-süß . . . Scham-süß . . . Scham-süß . . .

Kurz darauf zuckte der Vater, als stieße ihn jemand, die zitternden Arme erdrückten Marina.

– Naaaaaa . . . mmnaaaa . . . mmmnaaa . . . mmmm . . .

Aus seinen im Finstern verborgenen Lippen brach etwas hervor, die Schultern bebten.

Er zuckte erneut.

Schmerzhaft und schroff ging das Heiße und Klebrige aus ihr heraus, Marina fand sich auf dem Bett, der Vater schleppte die Beine über den Fußboden und fiel auf seine Pritsche.

Marina faßte an die Schamlippen. Da war es klebrig und naß. Schwach atmend und reglos lag der Vater da.

Erstarrt sah Marina auf die schwachen Umrisse der Dekkenlampe und betastete ihre klebrigen Schenkel.

Unten im Bauch schmerzte es ein wenig, der Kopf schwirrte, sie wollte schlafen.

Kurze Zeit später begann der Vater zu schnarchen.

Marina zog sich die Bettdecke über, sank sofort in Schlaf und hatte einen langen klaren Traum.

Sie träumte von einem unendlichen Meer, auf dem man laufen konnte ohne unterzugehen. Sie lief und lief über das warme, geschmeidige Blau, der Wind zerzauste ihr Haar, alles war schön und leicht, nur etwas schmerzte ein wenig unten im Bauch. Marina machte die Beine auseinander und sah hin. In ihrem Schnecklein hatte sich ein mittelgroßer Krebs eingenistet. Sie streckte die Hand nach ihm aus, doch er öffnete drohend die Scheren und zog sich tiefer in den Spalt zurück.

– Man braucht ein Stöckchen, – dachte Marina, – ohne Stöckchen kriegt man ihn nicht raus . . .

Doch rundherum war nur Meer, nichts sonst, Meer auf allen vier Seiten.

Sie rannte los, mit den Füßen die geschmeidige Oberfläche kaum berührend, dann hüpfte sie, begann zu fliegen in der Hoffnung, daß der Gegenwind den Krebs aus dem kleinen Spalt blasen würde. Der Wind fuhr pfeifend durch ihren Körper hindurch, biß in ihren Augen, hinderte am Atmen. Marina machte die Beine auseinander, und ein pfeifender Windstoß drang in ihre Schnecke. Der Krebs wich zurück, versteckte sich, doch seine Scheren flogen davon. Als sie sah, daß er wehrlos war, versuchte Marina ihn aus sich herauszuziehen.

Das erwies sich als nicht so einfach – der glitschige Panzer kauerte sich in die Falten der Genitalien, die Beinchen ließen sich nicht fassen. Sie packte ihn fester, und der Panzer knackte, der Krebs war zerquetscht.

Marina zog ihn erleichtert heraus und warf ihn hinunter – ins kaum zu sehende Meer. Der zerdrückte Krebs purzelte kraftlos, entfernte sich, doch hinter ihm schillerte in der Sonne eine hauchdünne Angelschnur, die aus den Genitalien kam. Marina erwischte sie mit den Händen, begann zu ziehen, doch sie war endlos, hörte und hörte nicht auf und bereitete Marina beim Herausziehen ein unangenehmes Kitzeln. Der Wind ließ nach, und Marina merkte, wie sie fiel. Die Angelschnur verhedderte sich zwischen den Beinen, das Meer kam näher, wieder pfiff der Wind in den Ohren, nicht vom Fliegen, sondern vom – Fallen. Marina kniff die Augen zusammen, stieß ins Meer und erwachte.

Der Sonnenstrahl hatte das Gruppenfoto dunkelhäutiger Matrosen noch nicht erreicht, das über ihrem Bett hing. Die noch nicht verblaßten Matrosen lächelten Marina freundlich zu. In der dritten Reihe, als sechster von links, lächelte der alte Imker in jung.

Die schmale Pritsche des Vaters war leer, das zerknüllte Laken hing auf den Boden, so daß die gestreifte Matratze zum Vorschein kam.

Marina warf die Decke zurück, schob die Füße aus dem Bett und hätte fast aufgeschrien: es waren die Schmerzen im Unterleib.

Mit verzerrtem Gesicht stand sie auf, machte die Beine

auseinander und sah nach. Ihr Schnecklein war stark angeschwollen, gerötet und schmerzte bei jeder Berührung. An den Beinen war irgend etwas festgetrocknet, wie Leim vermischt mit Blut.

Marina schluchzte auf, hinkte zum Stuhl, nahm ihr Kleid von der Lehne.

Draußen brach die aufgehende Sonne durch die dichtstehenden Apfelbäume des Nachbarn, eine weiße Katze spazierte ruhig auf dem Zaun, der alte Imker schob die Tür zum Schuppen zu, im Arm ein halbes Dutzend mit Hühnerdreck bespritzter Eier.

– Tag, – sagte Marina halblaut und gähnte.

– Wohl auf, Töchterchen. Was für Frühaufsteher, dein Väterchen und du. Die Sonn is noch nicht oben, da lauft er fort zum Meer, ein wildgewordener Stier. Was ers so eilig hat, versteh ich nicht. Geht ihm doch nicht aus, ei-wa . . .

– Wann ist er gegangen? – fragte Marina.

– Lang her. Gleich kommt er . . . Wart nur.

Doch der Vater kam nicht, nicht nach einer Stunde, nicht zum Mittag, nicht zum Abendessen.

Sie fischten ihn eine Woche später heraus, als die mit dem Flugzeug angereiste Mutter bereits den dritten Tag die ganze Hütte des Alten vollqualmte.

An jenem trüben Morgen klopfte ein braunhaariger Bezirksbeamter ans verhängte Fenster, die Mutter zog sich schnell an, befahl Marina gereizt, sitzen zu bleiben und auf sie zu warten.

– Ich hab Angst, Mam, ich will mit! – rief die schläfrige Marina und klammerte sich vergeblich an ihr Kleid.

Die Mutter ging schnell hinaus.

In fieberhafter Eile zog Marina sich an und lief ihr nach.

Die buntgekleidete Mutter ging mit dem blau uniformierten Beamten auf dem bekannten Pfad.

Schluchzend rannte Marina ihnen hinterher.

Einige Male schaute die Mutter sich um, drohte ihr, drehte sich dann wieder weg und achtete nicht auf sie ...

Er lag rücklings auf einer nassen Plane, um ihn herum eine kleine Ansammlung von Leuten aus der Siedlung.

Das ans Ufer gezogene Rettungsboot hatte die bemalte Bugnase hoch aufgerichtet und hielt das stumpfe Hinterteil gleichgültig der über Nacht stärker gewordenen Brandung entgegen.

– Zur Seite alle miteinander! – rief der Bezirksbeamte, und die Menge trat unwillig zurück.

– Mein Gott ... – die Mutter blieb stehen, preßte die Hände an die Schläfen.

Der Beamte stieß die schaulustigen Weiber zur Seite:

– Bißchen plötzlich, weg hier! Ah los!

Da lag der Vater, die rote Badehose leuchtete grell auf dem mattblauen Körper.

– Mein Gott ... – die Mutter ging näher heran, versank mit den Schuhen im Sand.

Die drei hiesigen Rettungsleute leerten in einiger Entfernung gemeinsam eine Flasche.

– Ochaaa ... du meine Güt ... – entfuhr es einem dicken barfüßigen Weib, das sein weißes Taschentuch mit einem Finger an die Wange drückte.

Marina lief zur Mutter und klammerte sich fest an ihr Kleid.

– Ist er das? – fragte leise der hinzugetretene Beamte.

Die Mutter nickte.

Die Spuren des Rettungshakens seitlich und am Oberschenkel hatte schon jemand mit Sand verdeckt.

Die geöffnete schwarze Schreibunterlage auf den Knien, machte der Bezirksbeamte langsam seine Aufzeichnungen und bewegte dazu seine aufgesprungenen Lippen.

Die Mutter weinte stumm, die Hände an den Wangen.

Marina sah wie gebannt auf den reglosen Körper, der

eine Woche zuvor gelacht hatte, geschwommen war, nach Schweiß gerochen und sie auf seinem heißen Schoß süß gewiegt hatte.

– Er muß nach Novorossijsk gebracht werden, zur Obduktion. Ich helfe mit dem Wagen, – murmelte der Beamte, nahm die Uniformmütze ab und wischte sich mit einem Tuch über die Halbglatze, – und zur Beerdigung bringen Sie ihn nach Moskau, oder soll er hier . . .?

Die Mutter schwieg und sah nicht zu ihm hin.

Er hob zaghaft die breiten Schultern:

– Wir haben hier einen ordentlichen Friedhof . . .

Die Mutter schwieg, der Wind bewegte ihr Kleid und die Taschentuchzipfel der Weiber.

Die Brandung reichte bis an den staubigen Stiefel des Bezirksbeamten, wusch den Staub ab und ließ ihn aufblinken in der eben hervortretenden Sonne . . .

– Was hetzt du so! – klopfte Marina zornig auf ihr Baumwollknie.

Das eifrig die Tasten quälende Mädchen hielt inne und schielte zu ihr hin.

– Was für ein Takt?

– Vierviertel . . .

– Und warum spielst du Walzertakt? Ah?

Das Mädchen ließ den unproportioniert kleinen Kopf sinken und sah auf seine Finger mit den abgekauten Halbmonden der Nägel.

– Nochmal von vorn.

Das Mädchen seufzte, streckte den wollenen Rücken mit den darauf liegenden Zöpfen und begann das Prélude von neuem.

– Lockerer . . . lockerer . . . du bist ganz verkrampft . . . – nervös mit den Absätzen über das wellige Parkett hämmernd, ging Marina zu ihr hin, faßte die mageren kleinen Schultern und bewegte sie hin und her, – da, schau, wie eine Statue ... Daher auch der Anschlag wie bei einer Schreibmaschine ...

Verlegen lächelnd schaukelte das Mädchen in Marinas Armen. Das rote Pionierhalstuch wackelte auf seiner flachen Brust.

»Ich bin ein Truthahn – mit roter Rotzfahn ...« – erinnerte sich Marina, und sie lächelte, – also los, mach es richtig. Frei und klar, bleib im Takt. Eins, zwei, drei, vier, eins, zwei, drei, vier ...

Das Mädchen begann zu spielen, mit eifrig hochgezogenen Augenbrauen, Marina ging zum Fenster und klatschte dabei in die Hände:

– Eins, zwei, drei, vier, Einsatz, die Linke ... so ... nicht hetzen! Drei ... vier ... legato, halten! So, vier ... freier, freier die Hand ...

Im Fenster blinkten ganz viele Tautropfen, der breitschultrige Hausmeister in wattierter Jacke, Tuch und einem Rock hackte das schwarze, in der Sonne funkelnde Eis vom Gehsteig.

Das Prélude ging unmerklich in einen Walzer über.

– Prima, schon wieder. Was ist mit dir heute, Sveta? – drehte sich Marina zu ihr um, – hast du ein Metronom zu Hause?

– Nein ...

– Kauf eins. Wenn du so nicht zählen kannst – kauf eins.

Die Schülerin sah wieder auf ihre Fingernägel.

Im Nebenraum hämmerte irgendwer eine Czerny-Etüde.

– Los, nochmal. Ganz ruhig, zähle für dich, wenn du den Rhythmus nicht halten kannst ...

Marina nahm ihre Handtasche vom Fensterbrett, öffnete sie, tastete nach einer »Miška« und wickelte sie aus, bemüht, nicht mit dem Papier zu rascheln.

»Den kleinen Prolo abzulenken ist eine Sünde. Der Mensch lebt nicht von Pralinen allein ... übrigens verschlingen sie die jetzt wie Brot ...«

Unter der roten kreisrunden Puderdose schaute der Rand eines gefalteten karierten Papiers hervor.

Marina zog es heraus und faltete es auseinander.

Auf dem Zettel standen krumme Zeilen in einer runden, fast kindlichen Handschrift:

Für Marinočka

Marinočka, ich liebe dich!
Ich liebe dich, mein Schatz!
Das Kleid zieh aus, enthülle dich,
Ziehs aus, mein lieber Spatz!

Einst traf ich dich, wie einen Traum,
Ein Traum, so heilig süß!
Nun drück mich an des Bettes Saum,
Wo ich dein Knösplein küß!

Ich liebe, liebe, liebe dich!
Rusalka du, Prinzeß!
Die Nacht, sie wiederhole sich,
Daß ichs nie mehr vergeß!

Mit dir zu sein hab ich nur Lust
Auf ewig, lieber Schatz!
Drück fester dich an meine Brust,
Und keine andre erkämpft sich jemals deinen Platz!

Marina schmunzelte, führte den Zettel zum Gesicht.

Die Zeilen verschwammen, das Papier, so schien es, duftete nach Sašenkas weichen Händen.

Was immer diese ungestümen Hände berührten – allem entströmte danach die lichte Aura der Liebe.

Marina dachte an die hingebungsvollen, sanft sich öffnenden Lippen, die ungeschickte kleine Zunge, und eine heiße Welle schwoll in ihrer Brust, heute würde Sašenka bei ihr übernachten.

Das Prélude war zu Ende. Die Schülerin sah fragend zu Marina.

– Schon besser. Jetzt spiel unsere Tonleiter.

Marina steckte den Zettel ein und stieß plötzlich auf einen anderen – einen bekannten, den sie längst verloren geglaubt hatte.

– Mein Gott . . . wie kommt denn der hier rein . . .

Das Mädchen begann mit der E-Dur-Tonleiter.

Dieses Zettelchen war ganz anders – akkurat, sauber beschrieben in einer zierlichen, eleganten Handschrift:

Ave Marina

Inmitten Lesbos' dunkelhäutger Jungfraun Tanz
Strahlst du hervor, wie zwischen Nymphen – Venus.
Apoll beschirmte dich, und dir wand Amor einen Kranz,
Mit Zittern neigten sich Juno und Ceres dir zum Gruß.

Der zauberhaften Sappho treue Enkelin,
Wie bist du schön, wie klangvoll deine Stimme.
Zu lieben dich, Vestalin, schwebt in aller Sinn –
Den Anblick dein studierte ich für immer.

Studiert sind Lippen, Augen und dein Haar,
Der Arme Zartheit und der Finger Tasten.
An deiner Klitoris glänzt eine Träne gar . . .
Du Reizende, mein Engel. Gib dich mir nur bald . . .

Marina grinste und seufzte dann.

Das hatte Nina geschrieben, vor zwei Jahren . . .

Erstaunlich. Beide Gedichte waren ihr gewidmet, aus ihnen sprach im Grunde ein und dasselbe, doch wie weit waren sie voneinander entfernt!

Von Sašas unbeholfenem Gedicht ging die Wärme einer ehrlichen Unvernunft der Liebe aus, wenn bei den Gedanken an die Liebste das Herz in der Brust stockt, die Welt bebt und auseinanderfällt in ein Kaleidoskop. Das andere strahlte die Kälte einer urteilenden Vernunft aus, zynisch die Leidenschaft des Herzens abwägend, das Schicksal zurückweisend als Gefahr für das eigene Ego.

Holpernd lief die Tonleiter nach oben.

– Langsamer, nicht hetzen. Hudle nicht, bemühe dich, auf den Fingersatz zu achten.

Marina steckte Sašas Widmung ein, Ninas zerriß sie und warf sie in den Papierkorb.

Der Hausmeister in seinem Rock hatte das Eis weggehackt, stieß den nassen Pickel in den Schnee und trottete los, um die Schaufel zu holen.

Marina schaute auf die Uhr. Viertel vor drei.

– Nun gut, Sveta. Zum nächsten Mal bereitest du die Sonatine und das Prélude sauber vor. Und zu Hause ... zu Hause ... – Sie ging zum Klavier und blätterte die »Schule« durch, – hier, diese Etüde versuchst du allein. Hast du dir alles gemerkt?

– Ja ...

– Dann ist gut.

Die Tür ging zaghaft auf, und ein heller Lockenkopf schaute durch den Spalt.

– Komm herein, Oleg.

Die flachbrüstige Sveta packte ihre Noten in eine Nylontasche.

Oleg mit seiner weit aufgeklappten Mappe stürzte geräuschvoll herein, schnaufte laut durch die Nase, die runden mädchenhaften Backen glühten. Die klobigen Stiefel waren naß, der Saum der Uniformhosen – ebenfalls.

Das Halstuch mit dem winzigen, unbarmherzig zugezogenen Knoten hing zur Seite.

– Mein Gott, wo kommst du denn her? – lächelte Marina und nickte dabei der hinausgehenden Sveta zu.
– Ich hab das ... ich bin zu spät ... und das – lächelte er zur Antwort und schniefte mit der Nase.

Marina richtete ihm das Halstuch und fühlte auf die Entfernung, wie das pausbackige schöne Gesicht glühte.

Dieser zwölfjährige Adonis gefiel ihr. Er hatte lockiges, kastanienbraunes Haar, mädchenhafte Züge, blaue Augen, lange schwarze Wimpern, volle kirschrote Lippen und ein rundes, appetitliches Kinn.

Im übrigen war er krankhaft dumm, faul und mit einem Sprachfehler behaftet, wie es sich gehört für einen klassischen Geliebten der Venus.

Oleg kramte in seiner zerschlissenen Mappe, angelte die tintenbekleckste »Schule« heraus und ein zerknittertes Heft.

Lächelnd ans Fensterbrett gelehnt, betrachtete ihn Marina:
– Warum bist du nur so schlampig, Oleg?
– Aber ich hatte es einfach nur eilig ... so ...
– Du hast es immer eilig ...
– Aber nein ... nicht immer ... manchmal ...

Er spürte schon seit langem ihre Zuneigung und trug den unsichtbaren Kranz des kleinen Lieblings mit linkischer Kühnheit, erlaubte sich mit Marina dumme Scherze und lachte dann heimlich in sich hinein.

Dabei wurde er hoffnungslos rot und mußte mit seinen dichten Wimpern zwinkern.

Sein Vater war ein hundertprozentiger Prolo – er machte die Kompressorengehäuse aus Gußeisen in der NKF, der Niederquerschnitt-Kompressoren-Fabrik, in deren Dom Kultury Marina Musikunterricht gab.

Olegs Mutter leitete eine kleine Gemüsehalle.
– Na, wie läuft die Etüde? – fragte Marina, als er sich ans Instrument gesetzt hatte und wie üblich den Rücken

krumm machte, die großen Krebsscheren der Hände im Schoß.

– Ja . . . da am Anfang gehts . . . Marina Ivanna . . . nur das, da am Ende . . . ist ein bißchen schwer . . .

– Was ist denn da schwer? – sie ging hin, stellte seine »Schule« aufs Notenpult und suchte die Etüde heraus.

Oleg schaute ängstlich in die Noten, wischte die Hände ab und fing zaghaft an.

Er spielte nicht schlecht, doch die angeborene Faulheit ließ ihn keine Fortschritte machen.

– Etwas lebhafter, schlaf nicht ein, – trieb ihn Marina gleich an, drückte unbarmherzig auf die linke Schulter und rüttelte sie, – freier mit der Linken, die Bässe sind gar nicht zu hören.

Während des Spiels vergaß er alles, kindlich wölbte er die Oberlippe vor und blinzelte mit den Wimpern.

Seine Augen waren rund, der zarte Hals ragte aus dem Schulkragen.

– Fingersatz, Fingersatz! – rief Marina und hämmerte mit dem Fingernagel auf den verkratzten Deckel des »Lyra«, – hör auf. Schon wieder ein Durcheinander. Fünfter, dritter, erster, vierter. Nochmal.

Er wiederholte die Stelle.

– Jetzt nochmal, nur leichter und freier.

Er spielte leichter und freier.

»Alles kann er, wenn er will. Wie die Partei . . .« – dachte Marina und ergötzte sich an ihm, – »so einem Kälbchen ist auch Chloé hinterhergejagt über die Wiesen von Lesbos. Mein kleiner Liebling, Hirtenjunge von Lesbos . . .«

– Na siehst du. So ein schönes Stück, und du willst nicht üben. Komm, noch ein letztes Mal. Du kannst alles wunderbar . . .

Unter seinen Locken guckte ein appetitliches rosa Ohrläppchen hervor.

Marina stellte sich vor, wie dieser linkische Tolpatsch erschauern würde, wenn ihre Lippen dieses Ohrläppchen einsaugen und Zunge und Zähne es von allen Seiten umfangen würden.

– Pause! Pause! Warum vergißt du das? Spiel es nochmal . . .

Er begann von vorn.

»Ob er wohl Haare hat dort, oder noch nicht?« – dachte Marina und malte sich lächelnd aus, wie sie diesen erschrokkenen, glühenden Wonneproppen in eine dunkle Ecke drängen, ihm die Hosen samt Unterhose herunterziehen und mit beharrlichen Berührungen das aus den weichen Leisten wachsende Kanönchen zum Steifwerden bringen würde . . . Die verlassene Schulturnhalle läßt Olegs Schluchzen und Marinas heißes Flüstern widerhallen, der von der vorigen Klasse aufgewirbelte Staub hängt noch in der Luft, an der mit einem Besen zugeklemmten Tür rüttelt ein durch die Gänge schlendernder Müßiggänger. Oleg verstummt, unterwirft sich den drohenden Zärtlichkeiten, Marina wirft ihn auf eine zerschlissene Ledermatte, ihre Lippen saugen die herb duftende rosa Eichel in sich ein, die Hand ergreift gebieterisch die elastischen kleinen Eier . . .

– Und jetzt, Marina Ivanna?

– Sehr gut, – lächelte sie breit, die Ellbogen verschränkt, – sag mal, Oleg, hast du eine Freundin?

– Nee . . .

– Warum nicht?

Linkisch wiederholte er die Geste.

– So ein großer Junge und so sympathisch . . . – Marina ging zu ihm hin und kraulte seine Locken, – nur äußerst faul.

– Nein, Marinn Ivanovna, ich bin nicht faul . . .

– Faul bist du, faul, – wiegte Marina zärtlich seinen Kopf und fühlte die Seidigkeit seiner lockigen Haare, – du mußt mehr üben, noch mehr. Du bist ein talentierter Bursche. Wenn du weiter so ein Faulpelz bleibst – will kein Mädchen deine Freundin sein.

– Braucht es auch nicht . . .

– Wieso braucht es nicht? Es kommt die Zeit, wo es das braucht . . .

Sie beugte sich hinunter und blies ihm heftig ins Ohr.

Er kicherte und zog den Kopf ein.

– Meine Güte, dieser Faulpelz . . . – lachte Marina, während sie ihn hin und her schaukelte, – na gut, komm, die Sonate. Bist du zurechtgekommen?

– Mhm . . . ein bißchen, – sagte er vorsichtshalber und vertiefte sich in die Noten.

– War es schwer?

– Sehr . . .

– Schwindle nicht. Da ist überhaupt nichts schwer.

Er machte den Finger mit Speichel naß, um die richtige Seite zu suchen, dann blickte er auf, mit hochgezogenen Brauen und offenem Mund.

– Fang an.

Die Hände des Schmutzfinks berührten die Tasten.

»Bei Männern sind vor allem Hände und Füße abstoßend . . .« – fiel Marina ein Satz von Saša ein, – »klobige Hände und stinkige schwielige Füße . . .«

– Nicht hudeln. Lieber langsamer und dafür genauer und klarer . . .

Holprig entfaltete die Sonate ihr Spitzengewand in Dur.

Marina angelte aus ihrer Tasche die obligatorische »Miška«, wickelte sie aus und biß die Hälfte ab.

Ein türkisfarbenes Auge, schwarz eingefaßt, schielte zu ihr hin.

Sie ging zu Oleg und schob ihm die andere Hälfte zwischen die Lippen.

Wie ein scheues Fohlen schnellte er zurück.

– Nimm, stell dich nicht an.

Und er nahm es, wie ein Fohlen mit den warmen Lippen aus der Hand – zärtlich, behutsam . . .

»Mein Süßer, du«, – dachte Marina, – »in nur einer Nacht würde ich dich ausschlürfen. Deinen ganzen frischen, noch dünnflüssigen Kefir. Natürlich nur, wenn er bei dir schon da ist . . .«

Oleg spielte, hin und her trieb er im Mund die bestürzend dahinschmelzende Praline – vergänglich, willfährig, sinnlich und verführerisch wie das Leben selbst . . .

Nach dem Tod des Vaters flog die Zeit schneller dahin.

Onkel Volodja holte Mama nach Leningrad, das Zimmer wurde aufgegeben, Marina zog nach Moskau zur Großmutter.

Die wenig bevölkerte Varsonofjevskij-Gasse, das bevölkerte Zentrum, der Lärm, der Asphalt, die neue Schule, der neue gemauerte Hof – all das brach über Marina herein, schnell und entschlossen, zerstörte ihre kurzzeitige Sehnsucht nach den wenigen Kiefern und den vielen Scheunen.

Die hagere, rüstige Großmutter setzte den Musikunterricht mit ihr fort, buk einmal pro Woche einen »Gäste vor der Tür«-Kuchen, erlaubte ihr, bis spät abends im Hof zu spielen (nur lauf nicht auf die Straße!), nahm sie mit ins Konservatorium und ins Bolšoj-Theater.

Mit zwölf Jahren lernte Marina Igor Valentinovič kennen – Pianist, Literat und alter Freund der Großmutter.

– Ein wunderbarer Mensch, – spitzte die Großmutter ihre runzligen Lippen, – siebzehn Jahre hat er am Konservatorium unterrichtet, drei Romane hat er geschrieben, DORT ist er gewesen . . . ja, ja . . .

– Wo dort?
– Im Norden.
– Dort, wo Papa war?
– Ja . . . dort, – lächelte die Großmutter und richtete vor dem Spiegel ihren Hut, – Gott sei Dank hat er zugestimmt. Anstatt da im Hof herumzurennen, bekommst du ein, zwei Monate bei ihm Unterricht. Ein bißchen teuer, aber macht nichts. Wir sind keine ganz armen Leute . . .
– Arbeitet er im Konservatorium?
– Nein. Jetzt gibt er zu Hause Privatunterricht.

Noch am selben Tag fuhren sie zu ihm.

Igor Valentinovič wohnte in einem riesigen Hochhaus am Vosstanija-Platz.

– Sehr erfreut, – sagte er mit dünner, hoher Stimme, gab Marina die Hand und lächelte zurückhaltend.

Er selbst war wie seine Stimme – mager und hoch gewachsen, Großmutter gegenüber zeigte er sich galant und immer lächelnd.

Sie gingen zu dritt in eines der großen, weiträumigen Zimmer, und nach einem kurzen Vorgespräch setzte sich Marina an den Flügel.

– Hab keine Angst, das ist das Wichtigste, – wisperte die Großmutter, wobei sie sich auf dem Diwan vorbeugte.
– Sie kann ruhig Angst haben, – lächelte Igor Valentinovič, – Hauptsache, sie spielt. Zu niedrig?
– Nein, nein . . .

Marina wischte die schweißnassen Handflächen an den Knien ab, dann spielte sie »Für Elise«.

Der Beethoven half ihr gleich, sich zu beruhigen, und die Etüde von Czerny gelang ihr wie von selbst.

Der ungewohnte Flügel sang und klang gut unter ihren langen, kräftigen Fingern, die Großmutter lächelte, Igor Valentinovič nickte im Takt.

Marina spielte noch die »Barcarole« aus den »Jahreszeiten« und drehte sich dann erleichtert um zu Igor Valentinovič.

Er stand auf, steckte die Hände in die engen Hosentaschen, ging auf und ab und nickte zuversichtlich:
– Ja, doch, da werden wir uns mal an die Arbeit machen. Vorhanden ist etwas.

Die Großmutter erhob sich fragend vom Diwan, doch er versicherte sie mit einem munteren Nicken:
– Alles, wie es sich gehört. Die Finger laufen, der Ton ist da. Es lohnt sich, es lohnt daran zu arbeiten.

Marina fuhr zweimal pro Woche zu ihm – die Montage und Donnerstage waren von nun an mit Tönen gefärbt, erfüllt von der leicht schwülen Luft in der riesigen Wohnung und den schnellen Sätzen von Igor Valentinovič:
– Liebes, sieh genau hin . . .

Er rückt näher an sie heran, richtet sich gerade auf, als hätte er die Stütze für den Deckel des Flügels verschluckt, hebt in fließender Bewegung die Hand und senkt sie weich auf die Tasten.

Ein sauberer und freier Ton erklingt im geöffneten Deckel.
– Nicht aus dem Finger, sondern aus der Schulter kommt alles. Aus der Schulter, von da, hier entsteht er, – Igor Valentinovič streicht mit der anderen Hand über seine schmale Schulter unter dem Strickjäckchen, – er entsteht, und über den Arm, über den Arm fließt er in den Finger, der Finger ist halb angewinkelt, elastisch, das Handgelenk frei, der Ellbogen auch.

Marina macht es nach, fühlt, wie ihr c ganz anders klingt.
– Das Handgelenk keinesfalls durchhängen lassen! – unterstützt er ihren Arm weich von unten, – die Hand ist elastisch, aber nicht willenlos. Noch einmal . . .

Innerhalb eines Monats hatte er ihre Hände für immer in die richtige Haltung gebracht, hatte ihr Freiheit und Kraft bei der Führung der Hand eröffnet.

– Leichter, leichter . . . noch leichter! – wiegte er sie in den Schultern, als sie die Perlenetüde von Moszkovski spielte, und bald bewegten sich die Finger tatsächlich unabhängig von ihrem Körper, liefen leicht und frei.

– Der Idealzustand für solche Etüden ist – der Halbschlaf. Dann schwebt es gänzlich dahin, wie auf einer Äolsharfe.

Zu Hause, auf Großmutters kaputtem »August Förster« wiederholte Marina dieselbe Etüde, wiegte sich alleine auf dem weichen, großen Klaviersessel.

Im zweiten Monat »ließ Igor Valentinovič sie an Bach«, wie die Großmutter an die Mutter schrieb.

Es war eine unendlich hohe und breite Kathedrale, menschenleer und feierlich, riesig und vollkommen. Marina wußte nicht, was es war, doch sie sah genau und deutlich den Bau der Portale, die im Halbdunkel verschwommenen Pilaster, die Säulenreihen, das unermeßliche Gewölbe, durchdrungen von staubigem Sonnenlicht.

– Verstehst du, Liebes, hier gibt es zwei Marias, – wiederholte Igor Valentinovič mit nachdrücklicher Sanftheit und strich auf dem Notenpult das »Wohltemperierte Klavier« glatt, das bei Präludium und Fuge in f-moll aufgeschlagen war, – das Präludium ist die eine Maria, die Fuge eine ganz andere. Sie sind verschieden, wenn nicht im Geiste, so doch im Charakter.

Er begann das Präludium, bewußt langsamer und noch ohne das getragene Wechselspiel der Akkorde:

– Ein Zustand göttlicher Erleuchtung, das Erwarten der Verkündigung, himmlische Liebe . . .

Das Präludium strömte dahin in seinem überirdischen Plane, Marina lauschte, bewunderte die gewandten Finger Igor Valentinovičs und vergaß alles um sich her.

Das Präludium verstummte, sogleich begann er mit der Fuge:

– Und das ist irdisches Gefühl. Die andere Maria. Ebenso

erleuchtet, doch mit dem realen Gefühl des Erdbodens unter den Füßen. Und die Liebe ist irdisch, im besten Sinne des Wortes, eine ehrliche und glutvolle Liebe, selbstlos und gut, leidenschaftlich und beunruhigend-lodernd ...

Was kam dann, was kam dann?

Dann schickte Moskau schon im ersten Sommer Marina aus der Varsonofjevskij hinaus in die vertraute Gegend vor Moskau: Das Pionierlager »Hornist« lag in Gestalt dreier langgestreckter Gebäude am Ufer der Kljazma, überfüllte Busse hielten an einem offenstehenden Holztor mit dem Transparent HERZLICH WILLKOMMEN IM PIONIERLAGER HORNIST!

Sie wurde im Mädchentrakt untergebracht, wo es streng nach Farbe roch und die eisernen Betten mit den hohen Rückenteilen so eng standen, daß man mit Anlauf draufspringen mußte.

Gleich am ersten Tag bekleckerte sich Marina im riesigen Speisesaal mit Mehlgrütze, lernte Tischtennis spielen und machte die Bekanntschaft von zwei prima Mädeln – der strohblonden Nadjka und der spitznasigen, glotzäugigen Vera.

Ein Kiefernwald umgab das Lager, der warme, mit Nadeln übersäte Erdboden federte weich unter den Füßen, die Gipsfiguren Pionier-Hornist, Pionier-Fußballer, Pionier-Trommler standen als Gespenster vor dem dunkelgrünen Hintergrund des Waldes.

Nadjka hatte das Bett neben ihr.

Nach dem Schlafensappell flüsterten sie noch lange, zerknäulten die klammen Bettücher mit dem amtlichen Aufdruck PIOLAG HORNIST.

Nadjka erzählte Gruselgeschichten: »Das schwarze Tuch«, »Der leuchtende Totenkopf«, »Die blauen Hände«.

All das war weniger gruselig als geheimnisvoll, Marina stierte aufgeregt in die vom Schnaufen der schlafenden Mädchen erfüllte Dunkelheit und unterbrach die schläfrig murmelnde Nadja:

– Und dann, Nadj?

– Und dann ... dann rollte der Totenkopf durch die enge Gasse und direkt zu ihrem Haus. Ans Fenster – tok, tok, tok. Und sie – wer da? Und er – eure Dienstmagd Marta. Die Frau machte auf, und er, zack, hat sie erwürgt. Dann rollte er die Treppe nach oben. Da fragt der Mann – wer ist da auf der Treppe? Und der Totenkopf antwortet – ich bin es, deine Frau. Und hat ihn auch erwürgt. Doch der Junge hat es gesehen und ist in den zweiten Stock hochgerannt, wo Großvaters Schatulle lag ... ja. Und der Totenkopf ihm hinterher, hinterher ... – Marina hörte zu und die Finsternis pulsierte an den Augen, wiegte sie in den Schlaf, wie eine alte Bekannte.

Nadja war vor ihr eingeschlafen.

Am Morgen rannten sie zum Frühsport, nachdem sie schon vorher gekreischt und sich im Waschraum naßgespritzt hatten.

Auf dem Platz neben dem Trakt erwartete sie – die dicke, gelockte Ziehharmonikaspielerin und Pionierleiterin Tanja. Die molligen Arme zogen die Harmonika auseinander, auf den Tasten spielte die durch die Kiefernwipfel hervorbrechende Sonne:

Uuuund eins, zwei, drei!
Ej, wie gut im Sowjetland zu leben!
Ej, wie gut sein eignes Land zu lieben!
Ej, wie gut im Heldenland zu sein!
Das rote Halstuch, neu ist es und mein!

Sie marschierten auf dem Fleck – zweiundachtzig Mädel,

machten Rumpfbeugen, Kniebeugen, Sprünge. Und vor den zwei Bubentrakts machten die kurzbehosten Buben genau das gleiche zur Ziehharmonika des schnauzbärtigen, hinkenden Viktor Vasiljevič. Jedesmal spielte er das immergleiche Potpourri aus den Stalinfilmen:

He, Wachmann, sei zum Kampf bereit!
Als Posten bist du aufgestellt am Tor!
Und hinter deinem Rücken weit –
Das Grenzgebiet verläuft dort, stells dir vor!

Auf, auf den Weg gemacht!
Den weiten, weiten, weiten Weg gehn wir!
Über friedlich Heimes Tür
Wink ich mit Silberflügeln dir!

Mit Feuerstrahl und hell blitzendem Stahle,
Sind die Maschinen uns das rechte Kampfgefährt!
Wenn uns zum Kampfe ruft Genosse Stalin,
Der höchste Marschall in den Kampf uns führt!

Zum Frühstück gab es dünnflüssigen Grießbrei, hartgekochte Eier und Tee in geschliffenen Gläsern.

Einmal, als gut hundert Aluminiumlöffelchen beim Umrühren des gelben kubanischen Zuckers im roten Krasnodarer Tee klapperten, hob Marina beim Trinken den Kopf und begegnete dem durchdringenden Blick des Pionieroberleiters, der am Tisch gegenüber ganz am Eck saß und Kaffee aus seiner eigenen Thermoskanne trank.

Eine Sekunde lang blickte er noch genauso durchdringend, dann verzog sich sein junges, fast bubenhaftes Gesicht zu einem Lächeln. Scherzhaft hob er den vernickelten Glashalter und nickte Marina zu.

Sie lächelte zurück und wollte ihr Teeglas heben, doch der Tee war heiß und verbrannte die Fingerspitzen. Sie blies lachend auf ihre Finger, der Oberleiter zog drohend die Augenbrauen zusammen, spreizte den Unterkiefer und wackelte mit dem Kopf, um den Lagerdirektor nachzumachen – einen mürrischen, korpulenten Mann, der überall mit seiner Frau auftauchte – die ebenso korpulent und unfreundlich war.

Marina prustete vor Lachen, als sie das Objekt der Parodie erkannte, doch Volodja trank bereits ruhig seinen Kaffee aus und sagte schnell etwas zu dem neben ihm sitzenden Viktor Vasiljevič. Volodja . . .

Er war die Seele des Lagers, dieser nicht sehr große, sportliche Bursche. Damals kam er Marina schrecklich erwachsen vor, obwohl er ein weißes Trikothemd, enge Sporthosen und weiße Basketballschuhe trug. Das rote Halstuch schaukelte an seinem Hals und gab ihm ein bubenhaftes Aussehen. Er konnte streng sein und lustig, langweilig und übermütig, widerlich-ruhig und ausgelassen.

Er hatte eine Leidenschaft – einen neuen Fotoapparat ausländischen Fabrikats, den er oft mit sich trug.

Fotos machte er selten, in der Regel nahm er rennende und spielende Pioniere auf.

Irgend etwas damals im Speisesaal sagte Marina, daß dieser durchdringende Blick, herübergeworfen während der Musik der Aluminiumlöffelchen, nicht zufällig gewesen war.

Und bald sollte sie sich davon überzeugen.

Aus irgendeinem Grund tauchte er öfter in ihrer Nähe auf – kam an die Tischtennisplatte, verschränkte die muskulösen Arme und schaute zu, wie sie mit Nadjka spielte, wobei er Bemerkungen fallen ließ, so spitz wie Kiefernnadeln:

– So. Salikova hat Angabe, Ruhe auf den Tribünen.
– Alekseeva, Alekseeva, schwache Leistung.
– Salikova, was ist? Du Champion aller Höfe und Gemüsegärten . . .

– Alekseeva, Mund zu, sonst verschluckst du den Ball.

Die nebenan auf einer Bank sitzenden Kinder lachten, Marina lachte auch und schlug den klickenden Ball mit der blauen chinesischen Aufschrift zurück.

Volodja stand da und schaute zu, die Ellbogen auf einen dicken Kiefernstamm gestützt.

Sie merkte, daß er mehr zu ihr hinschaute und eigentlich ihr Spiel kommentierte. Als Marina dann den Schläger weitergab und sich auf die Bank setzte, nahm er neben ihr Platz und gab ihr mit dem ernst-besorgten Blick eines Trainers Ratschläge, zeigte mit seiner braungebrannten breiten Hand, wie man schmettert und wie man schneidet:

– Etwas weiter ausholen und lockerer, Marin. Du hast doch so lange Arme. Er faßte sie am Handgelenk und führte den Arm nach vorn bis auf die Höhe der Stirn:

– So. Bis hier vor muß er. Wie beim Pioniergruß.

Marina nickte belustigt, fühlte die warme, rauhe Haut seiner kräftigen Finger.

Er gefiel ihr irgendwie.

Beim allgemeinen Appell in Reih und Glied nahm er die Meldung der Abteilungskommandeure mit ernster, strenger Miene entgegen. Es rapportierten ihm die Pionierleiter-Klassenältesten, die für die gesamte Sommersaison ins »Hornist« gekommen waren:

– Genosse Pionieroberleiter, Abteilung Nummer drei zum Morgenappell angetreten. Abteilungskommandeur Zubareva.

Er – stramm und kräftig – nahm die Meldung entgegen, riß überzeugt den Arm hoch, als schmettere er den chinesischen Tischtennisball.

Anfang Juli fand die Aktion »Wetterleuchten« statt.

Der Fluß teilte »Blaue« und »Grüne« in zwei feindliche Armeen.

Sie hatten sich blaue und grüne Militärmützen aufgesetzt,

machten Lagerfeuer um die Wette, bauten zerschlissene Zelte auf, warfen Granaten, liefen eine »Partisanenstaffel».

Der Direktor, seinen dicken Hintern unter der weißen Militärjacke in grüne Galliffet-Hosen gezwängt, schoß Leuchtraketen ab aus einer Pistole mit kurzem Lauf.

Marina war Krankenschwester. Die grüne Mütze saß fest auf ihrem Kopf, die kurzen Zöpfe mit den weißen Schleifchen schauten darunter hervor.

Die Medikamententasche hing über der Schulter, die Rotkreuzbinde, von Olga zu fest zugebunden, schnürte den Oberarm ein.

Volodja kommandierte die »Grünen«, während der magere, kahlgeschorene Kommandeur der sechsten Abteilung die »Blauen« anführte.

Nach eintägiger Vorbereitung kam es zum Gefecht.

8.15 Uhr setzten sie über den Fluß.

8.45 Uhr kehrte ein Kundschaftertrupp zurück, schleifte einen »Gefangenen« mit sich und einen Genossen mit verstauchtem Fuß.

9.00 Uhr stellten sie sich an der Ausgangslinie auf.

9.05 Uhr zischte eine rote Rakete über dem Buschversteck des Direktors, Volodja griff zur Startpistole, die er sich umgehängt hatte, und stürmte mit den »Hurra« schreienden »Grünen« vorwärts.

Marina lief durch unerklärlichen Zufall oder aus unbewußtem Antrieb neben ihm, hielt ihre Tasche fest und staunte über den starken Morgentau.

Plötzlich knallte vorne in den Büschen die »Feldartillerie« mit Kiefernlatten, Volodja schrie »Hinlegen!« und warf sich ins Gras, das die Trunkenbolde von der Kolchose noch immer nicht gemäht hatten.

Marina ließ sich neben ihn fallen, die Latten wurden im Takt zusammengeknallt, wie sie es geübt hatten, Volodja grinste und wendete den Kopf.

– Ba! Alekseeva, Kamerad! Du hier?! – bemerkte sie der Kommandeur, wie sie hochgestützt nach dem Gegner Ausschau hielt.

Ohne eine Antwort abzuwarten, packte er sie mit seinem starken Arm an der Schulter und riß sie zu sich herunter:

– Die erschießen dich doch!

Sein erhitztes Gesicht war ganz nah, die schmalen Lippen lachten:

– Krankenschwestern dürfen nicht sterben. Wer soll sonst die Verwundeten verbinden?

Grinsend drückte er sie noch fester an sich:

– Die Geschosse knallen, und du streckst den Kopf raus. Hast du keine Angst?

– Nein, – lächelte Marina und hob erneut den Kopf.

Seine Hand blieb an ihrem Hals:

– Treibts dich in den Kampf, Malčiš-Kibalčiš?

Er drückte ihren Kopf ins Gras:

– Nicht den Kugeln die Stirn bieten. Überleben – das ist unsere Aufgabe.

Lachend versuchte Marina sich zu befreien, doch die Hand des Pionieroberleiters war kräftig. Er hatte ihren Arm gefaßt, Marina spannte sich an, und plötzlich spürte sie seine heißen Lippen am Ohr:

– Still, sie schießen! Still, sie schießen! Still, sie schießen!

Es war warm und kitzlig.

Das noch nicht zu Heu verarbeitete Gras stand dicht, es roch nach Klee, Minze, Majoran und Thymian, eine kleine Grille, fast wie aus Plastik, saß an einem Grashalm und rieb die Beinchen an den Flügeln.

– Still . . . Hinlegen . . . Still . . . Hinlegen . . .

Das Flüstern war heiß, die rauhen Finger drückten den Kopf sanft ins Gras, eine Gänsehaut lief vom Ohr über Hals und Rücken.

Er hatte sie ganz zu sich hergezogen, flüsterte ununterbrochen, streichelte sie.

Wie im Dämmerzustand schloß Marina die vom frühen Aufstehen müden Augen, die Finsternis und der leichte Tabakgeruch von Volodjas Lippen ließen Vergangenes aufleben. Das Herz schlug am Hals, es war das bekannte Pochen:

– Tok, tok, tok . . . quietsch, quietsch, quietsch . . .

Es quietscht das Bett, ein Männerrücken bewegt sich im Dunkeln, ein Strauß weißer Gladiolen ist zu starren Blüten explodiert . . .

Es knallte hinter ihnen, eine rote Leuchtrakete zischte über ihre Köpfe.

Schnell zurückprallend riß Volodja den Arm mit der Pistole hoch:

– Grüne! Vorwärts! Attacke! Hurraaa!!

– Hurraaaa!!! – tauchten rundherum nackte Knie und rote Halstücher auf . . .

In der Nacht nach der Siegesparade rieb Marina ihre Schnecke so heftig, daß ihr Gesicht am Morgen sich schmerzhaft verzog bei den ersten Schritten – zaghaften, unsicheren, beängstigenden, verwundernd-rufenden . . .

Der Pionieroberleiter wohnte in einem eigenen Zimmer im Bubentrakt.

Oft rief er, in der Tür stehend, den Buben fröhlich zu:

– Solovjev, nun gib schon den Ball. Und nicht nochmal.

Oder er riet:

– Kinder! Ihr tragt diesen Reifen zur dritten Abteilung, sollen sie dort rumliegen . . .

Er hatte ein eigenes Boot – blau, mit weißen Rudern.

Und dann eines Tages:

– Alekseeva!

Er stand in der Tür, mit hochgekrempelten weißen Hemdsärmeln.

– Was ist?

– Komm mal her. Frag nicht so . . .

Marina gab den Schläger Rita und ging hin.

Ohne sie anzusehen, strich er akkurat die aufgerollten Ärmel glatt:

– Möchtest du Boot fahren?

– Weiß nicht . . . – zuckte Marina die Achseln und fühlte ihre Wangen rot werden.

Mit verfinsterter Miene entfernte er einen Tropfen Kiefernharz von seiner Schulter und murmelte:

– Was heißt – weiß nicht . . . Geh zur Uferböschung und warte dort auf mich. Ich bringe dir das Rudern bei.

Und mit einem Vorwurf in den flinken grünen Augen fügte er hinzu:

– Nur sag es keinem weiter, das Boot ist nämlich alt, es hält nur zwei aus.

Sie trieben mit der Strömung, Marina ruderte ungeschickt, die Ruder wollten nicht gehorchen, sie rutschten ständig aus den Händen, klatschten aufs Wasser.

Er lachte, wich den Spritzern aus, in seinem Lächeln lag etwas Hilfloses.

Marina stützte sich mit den Füßen ab, warf sich nach hinten, wischte mit dem Ellbogen über ihr verspritztes Gesicht, ruderte, ruderte, ruderte, als wollte sie davonfahren vor diesen grünen Augen und dem braungebrannten, lächelnden Gesicht. Doch es blieb die ganze Zeit da, obwohl das Lager, der breite Flußabschnitt, die Weiden – längst verschwunden waren.

Er bat sie, ein wenig zu rücken, setzte sich neben sie und legte seine Hände auf die ihren:

– Warum so ruckartig . . . schau . . . und-eins, und-eins, und-eins . . .

Die Ruder gehorchten sofort, das Boot glitt so schnell dahin, daß das Wasser am Kiel rauschte.

– Toll . . . – murmelte Marina, die eine ungewohnte Leichtigkeit, Kraft und innere Erregung verspürte.

– Und-eins, und-eins, und-eins . . . – befahl er, und sie ruderten, beugten sich vor und zurück, seine Finger drückten fest auf die von Marina, die Ruderdollen quietschten, und dieses Quietschen war wunderbar, quälend, wollüstig und ersehnt.

Das Boot glitt dahin, die Brise hier auf dem Fluß vor Moskau blies ihr ins Genick, pfiff um die Ohren, ließ das Halstuch flattern.

– Toll . . . – flüsterte sie erneut.

– Aufgepaßt! Jetzt machen wir eine Drehung, – meinte Volodja und nahm das rechte Ruder hoch.

Das Boot glitt mehr nach rechts und stieß ins Schilf hinein . . .

Er küßte sie sofort, kaum daß er die Ruder losgelassen hatte, küßte sie auf Hals, Lippen, Augen, das Boot trieb noch alleine weiter und raschelte im Schilf.

Marina widersetzte sich nicht, hatte nur die Augen ein wenig geschlossen und war ganz erstarrt.

Seine Lippen waren heiß, fordernd und geschickt, die Hand wanderte über den Schoß, fuhr flink unter den Schlüpfer, und dann preßten die rauhen Finger zart die mit ersten Härchen bewachsene Schnecke.

Er sog an Ohrläppchen, Lippen, Zunge, ohne die Hand aus dem Schlüpfer zu nehmen, eine Lawine süßer Erstarrung überrollte sie.

Wieder, genau wie damals in der schwülen Hütte des

alten Imkers, fand sich Marina auf dem heißen Schoß eines Mannes, der ihre schlanken Beine erbarmungslos auseinanderschob. Wieder drang etwas Heißes in sie ein, wieder war es schmerzhaft, beunruhigend, süß.

Aufstöhnend öffnete sie die Augen.

Seine Schulter, seine Wange, sein gerötetes angewachsenes Ohrläppchen ...

Direkt hinterm Schilf stieg eine Möwe auf, kreiste mit lautem Schrei am Himmel und beobachtete den Mann und das Mädchen, engumschlungen in Pionierhalstüchern, die weiße Sandbank, die Leiche des Vaters, die Ansammlung der Weiber, den schreibenden Bezirksbeamten.

– Wir haben hier einen ordentlichen Friedhof ...

Die Schuhe der Mutter versanken im Sand.

Die Brust des Pionieroberleiters war von farblosen Härchen bedeckt.

Marina heulte, die rauhen Finger hielten ihr den Mund zu.

Die Brandung reichte bis an den staubigen Stiefel des Bezirksbeamten, wusch ihn ab und ließ ihn aufblinken in der eben hervortretenden Sonne ...

Sie hieß Marija. Maša. Mašenka.

Wellen irdischer Liebe ... Sie gingen von ihr aus, unsichtbar, warm und geschmeidig, wie schäumende Meeresbrandung.

Die erste Liebe überraschte Marina mit sechzehn, als ein ungewöhnlich heißer Sommer das Laub der Moskauer Pappeln einrollte, den Asphalt aufweichte und es aus den hitzeflimmernden Steinhöfen wie aus einem heißen Ofen roch. Drei Monate zuvor war Igor Valentinovič gestorben, in Leningrad war Marinas Bruder Nikolaj zur Welt gekommen, in dem einstöckigen Nachbarhaus hatte ein Brand gewütet und neun Wohnungen zerstört, Volodjka Chomutov war mit seinen Eltern nach Kuba gefahren, Marina hatte als Externe die Musikschule abgeschlossen.

– Sei brav und zu Tante Vera ein bißchen höflicher, mach keine Dummheiten, übe fleißig und schließ die Tür ab, wenn du gehst, – die Großmutter betrachtete sich noch einmal in ihrem Lieblingsspiegel, küßte Marina auf die Stirn, schob ihr über den Arm gehängtes Täschchen hoch bis zum Ellbogen und stöckelte zur Tür.

Der schmalschultrige, doch stämmige Neffe von Onkel Volodja hob den mit Riemen verschnürten Koffer hoch, zwinkerte Marina zu und ging, zur Seite gebeugt und den anderen Arm von sich gestreckt, hinterher.

Marina zog den träge sich bewegenden Tüllvorhang auf und trat auf den Balkon.

Unten stand ein grüner »Pobeda«, der strohblonde Fahrer, die Papirosa im heruntergezogenen Mundwinkel, öffnete den Kofferraum.

Großmutters Strohhut tauchte auf, dann der zur Seite gebeugte Roma.

Die Großmutter hatte die Augen zusammengekniffen und winkte Marina:

– Sei vorsichtig auf der Straße! Bleib nicht bis spät abends bei Vera!

Breitbeinig hob Roma den Koffer in die schwarze Klappe, der Fahrer kam zu spät, um ihm zu helfen.

Dann verschwanden alle drei im Wagen, er wurde angelassen und kroch, Ball spielende Jungs zur Seite drängend, als zornig funkelnder Käfer aus dem Torbogen.

Marina ging ins kühle Zimmer zurück, schleuderte die Pantoffeln von den Füßen und hüpfte barfuß über das vom Bohnerwachs klebrige Parkett:

– Allein! Allein! Allein!

Ihr Ebenbild hüpfte in Großmutters Standspiegel: weißes kurzes Kleid mit blauen Tupfen, wirbelndes kastanienbraunes Haar bis auf die Schultern, schmale braungebrannte Arme.

Die Großmutter war für zwei Wochen weggefahren, hatte der Nachbarin siebzig Rubel dagelassen mit der Bitte, »ab und zu nach dem Rechten zu sehen«.

Marina rannte zum Telefon und wählte.

– Hallo? – meldete sich Vera in langgezogenem Tonfall.

– Ver! Großmama ist weg.

– Schon?

– Mhm!

– Du Glückliche. Also, kommst du?

– Klar.

– Komm ein bißchen früher, Tortebacken helfen.

– Was für eine?

– Nußtorte.

– Mit Cremefüllung?

– Logisch . . .

– Ver, und wer kommt noch?

– Tanjka, Olga und du. Vielleicht schauen Miška und Oleg vorbei.

– In Ordnung.

– Also komm . . . gleich, Mam, ich komme . . . also tschüß, Marin.

– Tschüß.

Marina legte den Hörer auf, setzte sich ans Klavier und blätterte in den Noten.

Vom Balkon drückte die Hitze durch den Vorhang, unten schrien die Jungs, die Tasten rochen nach erwärmtem Elfenbein, die große Uhr über dem Klavier tickte laut.

Die tückischen Viertel der Mazurka waren wohlvertraut, doch sie hatte keine Lust.

Marina suchte die verstreuten Pantoffeln zusammen und lief zur Nachbarin.

– Nur nicht gleich alles ausgeben, Marinočka, – legte Veronika Evgenjevna belehrend den Kopf zur Seite, als sie ihr einen gefalteten Zehnrubelschein hinstreckte, – hast du genug zu essen?

– Großmama hat für eine Woche vorgekocht.

– Laß es im Kühlschrank, sonst wird es gleich schlecht . . .

– Ich weiß, Tante Ver.

Marina kaufte auf der Petrovka drei silbrige, frostbeschlagene Packungen Eskimo, aß eine davon und trank eisgekühlte, in die Nase steigende Brause hinterher, die zwei anderen steckte sie in ihre Plastiktüte zu den dreihundert Gramm abgewogener Schokolade und lief nach Hause.

Nachdem sie die Schokolade und das Eis in den Kühlschrank gepackt hatte, ging sie ins GUM, drängelte durch die schwitzende Menge und kaufte für Vera eine Schallplatte von Karaklavič, eine blaue Badekappe und Perlonstrümpfe.

Die rundliche sommersprossige Vera wurde sechzehn, Marina war ein halbes Jahr älter . . .

– Wir haben schon alles hergerichtet! – lobte sich Vera, die die Tür aufgerissen hatte, und schob einen Apfel fast auf einmal in den Mund, – Ra ros . . . komm roch rein . . .

– Schluck runter, du erstickst ja sonst, – lachte Marina und trat über die filzverklebte Türschwelle.

– Aha . . .

Sie gingen ins Zimmer, in dessen Mitte ein gedeckter Tisch stand, auf dem die Gläser funkelten. In der Küche brutzelte etwas in der Pfanne, im Fettdunst war die aufgedunsene Gestalt von Veras Mutter zu erkennen.

– Uj, was für ein hübsches Kleid, – sagte Vera, schluckte runter und verzog die lustigen Lippen. – wie Sophia Loren . . .

Marina ließ sich auf dem Diwan nieder und fing an, die große Tüte auszupacken.

Sie trug das weiße, von ihrer Mutter genähte Kleid, hatte die Haare mit einem weißen Band zusammengebunden, sich aus der Porzellan-Puderdose leicht gepudert und die Lippen mit Großmutters Lippenstift geschminkt.

– Wasn das, alles für mich? – kicherte Vera und setzte sich neben sie.

– Für dich. Nimm.

Marina drückte ihr die Schallplatte in die Hand.

– Wer isn das?

– Karaklavič.

– Mensch, danke. Komm, wir legen sie auf . . .

– Noch was, warte . . .

– Eine Badekappe! Ich hab keine, genau richtig . . .

– Und hier. Auch noch für dich . . .

– Aber, Marinočka, was soll ich mit so viel . . .

– Und die Hauptsache – schau weg, mach die Augen zu . . .

Vera zog eine Grimasse und drehte sich um, so daß ihr langer Zopf schaukelte.

Marina legte ihr ein kleines Briefmarkenalbum auf den Schoß.

– Oj, Marin, danke . . .

– Glück, Gesundheit, langes Leben . . . kurz, alles Gute . . .

Marina gab ihr einen Schmatz auf die Backe und ging in die Küche:

– Tag, Tante Nataš . . .

Ein schwer schnaufender Dampfer in violetter Schürze drehte sein rotes Gesicht mit den kaum erkennbaren Augenschlitzen zu Marina:

– Marinočka, grüß dich . . . Ei, wie hübsch du heute bist. Ist die Großmutter weg?

– Weg.

– Für lange?

– Für zwei Wochen ungefähr.

– Ho, was für ein Segen! – gackerte die fette Glucke und wendete schwungvoll die im Öl zischenden Koteletts, – hast du keine Angst?

– Ich bin doch kein kleines Kind mehr . . .

– Tüchtig. Geh rein zu Vera, hier stinkt es nach Fett . . .

Bald war es sechs Uhr.

– Also, – flüsterte Vera übermütig zu Marina, als sie mit dem Arm voller Geschenke vom Flur kam, wo fröhlich geschwatzt wurde, – ich habe mein Schwesterherz angeschleppt.

– Na und?

– Nichts weiter, eine alte Schachtel halt . . .

– Wie alt ist sie?

– Dreiundzwanzig . . .

– Wahnsinn . . .

Als SIE hereinkam, war es Marina aus irgendeinem Grund plötzlich fröstelig und froh zumute.

Ihre Augen begegneten sich, aus Marijas hübschem Gesicht wich das Lächeln, die schwarzen geschwungenen Brauen erzitterten:

– Aaaa . . . das ist unsere berühmte Pianistin?

– Sehr berühmt, – erwiderte Marina lachend.

– Marija, – sie kam her und weiche Finger schlossen sich kräftig um Marinas.

– Marina.

– Was für hübsche Freundinnen du hast, Ver.

– Und ich, bin ich etwa nicht hübsch? – gackerte Vera.

– Doch, du auch . . .

Sie war schlank, wie Marina, doch der Körper war träge, seine Bewegungen fließend und ruhig.

– Ist hier noch Platz?

– Klar.

Marija setzte sich Marina gegenüber, und die Zeit blieb stehen, das Zimmer, der Tisch, die Gesichter der Mädchen

– alles zog sich zusammen in diesen schwarzen durchdringenden Augen, dem schönen, etwas hochmütigen Mund . . .

Marina verstand nicht, was mit ihr vorging.

Sie hatten allen Apfelmost leergetrunken, als die Jungs kamen und Wein mitbrachten. Dann tranken sie den schlecht schmeckenden Wein.

Verkinas Mutter war gegangen, es war dunkel geworden, irgendwer legte Dean Reed auf, irgendwer klatschte ein riesiges Stück Torte auf Marinas Teller, irgendwer ulkte herum und machte die Stimme von Rajkin nach, und die durchdringenden Augen schauten und schauten, als wollten zwei schwarze Strahlen sie durchbohren.

– Spielst du schon lang? – fragte sie durch die heisere Stimme von Dean Reed hindurch.

– Seit meiner Kindheit, – lächelte Marina, betrachtete ihr indianisches Gesicht, das von glatten schimmernden Haaren umrahmt war.

– Du magst Musik?

– Klar.

– Was am meisten?

– Bach und Chopin.

Marija nickte und schob ein Stück Keks in den Mund. Die Torte rührte sie nicht an.

– Ich habe dich bei Tanja noch nie gesehen. Ich wußte nicht einmal, daß sie so eine erwachsene Schwester hat.

– Stimmt. Ich wohne nicht hier. Ich komme nur ab und zu her . . .

Ihre Hände brachen elegant einen Keks auseinander:

– Und du wohnst bei deinen Eltern?

– Bei meiner Großmutter. Aber sie ist verreist. Zu Mama. Nach Leningrad.

Die Hand mit dem Keks blieb auf halbem Wege zu den Lippen:

– Sie hat dich einfach so alleingelassen?
– Na und. Ich bin kein kleines Mädchen.
– Kommst du zurecht?
– Wieso denn nicht? Ich kann alles.
– Bravo. Ich kann bis heute nicht kochen.
– Warum?
– Mein Mann verwöhnt mich.
– Kann er gut kochen?
– Ja. Besser als jede Frau.
– Bist du schon lang verheiratet?
– Drei Jahre.
– Ist es schön, verheiratet zu sein?

Marija grinste und rekelte sich faul:

– Überhaupt nicht.
– Warum?

Marija erhob gemächlich ihren geschmeidigen Körper vom Tisch:

– Heirate erst mal – dann wirst dus verstehen. Gehen wir eine rauchen im Treppenhaus . . .

Marina folgte ihr.

– Wohin wollt ihr? – fragte die vom Lachen puterrote Olga.

– Wir kommen gleich wieder . . .

Im Treppenhaus war es dunkel und kühl, Marija holte aus ihrem Täschchen Import-Zigaretten und hielt sie Marina hin:

– Rauchst du?
– Nein, – lächelte Marina.

Ein Streichholz flammte auf und erhellte das indianische Gesicht:

– Ehrlich gesagt, ich weiß gar nicht, wann ich das letzte Mal auf so einer Mädchenfete war.

– Was meinst du?

– Na, zum Totlachen. Kleine Kinder seid ihr. Obwohl, ein bißchen zu beneiden . . .

Sie nahm einen Zug, betrachtete Marina:
– Du bist schön. Wie eine Prinzessin.
Marina lächelte.
– Du bist schöner.
Rauch kam beim Lachen aus ihrem Mund:
– Danke ... hast du einen Freund?
– Nee.
– Warum nicht?
– Na ja ... Die interessieren mich nicht ...
– Verstehe.
– Maša, wo hast du diese Hosen her?
– Gefallen sie dir?
– Sehr. Die sind jetzt Mode.
– Willst du welche?
– Teuer wahrscheinlich ...
– Das Material dreißig, das Nähen zehn.
– Teuer.
– Was ist da teuer?
Marina zuckte die Achseln.
Der schmale Finger schnippte die Asche von der Zigarette:
– Sag mal, habt ihr zu Hause ein Klavier?
– Klar.
– Komm, wir gehen zu dir, und du spielst mir was vor? Hier sterben wir vor Langeweile.
– Gut. Nur, Vera könnte beleidigt sein ...
– Ich werde irgendwas vorschwindeln. Los ...
Sie warf die Zigarette hinunter und verschwand in der Tür ...

Kurz darauf saßen sie schon auf Großmutters durchgewetztem Diwan, und Marina probierte zum ersten Mal im Leben das Rauchen.
– Nein, nicht so. Einziehen, hinein, – sagte Marija leise, rückte heran, faßte Marina um die Schulter und nahm ihr die Zigarette aus dem Mund, – richtig, schau so ...

Heftig zog sie den Rauch ein, so daß die Zigarette knisterte, dann stieß sie ihn elegant als dünnen Faden wieder aus, wobei sie die Lippen zur Knospe formte.

– So werd ich das nicht können, – lächelte Marina.

– Wird schon, wird schon . . . funktioniert diese Lampe? – fragte Marija, streckte sich zu der gebogenen Tischlampe und knipste sie an, – mach die Deckenlampe aus, es blendet . . .

Marina löschte das obere Licht.

– Schon was anderes, – lächelte Marija aus dem Halbdunkel, warf sich in den Diwan zurück und schlug effektvoll ein Bein über das andere, – na, komm her, jetzt lernen wir es, Prinzessin.

Ihre Augen glänzten geheimnisvoll, die Zigarette tanzte zwischen den regen Lippen.

Marina setzte sich neben sie, nahm vorsichtig einen Zug aus ihrer Hand und mußte husten:

– Oj . . . kcha . . . ekelhaftes Zeug . . .

– Ha-ha-ha! Kindchen. Gewöhn dich dran. Komm, nochmal . . .

Sie nahm sie in den Arm, schmiegte sich enger an. Marina spürte die geschmeidigen Brüste an ihrer Schulter.

Die schwarzen, feuchtglänzenden Augen waren neben ihr, betrachteten Marina. Es war, als hätten sie ihr Eigenleben . . .

– Na, komm, komm . . .

Der Rauch fuhr erneut unangenehm in die Lungen, doch Marina nahm sich zusammen, und als sie ihn hinausblies, schwankte ein wenig das Zimmer, der Boden begann zu schwimmen, und ihr wurde fröhlich zumute. Sie lachte, preßte die Hände auf die Augen, Marija umarmte sie und zog sie nach hinten:

– Es wirkt, es hat gewirkt bei der Prinzessin.

Marina lachte, die feuchtglänzenden Augen leuchteten geheimnisvoll an ihrer Wange.
– Sag mal, sind dir Jungs wirklich egal?
– Weiß nicht, – lachte Marina und fühlte ein leichtes Schwindelgefühl im Kopf.
– Hattest du schon einen Verehrer?
– Nee ...
– Bald werden sie in Scharen hinter dir her sein.
– Warum?
– Du bist sehr hübsch. Die Jungs werden sich gegenseitig umbringen wegen dir.
– Na ja, die ...
– Warum?

Marina zuckte die Achseln.

Die schwarzen Augen blickten vorwurfsvoll:
– Unsinn. Man soll sich nicht selbst um ein Vergnügen bringen.
– Was für eines?
– Na, verschiedene. Wenn ein Junge dein Verehrer ist, dann führt er dich aus ins Kino, spendiert dir ein Eis, bringt dich nach Hause. Und in der Einfahrt schmiegt er sich zärtlich an und küßt dich. Ist das etwa nichts?

Die letzten Worte hatte sie geheimnisvoll und kaum hörbar geflüstert und dabei mit durchdringender Zärtlichkeit in Marinas Augen gesehen.

Marina wollte wieder die Achseln zucken, doch Marija hatte sie fest umarmt und ihre Brüste an sie gedrückt:
– Weißt du, wie Jungs küssen?

Ihre Lippen gingen an Marinas Ohr und stießen ein herbes, heißes Flüstern aus:
– Dieser Junge, der dich begleitet, wird groß sein, breitschultrig und schlank. Wie ein Prinz. Helles Haar, große Augen, schön, so wie du. So einem soll man niemals nein sagen. Seine Lippen sind rot und weich. Und in der Ein-

fahrt schmiegt er sich an, umarmt dich zärtlich und küßt dich. Weißt du, wie schön das ist? Hast du noch nie geküßt?

Marina schüttelte den Kopf. Sie fühlte sich ruhig und wohl in Marijas Umarmungen. Im Kopf drehte es sich leicht, im Fenster und in der offenen Balkontür stand schwarz die Finsternis, das heiße Flüstern kitzelte angenehm am Ohr:

– Jungs küssen ganz verschieden. Jeder kann es anders. Wenn ein Junge und ein Mädchen wissen, wie man küßt, ist es ganz toll. Man muß es können. Wenn du es nicht kannst – fühlst du nichts. Mir hat es in deinem Alter eine Freundin beigebracht. Und weißt du, wie schön es dann war? Irre. Er hatte große, zarte Lippen. Er wird dich so um Schultern und Hals fassen, sich langsam, langsam nähern, in die Augen schauen, und die Lippen kommen zusammen. Und wir küssen und küssen uns. Es ist ungeheuer schön ...

– Und du hast ihn geheiratet? – flüsterte Marina, die regungslos auf die schwarze Balkontür starrte.

– Ach was, – umschlangen sie die schönen Arme noch enger, – geheiratet habe ich Sereža, aber der erste war Ženečka. Die erste Liebe. Er hat mich auch zur Frau gemacht. Wir haben uns so geliebt, Wahnsinn ... Aber wenn ich dich anschaue – wie schön du bist. Unglaublich. Ich beneide dich einfach ...

Sie fuhr mit dem Finger über Marinas Augenbraue:

– Eine echte Prinzessin ...

– Ich und Prinzessin ... du bist eine Prinzessin ...

– Wie sie dich lieben werden, Marinka, wie sie leiden werden wegen dir.

– Ach wo ...

– Nein, nein. Die werden nicht lockerlassen.

– Na ja, die ...

– Was – na ja? – wiederholte Marija zärtlich und streichelte ihre Wange, – ein Junge macht dir eine Liebeserklärung, und du – na ja? Das ist keine Art. Auf Gefühle muß man antworten. Mit den Lippen. Verstehst du? Soll ich dir das Küssen beibringen?

– Ach, ich weiß nicht . . .

Die langen Finger streichelten ihr Kinn, die abgrundtiefen Augen sahen sie unverwandt an:

– Du mußt das können, Marinočka. Unbedingt. Warte, ich mach mal das . . .

Sie beugte sich quer über den Diwan und knipste das Lämpchen aus.

Das Zimmer versank im Dunkeln, nur das schwache Licht zweier Straßenlaternen fiel in mattblauen Streifen auf den Boden.

– Dreh dich zu mir, – flüsterte Marija und wendete sie an den Schultern um.

Marina drehte sich herum.

Das weiße Kleid war in der Dunkelheit zu erkennen, während von der dunkelbraunen Marija nur die funkelnden Augen blieben, in denen sich die Laternenstrahlen fingen.

– Ich bin jetzt dein Verehrer . . .

Unsichtbare Arme hielten sie hartnäckig umschlungen, Marija schmiegte sich an mit ihren weichen Brüsten und begann sie auf den Hals zu küssen, wobei sie hitzig flüsterte:

– Liebste . . . Geliebte . . . ich liebe dich . . . du wirst mein . . . meine Frau . . . meine erste Frau . . .

Marina war es behaglich und wohl, sie legte ihre Hände auf die in der Dunkelheit verschwundenen Schultern, schmiegte sich an den unsichtbaren Körper.

So ging es lange. Marija küßte sie auf den Hals, die Wangen, sog an ihrem Ohrläppchen, streichelte Brüste und Schultern. Ihre Lippen waren warm und weich. Dann plötzlich lösten sie sich von der Wange, waren verschwunden für eine Sekunde, und plötzlich . . .

Es war so zart und unerwartet, daß Marina erschauerte, die bekannte Gänsehaut lief in heftigen Wellen über den Rücken.

Die zarten Lippen berührten die ihren, drückten sie fordernd auseinander, und die fremde Zunge drang ein, stieß an Marinas kleine Zunge. Der Mund war betäubt, als nähme er einen glühenden Schluck süßen Wein, der schnell die Brust hinabläuft, das Herz erbeben läßt, den Körper – erstarren.

Die pechschwarzen Augen waren ganz nah, der matte Widerschein der Laternen spielte auf den glatten Haaren, ein Mondpfad auf dem Meer.

Die Zunge drang erneut ein, wie von selbst begriff Marina den Sinn der Übung, ihre Lippen antworteten, ein Schauer lief durch die Glieder.

Das ging lang, quälend lang, und es war süß, quälend süß, sich zu küssen mit dieser erwachsenen, klugen, schönen Frau, die alles wußte, alles konnte und so zart nach Parfüm duftete, nach unbekanntem Leben und Erfahrung, Erfahrung, Erfahrung . . .

– Liebste, dem Jungen wird Küssen nicht genügen, – flüsterte Marija noch hitziger, atmete heftig und hörte nicht auf, Marina an sich zu drücken, – weißt du, wie fordernd sie sind? Besonders die Hübschen. Stell dir vor, er erfährt, daß bei dir – niemand zu Hause ist. Die Großmutter ist verreist, wie jetzt, die Wohnung leer. Er fordert. Verstehst du? Und du mußt ihm nachgeben, wenn du ihn liebst. Und schon seid ihr hier. Die Tür hat er fest verschlossen, die Nachbarn schlafen alle längst. Ihr seid allein. Er küßt dich lange-lange, und dann . . . dann . . .

Ihre Hand tastete auf dem Rücken nach dem Reißverschluß und machte ihn auf. Marinas Kleid lockerte sich an den Schultern, erhitzte Hände begannen sie auszuziehen:

– Dann zieht er dich aus. Und flüstert . . . Liebste, Geliebte, ich will dich ... sei mein ... ich liebe dich ... laß mich ...

Die geschickten Hände zogen ihr Kleid und Slip aus, dann knisterte mit einem grünlichen elektrischen Funken Mašas Rollkragenpullover, gedämpft zippte der Reißverschluß der Hosen, plumpsten die abgestreiften Stiefeletten herunter, knackste der Verschluß des Büstenhalters, und ein zitternder Körper schmiegte sich ganz eng an sie:

– Liebste ... mein Mädchen ... jetzt wirst du mein ...

Kurz darauf lagen sie schon in Großmutters weichem Bett, ein kühler Schenkel schob Marinas Beine beharrlich auseinander, beharrlich küßten die Lippen, beharrlich liebkosten die Hände. Den Schenkel an Marinas sich hingebende Genitalien gepreßt, begann Maša sich zu bewegen, das Bett quietschte, und es war, als sei ein dichter Schleier gefallen, der lange Zeit etwas Vertrautes, Bekanntes verborgen hatte. Mit jedem Quietschen, mit jeder Bewegung des auf ihr liegenden Körpers wurde die Finsternis immer mehr zur FINSTERNIS, bekam ihr früheres Merkmal von Geheimnis und Scham, erfüllte sich mit dem bekannten Geruch von Tabak und Blumen, pulsierte in den Schläfen ...

Die erste Nacht mit der ersten Geliebten ... Sie blieb für immer im Herzen, im Körper, im Gedächtnis, im Bewußtsein, im Gehör, ließ das sechzehnjährige Wesen sich öffnen zum glühenden Blütenkelch der Liebe.

Die Nacht war schwül und endlos, frisch und wie ein Augenblick, voll von allem Neuen, Bebenden, Berauschenden: lange Küsse, zärtliche Berührungen, verwirrende Bekenntnisse, verblüffende Entdeckungen, Quietschen des Bettes, unzählige Orgasmen, Tränen der Inbrunst, feuchte Kissen, Gewirr der Haare, schwache Dämmerung, zerwühlte Laken, schläfriges dankbares Flüstern, Schwüre im Halbschlaf, abruptes Vergessen und Schlaf, Schlaf, Schlaf – tief und ruhig, im anschwellenden Lärm der erwachenden Stadt ...

– Und sei nächstes Mal etwas mehr bei der Sache! – rief Marina Oleg hinterher, klemmte die Noten unter den Arm und ging ins Lehrerzimmer.

Dort saß einsam Klara auf dem Tisch und rauchte, ließ eines ihrer molligen Beine baumeln, die in fest geschnürten braunen Stiefeln steckten.

– Hallo, Klarusik, – nickte Marina und schloß die klirrende Glastür.

– Hallo . . .

– Sind alle fort?

– Mhm. Nur wir zwei dummen Gänse . . . – bemerkte Klara gleichgültig.

Marina trug sich ins Buch ein und schaute auf die Uhr:

– Oj, ich muß los, und wie.

Klara stieß den Rauch aus und wölbte verständnisvoll die grell geschminkten Lippen:

– Klaro. Übermorgen ist Versammlung . . .

– Ich weiß . . .

Marina nahm den Mantel vom Haken und schielte zu Klara.

»Was sie wohl redet, wenn ihr Vartan sich über sie hermacht? Wahrscheinlich seufzt sie anämisch. Oder schweigt, wie ein skythisches Steinzeitweib . . .«

– Also, ich düse los, – Marina winkte mit ihrem Täschchen der krumm dasitzenden Gestalt im Jerseykleid, – tschüß . . .

– Tschüß . . .

Draußen war es naß und frühlingshaft frisch.

Dank der Anstrengungen des mürrischen Hausmeisters in seinem Rock, der fast den ganzen Fußweg vom Eis befreit hatte, klapperten Marinas Stiefeletten über den nassen, schiefergrauen Asphalt.

– »Der dreißigste Frühling«, – dachte sie und trat mit einem Grinsen auf einen einsam dahinschmelzenden Schneeklumpen.

Er zerbrach ohne zu knirschen, Marina lief bis zur Chaussee, winkte einem Pulk von Autos, die an der Ampel gerade leicht beschleunigten.

Ein roter »Moskvič« bremste und scherte zu ihr aus.

– Nogin-Platz, – sagte sie, während sie mit Mühe die klemmende Wagentür öffnete.

– Bitte ... – gleichgültig wandte sich ein katerähnlicher Dickwanst mit Kaninchenfellmütze ab – stumpfsinnig, indifferent, aufgeschwemmt, wie ein totalitäres Regime in einem afrikanischen Land ...

Marina erwachte von etwas Unklarem, Zartem, das nicht in ihren Traum passen wollte und beharrlich in die Realität hinausdrängte. Sie öffnete mühsam die Lider und sah einen gerade gezogenen Scheitel, der als blasser Strich pechschwarze, wippende Haare teilte. Marija saugte an ihrer Brustwarze und streichelte gleichzeitig mit der Hand die Leistengegend. Die Sonne schien zwischen den zurückgezogenen Vorhängen herein, tastete mit zwei dünnen Strahlen die Falten von Mašas Samthosen ab, die unordentlich über den Diwan geworfen waren.

Marina lächelte, erinnerte sich an alles und stöhnte leicht auf.

Scheitel und Haare verschwanden. Mašas Gesicht füllte das Zimmer:

– Aufgewacht, das Vögelchen ... mein Herzblatt ...

Sie küßte Marina zart auf die Wange, um die aufgesprungenen, vom vielen Küssen geschwollenen Lippen zu schonen.

Ihr Gesicht war etwas eingefallen, doch die Augen leuchteten mit derselben geheimnisvollen schwarzen Glut, die Wangen waren blaß.

Marina umarmte sie und schmiegte sich wie ein Kind an die Mutter.

– War es eine schöne Nacht? – flüsterte Marija.

– Ja . . .

– Unsere Hochzeitsnacht. Glückwunsch, Vögelchen . . .

Sie küßten sich.

Mit noch schläfrigen Augen betrachtete Marina die schönen Brüste mit den kleinen Warzen, den langen Hals, den in einer Falte versteckten Nabel, die nach unten dunkler werdenden Leisten. Alles war ganz nah – das Fremde, vorher Unerreichbare, alles konnte sie berühren, betrachten.

– So ungewohnt . . . – sagte sie und fuhr mit der Hand über Marijas Schulter.

– Was?

– Na . . . alles . . . ich wußte nicht, daß Frauen sich lieben können . . .

– Sie können. Und wie . . .

– Kaum zu glauben . . .

– Aber du glaubst es doch?

Marina seufzte und dachte an den Zauber der letzten Nacht:

– Natürlich.

– Und liebst du mich?

– Ich liebe dich.

– Sag es nochmal.

– Ich liebe dich.

– Nochmal, Vögelchen, nochmal . . .

– Ich liebe . . . liebe . . .

Sie umarmten sich . . .

Kurz darauf war Maša, die sich Großmutters Schlafrock übergeworfen hatte, in der Küche und briet Spiegeleier, Marina – nackt, mit aufgelöstem Haar – spielte ihr geheimes Dreizehntes, dessen Klang an diesem Morgen neu und nicht bis ins letzte erklärlich war, leidenschaftlich und streng erhaben, sanft und zart-verhalten.

– Hier halten wir, – Marina hielt dem Dickwanst zwei Rubel hin, schaute schräg durchs Fenster auf eine Straßenuhr, – zehn nach fünf . . . ich komme wie immer zu spät . . .

Von innen ging die Wagentür leichter auf, Marina stieg aus und rannte den Alt-Platz hoch. Sie bog in die schmale Nikitnikov-Gasse und eilte auf das zweistöckige Glasgebäude neben der kleinen Kirche zu.

Weiter vorn ging Leonid Petrovič rauchend auf und ab. Der Kragen seines Fellmantels war hochgeschlagen, der Schirm der Robbenfellmütze tief in die Augen gezogen.

Außer Atem lief Marina zu ihm hin und tippte ihn an den Ellbogen:

– Hallo . . . oj . . . wartest du schon lang?

Er lächelte und warf die Zigarette fort:

– Aber nein. Schön, dich zu sehen. Bist du auf der Arbeit aufgehalten worden?

– Mhm . . . oj . . . ich bin ganz außer Atem . . . von der Metro zu euch geht es so hoch . . .

– Na klar. Wir stehen auf der Höhe, versteht sich, – grinste er, als hätte er etwas Geistreiches gesagt, – also, gehen wir.

Im Gehen holte er eine Marke aus der Hosentasche und gab sie ihr.

– Danke . . .

Marina schlüpfte durch die gläserne, von Leonid Petrovič zuvorkommend aufgehaltene Tür und kam in eine weitläufige Eingangshalle, wo neben dem Kunststoffhäuschen des Pförtners zwei Uniformierte auf der Stelle traten.

Marina zeigte die Marke vor, Leonid Petrovič seinen roten Ausweis des Abteilungsleiters beim ZK der KPdSU.

Der große breitschultrige Blonde nickte, sie gingen durch und stiegen eine breite Wendeltreppe hinauf. Vor ihnen war niemand, Leonid Petrovič umarmte sie schnell und küßte sie auf die Lippen.

Marina lächelte, fuhr mit der Hand über das attraktive, faltige Gesicht mit den freundlichen Augen und den weißen, unter der Mütze vorschauenden Haarbüscheln an den ergrauten Schläfen.

– Eine Treppe wie bei den Zaren . . . – Er küßte sie erneut.

Von oben kamen fröhlich plaudernde Leute herunter.

Leonid Petrovič wich zurück, ging neben ihr her, lächelte verlegen und sah auf den Boden.

Sie kamen in den ersten Stock.

Hier befanden sich eine gemütliche Delikateß-Kantine und die neonbeleuchtete Glastheke der Bestellabteilung, an der vier Leute standen.

Zwei beleibte Frauen in weißen Schürzen und Häubchen gaben flink die Kartons mit den bestellten Waren aus und spießten die Marken auf eine Metallnadel.

Marina hielt ihre hin, das rotbackige Weib mit der Fuchsschnauze nahm sie, gab ihr einen mit Bindfaden verschnürten Karton und legte den Bestellzettel obenauf.

Marina nickte und wollte die Bestellung von der Theke nehmen, doch Leonid Petrovičs Finger schoben sie weg und nahmen es ihr ab.

– Ein richtiger Gentleman, – betonte Marina dankbar.

– Mhm . . . Brauchst du irgend etwas vom Buffet?

– Ich weiß gar nicht mehr wohin damit . . .

Diesmal kamen ihnen auf der Treppe lauter einzelne Leute langsam entgegen, und es folgte kein dritter Kuß . . .

Auf der Straße öffnete Marina ihr Täschchen.

– Lenja, wieviel bin ich schuldig?

– Laß sein, laß sein . . . – murmelte er leicht erschrocken, – gehen wir, ich begleite dich.

– Nein, ernsthaft, wieviel?
– Überhaupt nichts.
– Lenj, das ist nicht in Ordnung.
– Doch, doch ... Gehen wir ...

Sie bogen aus der Gasse und gingen hinunter zur Metro, vorbei an den langen Gebäuden von ZK und MGK.

Von hier hinunter war es bei weitem leichter als hinauf.

Leonid Petrovič steckte sich eine Zigarette an, ohne Marina eine anzubieten:

– Wie läuft es bei dir?
– Was?
– Alles eben ...
– Eben alles irgendwie. Eigentlich gut. Gerade habe ich eine Zetka-Zuteilung bekommen ...
– Und wie sieht es mit deiner Zeit aus?
– Ein bißchen eng.
– Und am Samstag?
– Ich weiß noch nicht, Lenj ...
– Komm, fahren wir zu mir auf die Datscha? Dort ist es im Moment so schön. Keine Leute ...
– Wo sind die deinen?
– Zu Hause ...
– Und wann würdest du fahren?
– Wann du willst. Fahren wir?
– Mal sehen ...

Er schwieg und blies öfter Rauch in den frischen Frühlingswind. Die in die Augen gezogene Mütze verlieh seinem Gesicht ein finsteres Aussehen.

– Was macht deine Arbeit? – fragte Marina gleichgültig.
– Alles normal ...
– Schikaniert euch Jurij Vladimirovič?
– Ein bißchen ...
– Was heißt da ein bißchen ... Diese ganzen Umstellungen. Schließlich haben sie deinen Vorgesetzten entlassen ...

– Na und. Wir arbeiten trotzdem weiter wie bisher . . .
– Und warum entlassen sie dich nicht?
– Weiß nicht. Ich hab gut gearbeitet, wahrscheinlich . . .

»Quatsch keinen Scheiß, Lenečka«, – dachte Marina und sah ihn lächelnd an, – »nicht deiner Arbeit hast du es zu verdanken, sondern deinem Kameraden, dem KGB-Generalmajor, der sich so blöd und aussichtslos an mich herangemacht hat in eurem Sanatorium in Soči . . .«

Sie dachte an den untersetzten Sergej Petrovič mit seinem Sprachfehler, wie er in dem immergleichen Trainingsanzug in den Speisesaal kam, und mußte lachen.

– Was ist? – sah Leonid Petrovič sie müde an.
– Nichts, nichts . . .

Er warf die Kippe fort:

– Dann ruf ich dich in der Früh an, ja?
– Ruf an . . .

Marina nahm ihm den Karton ab:

– Danke dir . . .
– Nichts zu danken, Mariš. Bis Samstag.

Seine Finger umfaßten verstohlen ihr Handgelenk.

Marina nickte und ging über matschige Stufen in die Unterführung hinunter.

Die Metro war überfüllt. Im Waggon trat ihr irgendein Angetrunkener den Sitzplatz ab, dem Aussehen nach hundertprozentig ein Mechaniker.

Marina setzte sich und zog, ohne auf sein verworrenes Portweingefasel zu hören, die Bestelliste unter dem Bindfaden hervor:

März 1983

Wurst, roh geräuchert	1	4-24	4-24
Keta Lachs spez./gesalzen	0.500	7-81	3-91
Kaviar vom Lachs 1/140	1	4-20	4-20
Kaviar vom Stör 1/56	1	3-00	3-00

Krabben 1/240	1	2-40	2-40
Dorschleber 1/320	1	0-95	0-95
Gurken Konserv. 1/510	2	0-44	0-88
Rindfleisch geschmort 1/250	2	0-68	1-36
Zander in Tomatensauce 1/350	1	0-58	0-58
Schinken 1/454	1	1-90	1-90
Zunge in Aspik 1/350	1	1-23	1-23
Karton			0-32
Papier			0-03
	Summe		25-00

»Einen Fünfundzwanziger hat er mir geschenkt«, – dachte Marina und steckte den Zettel in die Tasche, – »nicht schlecht, was man da so zugeteilt bekommt. Ihr werdet euch freuen, Kinder . . .«

Der Mechaniker brabbelte irgendwas über ihr, er hing mit seiner knochigen Hand an der Haltestange.

Marina betrachtete ihn.

Ein dunkelblauer Übergangsmantel mit riesigen schwarzen Knöpfen, speckigem Aufschlag und abgewetzten Schößen stand unförmig von seiner dürren, schiefen Gestalt ab. Die freie Hand hielt ein kleines Netz mit einer Garnitur Wäsche, die in eine »Večerka« gewickelt war, weite braune Hosen standen auf schmutzigen Stiefeln auf. Auf dem Kopf saß eine graugesprenkelte Kappe, ein gefleckter Schal hing unter dem unrasierten Kinn.

Der Mechaniker roch aus dem Mund nach Alkohol, Tabak und Elend, jenem alltäglichen und gewohnten, munteren und jämmerlichen Elend, an dessen Existenz der Marina zulächelnde Mechaniker so starrköpfig nicht glauben wollte.

Die Hand mit dem baumelnden Netz erhoben, salutierte er, legte an die zurückgebürsteten Koteletten zwei freie Finger mit dicken, dreckigen Fingernägeln:

– Zu Euren . . . das . . . sehr erfreut . . . erfreut . . . genau . . .

Das Netz baumelte an seiner Brust . . .

Mehr als alles auf der Welt haßte Marina die Tyrannei.

Schon als Kind, wenn sie Büchlein über Helden des Mittelalters las, die auf Scheiterhaufen verbrannt wurden, war ihr Gesicht tränenüberströmt, und die kleinen Fäuste waren kraftlos geballt. Damals, so schien es, wurden mit Jeanne d'Arcs strohblonden Locken auch ihr die Haare ausgerissen, die Hände zerquetscht in den schrecklichen Schraubstöcken von Ostaps Henkern, die Füße gemartert in den grausamen »spanischen Stiefeln«, die bestimmt waren für Tommaso Campanella. Sie haßte die Inquisition, haßte Herzog Alba, haßte General Galliffet.

Mit ihren sechzehn Jahren stieß sie auf Hippies und hängte sich an sie dran für ein halbes Jahr. Sie öffneten ihr die Augen für die Welt, gaben ihr Bücher, von denen etwas Neues, Wahres und Erhellendes ausging, für das sich auch ruhig sterben ließ.

Zweimal wurde sie von der Miliz aufgegriffen, und diese Leute in ihren schmutzig-blauen Hemden, mit den stumpfen selbstzufriedenen Visagen wanderten für immer ins Lager ihrer Feinde. Sie waren es, die auf Lincoln geschossen, Kopernikus verbrannt, Pestel aufgehängt hatten.

Einmal nahm Sunny sie mit zu einer »Lesung«.

Vojnovič las in der Wohnung irgendeines Pianisten. So machte Marina Bekanntschaft mit den Dissidenten.

Innerhalb eines Monats war ihre Weltanschauung nicht wiederzuerkennen.

Sie erfuhr, was das heißt, Stalin. Sie blickte das erste Mal zurück und betrachtete mit Schrecken die Welt, in der sie gelebt hatte, lebte und leben würde.

»Mein Gott«, dachte sie, »dieser Flecken Erde ist ja praktisch dem Teufel überlassen, wie Hiob!«

Und rundherum ragten erbärmliche Häuser empor, erbärmliche Schaufenster boten mit Gleichgültigkeit erbärmliche Waren an, auf erbärmlichen Straßen fuhren erbärmliche Autos. Und tief unter all diesem, unter den hohen Stalinbauten, unter dem Puppenhaus von Kreml, unter den modernen Buildings lagen zusammengepfercht die Gerippe von Millionen, gequält, gemordet von der schrecklichen Maschinerie des GULAG ...

Marina weinte, betete inbrünstig, doch das schreckliche Leben ging seinen erbärmlichen gleichmäßigen Gang.

Hier änderte sich prinzipiell nichts, die reale Zeit schien seit langem eingefroren oder war einfach per Dekret abgeschafft, und die Zeiger des Spasskij-Turmes drehten sich nur so wie ein lebloses Spielzeug zum Aufziehen. Am schrecklichsten waren die Menschen selbst – ausgelaugt, zerrieben von der täglichen Bosheit, dem Elend, der Lauferei. Sie wurden, genauso wie die klobigen Häuser, in Marinas Augen nach und nach identisch, ungeachtet ihrer äußerlichen Verschiedenheit.

Morgens, wenn sie im vollgestopften, schwer ächzenden Bus zur Arbeit fuhr, musterte sie die Gesichter der stummen, noch nicht ganz wachen Menschen und fand nicht einen unter ihnen, der sie hätte überraschen können durch Schicksal, Gesichtszüge, Verhalten. Alle waren sie bekannt und wiedererkennbar, wie der gebogene Türgriff oder die gesprungenen Fliesen in den öffentlichen Toiletten.

Sie hatten noch nicht ihren Mund aufgemacht, da wußte Marina schon, was sie sagen würden und wie. Ihre Sprache war grauenhaft – Sprachfehler, Flüche, schlampige Interjektionen, technische und bürokratische Fachausdrücke, Ganovenslang, alles war wirr zusammengewickelt zu einem festen Knäuel:

– Fräun, wie heißt Ihr Name?

– Ich entschuldige mich freilich. Sie arbeiten nicht beim Ballett?

– Sie warten nicht auf mich?
– Naturgemäß bin ich gerade ungeregelt bei der Arbeit. Gehen wir ins Kino?
– Sie haben Augen von ungewöhnlicher Schönheit. Eine Schönheit der Augen auf höchstem Niveau.
– Und ich wohne übrigens hier quasi nicht weit . . .

Sie verzog das Gesicht, wenn sie an tausend ähnliche Anmachversuche in der Metro, im Bus, auf der Straße dachte.

Sie taten ihr leid, sie selbst tat sich leid. Weshalb war sie in diese Zeit hineingeboren worden? Wozu?

Doch das war ein sündhafter Gedanke, und Marina vertrieb ihn, weil sie verstand, daß irgendwer auch in dieser Zeit leben mußte. Leben: glauben, lieben, hoffen.

Sie glaubte, liebte. Und hoffte.

Diese Hoffnung hatte längst schon Gestalt angenommen in einer heimlichen Traumvorstellung, deren ausgesprochene Kinohaftigkeit sie jedesmal im Moment des Eintauchens die Welt umher vergessen ließ.

Sie sah den Vnukovo-Flughafen, ein Meer von Menschen, trunken vor Freiheit und Glück: Ein bauchiges Überseeflugzeug setzt in der Ferne zur Ladung an, rast mit einem Heulen über die Betonpiste, rollt aus, schiebt sich mit seinen gewaltigen Umrissen durch den Schleier des Morgendunstes. Es steht noch nicht, da strömt das Menschenmeer schon zu ihm hin, alle Absperrungen werden niedergerissen.

Marina rennt, rennt, rennt, sie ruft und winkt mit den Armen, und alle um sie her rennen und rufen, rennen und rufen.

Umringt ist der blau-weiße Koloß der Boeing von einem heulenden Meer von Köpfen.

Die ovale Luke geht auf, und in der dunklen Öffnung erscheint das GESICHT.

Hohe Stirn, schmale, von einem Seemannsbart umrahmte Wangen, kleiner, angespannt zugepreßter Mund und stürmisch blaue Augen. Und in ihnen, in diesen weisen, tapferen Augen des berühmten Mannes, der sich ganz dem Dienste Rußlands verschrieben hat, stehen Tränen.

ER tritt aus der Luke heraus auf die obere Plattform der fahrbaren Treppe, tritt heraus in eben jenem ungefütterten Pelzmantel, ein kleines Säckchen an die Brust gedrückt, darin eine Handvoll russischer Erde.

Das Menschenmeer lebt auf, schäumt in irrsinnigen Wogen, Marina trägt es zu der Treppe, sie findet sich am unteren Absatz, sie sieht IHN ganz nah. Und ER, dort oben, beschienen von den Strahlen der aufgehenden Sonne, hebt den schweren Arm in einer weit ausholenden, langsamen Bewegung und bekreuzigt sich im Namen des Ersten Tages der Freiheit.

Und alle bekreuzigen sich, küssen sich, wischen sich die Tränen ab.

Und auch Marina bekreuzigt sich und weint, bekreuzigt sich und weint.

Und die Sonne der Freiheit geht auf, bescheint alle mit ihren Strahlen.

– Es ist offen, treten Sie ein! – kam es gedämpft von hinter der Tür, Marina stieß mit dem Karton dagegen.

Die Tür ging auf, Marina trat in einen schmalen, kurzen Flur, der eng und vollgestellt war.

– Au ... – stieß sie leise hervor und verzog das Gesicht wegen des Kartons, der ihr in die Hand schnitt.

Ein lauterwerdendes Schlurfen von ausgelatschten Pantoffeln war zu hören, Ljusja kam auf den Flur:

– Marinka! Hallo ...

– Hallo ... nimm schnell, sonst fällt mir die Hand ab ...

– Was ist das? – hob Ljusja den Karton hoch, tastete mit

der Hand an der Tapete entlang und knipste den Lichtschalter an, – hopp-la, so fest verpackt . . .

– Das ist für euch.

– Was ist es denn? Dissidenten-Ware?

– Ach was. Pack aus, du wirst schon sehen . . .

– Leg doch ab, komm rein . . . Mitj, Marinka ist gekommen!

– Ich höre, ich höre vertraute Töne, – der magere Mitja guckte mit kurzgeschorenen Haaren in den Flur, – hallo.

– Hallo, Mitj, – Marina hängte ihren Mantel an einen der riesigen Schiffsnägel, strich ihren Pullover glatt und folgte den inzwischen verschwundenen Gastgebern.

Im Durchgangszimmer war niemand – Ljusja entwirrte in der Küche die Zetkaknoten am Karton, Mitja klapperte mit irgend etwas in seinem kleinen Zimmer.

Marina sah sich um, während sie ihre taubgewordene Hand rieb.

Dieses Zimmer, vollgehängt mit Bildern, Bücherregalen, Fotografien und Kunstdrucken weckte in ihr jedesmal das Bedürfnis, sich bis in alle Glieder zu strecken, eine Zigarette anzuzünden und sich selig auf den von tausend Hintern abgewetzten Diwan fallenzulassen.

Es gab so viel in diesem Zimmer, unter dem vom Tabakqualm fleckigen Stofflampenschirm.

Marina seufzte tief, und der bekannte, durch Lüften nicht zu vertreibende Tabakgeruch rief Erinnerungen wach, ließ eingeprägte Spuren des Vergangenen aufleben: Der wortkarge Volodja Bukovskij drückt eine Zigarette im Aschenbecher aus, bittet Delaunay, neue Gedichte vorzulesen . . . der strenge, schweigsame Rabin packt mit gemächlichen Handgriffen sein Bild aus, auf dem eine gelb-braune Baracke sich krümmt mit blinden Fensterchen, aus denen matt das Licht tropft . . . der rüstige, stramme Roj Medvedev mit dem dichten Igelhaarschnitt und den durchdringenden Augen spricht schnell und knapp gestikulierend über irgend etwas . . . der verschmitzte, rundgesichtige Vojnovič liest die »Iwankiade« vor, unterbricht öfter, bis die Lachsalven sich wieder gelegt haben . . . die amerikanische Korrespondentin hebt ihre schwere Nikon, richtet das gewölbte Auge des Objektivs auf den sich rege mit Mitja unterhaltenden Sacharov . . . der fröhlich mit den Augen blitzende Etkind küßt beflissen die Hand der hereinkommenden Čukovskaja – weißhaarig, groß und stattlich . . .

– Marink . . . woher dieser Luxus? Wo bist du? Komm her! – rief Ljusja aus der Küche.

Marina ging hinüber zu ihr.

Ljusja hielt eine längliche Wurst und eine Dose Kaviar in den Händen und blickte sie erstaunt an:

– Ich verstehe nicht . . .

– Iß und du verstehst, – grinste Marina und stieg über die buschige Katze hinweg, – für euch zu Ostern.

– Von wem?

– Vom ZK der KPdSU.

– Nein, ernsthaft?

– Ist doch egal von wem, oder? Von mir!

– Was für ein Luxus . . . danke . . . und was bin ich schuldig, Mariš?

– Eine Tasse Tee. Und irgendwas zu futtern . . .

– Nein, das wäre ja noch schöner . . . Mitja! Mitja! Marin, ich bezahle das, wir haben jetzt . . .

– Schon gut, sei ruhig. Ich kanns nicht mehr hören.

Mitja kam in die Küche und lächelte Marina liebenswürdig an:

– Du bist das Mädchen aus Hollywood. Was ist das?

– Fressalien.

– Für wen?

– Für euch.

– Von wem?

– Von Leuten, die Mitleid haben mit der Dissidentenbewegung in der UdSSR.

Lachend nahm er eine Dose:

– So. Zander in Tomatensauce. Nicht zu fassen.

Marina nahm eine Zigarette aus der Schachtel auf dem Tisch und steckte sie sich an:

– Haben sie euch im Lager nicht so verköstigt?

– Fast so. An Feiertagen gab es Haselhuhn mit Preßkaviar und eine Karaffe Chablis.

– Na dann. Komm zu Kräften. Für die zukünftigen Klassenkämpfe.

– Danke. Wir werden unsere, wir werden eine neue Welt errichten ... Ljusj, schneid was ab zum Probieren.

– Ich schneide gleich für alle was auf, warte ... – nickte Ljusja und verstaute die Lebensmittel in einem bauchigen, verschrammten »ZIL«.

– Für solche Speis, Marinočka, laß mich dir ein Büchlein zum Präsent machen, – Mitja legte die Hand auf ihre Schulter, – komm.

In seinem kleinen Zimmer war es noch enger als im Flur – Papiere, Bücher, Stöße von Fotos stapelten sich auf den groben Bretterregalen, lagen mit dem Gesicht nach unten auf Tisch und Bett. Auf dem Stuhl drehten sich lautlos die Spulen eines teuren japanischen Tonbandgerätes.

– Hopp-la, was für ein Wunderding. Das habe ich früher gar nicht gesehen bei dir ...

– Früher hatte ich es auch nicht, – antwortete Mitja gleichgültig, – seit einer Woche erst.

– Hat es jemand mitgebracht?

– Mhm. Zu schade zum Verscheuern, aber es muß sein ...

– Money, money?

– Ja. So nötig wie nie ...

Die Spule war zu Ende, das Band zog sich heraus und blieb stehen.

– So. Hier irgendwo . . . – Mitja fuhr wie ein Blinder mit der Hand über die Buchrücken, – aha. Da ist es . . .

Er zog ein neues Buch heraus und gab es Marina:

– Hier, viel Spaß beim Lesen.

– Danke, Mitenjka, – lächelte sie und betrachtete den Umschlag mit dem dunklen Foto irgendeines alten Mannes und weißen großen Lettern: ZWISCHEN HUND UND WOLF.

– Hast du »Die Schule der Dummen« gelesen?

– Mhm. Du hast es mir doch gegeben, noch vor deiner Verhaftung.

– Aaaa . . . ich erinnere mich.

– Ist das Buch gut?

– Ja.

– Ich mag ihn. Ich weiß nicht warum, aber ich mag ihn.

– Braucht man auch nicht zu wissen. Man mag ihn und Schluß, – Mitja stand an den Türpfosten gelehnt und sah ihr zärtlich in die Augen.

Sie lächelte und wandte den Blick ab:

– Du hast dich irgendwie verändert . . .

– Aber du veränderst dich nie. Immer noch die gleiche Nymphe.

– Nymphchen?

– Na, über ein Nymphchen bist du schon hinaus.

Eine Weile standen sie so, sahen sich an.

– Teeee triiinken! Kiiinder! – rief Ljusja in der Küche.

Kurz darauf saßen sie an dem kleinen quadratischen Küchentisch, auf dem immer noch dasselbe uralte Wachstuch lag, dessen aufgedrucktes Muster gänzlich verblichen war.

Marina trank von dem kochendheißen Tee in dem großen Tonbecher einen Schluck ab und fuhr mit dem Finger über das Wachstuch.

An diesem Tisch hatten sie seinerzeit gehockt, hatten

Hunderte Liter von Ljusjas starkem Tee getrunken, beinahe alle bekannten Menschenrechtsvertreter, Dissidenten, Schriftsteller und Künstler.

Und wahrscheinlich hatten viele aus diesem »Gästebecher« aus Ton getrunken – dem groben, grau-braunen mit der glänzenden Lasur ...

Marina trank erneut und betrachtete im Tee ihr dunkles Spiegelbild.

Diesen Rand mit dem kleinen schiefen Sprung hatten die Lippen von Sacharov berührt, von Orlov, Jakunin, Ščaranskij, Daniel, Sinjavskij, Vladimov, Šimanov.

Und ER hatte auch diesen Rand berührt.

Marina erschauerte, fuhr mit der Zunge über den Sprung. Genau hier waren sie gewesen, seine zurückhaltenden, fest zusammengepreßten Lippen ...

– Wo bist du denn mit deinen Gedanken? – fragte Ljusja und schob ein dünnes Scheibchen Wurst in den Mund.

Marina schüttelte müde den Kopf.

– Nur so, es ist nichts ...

– Was gibts für Neuigkeiten?

– Irgendwie überhaupt keine. Und bei euch?

– Nicht anders, – murmelte Mitja gleichgültig, – gestern war ein Korr da.

– Und?

– Nichts. Wir haben übers Wetter geredet ... Ach ja, die Jungs waren da, diese ... wie heißt ihre Gruppe ...

– »Jugendinitiative«, – wußte Ljusja und hielt Marina einen Teller mit ziemlich zerbröseltem Gebäck hin.

– Und was ist das?

– Na, das gleiche wie »Vertrauen«, nur noch viel unbestimmter. Liebe Kerle, ehemalige Hippies. Wollen mit dem Herzen ihre amerikanischen Altersgenossen erspüren, um gemeinsam gegen den heutigen ... wie war das ... dem heutigen organisierten Irrsinn zu widerstehen ...

– Mit dem Herzen? – fragte Marina und biß von einem Eclair ab.
– Mhm . . .
– Und mit den Geschlechtsorganen?
Mitja und Ljusja lachten.
Das auf dem »ZIL« stehende Telefon rasselte dumpf.
Mitja streckte den Arm aus, wobei er Marinas Schulter berührte, und hob ab:
– Ja . . . aaa hallo. Hallo. Mhm . . . ach so . . . ihr? Na prima . . . gut . . . gut . . . mhm . . . danke . . . Mil, bis bald.
Der Hörer flog ungeschickt auf die Gabel.
Grinsend strich Mitja Butter auf sein Brot und sah fröhlich zu Ljusja:
– Dorothy war gestern bei Milka. Sie hat dir was mitgebracht.
Ljusja zuckte verwundert mit den Achseln, ihre Tasse behielt sie an den Lippen:
– Warum ist sie denn bei uns nicht vorbeigekommen?
– Keine Ahnung. Du sollst hinfahren und es abholen.
– Wie, so eilig ist es?
– Sie fahren morgen auf die Datscha. Dort steht alles unter Wasser . . .
– Sie hat mir gar nichts gesagt . . . Und was hat sie mitgebracht?
– Ich weiß es nicht. Am Telefon hat sie es nicht gesagt . . .
Mitjas Zähne bissen in eine riesige Schnitte mit einer dicken Schicht Butter und drei Rädchen Wurst darauf.
Hastig trank Ljusja ihren Tee aus und stand vom Tisch auf:
– Marinočka, ich lauf schnell los, entschuldige . . .
– Ich entschuldige nicht, – antwortete Marina im Scherz und schlürfte ihren Tee.
– Und du versuch unbedingt, Verka zu erreichen, sag, daß ich heute nicht komme . . .

– Ist gut . . .

Ljusja lief auf den Flur, raschelte mit den Kleidern, Mitja warf von der Seite einen Blick auf Marina und wurde plötzlich blaß, starrte absichtlich konzentriert auf seine leere Tasse.

Die Tür fiel ins Schloß.

Einige Minuten saßen sie schweigend da, nur Marinas Löffel klimperte gegen den Becherrand.

Dann sah Mitja auf und nahm Marinas Hand in die seine. Seine Augen wirkten nach der zweijährigen Haft größer und zerstreuter als früher.

– Was hast du, Mitja? – fragte sie und wunderte sich über die Dummheit ihrer Frage.

Statt zu antworten beugte er sich vor und küßte ihre Hand.

Die Berührung seiner warmen, rauhen Lippen beruhigte und nahm der Situation alles falsch Theatralische. Marina fuhr mit der Hand über seine schlecht rasierte Wange.

Er wurde sofort weich, krümmte den Rücken, als lastete etwas Unsichtbares schwer auf ihm.

– Weißt du . . . ich bin jetzt wie der gesundgeschriebene Kostoglotov . . .

Er lächelte hilflos, und erst jetzt bemerkte Marina, wie sehr dieser Mensch während der zwei Jahre gealtert war.

Er küßte die Innenfläche ihrer Hand – zärtlich und lang.

In diesen zwei Jahren hatte sich Mitja verändert. In ihm hatte sich etwas verschoben, die Gesichtszüge waren auf unerklärliche Art verwischt, wie auf einer unscharfen Fotografie.

Seine Küsse wurden immer nachdrücklicher, und eine Minute später küßten sie sich bereits in der feuchten Dunkelheit des Badezimmers, standen an die Tür gepreßt, die Mitjas Finger ruckartig von innen verriegelt hatten.

Fest an sie geschmiegt, küßte er sie gierig, als wollte er sie mit den Lippen gänzlich austrinken. Die zitternden Finger langten unter den Pullover, drückten Marinas Brüste, streichelten die Schultern, zogen Marina fest zu sich her.

Als das Zittern seines Körpers nicht mehr zu beruhigen war, sein Atem heiser ging, machte Marina sich entschlossen von ihm los, öffnete den Reißverschluß ihrer Hosen und zog den Pullover aus.

Sofort raschelten Mitjas Hosen, klirrte die heruntergefallene Gürtelschnalle, rutschte hörbar der enge Gummizug der Unterhose über die unsichtbaren Beine.

Seine Arme drehten Marina schnell und grob um, die heiser stöhnenden aufgesprungenen Lippen verloren sich in ihrem Haar.

Vornüber gebeugt stützte sich Marina mit den Händen am wackligen Waschbecken ab.

Mitja drang gierig in sie ein, mit einem kraftlosen Stöhnen preßte er ihre Brüste und begann sich zu bewegen – ungeduldig und schnell.

Als Marina sich an die Dunkelheit gewöhnt hatte, erkannte sie sein undeutliches Bild im runden Spiegel über dem quietschenden Waschbecken.

Das schemenhafte Gesicht, schwankend im Takt zu Mitjas Atem, kam ihr unbekannt vor, mager und schön. Riesige Augen blickten mit durchdringender Aufmerksamkeit. Plötzlich wechselte die bloße Aufmerksamkeit in ihnen zu Zärtlichkeit. Marina erkannte sie wieder und lächelte in der Dunkelheit. Schwarze feuchtglänzende Augen waren neben ihr – ganz wie damals, in ihrer ersten goldenen, unwiederholbaren, glühend-trunken machenden, überwältigenden Hochzeitsnacht . . .

Eine halbe Stunde später saßen sie nebeneinander auf Mitjas berühmtem Diwan und bliesen Rauchschwaden gegen den grünen Lampenschirm.

Marina sah Mitja von der Seite an. Er war jetzt träge, die Augen leuchteten traurig über den blassen, hohlen Wangen.
– Mitj, war es schwer im Lager? – fragte sie, rückte näher an ihn heran und legte die Hand auf seine weichen angegrauten Haare.

Er nahm einen Zug und blinzelte kurzsichtig:
– Letztes Mal war es schwerer. Jetzt ging alles irgendwie schnell vorbei. Immerhin nur zwei Jahre, nicht vier.
– Damals hast du gehungert, weiß ich noch. Über die »Sender« bekam ich alles mit über deine Hungerstreiks. Und daß sie dir die Bibel weggenommen hatten . . .

Er lächelte:
– Ja . . .

Sie schwiegen.

Marina drückte den Zigarettenstummel aus und legte ihren Kopf Mitja auf die Schulter:
– Du bist unser Märtyrer.

Er lächelte erneut:
– Die Heilige Märtyrerin Varvara.

Sie hörte nicht auf, ihn zu streicheln:
– Mitj, und wann kommt Kolja raus?

Er zuckte mit den Schultern, so daß ihr Kopf schaukelte:
– Keine Ahnung. Vielleicht überhaupt nicht.
– Wie das?
– Ganz einfach. Die Haftstrafe endet, sie verpassen dir noch eine. Wie bei Miška. Er hat nochmal zwei Jahre gekriegt.
– Miša?! Davon hab ich gar nichts gehört.
– Und wirst auch nichts hören . . .

Er umarmte sie:
– Noch drei, vier Jährchen, und von unserm Bruder bleiben nur noch Überlieferungen: ja, da hat es mal so Leute gegeben – die Dissidenten. Sie haben irgendwas geschrieben, haben gegen irgendwas protestiert, sind für irgendwas

eingelocht worden. Und dann hat man sie einfach verschwinden lassen, wie die Kulaken in den zwanziger Jahren. Und Schluß. Im Arsch . . .

– Das werden sie nicht, werden sie nicht, Mitj. Davor haben sie Angst.

Er lachte:

– Hör auf, solchen Blödsinn zu glauben. Die haben vor überhaupt nichts Angst, außer vor sich selbst, und ihren Stellvertretern, den Jüngeren. Da hast du die »Solidarität« von dreißig Millionen Leuten. Schwupp – und futsch. Als wäre nichts gewesen.

Er seufzte und winkte träge ab:

– Ach zum Teufel mit ihnen. Ich habe nicht mehr vor zu kämpfen, sollen sie weiter ihren Mutwillen auslassen. Die Sache ist nämlich die, Mariš, in ein paar Wochen werden wir abhauen. Wir kratzen die Kurve, wie es so schön heißt.

– Wie? – hob Marina den Kopf.

– So.

– Für immer?

– So wie es aussieht.

– Und wohin?

Er zuckte die Achseln:

– In die Staaten wahrscheinlich . . .

Marina war verstummt, ließ den Kopf hängen. Dann fuhr sie mit der Hand übers Gesicht:

– Mein Gott . . . Dann ist ja keiner mehr da. Du auch. Schrecklich . . .

– Wie, soll ich im Lager verfaulen?

– Aber nein, nicht doch. Natürlich ist es besser, vor der Sünde zu fliehen . . .

Mitja stand auf und lief im Zimmer umher:

– Die lochen mich sowieso in ein paar Monaten wieder ein, wenn ich nicht ausreise. Und nochmal komme ich nicht heraus. Nie mehr. Ich bin schließlich nicht siebzig, sondern achtunddreißig. Ich hab eh noch nichts gehabt vom Leben. Sechs Jahre Lager, zwei Jahre Irrenhaus. Und dann – ich sehe einfach keinen Sinn darin, irgendwas Beliebiges zu machen. Alles ist auseinandergejagt und zerschlagen. Kolja sitzt, Miša sitzt, Kitjka und Anjka sitzen. Borja ist abgehauen. Sanjka auch. Entweder Haft oder Ausreise. Und der Westen schert sich einen Dreck um uns. Nichts können die machen. Carter ist gegangen und Schluß – mit der Dissidentenbewegung will keiner mehr was zu tun haben ...

Er blieb stehen, wippte auf den Zehenspitzen:

– Und dann, entschuldige, die innerstaatliche Situation ist grauenhaft. Heute ist es so deutlich wie nie zuvor, daß diese Maschinerie seit langem schon nach ihren eigenen, für niemanden verständlichen Gesetzen funktioniert, und es ist völlig unwichtig, wer am Ruder ist. Selbst der KGB-Chef kann nichts ändern, geschweige denn die anderen, die unter ihm stehen. Ja und überhaupt ... – er lachte müde, – ein KGB-Minister als Staatsoberhaupt. Wie ein lächerlicher Traum. Nein, laß zehn Jahre vergehen, und man wird sich an die Breżnev-Zeit mit Tränen der Rührung erinnern. Es wird heißen, damals haben sie dich eingelocht, und du wußtest genau, daß du wieder rauskommst ...

Er lachte kurz und ging zum Fenster.

Marina stand auf, ging zu ihm hin und umarmte ihn von hinten.

Ohne sich umzudrehen nahm er ihre Hand und drückte sie an die Lippen.

Hinter dem Fenster war es dunkel, die Straßenlaternen brannten, Fenster waren erleuchtet. Marina schmiegte sich mit der Wange an den groben, nach Tabak riechenden Pullover:

– Mitj, und du bist sicher, daß du ausreisen darfst?

– Ganz sicher. Es war ihr eigener Vorschlag.

– Wann?

– Vor drei Tagen.
– Hatten sie es damals auch vorgeschlagen?
– Nein. Da wäre ich auch nicht gefahren.
Sie seufzte:
– Ja . . . furchtbar. Du gehst weg. Und mir bleibt niemand mehr . . .
– Na, ich bin doch nicht die Welt . . .
– Trotzdem furchtbar. Furchtbar, furchtbar, furchtbar . . . Mein Gott, warum leben wir in dieser verfluchten Zeit?!
Mitja wandte sich um und umarmte sie:
– Laß nur. Alles wird gut werden. Rußland geht niemals unter.
Marina strich über seine Haare:
– Mitjka, Mitjka . . . Unser Dulder.
Er dachte an etwas und mußte lächeln.
– Was lächelst du? – sah Marina in seine braunen Augen.
Er lachte auf:
– Ich habe gerade an den Anfang denken müssen. Wie das alles bei uns ins Rollen kam.
– Wann war das?
– Lang her. So um '67. Als wir vor Denkmälern Lesungen abhielten.
– Die »Smogisten«?
– Nicht nur. Wir nannten uns zum Beispiel »Baumeister«.
Er lachte auf:
– Gott, was für Schrott haben wir vorgelesen . . .
– Weißt du nichts auswendig? – fragte Marina.
– Ich will es gar nicht wissen. Damals war jeder in irgendwas vernarrt. In Jazz, die Beatles, Gedichte, touristische Ausflüge. Und wie wir vorgelesen haben, Wahnsinn. Vadik, ich weiß noch, hat sein Poem gelesen. »Mendelssohns Geigen«. Er las nicht – er sang, flippte aus. Und so alle. Andrjuša: Da Capo, Jungs, da capo. Los, nochmal das Ganze, füllen wir die trocknen Meere mit der Mädchen lau-

nisch Tränen ... Juljka, Lenja, Miška. Alle in singendem Tonfall.

Er lächelte und sah aus dem Fenster:

– Und unsere Saufereien. Ich weiß noch, bei Vovik, wir hatten uns gerade erst kennengelernt. Er hatte zwei Zimmer, in der Ryleev-Straße, glaub ich. Also, stell dir vor, dein ergebenster Diener trinkt Wein aus der Flasche, er sitzt am Boden, neben ihm der Gitarrist Elbrus knallt die leeren Flaschen an die Wand, es zerreißt sie in tausend Scherben direkt über dem Lockenkopf von Juljka, sie lacht, übersät mit Glassplittern. Etwas weiter weg der besoffene Vovik, der hockt auf einem niedrigen Geschirrschrank, hält dem nicht weniger besoffenen Valerka eine Knarre hin und will ihn überreden, sie zu verstecken.

– Vovik? Er hatte eine Pistole?

– Ja. Ich glaube allerdings – ohne Patronen. Und dann – fingen alle Besoffenen an, um die Wette vorzulesen. Ich, Juljka, Valerka, Andrjuša ...

Er schwieg und rieb sich die Nasenwurzel:

– Hm ja ... ich habe alles vor Augen ...

– Und erinnerst du dich an die erste Demonstration?

– Na klar.

– Erzähl, du hast nie davon erzählt ...

– Na, wir trafen uns bei Vovik. Er erklärte uns alles. Borja hatte ein Plakat gemalt. Blau auf weiß. Mit dem 31er sind wir bis zum Theater gefahren. Stiegen aus. Und da ist Alik pissen gegangen in die Einfahrt eines Hauses, weißt du jenes ... von diesen, den zwei Arbeitern, die 1905 umgekommen sind. So. Wir warten. Fünf Minuten sind um, er kommt nicht wieder. Wir warten weiter. Da sagt Vovik: »Gut, Jungs, das Haupt soll nicht darunter leiden.« Wir sind ohne ihn los. Leicht geschneit hat es damals, abends, Januar. Um sechs kamen wir zum Puškin-Denkmal. Stellten uns im Kreis auf. Es waren zwei Plakate. Eins – FREI-

HEIT FÜR GINSBURG, GALANSKIJ, LAŠKOVA, DOBROVOLSKIJ! Das andere ... Gott, laß mich nachdenken ... WEG MIT DEM ARTIKEL 190.1! Genau ... Nahmen sie. Spannten sie auf. Wir stehen zwei Minuten, da kommen von rechts zwei KGBler. Ich weiß noch, einer hatte seine Galliffet-Hosen in die Stiefel gesteckt. Er wollte Vadik das Plakat entreißen, aber der hat dem Wichser eins mit der Stange übergezogen. Da hat Vovik seins zusammengerollt und sagt zu uns – weg hier. Wir sind zur Trolleybus-Haltestelle. Es kam gerade einer, und wir hinein. Aber hinter uns her – ein KGBler. Wir zur Vordertür raus und hinten wieder rein. Und der hinterher. Zwängte sich in die Tür. Da ist Vovik hin und hat ihm eins mit dem Fuß verpaßt. Der fiel hin, die Tür ging zu, und der Trolleybus fuhr los. Aber eine Woche später gab es bei mir eine Hausdurchsuchung, dann zwei Vorladungen, und alles kam ins Rollen ...

Er schwieg, streichelte Marinas schmale Hand:

– Vor allem, keiner von uns außer Vovik hatte kapiert, womit wir es zu tun hatten. Daß das nicht einfach die Fortsetzung unserer poetischen Saufgelage war, sondern die offene Konfrontation mit der grauenhaften Maschinerie eines totalitären Staates. Als wären Kinder zu einem schlafenden Drachen und hätten ihn in die Nase gezwickt ...

– Und er ist aufgewacht und hat Feuer gespien.

– Ja ...

Mitja schaute düster, seine Wangen waren eingefallen.

Lange Zeit schwiegen sie.

Er seufzte:

– Ja. Wenn wir auch Kinder waren, die einen Drachen ärgerten, unsere Leiden waren nicht sinnlos ...

Und nach kurzem Schweigen fügte er hinzu, so bestimmt, als sei es eingemeißelt:

– Daran glaube ich.

Marina sah für einen Moment unverwandt in seine erleuchteten, feuchtgewordenen Augen, dann umarmte sie ihn innig, küßte ihn auf die Wange, schwesterlich, brüderlich, christlich:
– Ich auch, Mitja.

Effektvoll die Taxitür zuschlagend und im Gehen weiterrauchend, überquerte Marina den bis zum Erbrechen bekannten Platz und stieg die schmutzigen Stufen zum Supermarkt hoch.

Es wurde bereits dunkel, die langgestreckten Schaufenster leuchteten, hinter ihnen wimmelte es von Menschen, klapperten die Kassen, wurden mit Lebensmitteln vollgepackte Einkaufswagen herumgeschoben.

Die Glastür, aufgestoßen von einem feisten häßlichen Mann, prallte Marina in die dagegengehaltene Hand. Sie nahm einen letzten Zug, warf die Zigarette auf ein dreckverstopftes Gitter, trat sie aus und ging hinein ins Geschäft.

Drinnen war es schwül und eng.

Marina fand einen freien Einkaufskorb und ging zu den Regalen, die von hektischen Menschen verdeckt waren.

In der Fleischabteilung herrschte ein grauenvolles Durcheinander, die enggedrängte Menge schnappte sich irgendwas von der Theke, Geschimpfe war zu hören und die beschwichtigenden Antworten der Verkäuferinnen.

»Ein Mensch vollbepackt bis unter die Kehl, ist sein eigener Zar und sein eignes Kamel . . .« fiel Marina ein, und ging mit einem angewiderten Lächeln daran vorbei.

Bei der Milch war der Andrang geringer, in der mit reifbedeckten Kühlstellage lagen Margarineklötze und abgepackte Käsestücke durcheinander.

Marina wählte ein Stück aus, legte es in ihren Korb und

fragte, als sie dem Blick der feisten Frau begegnete, die abpackte:

– Entschuldigung, haben Sie keine Butter?

– Wird gerade gebracht, – antwortete die, während sie mit mürrischer Gleichgültigkeit woanders hinschaute.

Und tatsächlich – zwei angetrunkene Packer brachten eine Metallkiste, hoben sie ächzend an und kippten sie um. Gelbe Stücke purzelten in die Stellage, irgendwer rempelte Marina an, und bevor sie hingehen konnte, hatte sie statt der Butter eine geschlossene Wand aus Rücken vor sich.

»Schweine!« – dachte Marina und verzog das Gesicht.

Ein Rücken riß sich los, verwandelte sich in eine ältere Frau, die einen Stapel Butterstücke vor der Brust hielt. Ihr Gesicht strahlte erregte Besorgnis aus:

– Halt mal . . . fünf reicht . . . – entschied sie laut, nahm ein Stück weg und wollte es zurückwerfen.

– Geben Sie es mir, – bat Marina leise, die Frau streifte sie mit einem zerstreuten Blick und streckte es ihr hin.

Marina nahm es und ließ es unbemerkt in ihre Manteltasche gleiten.

Von diesem Augenblick an pochte ihr Herz aufgeregt und süß.

Sich durch die Leute schlängelnd, besorgte sie Brot und Milch und ging zu den Kassen.

Vor den weißen, plappernden Kassiererinnen standen lange Schlangen.

»Wie beim Beichten«, – dachte Marina grinsend und stellte sich hinter einen sympathisch wirkenden Alten, der aussah wie eine Springmaus.

Der Alte kaute mit eingefallenem Mund, so daß die weißen Schnurrbartspitzen lustig wippten, und glotzte in die Gegend.

Marina wartete und horchte auf ihr steigendes Herzklopfen.

Es pochte fast wie damals – war in den Schläfen zu spüren, erfüllte die Brust.

Die an der Kasse sitzende Frau war unfaßbar fett, gelockt, hatte ein aufgedunsenes, teilnahmsloses Gesicht und lila Backen. Flink eintippend, schaute sie auf die Körbchen mit den Lebensmitteln, murmelte die Endsumme, nahm das Geld, als zahlte man ihr längst überfällige Schulden zurück, kramte in den Plastikkästchen nach Kleingeld und tippte erneut ein.

Marina zog sie in Gedanken aus und schauderte vor Ekel: riesige schlaffe Brüste mit zwei runzligen Weintrauben als Brustwarzen ruhten auf dicken Falten eines gelbweißen Bauches, der am Nabel rhythmisch eingesaugt wurde zu einem dunklen Trichter; die Beine, weiße wulstige Schweinskeulen, durchzogen vom winzigen Geäder der Venen, waren geöffnet und zeigten ein düster behaartes Monster mit dem senkrecht gefrorenen Lächeln der roten Schamlippen ...

»Wieviel Butterstücke wohl in ihrer Scheide Platz haben?« – dachte Marina, während sie in der Schlange weiterrückte.

Sie stellte sich vor, daß da in dem Monster noch ein gutes Dutzend versteckt war, ruhig umherschwamm, zusammengepreßt zu einem gelben ovalen Klumpen ...

– Was ist es bei Ihnen? – schaute die Matrone in Marinas Körbchen, obwohl alles auch so zu sehen war.

– Zwei Milch, Weißbrot für fünfundzwanzig, Käse ...

Die fleischige Hand wendete das in Zellophan abgepackte Stück:

– Dreiundneunzig ... so ... zweiunddreißig ... fünfundzwanzig. Alles?

– Alles, – antwortete Marina, lächelte mit nervös zuckenden Lippen und blickte in die grünen Augen der Kassiererin.

Das Herz hämmerte wie verrückt, die Knie zitterten angenehm, das kalte Butterstück beulte die Tasche aus.

– Ein Rubel fünfzig.

Marina streckte einen rosa Zehner-Schmetterling hin, nahm das schwierig zu haltende Wechselgeld und ging mit glühendem Gesicht zum Packtisch.

»Das zweiundsiebzigste Stück«, – kam es ihr in den Kopf, die Lippen öffneten sich, und sie lächelte erleichtert.

Als sie die Lebensmittel aus dem Einkaufskorb in ihre Plastiktüte gepackt hatte, zog sie das Butterstück aus der Tasche.

Der Springmaus-Alte, der neben ihr stand, packte ebenfalls Brot, Margarine und Milch in seine grüne Tasche. Als er sich gerade über das Körbchen beugte, warf Marina das Stück geschickt in seine Tasche, griff nach ihrer Tüte und eilte zum Ausgang.

Sie klaute dem Staat schon seit langem Butter. Es war ein angenehmes, kitzliges Gefühl, mit keinem anderen vergleichbar. Es war angenehm, in der unfreundlichen Schlange zu stehen, sich als Verbrecherin zu wissen, das innere Zittern zu unterdrücken, an die Kasse zu gehen, das schwere Pochen des Blutes in den Schläfen, zu lügen und dabei mit zuckenden Mundwinkeln zu lächeln . . .

Einmal war Marina an ein junges, ungewöhnlich attraktives Mädchen geraten, das ungeschickt eintippte und mit bezaubernden kleinen Lippen gefragt hatte:

– Noch etwas?

– Alles. Das ist alles, – hatte Marina leise gesagt, hatte gelächelt und sie betrachtet. Damals hatte es sie quälend danach verlangt, daß diese süße Kleine mit ihren kurzen Fingerchen, an denen die Nägel abgebrochen waren, Marina zuerst abgetastet und dann ganz aufgeknöpft und unter Erröten und Blicken zur Seite abgesucht hätte.

Oder noch besser, wenn Marina als Kassiererin gearbeitet

hätte, und diese entzückende kleine Kleptomanin von ihr mit einem Stück Käse in der Tasche ertappt worden wäre.
– Mitkommen, – hätte Marina leise gesagt und ihr die Hand auf die vor Schreck erstarrte Schulter gelegt.

Und sie wären durch den Mief und das Gedränge des Supermarkts ins verlassene Büro des Direktors gegangen.

Marina dreht den Schlüssel herum, um den stinkenden Lärm auszusperren, zieht die Vorhänge zu, schaltet die Tischlampe ein.
– Verzeihen Sie, doch ich muß eine Leibesvisitation machen.

Das Mädchen weint, weint verzweifelt und aufrichtig, ohne sich des zunehmenden Reizes seines nassen Gesichtchens bewußt zu sein:
– Bbbitte ... bbit ... te saa ... gen Sie nnichts ... im Institut ...
– Das hängt ganz von Ihnen ab, – antwortet Marina weich, knöpft ihr die Bluse auf, klickt mit dem Verschluß des Büstenhalters, zieht die Jeans herunter und den Slip.

Einen Moment lang blickt sie auf ihre Gefangene – nackt, reizend, hilflos schluchzend, dann sagt sie mit derselben weichen Stimme:
– Verzeihen Sie, doch ich muß Ihre Geschlechtsorgane untersuchen. Wissen Sie, manche verstecken es sogar da ...

Das Mädchen öffnet die zitternden Knie, Marinas Hand berührt den flaumigen Schamhügel, tastet lange, dann zieht sie die reizenden Lippchen auseinander und ...

Reifenquietschen auf dem nassen Asphalt wischte die Träumerei schlagartig weg.

Marina sprang instinktiv zurück, kam zu sich in der realen Welt der Moskauer Abenddämmerung: ein grüner »Volga« rauschte staubverschmiert vorbei, der Fahrer konnte noch böse mit dem Finger an die Stirn tippen.

»So geht es schneller zum Herrgott«, – lächelte sie und nahm die Tüte mit den Einkäufen in die linke Hand, – »das wär was. Den Abflug machen während solcher Träumereien . . . Lustig . . .«

Am Ende des Platzes war der Weg von einem frisch ausgehobenen Graben versperrt, Marina ging leichtfüßig über das darübergelegte Brett und sah auf dem nassen Grund des Grabens eine leere Flasche.

Direkt vor ihr türmten sich mit erleuchteten Fenstern neunstöckige Wohnblocks auf.

Sieben Jahre schon lebte sie in diesem Viertel, das als neu galt, obwohl es alt und heruntergekommen aussah.

– Fräun, wie spät isses? – rief ihr von einer Bank ein länglicher Fleck mit Hut nach.

»Wichser«, – dachte sie mißmutig, bog um die Ecke und war in ihrem Hof.

Die Hausmeisterin hackte gemächlich das Eis vom Gehsteig, ihr siebenjähriges Söhnchen ließ irgend etwas Weißes an einer dunklen Schnur in einem durch das Eis rieselnden Bächlein fahren. In der kleinen Grünanlage war ein Haufen Dominospieler versammelt, und laut knallten die Spielsteine.

Marina bahnte sich einen Weg durch den knirschenden schmutzigen Schnee, der sich stark gesetzt hatte, stieg über eine Pfütze mit aufgequollenen Kippen und stieß, nachdem sie den Schnee von den Stiefeletten geklopft hatte, die Eingangstür auf.

Die Birne brannte schon den dritten Tag nicht, dafür leuchtete der Liftknopf mit unheilverkündender rubinroter Glut.

Der Lift kam schnell, mit einem widerlichen Knarzen gingen die Klapptüren auf, und heraus walzte, eine plattgedrückte Belomor qualmend, ein kurzbeiniger Fettwanst mit einem weißen Pudel an der Leine.

»Sau«, – dachte Marina, als sie in den vollgequalmten Lift stieg.

Der Finger drückte auf den Knopf, der Lift fuhr los.

Auf die rechte Tür neben das vertraute ARSCH, SPARTAK und NADJA war neu eine lakonische Gleichung hingekritzelt: SCHWANZ + MÖSE = FICKEN.

– In der Tat . . . pflichtete Marina müde bei, und der Lieblingsspruch von Valentin fiel ihr dazu ein. Sie überlegte – »Das Onanieren ist keine Rettung für die Jungs. Die Libido geht über auf den Willen, wird sublimiert. Deine Erkenntnis, Sigmund . . .«

Sie öffnete ihr Täschchen und holte die Schlüssel heraus, die an einer Sicherheitsnadel hingen.

Der Lift hielt an, Marina stieg aus und ging zu ihrer Tür – der einzigen ohne Schallschutz und mit einer einfachen Standardklinke.

Der Schlüssel ließ sich leicht drehen in dem lose sitzenden Zylinderschloß, die Stiefelette stieß die Tür auf, der Finger drückte auf den Lichtschalter.

Ohne abzulegen ging Marina in die Küche, verstaute die Lebensmittel im Kühlschrank, setzte Wasser in dem neuen vernickelten Teetopf auf (ein Geschenk von Sašenjka) und zündete sich mit dem noch brennenden Streichholz eine Zigarette an.

Die Küche war nicht sehr groß, doch gemütlich und fraulich eingerichtet: Leinenvorhänge mit ukrainischem Muster, eine Deckenlampe mit einem bläulichen Schirm in Form einer Birne, eine Sammlung von Gžel-Keramik auf einem kleinen ordentlichen Regal, drei bemalte Teller auf einem rustikalen Holztisch und ebensolche rustikale Hocker.

Marina ging zurück in den Flur, fluchte, weil sie an der Bastmatte hängengeblieben war, zog den Mantel aus, steckte die müden Füße in weiche Pantoffeln, zog an der Zigarette, ging kurz auf die Toilette, wo sie dem alten redseligen Wasserbehälter wieder was zu plappern gab, und warf sich dann mit Schwung auf das breite Schlafsofa.

Der Kopf versank in Großmutters vertrautem Kissen.

Sie knöpfte die Hosen auf und schlenkerte mit den Beinen, um sie auszuziehen.

Asche fiel lautlos auf den Pullover, sie pustete den grauen Aschenrest weg.

Genüßlich den Rauch einziehend, schweifte Marina mit zerstreutem Blick durch ihr Zwanzig-Quadratmeter-Zimmer: Großmutters Deckenlampe, Großmutters Klavier, das Bücherregal, der Karton mit den Platten, der Plattenspieler, der Fernseher, die grüne Stehlampe, die fünfzig Zentimeter hohe Gipskopie von »Amor und Psyche«, eine Variante von Rabins »Reisepaß« auf einem kleinen Ständer, ein Stilleben von Krasnopevcev, eine Radierung von Kandaurov und . . . ja, das immergleiche, bis zur Unerträglichkeit bekannte keilförmige Gesicht mit dem Seemannsbart, der kaum erkennbaren vertikalen Narbe auf der hohen zerfurchten Stirn und den außergewöhnlichen Augen.

Durch die Schwaden des Zigarettendunstes hindurch begegnete Marina ihnen zum tausendsten Male und mußte seufzen.

ER blickte immer, als erwartete ER eine Antwort auf die Frage seiner durchdringenden Augen: Was hast du getan, um dich MENSCH nennen zu können?

»Ich bemühe mich einer zu sein«, – antwortete sie mit ihren großen, weit auseinanderstehenden Rehaugen.

Und wie jedes Mal nach dem ersten stummen Gespräch wurde sein Gesicht gütig, die zusammengepreßten Lippen verloren ihre Strenge, die Falten legten sich wieder ruhig um seine Augen, die wirren Haarsträhnen fielen in der wohlbekannten menschlichen Hilflosigkeit in die Stirn. Das dreieckige Gesicht strahlte die gewohnte heimelige Güte aus.

»Mensch«, – kam es Marina in den Sinn, und schon hatte ER den quietschenden Stuhl herangeschoben und saß neben ihr – groß, schwer und schön.

Dieses Kennenlernen stellte sie sich oft vor – entweder in der Vergangenheit, vor der Ausweisung, oder in der Zukunft, nach eben jener Begegnung in Šeremetjevo-Vnukovo: im Hintergrund ein unklares Durcheinander von konzentriert sich unterhaltenden Leuten, Schwaden von Tabakqualm, das verschwommene Interieur eines unbekannten Zimmers, sein Lächeln, die breite Hand, der kräftige Händedruck ...

Alles weitere stand klar vor Augen und war durchlebt bis in die kleinste Kleinigkeit: das lange Gespräch, die Begegnung, das anvertraute Manuskript, die ganze Nacht hindurch das Klappern der Schreibmaschine, der helle Morgen, die frischgetippten, rechtzeitig gelieferten Seiten, »danke, Sie haben mir sehr geholfen, Marina«, »ich bitte Sie, das ist keine Arbeit für mich, sondern Vergnügen«, die Notwendigkeit eines Sekretärs, die gemeinsame Arbeit bis spät in die Nacht auf der Datscha vor der Stadt, der gelbe Mond, verirrt im feuchten Laub der nächtlichen Apfelbäume, das energisch aufgerissene Fenster, »was haben wir lange gesessen«, die gemächlich ausgedrückte Zigarette, der Blick der müden vertrauten Augen, die sich begegnenden Hände und ...

Marina war überzeugt, daß mit IHM alles käme, wie es sollte. Wie es zu geschehen bestimmt war, jedoch bei ihr, leider, noch kein einziges Mal passiert war, noch mit keinem Mann. Das blöde, medizinische Wort ORGASMUS war mit Abscheu aus den Träumen verbannt, sie suchte nach Synonymen, doch auch diese vermochten nicht auszudrücken, was das Herz so heftig und bestimmt fühlte ...

Ja, noch kein einziger Mann hatte ihr jenes armselige, rein physiologische Minimum verschaffen können, das ihrem Körper von weiblichen Händen, Lippen, Zungen so leicht zu entlocken war. Anfangs war das seltsam und schrecklich gewesen, Marina hatte geweint und auf das schläfrige Murmeln des befriedigten Partners gelauscht, der nach dreimaligem Bespritzen ihrer gefühlskalten Scheide wohlig eingeschlummert war. Später hatte sie sich daran gewöhnt, Lesbos hatte die Oberhand gewonnen, die Männer waren rein äußerliches Dekor, aber ER ... ER ... ER blieb immer ein heimliches Wissen, eine verborgene Chance für die wahre Liebe, jene, nach der Marina sich so sehnte, nach der ihr schlanker dunkelhäutiger Körper lechzte, wenn er in der Umarmung einer Freundin einschlief ...

Die Zigarette war längst ausgegangen. Marina warf sie in den hohlen Bauch einer Shiva aus Ton und ging in die Küche.

Sašenkas Teetopf kochte brodelnd, aus der Öffnung trat ein dicker Dampfstrahl.

– Ooochaaaa ... Marinka-Schlampinka ... – gähnte Marina, nahm den Teetopf herunter und drehte das Gas ab.

Der Lieblingsausdruck der einst geliebten Milka erinnerte sie an das, was sie schon gestern vorgehabt hatte:

– Mein Gott, ganz vergessen ...

Ins Zimmer zurückgekehrt, hängte sie die Hosen über die Stuhllehne, setzte sich an den massiven Schreibtisch, nahm aus einem estnischen Döschen einen Schlüssel, sperrte eine Schublade auf und zog sie heraus.

Die Schublade hatte große Ausmaße, aber in ihr hatte noch viel mehr Platz – jedenfalls hätte Marina für deren Inhalt ohne zu zögern ihre ganze Wohnung hergegeben.

Links ruhte in einem braunen Schutzeinband die Bibel, daneben – Großmutters Rosenkranz aus Bernstein und der zerfledderte Taschenpsalter, unter dem das Gebetbuch hervorschaute. Rechts – die drei wuchtigen Bände des »Archipel Gulag«; »Lolita«, »Die Gabe«, »Maschenka« und »Die Mutprobe« von Nabokov, Vladimovs »Geschichte vom treuen Hund Ruslan«, Orwells »1984«, »Der Maulwurf der Geschichte« von Kormer und zwei Büchlein der Čukovskaja.

Dann als akkurater Stapel die Poesie: Pasternak, Achmatova, Mandelštam, »Redeteil« und »Ende einer schönen Epoche« von Brodskij, eine Xerokopie der Oberiuten, Sammelbände von Koržavin, Sajmolov und Lisnjanskaja.

Alle die übereinandergelegten Bücher erinnerten an ein dreiseitiges Wehr, in dessen Mitte auf dem Eichenholzboden der Schublade das HEFT ruhte. Das HEFT.

Es war nicht sehr groß und bestand aus Bögen festen Papiers. Vom Umschlag blickte unschuldig und erstaunt Botticellis Venus, im rechten oberen Eck stand sorgfältig gemalt: ROSE LOVE.

Marina nahm das HEFT, legte es auf den Tisch und schob die Schublade zu.

». . . Deiner Gefühle erzenes Bett, des Herzens heimlich glühendes Lager . . .« fielen ihr die geliebten Zeilen ein, und sie schlug das HEFT auf.

Es war eine lakonische Chronik der Liebe – achtundzwanzig eingeklebte Fotografien – auf jeder Seite eine. Achtundzwanzig Frauengesichter.

Marija . . . Maša Solovjeva . . . Mašenjka . . . 7×9, ein schönes Studiofoto auf geriffeltem Papier, schwarze glänzende Haare, Halbprofil, Halblächeln . . . Marija war die erste. Mit ihren eleganten Fingern, den fordernden Lippen und dem elastischen Körper hatte sie in Marina die Rosa Tür aufgestoßen, heftig und mit Macht, und hatte für immer ein verzehrendes Strahlenbündel eingelassen.

Ihre Liebe hatte ein halbes Jahr gedauert – dann hatte Mašas Mann sie unwiederbringlich nach Leningrad mitgenommen, die heimlichen Treffen in der Wohnung einer Freundin hatten ein Ende, die Freundin jedoch blieb. Sie war die zweite.

Marina blätterte um.

Sveta . . . Sveta Rajtner . . . Svetočka-Svetlanka . . . Svetik-Siebenschön . . .

In jenem Sommer, als die Großmutter immer noch in Leningrad den vom Schreien krebsroten Koljka wickelte, hatten Maša und Marina oft bei Sveta übernachtet – einer Sechsundzwanzigjährigen, zweimal geschieden, schwarzgelockt, mit rundlichen teigigen Schultern, reifen Birnenbrüsten und den roten launischen Kirschlippen.

Normalerweise, nach einem kleineren Besäufnis, legte sie sich in der Küche hin, und das wachgebliebene Liebespaar hörte die ganze Nacht das sehnsüchtige Quietschen ihres Klappbettes.

Eines Tages hatte sie es satt, sich nur zu wälzen, und erschien kurz vor Morgengrauen – ein pummeliges, seidenes Gespenst mit einem schwarzen Hut auf dem Kopf:

– Mädels, laßt mich als dritte . . . dort ist es kalt . . .

In der Wohnung stand, genau wie auch draußen, die Hitze, Maša und Marina lagen nackt auf dem verschwitzten Laken, ruhten aus nach einem langen Kampf, der geendet hatte in beiderseitigem Sieges-Triumph.

– Leg dich her, – lächelte Marija und rückte zur Wand.

Das Hemd raschelte beim Ausziehen, Sveta legte ihren weißen kühlen Körper zwischen die zwei dunklen, langsam erkaltenden Kohlen. Lange schwiegen sie, schauten an die heller werdende Zimmerdecke, dann schlug Maša vor, sich mit dem Leintuch zuzudecken und noch ein Schläfchen zu machen. Gesagt, getan.

Das vom Stärken steife Leintuch krachte und bog sich wie Furnierholz, Marija schlummerte schnell ein, Marina war dabei es ihr nachzutun, als plötzlich Svetas Hand auf ihren Genitalien lag.

Marina schob mit einem Seufzer die kühle Hand fort, drehte sich weg und schlief ein . . .

Dann, einige Monate später, begegneten sie sich, erkannten einander unerwartet in der hetzenden Menge auf dem Arbat . . .

Sie hatte einen weißen jüdischen Körper mit einem strengen charakteristischen Geruch unter den Achseln und an den Genitalien. Sie liebte es, nackt auf dem Tisch zu tanzen zu Charles Aznavour, Rotwein aus der Flasche zu trinken, hysterisch zu lachen, sich herauszuputzen und wie ein Mannequin forschen Schrittes vom Flur ins Zimmer hereinzukommen, sich zu drehen und auf den hohen, aus der Mode gekommenen Absätzen zu wippen.

Sveta nahm Marinas Klitoris zwischen die Lippen und berührte sie rhythmisch mit der Zungenspitze. Sie war nicht so geschickt wie Marija, aber großzügiger – schon nach einer Woche hatte Marina einen teuren jugoslawischen Büstenhalter und ein Camée-Parfüm.

Sveta blickte auf dem Foto streng und herausfordernd, genau wie damals – nach dem erbitterten Streit, den bösen Worten und dem lauten Türenknallen . . .

Ira . . . Irinka-Mäuschen . . . Iročka-Iruschi – zuckersüße Muschi . . .

Ein Paßfoto 3 × 2 mit abgezwickten Ecken, eingeklebt mit einem braunen Bürokleber, von dem sich das Blatt stark wellte. Bubikopf, kleine flinke Augen, schmale Lippen, schmale Hände, schmale Hüften, zwei jungfräuliche Hügel auf der Brust und einen – der die Jungfräulichkeit im Wohnheim der Zirkusfachhochschule verloren hatte – unten, zwischen den mageren Schenkeln.

– Streichle mich, streichle mich hier so, – stammelte sie in der Dunkelheit und zeigte irgendwas mit der kaum erkennbaren Hand . . . Sie trafen sich immer im engen Zimmer ihrer Studienfreundinnen, wo sie das Fenster vollständig mit einer Decke verhängten. Am meisten gefiel Irina, wenn die Genitalien sich berührten, die Beine ganz breit . . .

Im zweiten Studienjahr wurde sie wegen Diebstahls ausgeschlossen, und Marina begleitete sie an einem regnerischen Sommerabend zum Weißrussischen Bahnhof.

– Komm uns besuchen, Mariš, du wohnst bei uns, Mama macht uns Schweineschmalz und Pilze, – murmelte sie, küßte Marina flüchtig und riß ihr den nassen glänzenden Koffer aus der Hand. – Bei uns ist Platz – verdammt viel, Vater ist gegangen, komm. Ich mach dich mit duften Typen bekannt ...

Die schweinsäugige Schaffnerin schepperte drohend mit dem hochklappbaren Trittbrett, Irina gab ihr einen letzten Schmatz mit trockenen Lippen und klapperte mit den Sandalen die Eisensprossen hoch:

– Bis bald, Mariščk!

Es war, als hätte ihre blaue Wollstrickjacke so gerufen ...

Sonečka Fasleeva ... eine Schönheit mit einem dicken Zopf bis zur Taille, schmalen Äuglein, winzig kleinen Lippen, breiten Hüften und einem rundlichen Popo.

Sie studierte bei Drobman, war ein Jahr über ihr auf der Hochschule.

– Beethoven ist grob, Marin, Skrjabin – das ist etwas anderes ... – das war das Höchste der Vorstellungen für ihren tatarischen Ästhetizismus.

Sie spielte grauenhaft, Drobman winkte längst ab, was sie betraf, mit dem Direktor hatte sie zweimal geschlafen, dem Leiter des Lehrkörpers hatte sie eine Kristallvase geschenkt.

Marina selbst war es, die sie zur Rosa Sache ermunterte – reif, träge, schmachtend vor sexueller Frustration: mit achtzehn war Sonečka von einem Gleichaltrigen brutal defloriert worden, und seitdem trugen Geschlechtsakte für sie rein rituellen Charakter.

Sonečka hatte sich lange und blöde geziert und Marinas altgewohntes »wie schön du bist, die Männer sind deiner nicht wert« zu hören bekommen, doch dann hatte sie sich mutig und problemlos hingegeben – im Spätherbst fuhren sie auf die leerstehende Datscha, und nachdem sie den abgeblätterten Heizkörper angestellt hatten, liebkosten sie sich den ganzen Tag auf dem kalten Deckbett . . .

Ihre Liebesbeziehung konnte nicht lange dauern – Marina hatte Sonečkas Beschränktheit satt, Sonja – die Rosa Sache.

Klara . . . Marina lächelte, sie war versunken in den Anblick des rassigen Gesichts der vierzigjährigen Frau und mußte seufzen.

Klara sah Via Artmane sehr ähnlich.

– Schönheit ist eine Gottesgabe, – wiederholte Klara oft, wenn sie Marinas Haar streichelte.

Sie brachte Marina zu Gott, sie konnte lieben, konnte treu sein, ergeben, selbstlos. Konnte ihr Alter übersehen lassen.

– Ich bin ein ebenso junges Mädchen wie du, mein Engel, – flüsterte sie morgens, während sie ihre herrlichen strohblonden Haarsträhnen hochsteckte.

Sie hatte eine reizende Klitoris in Form einer mittelgroßen Kastanie. Aus den rasierten, leicht gepuderten Genitalien guckte sie heraus wie ein edles rosa Zünglein.

– Küß mich auf das Mündchen da, – flüsterte sie schmachtend und öffnete willig die weißen, festen Schenkel.

Marina liebte diesen weißen, üppigen Körper mit den prallen, herabhängenden, doch außergewöhnlich zarten Brüsten.

Klara konnte Marina irgendwie unbemerkt zum Orgasmus bringen: leichte, wie zufällige Berührungen summierten und entluden sich unerwartet zur heißen Blüte der Mattigkeit. Marina schrie hilflos, Klaras Lippen flüsterten besänftigend:

– Schrei, schrei, mein Mädchen . . . mein zuckersüßes Mädchen . . . schrei . . .

Tanja Veselovskaja . . . Ein dünnbeiniger Komet mit

Feuerlocken blitzte auf und verschwand nach zweiwöchigem Liebestaumel im Strudel irgendwelcher zweifelhafter Armenier. Sie ließ sich leidenschaftlich beißen von ihren kleinen Zähnchen, winselte und preßte die Hände vor den Mund, damit die Nachbarn in der Gemeinschaftswohnung nichts hörten.

Mila Ševcova . . .

Zina Koptjanskaja . . .

Tonja Kruglova . . .

Alle drei waren sich zum Verwechseln ähnlich – magere, neurasthenische Kifferinnen, die um die Ausländer herumschwirrten.

Reiche Kunden waren ihre Götter, Hasch – ein lebensnotwendiger Stimulator, Restaurants – ein geweihter Ort, Lesbos – eine geheime Schwäche.

Sie kleideten Marina in Markenfummel, brachten ihr bei, wie man professionell eine Papirosa mit Hasch stopft, überredeten sie dazu, einen »Neger zu probieren«. Der Neger traktierte sie ungefähr anderthalb Stunden, steckte sein dickes Ding wohin es überhaupt ging, dann, abgehetzt schnaufend und mit dem Weißen der Augen in der Dunkelheit funkelnd, kippte er eine Flasche »Chvančkara« hinunter und fing an zu schnarchen . . .

Vika. Die arme, unglückliche Vika . . . Riesige blaue Augen, kastanienbraunes Haar, gutmütiger, immer lächelnder Mund. Sie lernten sich im Duschraum des Schwimmbads »Moskva« kennen, verstanden sich auf Anhieb, das herbstliche Moskau mit dem nassen Laub auf dem Asphalt, die Antwort einer unbekannten Stimme bei Marinas Anruf:

– Verstehen Sie . . . Vika gibt es nicht mehr. Sie ist von der Električka überfahren worden . . .

Marina hatte nicht einmal Abschied von ihr nehmen können.

Die frische Grabumzäunung auf dem Smolensker Friedhof mit der Silberfarbe, die noch an den Händen klebenblieb, der Granitblock, die nicht aufgegangenen Stiefmütterchen ...

Liebste Vika ... Sie küßten sich, bis ihnen schwarz wurde vor Augen, sie zog Marina ihre Kleider an, las ihr ein indisches Buch über die Liebe vor, bettelte lieb und lispelte leicht dabei, wie ein kleines Kind.

– Marinočka, jetzt steck mir den Stößel rein ...

Marina holte die mit einem Präservativ überzogene Sterinkerze unter dem Kopfkissen hervor und führte sie sanft in die sich öffnende Scheide ein ...

Die Električka, so hieß es, hatte sie in zwei Stücke gerissen ...

Sonečka Glikman ...

Tusjka Suchnina ...

Ein genormtes Paßfoto.

Beide studierten sie an der Stroganovka, jobbten dort als Modell.

– Mädels, wir müssen nach neuen Empfindungen suchen, sonst ist das Leben vorbei wie nichts, – sagte die nackte Tusjka und schenkte billigen Portwein in drei Gläser ...

»Gefleckte Hirschkuh«, – nannte Marina sie wegen der vielen Knutschflecken. Einmal machten sie einen »Vierer« mit dem ehemaligen Liebhaber von Sonečka – dem kindlich lächelnden Ašot mit schwarzem Haar und schwarzem Hintern, muskulösem Körper und einem langen, leicht krummen Penis. Mit ihm spielten sie oft Blindekuh – verbanden ihm die Augen mit Sonečkas Boheme-Schal, drehten ihn im Kreis und ließen ihn suchen. Der nackte Ašot lief wie ein Somnambuler lächelnd durchs Zimmer, die Mädchen kreischten, zwickten ihn in seinen wippenden, schleimtropfenden Ständer.

Barbara Wenigen ...

Eine typische Ostdeutsche mit schwarzem Schopf, jungenhaften Zügen und vulgären Manieren.

Normalerweise wartete Marina beim Stankin auf sie, eingehüllt in ihren Fellmantel, dann fuhren sie ins Wohnheim zu Barbara ...

Sie brachte ihr Lederhosen mit und eine Packung schwedische Antibaby-Pillen ...

Tamarka ...

Anželika ...

Mašutka Volkova ...

Kapa Čirkasskaja ...

Nataška ... Nataška Guseva. Das war etwas ganz Unglaubliches. Eine fette Siebenunddreißigjährige. Beim ersten Mal schien sie träge zu sein, doch arbeitete sie gekonnt mit der Zunge. Beim zweiten Mal – kam sie mit ihrer »Schlummerrolle«, einem runden länglichen Diwankissen. Über das Kissen wurde ein frisch gewaschener Überzug gestreift, dann preßte die nackte Nataša es aufstöhnend zwischen die Beine, legte sich bäuchlings auf das Bett und murmelte, dem Untergang geweiht:

– Du kannst ...

Ins Zimmer trat mit Koseworten Marina, um die Faust gewickelt ein breiter Offiziersgürtel mit abgeschnittener Schnalle:

– Du liegst schon, Mausi ... na, dann bleib liegen ...

Der fleischige Rücken und die Pobacken von Nataša begannen zu zittern, sie schluchzte, bat um Vergebung, rutschte auf dem Kissen hin und her.

Marina wartete eine Minute, dann pfiff der Gürtel und zog Striemen über diesen weißen gallertartigen Dickwanst.

Die Schlummerrolle fest zwischen die Schenkel gepreßt, stieß Nataša wilde Schreie ins Kissen, ihr Kopf bebte vor Erregung, der Hals war glutrot. Marina schlug zu, wobei sie sanft wisperte:

– Halte aus, Mäuschen ... halte aus, meine Sanfte ...

Sie ging morgens, mit fahlem, schmerzverzogenem Gesicht, konnte kaum ihre dicken Beine voreinandersetzen, schleppte ihren angeschwollenen Körper davon bis zum nächsten Samstag und mit ihm – die geliebte Schlummerrolle ... Sie wurde eingelocht wegen Schwarzhandels mit Medikamenten ...

Anja ... Anja-Anečka ... Kleine helle Löckchen bis auf die Schultern, Sommersprossen auf der Stupsnase. Die Rosa Tür in ihr hatte Barbara geöffnet, Marina brauchte ihr nur noch zu helfen bei der weiteren Aneignung und Vertiefung des Erlernten.

– Das ist so interessant. Und vor allem – ungewöhnlich ... – pflegte Anja zu sagen, und ihr liebreizendes Gesicht nahm einen geheimnisvollen Ausdruck an.

Ihr machte es Spaß, stundenlang mit Marina in der Badewanne zu sitzen und sich beim Licht einer tropfenden Kerze zu liebkosen.

– Vergewaltige mich, – flüsterte sie, ängstlich aus dem Wasser steigend. Marina schaute zu, wie der nasse Körper in der Tür verschwand, dann sprang sie auch heraus, jagte und fing sie in der Dunkelheit, drehte ihr die glitschigen Arme nach hinten, zerrte sie zum Bett, stürzte sich auf sie und setzte sich mit ganzem Gewicht auf die geheuchelt schluchzende Annatio-Fellatio ...

Tamara Ivosjan ... Schwarze Kohlen als Augen, undurchdringliche drahtige Haare, eine unwahrscheinlich breite Scheide, die ebenfalls auf die lesbische Bahn drängte: ein Mann war hilflos in einem solchen Raum.

– Där Mann ist noch nicht geborän, där dieses Loch verstopfen könntä! – brüstete sie sich stolz und schlug sich erbarmungslos auf die üppig behaarten Genitalien. Marina fand schnell den Schlüssel zu ihrem temperamentvollen Körper, und bald weinte die von unzähligen Orgasmen erschöpfte Tamara, schmiegte sich wie ein kleines Kind an Marina:

– Džjana . . . ach . . . džjaaaana . . .

Jedesmal bei Tagesanbruch machte sie den Vorschlag:

– Komm, beißän wir uns zum Andenkän!

Und ohne eine Antwort abzuwarten, biß sie kräftig in Marinas Hintern. Marina erwiderte den Biß, wobei Tamara wollüstig aufstöhnte und die regelmäßigen weißen Zähne bleckte . . .

Die zwei blauen Flecken blieben lange, Marina bog sich nach hinten, begutachtete sie und dachte an den Geruch unter Tamaras Achseln, die geschickten Lippen, die gierigen Hände.

Ira Rogova . . . Nettes rundes Gesicht, ruhige halbgeschlossene Augen . . .

Sie spielte wunderbar Gitarre, doch im Bett war sie hilflos. Sie hatte panische Angst vor Männern. Marina rasierte ihr eigenhändig die Genitalien, brachte ihr östliche Techniken bei, »Flöte spielen«, »Kuß der Venus« und vieles andere . . .

Marinka . . . Zwillingsschwesterchen . . . Spöttische Lippen, tief unter den Brauen versteckte Augen, undisziplinierter Gang, Blue Jeans . . .

Ihr Mann war »zur Haftverkürzung in die Chemiefabrik« gegangen in die Nähe von Archangelsk, ums Kind kümmerte sich ihre Mutter, und Marinka selbst soff und vögelte hemmungslos durch die Gegend, mit wachsender Angst, je mehr von der Strafe ihres Mannes verstrich. Angst. Die stieß sie auch in die geschickten Umarmungen ihrer Namensvetterin. Wenn auch nur für drei Nächte . . .

Ljubka Barminovskaja . . .

Ihre Augen begegneten sich im Juli im überfüllten Trolleybus, und sofort war alles klar: Ljuba, die von irgendeinem Weib an die Scheibe gedrückt wurde, fuhr mit der Zungenspitze über die Oberlippe. Die nicht weit entfernt stehende Marina wiederholte augenblicklich die Geste. Am

Puškin-Platz stiegen sie aus wie alte Bekannte, im Eliseevskij kauften sie eine kleine ranzige Torte, eine Flasche Weißwein, erwischten mit Mühe ein Taxi, und bald darauf küßten sie sich gierig in einem dunklen, nach Katzen riechenden Hausgang ...

Ja. Ljubuška-Täubchen war eine echte Professionelle – ungestüm, geschickt und unglaublich sinnlich ... Marina erinnerte sich an ihr agiles nacktes Figürchen, wie es auf dem breiten Fensterbrett saß.

– Ohne Mädchen kann ich einfach nicht leben, – meinte sie fröhlich und schlürfte den schlechten Wein aus einem hohen dünnen Glas, – ich war schon in meiner Kindheit immer nur mit Mädchen befreundet ...

Ljuba besaß eine unglaublich lange Klitoris – im erregten Zustand ragte sie als knubbelige rosa Schote aus ihren weichen Genitalien und zitterte leicht. Marina zog sie langsam mit dem Mund ein und begann sanft zu saugen, wobei sie die Fingernägel in den unruhigen Hintern der Geliebten bohrte ...

Ljuba brachte ihr das Sexspiel »Hopp-Stop« bei: sie zog sich an, ging ins Bad und betrachtete sich im Spiegel, während Marina durch den Spalt der absichtlich nur angelehnten Tür spähte. Ljuba begann sich auszuziehen, warf ihrem Spiegelbild Kußhände zu. Nur noch mit Slip bekleidet, posierte sie lange vor dem Spiegel, streckte den Hintern raus, streichelte die Brüste und fuhr mit der Zunge über die Lippen. Dann streifte sie ihren lila Slip ab, setzte sich auf den Rand der Wanne und begann zu onanieren: Die Finger massierten die schimmernde Klitoris, die Knie öffneten und schlossen sich in krampfartigen Bewegungen, rote Flecken traten auf ihre Wangen. So ging es einige Minuten, dann wurden ihre Bewegungen fieberhafter, die halbgeöffneten Lippen zogen geräuschvoll die Luft ein, die Knie zuckten, und sie stand auf, gab zu verstehen, daß sie kurz vor dem ersehnten Orgasmus war.

Da riß Marina die Tür auf, stürzte herein und mit dem Schrei »O du Nutte!« verpaßte sie ihr Ohrfeigen auf die heißen Wangen. Ljuba ließ nicht vom Massieren ihres Schötchens ab, sie wurde bestürzend blaß, murmelte »Liebste, ich tus nicht, Liebste, ich tus nicht . . .« zuckte, stöhnte und glitt kraftlos auf den Boden. Ihr hübsches Gesicht war in diesem Moment von einer frappierenden Schönheit: sie rollte die Augen, die Lippen waren prall gefüllt mit Blut, das wirre Haar fiel in Strähnen über die weißen Wangen. Anfangs tat es Marina leid zuzuschlagen, doch Ljuba wollte den Schmerz:
– Es tut mir doch gut, wieso verstehst du das nicht. Es ist doch ein süßer Schmerz . . .

Als Marina verstanden hatte, tat es ihr nicht mehr leid, und sie schlug auf die weißen Wangen, daß das Knallen der saftigen Ohrfeigen im schwülen Badezimmer widerhallte. Ljuba weinte dankbar . . .

Frida Romanovič . . . Ein fürchterliches Geschöpf in rosa Bermudas, Jeansjacke und silbernen Sandaletten. Sie hatte ständig eine Belomorka zwischen den großen, zynisch lächelnden Lippen, die flinken Hände kniffen, schlugen, klammerten, bedrängten. In der Metro, das allgemeine Gedränge ausnützend, drückte sie Marina gegen die Tür, glitschig wie eine Schlange glitt die Hand in die Jeans, die Finger öffneten die Schamlippen, einer drang in die Scheide und bog sich um:
– Jetzt hat dich der Müller an der Angel, – zischte ihr Fridka drohend ins Ohr, – ausgewichst, Täubchen.

Auf ihrer schmuddeligen Bude, wo überall Flaschen herumlagen, drehte sie den Kassettenrecorder auf volle Lautstärke, flößte Marina mit dem Mund Cognac ein, dann zog sie sich erbarmungslos aus und flegelte sich aufs Bett . . .

Als Marina merkte, wie sinnlos jegliche Initiative war, gab sie sich gehorsam ihren halbsadistischen Liebkosungen hin, das altersschwache Bett knarzte kläglich, drohte zusammenzubrechen, der Recorder brüllte und vibrierte auf dem Boden ...

Nina ... »Priesterin der Liebe« ... »Aphrodites Nichte« ... »Und spielen werd ich nicht, nicht singen, und führen nicht des Bogens schwarze Stimme« ...

Eine Große, Hagere, mit ebenmäßiger Stirn wie die Achmatova. Zuerst hatte sie Marina nicht gefallen: das affektiert-elegante Hofmachen mit einem Strauß praller Rosen, mit Ausflügen nach Abramcevo-Kuskovo-Šachmatovo und Picknicks auf der Datscha schienen zu nichts zu führen. Doch Fridka hatte Marina völlig genervt mit ihren besoffenen Sauereien, wenn sie vorschlug, »die Dogge zu machen«, »sich auf eine schäumende Sektflasche zu setzen«, »einen Typen aufzureißen«, der vom ewigen Zwicken gepeinigte Körper verlangte nach Ruhe: Frida blieb Sherry saufend in ihrer Bude zurück, Marina zog zu Nina.

Historikerin-Lesbierin-Dichterin ...

Wie alles verflochten war bei dieser schlanken, gescheiten Frau ...

– In meinem letzten Leben war ich George Sand, im vorletzten – Jeanne d'Arc, im vorvorletzten – ein herumziehender Sufier des Kadirerordens, und im vorvorvor ... – sie lächelte geheimnisvoll und fügte dann ernst hinzu, – war ich Sappho.

– Du erinnerst dich daran? – fragte Marina, während sie die kleinen Brüste betrachtete.

– Natürlich, – nickte Nina, und ein schlanker Finger mit mandelförmigem Nagel tippte auf die große Landkarte von Lesbos, – hier stand die Villa, hier wohnten die Dienerinnen, hier badeten wir, da weideten die Schafe ...

Marina nickte stumm.

Nina setzte sich aufs Bett, seufzte, sah aus dem dunklen Fenster:

– Ja ... Mich hat Plato die zehnte Muse genannt ...

Oft las sie nach den Liebesspielen in langgezogenem Tonfall ihre Übersetzungen irgendwelcher altgriechischer Texte vor, ähnlich wie:

Dein Schoß, er gliche vielleicht
Nur den zarten Hügeln Medias,
Von Gischt des Meeres träufend
Und aus Perlmutt der Atem . . .

Die Beziehung mit ihr riß unerwartet ab: zu ihrem Schrekken hatte Marina erfahren, daß Nina eine Bekannte von Mitja war, der schon seit geraumer Zeit alle amüsierte mit Geschichten von einer philologischen Lesbierin, die vernarrt wäre in Achmatova und Sappho.

»Mitjas spitze Zunge hat mir gerade noch gefehlt«, – dachte Marina damals und wählte Ninas Nummer.

– Ja, Kallisto, ich höre, – sang mit betonter Würde eine Bruststimme im Hörer.

– Nina, verstehst du . . . ich liebe eine andere . . .

Eine Weile herrschte betretenes Schweigen im Hörer, dann folgte ein ruhiges:

– Das ist deine Sache. Heißt das, ich brauche gar nicht mehr auf dich zu warten?

– Warte nicht. Ich kann nicht zwei lieben . . .

– Gut. Nur gib mir den Euripides zurück.

Noch am selben Abend schickte Marina den abgegriffenen Band als Wertbrief ab . . .

Milka . . . 9 × 12 . . . fast über die gesamte Seite . . . Mannequin, Schieberin, Alkoholikerin . . . Von den abendlichen Saufgelagen war nur eines im Gedächtnis geblieben: ein abgedunkeltes Schlafzimmer, ineinander verschlungene todmüde Körper, Flaschen und Kippen auf dem Boden, und Milkas Hände, die eine Banane schälen:

– Herzchen, das ist die Banane unserer Liebe . . .

Dieselben Hände führen sie vorsichtig in die vor Schleim triefende Scheide ein, und da ist sie wieder – klebrig, schwammig, noch nicht zerfallen – an Marinas Lippen:

– Na los, schwupp und weg . . .

Marina beißt ab – Mehlig-Süßliches vermischt sich mit Sauer-Herbem . . .

Milka schluckt wie ein Pelikan die restliche Hälfte hinunter und wirft sich ins Kissen . . .

Nataša . . .

Rajka . . .

Zwei erbärmliche, neurasthenische dumme Puten. Es war schwer, sich an irgendwas zu erinnern . . . irgendwelche Feten, Saufgelage, Klamotten, ständige Eifersucht, weinerliche Monologe im Bett, nächtliche Telefonanrufe, plumpe Liebkosungen . . . Schwachsinn . . .

Und hier kam sie.

Marina lächelte, führte das noch nicht eingeklebte Foto von Saša an die Lippen und küßte es mehrmals.

– Liebste, Liebste . . .

Vorgestern hatten Sašenjkas zärtliche Hände ihr diese Aufnahme hingehalten:

– Hier, Marinuška . . . Aber da drauf bin ich häßlich . . .

Häßlich . . . Schönheit, blauäugige, du wundervolles Kind. Wenn alle so häßlich wären, dann gäbe es den Begriff Schönheit selbst nicht mehr . . .

Engelgleiches Gesicht in einem Kranz goldener Locken, kindlich vorgewölbte Stirn, jugendlich staunende Augen, erwachsen sinnliche Lippen.

Marina begegnete ihr nach monatelangem Hin und Her mit Rajka-Nataška, das sie völlig abgestumpft und für lange Zeit aus dem Rosa Geleise ins schwarze Loch einer Depression gestoßen hatte.

Was für ein Leuchten sie in jenen grauen Winterabend brachten, Sašas goldene Löckchen! Sie trat in das verrauchte Zimmer voll von betrunkenen, schwatzenden Leuten, und die Zigarette fiel Marina aus den erstarrten Fingern, das Herz zuckte krampfartig zusammen: LIEBE!

Die neunundzwanzigste Liebe . . .

Sašenjka war keine Anfängerin in der lesbischen Leidenschaft, sie verstanden einander sofort, und gleich nach diesem Abend fuhren sie zu Marina nach Hause.

Es schien, als würde alles wie gewohnt – eine Flasche Wein zu leiser Musik, eine gemeinsam gerauchte Zigarette, Küsse – und die Nacht erfüllt von wollüstigem Flüstern, langem Stöhnen und kleinen Schreien . . .

Doch – nein. Sašenjka gewährte ihr nur zwei Küsse, dann legte sie sich hinüber auf die Liege, und am Morgen stand sie vor Tagesanbruch in der Dunkelheit auf, zog sich leise an, streichelte Marinas Hand und ging, trotz Marinas schläfrig verworrenen Überredungsversuchen.

Drei Tage rief sie nicht an, Marina betrank sich bis zur Besinnungslosigkeit, weinte, lag auf dem schmutzigen Küchenboden.

Am vierten – warf ein kurzes Läuten Marina vom nicht gemachten Schlafsofa. Sie schlug ihren Schlafrock übereinander, schwankte zur Tür, öffnete und war geblendet von fröhlich lachendem lockigem Gold.

– Hier bin ich! – Ja . . . Die neunundzwanzigste Liebe . . .

Marina seufzte, nahm aus der linken Schublade eine Tube Klebstoff, drückte etwas von dem braunen Schleim auf die Rückseite der Fotografie, verschmierte ihn sorgsam und klebte sie auf das Blatt.

An der Tür wurde heftig geläutet.

– Das ist dein Original, – flüsterte sie zu der Fotografie und versteckte das Heft im Schreibtisch, – ich komme, Sašenjka!

Das lose sitzende Schloß klemmte nur kurz, dann sprang die Tür auf, sie umarmten sich, ohne sich überhaupt erst anzusehen:

– Mein Mädchen ...
– Marinuška ...
– Mein Lockenköpfchen ...

Marina nahm ihr kühles Gesicht zwischen die Hände, bedeckte es mit stürmischen Küssen:

– Mein Engelchen ... Goldschatz ... Mein Kindchen ...

Saša lächelte, streichelte ihr Haar:

– Nun laß mich doch erst mal ablegen, Mariš ...

Marinas Hände knöpften den rosa Mantel auf, halfen ihr das Kopftuch abnehmen, fuhren durch die Locken, glitten nach unten – zu den leicht bespritzten Stiefeletten.

– Nicht doch, Mariš, das kann ich selber ... – lächelte Saša dankbar, doch Marina war schon dabei sie abzustreifen:

– Meine Füßchen ... müde, Liebste ... von wo kommst du?
– Von der VDNCh ...
– Mein Gott ... du mußt müde sein?
– Ziemlich, Mariš ... ich möchte etwas essen ...

Marina stellte die Stiefeletten in die Ecke und umarmte erneut die Geliebte:

– Ich hatte so Sehnsucht nach dir ...
– Ich auch schrecklich.
– Ich hab etwas für dich.
– Was?
– Mach die Augen zu und warte.

Sašenjka gehorchte ohne Widerspruch und nahm die Hände vors Gesicht. Marina lief ins Zimmer, holte aus dem Schreibtisch einen kleinen silbernen Ring mit einem kleinen runden Türkisstein und kehrte zurück, dann nahm sie eine Hand von dem hübschen Gesicht und steckte den Ring geschickt auf Sašenjkas Ringfinger:

– Du kannst.

Die schwarzen Wimpernflügelchen schlugen auf, die türkisfarbenen Augen sahen überrascht auf ihren winzig kleinen Verwandten:

– Oj . . . zauberhaft . . . Mariš . . . Liebste . . .
Sašenjka warf sich ihr an den Hals.

– Du sollst ihn tragen . . . – murmelte Marina, streichelte und küßte die Freundin.

– Mein Herzchen . . .

– Mein Spätzchen . . .

– Marinuška . . .

– Sašenjka . . .

Sašenjkas kühle Lippen kamen langsam näher, berührten die ihren, preßten sich an, gingen auf, ließen die zarte kleine Zunge durch, Marina antwortete mit ihrer . . .

Sie küßten sich lange, stöhnend preßten sie sich aneinander, dann flüsterte Marina in Sašenjkas kleines gerötetes Ohr:

– Steig du in die Badewanne, Maus, ich richte alles her und komme . . .

– Gut . . . – lächelte Sašenjka schmachtend.

Marina blickte sie an mit unverhohlener Bewunderung.

Sašenjka war heute so schön wie nie zuvor: die goldenen Löckchen fielen auf den breiten Kragen eines weißen Pullovers, der locker geschnitten war, an der Taille wurde er enger und ging bis über die reizenden, fest in den Jeans sitzenden Schenkel.

Marina schüttelte entzückt den Kopf:

– Du . . . du . . .

– Was ich? – lächelte Sašenjka und flüsterte schnell, – ich liebe dich . . .

– Ich liebe dich . . . – wiederholte hauchend Marina.

– Ich liebe dich . . .

– Ich liebe dich . . .

– Ich liebe . . .

– Ich liebe . . . liebe . . .

– Liebe-liebe-liebe . . .

Marina umschlang erneut diese wundervollen jugendlichen Schultern, doch Sašenjka flüsterte entschuldigend:

– Marinuška ... ich muß ganz dringend Pipi ...
– Mein Schatz, komm, ich laß dir das Bad ein ...
Umschlungen gingen sie ins Bad, die engen Jeans rutschten unwillig über die Hüften, wie ein Drehstöpsel – an einem jugoslawischen Flakon.

Es plätscherten zwei ungeduldige Strahlen – ein weißer, breiter – in die Wanne, ein dünner, gelblicher – ins Klo ...

Kurz danach versank Sašenjka wohlig in Bergen aus geheimnisvoll wisperndem Schaum, und Marina, die mit Mühe den Stöpsel aus der bauchigen Madeira-Flasche gezogen hatte, briet in Ei und in Mehl gewendete Hühnchen, schwirrte elegant hin und her und sang »Diese Welt ist nicht von uns erdacht ...«

– Das war Spitze ... – Sašenjka warf ein abgenagtes Flügelchen in die Schüssel und leckte sich die Finger ab, – du bist einfach eine Zauberin ...
– Ich lern es erst, – grinste die beschwipste Marina und schenkte den restlichen Wein in die großen niedrigen Gläser.

Sie saßen sich in der randvollen Badewanne gegenüber, getrennt durch ein nicht sehr breites Brett, über das ein geriffeltes Handtuch gehängt war. Auf dem inzwischen vollgesogenen Handtuch stand Großmutters Silberschüssel mit den Hühnerresten und die Gläser mit Wein. Das kleine pilzförmige Nachttischlämpchen erfüllte das Bad mit wundersam blauem Licht.

Marina stellte die leere Flasche auf den nassen Kachelboden und erhob das Glas:
– Auf dein Wohl, Spätzchen ...
– Auf deines, Marinuška ...

Sie stießen an, dann schlürften die Lippen langsam den violett schimmernden Wein.

Der Schaum war längst zusammengefallen, im bläulichen Wasser wanderten träge Lichtflecke, die reglosen Umrisse der Körper zeichneten sich ab.

– Oj, toll. Wie im Paradies ... – Sašenjka schöpfte mit dem Glas etwas Wasser und trank einen Schluck, – Mariš, mit dir ist es so schön ...

– Mit dir noch mehr.

– Ich hab dich so lieb ...

– Ich dich noch mehr ...

– Nein, ernsthaft ... du bist so lieb, so schön ... – Sašenjkas Hand lag auf Marinas Schulter, – du hast Brüste wie die Lollobrigida ...

– Du hast schönere.

– Ach was, ich habe ganz mickrige ...

– Untertreib nicht, mein Spätzchen ...

– Mein Liebes ...

Saša setzte sich auf, daß es schwappte, und küßte sie.

Ein Glas rutschte über den Rand des Brettes und verschwand lautlos zwischen den blauen Lichtflecken.

Marina spürte es auf ihrem Schoß, doch die Hände waren mit Sašenjkas Hals beschäftigt.

Sie küßten sich mit beschwipsten Lippen, die vom Wein pelzigen Zungen rieben sich schonungslos aneinander.

Tief schnaufend berührte Sašenjka mit der Zungenspitze den Mundwinkel der Freundin, Marina ihrerseits leckte ihr über die Lippen. Sašenjkas flinke kleine Zunge fuhr über Wangen und Kinn, rieb sich am Nasenflügel und stieß erneut als zarter Speer Marina zwischen die Lippen.

Marina küßte sie jetzt auf den Hals, sog ganz leicht an der zarten blauschimmernden Haut, Sašenjka stöhnte auf, sog an Marinas Ohrläppchen, leckte die Schläfen, kroch mit der Zunge ins Ohr.

Das Wasser plätscherte leise von den stoßweisen Bewegungen.

Küsse und Liebkosungen wurden immer leidenschaftlicher, aus den Lippen des Liebespaares trat oft ein kurzes Stöhnen, zitternde Hände glitten über nasse Schultern.

– Komm, komm, Liebste . . . – hielt es als erste Saša nicht mehr aus und nahm Marinas Brüste in die Handflächen.

– Laß uns rübergehen, Maus . . . – Marina holte das Glas herauf und schob mit Mühe ihren steifgewordenen Körper aus dem Wasser, – dort ist ein Leintuch, Sašok . . .

Doch Sašenjka hörte nicht, zog sie mit in das schwarze Rechteck der offenstehenden Tür, die trunkenen Augen flehten nachdrücklich, die halbgeöffneten Lippen flüsterten etwas, das Wasser tropfte vom blauen Körper.

Instinktiv Sašenjkas Hand folgend, kamen sie beide in eine ungekannte kühle Finsternis, schüttelten unsichtbare, aber klatschende Tropfen ab, fanden mit Müh und Not durch den Flur und fielen engumschlungen aufs Bett . . .

Das abbrennende Zündholz krümmte sich zu einem schwarzen Skorpionschwanz, die Flamme kroch schnell auf die perlmuttfarbenen Fingernägel Marinas zu, doch sie hielt noch rechtzeitig die Zigarette hin, zog an ihr und warf das Zündholz in den Aschenbecher. Sašenjka hatte sich damit eine Sekunde vorher eine angezündet, lag jetzt neben ihr, leicht zugedeckt und einen Arm hinterm Kopf.

Das Nachttischlämpchen, das sie aus dem Bad geholt hatten, brannte am Kopfende auf dem Nachtkästchen.

Großmutters kupferne Wanduhr zeigte zwei Uhr nachts.

Marina rückte zu Sašenjka. Diese zog ihren Arm unterm Kopf hervor und umarmte sie:

– Mariš, haben wir gar nichts mehr zu trinken?

– Häschen, es ist nichts mehr da . . .
– Schade . . .
Marina streichelte ihre Wange, dann nickte sie plötzlich mit dem Kopf:
– Halt mal, ich hab noch etwas Stoff!
– Wirklich?
– Klar! Ich Dummerchen! Hab ich ganz vergessen!
Sie setzte sich auf und nahm Sašenjka die Zigarette weg:
– Dieser Scheiß wird nicht mehr geraucht . . . jetzt werden wir abheben . . .
Unbarmherzig drückte sie die Zigarette am Bauch der Shiva aus, ging zum Bücherregal, zog den zweibändigen Platonov heraus, holte aus der entstandenen Lücke eine angebrochene Schachtel »Belomor« und einen kleinen Beutel hervor.
Sašenjka stützte sich auf den Ellbogen und meinte träumerisch:
– Ooooj . . . wie gemütlich es bei dir ist . . .
– Schön?
– Sehr. Ein kuscheliges Eckchen. Hier miteinander zu schlafen, ist Spitze. Und was für ein gemütliches Nachttischlämpchen . . .
– Da bin ich aber froh . . . – Marina setzte sich an den Tisch, machte die Schreibtischlampe an, holte aus dem Beutel eine Fingerspitze grünlichen Hasch und einen elfenbeinernen Stößel.
Ihr nackter schöner Körper, geheimnisvoll matt-gelb und matt-blau beleuchtet, schien wie aus Marmor.
Sašenjka warf die Decke zurück und hockte sich im Türkensitz hin:
– Marink, ich liebe dich abartig.
– Häschen, ich dich auch . . .
Marina blies den Tabak aus der Zigarettenhülse in die hohle Hand und vermischte ihn mit Hasch.

– Stopf zwei Stück, Mariš, – klatschte sich Saša auf die Schenkel.
– Klar, Maus . . .
– Mariša.
– Was, Maus?
– Du hattest keine Männer inzwischen?
– Nein, Mäuschen . . . und du?
Sašenjka kicherte und warf den Kopf nach hinten:
– Es gab einen Jungen . . .
– Dein Leška?
– Nee. Ein anderer . . . da, ein Bekannter . . .
– Schamlose.
– Ich tus auch nicht wieder, Mariš . . .
– Ein netter Junge?
– Mhm. Ein ganz zarter. Hat mich lange gestreichelt. Allerdings kommt er ziemlich schnell.
– Noch jung.
– Mhm. Macht nichts, er lernt es noch . . .
– Klar . . .
Sašenjka nahm den Hörer vom Telefon, das auf dem Nachtkästchen stand, und wählte aufs Geratewohl eine Nummer.
– Bist du schon wieder ungezogen, – lächelte Marina.
Sašenjka nickte, wartete einen Moment und sagte dann schnell in den Hörer:
– Mein Schatz, darf ich an deiner Klitoris saugen?
Marina lachte auf.
Sašenjka lachte schallend, drückte die Gabel nieder und wählte erneut:
– Wichser, wann hast du das letzte Mal gefickt? Ah? Aber nicht doch. Ich hab sie noch alle. Mhm . . . aha . . . selber Idiot . . .
Ihre Finger drückten auf die Gabel, der nackte Körper schüttelte sich vor Lachen:

– Oj, ich kann nicht mehr! Was für Kretins!

Sie legte den Hörer auf, krümmte und bog sich.

Das blaue Licht floß zart über ihre gutgebaute hagere Figur, es machte Sašenjka noch schlanker und attraktiver.

Während sie die zweite Zigarettenhülse stopfte, schielte Marina hinüber zur Geliebten.

Als Sašenjka den Blick bemerkte, hob sie sich langsam auf die Knie und bog sich nach hinten.

– Was für eine Schönheit du bist, – lächelte Marina und vergaß die Papirosy, – nur noch, noch ein bißchen ... ja so ...

Saša bog sich noch stärker, die kleinen Brüste zitterten, der violette Schatten wich von dem Dreieck zwischen Schenkeln und Bauch, das Licht glänzte auf den weißen Härchen der vorgewölbten Stirn.

Schmachtend die Augen schließend, leckte sie die Lippen.

– Aphrodite ...

Sašenjkas Hände glitten über den Körper und trafen sich in der Schamgegend.

– Willst du schon, Maus? – fragte Marina.

– Ich will immer, – hauchte Saša und streckte sich auf der Decke aus, sie streichelte ihre Genitalien und machte Marina ein Zeichen mit der Zunge.

– Gleich, Liebste ...

Marina stopfte fertig, dann ging sie zu ihr, steckte die eine Papirosa zwischen die Lippen der Freundin, die andere zwischen ihre eigenen, und zündete das Streichholz an.

Auf den Ellbogen gestützt nahm sich Sašenjka Feuer, zog heftig und schluckte mit einem kurzen Schluchzer einen Mundvoll Rauch hinunter. Sie rauchte Hasch immer professionell – nicht ein einziger Zug wurde verschwendet.

Marina zündete ihren Papirosa-Joint an und legte sich neben sie.

– Scheint nicht gerade schwach zu sein, – nuschelte Saša, hielt die Papirosa mit den Zähnen und strich sich über die Schenkel.

– Der ist gut, – Marina zog gierig den leicht bitteren Rauch ein und behielt ihn längere Zeit in den Lungen.

Über dem Schlafsofa hing eine trübe Wolke.

Als ihre Papirosa fast zu Ende war, spürte Marina den ersten »trip«: das Zimmer schwankte leicht, weitete sich, Marinas nackte Beine zogen sich bis hin zum wegwandernden Fenster.

Sie lachte, schloß die Augen ein wenig. Im Kopf pulsierten rhythmisch bunte Blitze.

– Oj, wir sind high! – erklang neben ihr die unmäßig laute Stimme von Saša, – geiler Joint, Mariš! Stopf nochmal zwei!

Fast erstickend vor Lachen schaute Marina sie an.

Neben ihr lag eine riesige bläulich-weiße Frau: die Beine schimmerten in der Ferne, Brüste und Bauch bebten vor Gelächterdonner, zwsichen den dicken Lippen tanzte ein glimmender Baumstamm.

Marina drehte sich um auf der Suche nach dem Aschenbecher. An seiner Stelle gähnte auf dem nach allen Seiten zerfließenden Nachtkästchen das Loch eines unvorstellbaren, steinernen Kübels mit einem Berg von schmutzigen Birkenholzscheiten.

Kichernd warf Marina die Papirosa dort hinein.

Irgend etwas Massives kam an ihrer Schläfe vorbei, und mit einem lauten Prasseln schlug ein glimmender Baumstamm auf den Boden des Kübels.

– MARIŠ, WAS HAST DU DICH ABGEWANDT?!! – krachte es über ihrem Kopf wie der berstende Vesuv, unerklärlich kamen marmorne Hände zum Vorschein und preßten ihre Brüste.

Ihr wurde sehr wohl, neu und leicht zumute.

Marina wandte sich um.

Vor ihr saß ein meterhoher leuchtender Buddha. Seine großen Lippen öffneten sich laut:

– UMARME MICH!!

Die Arme streckten sich nach Sašenjka aus, überwanden die weite Entfernung in Sekundenschnelle.

Die Umarmungen und Berührungen des fremden Körpers waren so voller Wollust, daß Marina aufstöhnte. Auch Sašenjka stöhnte auf.

Stöhnend und schluchzend begannen sie sich zu küssen.

Marina schien, als küßte sie zum ersten Mal in ihrem Leben. Es ging unendlich lange, dann verlangten Lippen und Zungen nach anderen Lippen und anderen Zungen: vor den Augen glitt Sašenjkas Bauch vorüber, goldenes Gestrüpp tauchte auf am Rande einer rosa Schlucht, aus deren saftig sich öffnenden Tiefen ein süßlicher Duft strömte und etwas Vertrautes, Bekanntes heraufsah.

Marina nahm es mit den Lippen und fühlte im selben Moment, wie irgendwo weit-weit weg Sašenjkas kleine Lippen ihre Klitoris einsogen und mit ihr – den Bauch, die Eingeweide, die Brust, das Herz . . .

Beim dritten Orgasmus hörte der Hasch auf zu wirken.

Nach dem siebten weinte Sašenjka lange in Marinas Schoß.

Zum elften hin mühten sie sich lange und hartnäckig, wie sowjetische Bergsteiger den Everest hinauf, dann auf dem Gipfel weinten sie froh und erleichtert, küßten sich wie Schwestern auf die geröteten Wangen, deckten fürsorglich einander zu, plapperten kindliche Zärtlichkeiten, erzählten ihren Seelenschmerz, schworen sich Treue und Liebe, schimpften auf die Männer und die Sowjetmacht, küßten sich erneut, schwelgten in Erinnerungen, schworen erneut, deckten sich erneut zu, küßten sich erneut, schworen erneut und schlummerten, schlummerten, schlummerten ein . . .

Marina ging vorsichtig durch einen langen Gang aus blauem, schwach knisterndem Schaum. Ungeachtet seiner Luftigkeit war der Schaum fest und trug Marina, wobei er laut knirschte unter den nackten Fußsohlen.

Vorne schimmerte das Ende des Gangs.

Irgendwer schrie ungewöhnlich laut von hinten:

– LAUF!

Und sie rannte los – schnell, so schnell, daß sie kaum den seltsamen Boden berührte und der Wind durchs Haar pfiff.

Das Licht kam näher und näher, und – ach! – urplötzlich segelte Marina aus dem Gang hinaus in eine grelle sonnige Welt und fiel in grünes saftiges Gras. Um sie her war es warm und weit, ein abgrundtiefer blauer Himmel erstreckte sich über ihrem Haupt, verschmolz am kaum zu erkennenden Horizont mit einem ebenso endlosen Meer.

Neben ihr erschienen weiße menschliche Gestalten. Es waren Frauen in langen Chitons. Sie näherten sich, dann traten sie auseinander, um ihre Gebieterin durchzulassen. Es war Nina, wie sich herausstellte. Allerdings war sie sehr jung und schlank, Gesicht und Arme waren von bronzener Tönung. Auf ihrem Haupte ruhte ein Lorbeerkranz.

– Sei gegrüßt, Marina, – sagte Nina vernehmlich und trat heran, – die Bewohnerinnen von Lesbos heißen dich willkommen.

Die übrigen Frauen trugen im Chore etwas auf griechisch vor.

– Ich bin auf Lesbos? Kaum zu glauben, – meinte Marina mit fröhlichem Lachen.

– Glaub es nur, mein Engel, – Nina kam zu ihr und küßte sie auf die Wange.

– Ninočka, ich bin ja ganz nackt . . . – begann Marina und

nahm die Arme vor die Brüste, doch Nina unterbrach sie:
– Erstens bin ich nicht Nina, sondern Sappho und zweitens, damit es dir nicht unangenehm ist . . .

Sie sagte etwas zu den Freundinnen, und sie ließen alle zusammen die Chitons fallen.

Ihre Körper waren schlank und wunderschön.
– Komm, Fremdländerin, – meinte Nina freundschaftlich und nahm sie an der Hand, – fühl dich wie zu Haus. Du bist auf der Insel der Rosa Liebe, auf der Insel der Dichter.

Ein schmaler Pfad taucht auf, ausladende Kastanien- und Olivenbäume, träge grasende Schafe, eine Dienerin mit einem Reisigbündel, das Rauschen und der Schaum der Brandung . . .

Alles wird unterbrochen von einer Abendmahlzeit unter einem Dach aus wuchernden Weinranken. Über das Gras gebreitet ist eine große Bastmatte mit einem schwarzen ägyptischen Muster, nackte Sklavinnen setzen Amphoren mit Wein und Honig darauf, Krüge mit Quellwasser, Vasen mit grünen Olivenzweigen, Schalen mit gebratenem Hammelfleisch, gebackenem Fisch und Weinbergschnecken, Körbchen mit Brot.
– So viel von allem, – lacht Marina fröhlich.

Die ihr gegenübersitzende Nina, umringt von Freundinnen, lächelt:
– Ja. Gewöhnlich sieht unsere Abendmahlzeit bescheidener aus. Doch heute bist du bei uns.

Neben Marina lagert vornehm ein liebliches Mädchen mit blauen Augen. Einem einfachen Korb entnimmt sie einen großen Kranz, geflochten aus Narzissen, Anemonen und glühendem Mohn.

Der Kranz legt sich sanft ihr auf das Haupt, berauscht Marina mit Wohlgerüchen.

Sie hebt die Augen empor zu ihren Tischgenossinnen,

doch diese haben sich längst ebenfalls mit Kränzen geschmückt – aus Myrte, Weinlaub und Narzissen.

Nur auf Ninas glattem Haar ruht ein Kranz aus Lorbeer.

– Wem bringen wir das Trankopfer dar? – fragt das Mädchen mit den blauen Augen.

– Aphrodite, Aphrodite . . . – ist zu vernehmen.

Eine Dienerin trägt einen Opfertisch herbei, von dem Rauch aufsteigt. Nina erhebt sich, sagt etwas in singendem Tonfall und leert einen Kelch mit Wein auf die Kohlen.

Sie zischen, verbreiten süßlichen Rauch.

– Trinke, mein Engel . . . – wendet sich Nina zu ihr.

Mit beiden Händen ergreift Marina den Kelch und stürzt ihn gierig hinunter.

Der Wein schmeckt außergewöhnlich gut.

Von den dampfenden Stücken Hammelfleisch geht ein berauschender Duft aus.

Marina streckt die Hand danach aus, doch Nina hält sie streng zurück.

– Halt! Warte . . . Das göttliche Feuer sandte mir eine Eingebung . . .

In ihren Händen erscheint ein Wachstäfelchen und ein dünner silberner Griffel.

Die nackten Freundinnen sind wie versteinert.

Schnell schreibt Nina etwas nieder mit dem Stilus, dann erhebt sie stolz das Haupt und deklamiert:

Ein Geheimnis, der Strich eines Nagels verrätselt –
Ich werd schlafen, es morgen neu lesen, im Licht.
Ob erwacht oder nicht, deinen Körper anrühren
Wird doch niemand besser als ich . . .

Marina sieht sie erstaunt an.

Nina lächelt feierlich:

– Gefällt es dir?

– Aber ... Ninočka, das ist doch Pasternak ...

Ninas Gesicht wird herrisch:

– Dummkopf! Das ist von mir! Pasternak erscheint erst in zweitausend Jahren! Sieh her!

Sie dreht das Täfelchen herum und wirklich – es ist vollgeschrieben mit griechischen Lettern. Die untergehende Sonne spielt darauf mit grellen Funken.

– Lüge! – schallt es an Marinas Ohr, und die Freundinnen stimmen gemeinsam mit Nina ein Klagegeheul an.

Marina wendet sich um und erblickt IHN.

Ein Krampf schnürt ihr die Kehle zu.

ER – mit Fellmantel, das heißt in einem einfachen Ziegenwams, umgürtet mit einem breiten Lederriemen, an den kräftigen Füßen als Schuhwerk einfache Sandalen, die gebräunten Hände halten einen Eichenstab, und das dreieckige Gesicht mit dem Seemannsbart ... o Gott! ER greift nach einem schweren Krug und zerschlägt ihn mit schrecklichem Gepolter auf der mit Köstlichkeiten überladenen Bastmatte.

Die nackten Frauen kreischen hysterisch, Hammelfleisch, Oliven, Schnecken, alles fliegt durch die Gegend.

ER führt sein vor maßloser Erregung bleiches Gesicht bis dicht an Marinas Gesicht und schreit ohrenbetäubend:

– Das sind alles deine Geliebten!!! ALLE NEUNUNDZWANZIG!!! NEUNUNDZWANZIG!!!

Marina ist starr vor Angst.

Sein Gesicht ist so nah, daß die unzähligen Poren auf der Haut zu sehen sind, mikroskopisch kleine Härchen in den Nasenflügeln, Dreck in den Falten und winzige Tröpfchen Schweiß! In jedem Tropfen schillert ein greller Regenbogen.

– Neunundzwanzig Geliebte! – fährt ER fort, und plötzlich setzt ER ohrenbetäubend hinzu, – UND NICHT EIN EINZIGER GELIEBTER!!! NICHT EIN EINZIGER!!!

Das Herz stockt Marina in der Brust von dieser schrecklichen Wahrheit.

Wie ohnmächtig fällt sie auf den Rücken, doch ER beugt sich über sie. Kein Entkommen vor dem bleichen Gesicht:

– DU HAST NIE JEMANDEN GELIEBT!!! NIEMANDEN!!! NIEMALS!!!

– Ich . . . ich . . . liebte Euch . . . – haucht Marina mit erstarrten Lippen, doch das Donnergrollen zur Antwort tönt streng:

– LÜGE!!! NICHT DU LIEBST MICH, SONDERN ES!!! ES!!!

ER hält seine schwere Hand über Marina, so daß sie den Himmel verdeckt. Sie ist riesig, rot-braun, unendlich und voller Lebenskraft. Marina betrachtet sie aufmerksamer . . . das ist ja Rußland! Da wölbte sich die Gebirgskette des Ural, die tiefe Verstandeslinie war zur Volga verwandelt, die Lebenslinie – zum Enisej, die des Schicksals – zur Lena, unten erhoben sich die kaukasischen Berge . . .

– Rußland . . . – flüsterte Marina und hatte plötzlich etwas für sie sehr Wichtiges begriffen.

– NICHT DIESES, NICHT DIESES RUSSLAND!!! – fuhr die strenge Stimme fort, – DAS HIMMLISCHE RUSSLAND!!!

Die Handfläche wurde hell und blau, die Umrisse der Flüsse, Berge und Seen traten zurück und wuchsen in den Himmel hinein, zwischen den nur leicht zusammengehaltenen Fingern blitzte ein Spalt auf, und als blendend weißer Stern funkelte: Moskau! Der Stern zog sich in die Länge zu einem Kreuz, und irgendwo in der Höhe erklang der dunkle Baß des Protodiakons aus der Epiphania Patriarchatskathedrale:

Ehre sei dir Aleksaaaaander
Der Du von Kind an Christus geliiiebt,

Nahmst auf dich sein leichtes Joooch,
Viiiel sind deiner Wuuunder von Gooottes Gnaden,
Bitt für unser Seelenheiiil . . .

Und irgendwo noch höher, in der klingenden Bläue sang ein unsichtbarer Chor:

Laaange sooollst du leeeeben . . .
Laaange sooollst du leeeeben . . .

Doch Marina verstand genau, daß es nicht um den Protodiakon ging und nicht um den Chor und nicht um das blendende Kreuz, sondern um etwas ganz anderes.

Und auch ER hatte verstanden, schleuderte seinen vernichtenden Blick auf Marinas aneinandergedrängte Geliebte. Ihr Anblick war erbärmlich: schluchzend, halb berauscht, zu einem Haufen zusammengeschart, sie schneiden Fratzen, halten die Ellbogen schützend vor sich, stoßen Verwünschungen aus . . . Marija, Nataška, Svetka, Barbara, Nina . . . alle, alle . . . und Saša, auch Sašenjka! Auch sie zieht abscheuliche Grimassen, spuckt aus, verrenkt die blauen marmornen Arme . . .

Marina schüttelte es vor Abscheu, doch in diesem Moment begann ER zu sprechen zum feierlich anhebenden Gesang des Chores, er sprach laut und mannhaft, so daß Marina ein Zittern überkam und Schluchzer der Kehle entfuhren:

– EHRE SEI RUSSLAND UNSERM RUHMREICHEN MIT SEINEM GROSSEN VOLKE MIT SEINER HELDENHAFTEN GESCHICHTE MIT RECHTGLÄUBIGER VERGANGENHEIT MIT MILLIONEN ERSCHOSSENER GEQUÄLTER GEMORDETER MIT GEGÄNGELTER FREIHEIT MIT GAUNERN DIE DEIN HERZ AUSSAUGEN UND MIT GROSSER

TATKRAFT MIT UNERMESSLICHEN WEITEN MIT EINFACHEM RUSSISCHEM CHARAKTER MIT MENSCHLICHER GÜTE UND MIT SCHRECKLICHEN LAGERN MIT GRIMMIGEM FROST MIT REIFBEDECKTEM IN DIE HÄNDE SCHNEIDENDEM STACHELDRAHT UND MIT TRÄNEN UND MIT SCHMERZ MIT GROSSEM DULDEN UND GROSSER HOFFNUNG ...

Marina weint vor Begeisterung und Wonne, weint Tränen ergriffener Reue, Freude und Liebe, und ER spricht und spricht, als wende ER Seiten eines großen, noch nicht geschriebenen Buches um.

Wieder ertönt die Stimme des Protodiakons, schließt sich mit einem kunstvollen Rezitativ dem Chore an:

Wer sagt, daß du nicht auch ein Kämpfer bist?
Ein Kampf um jegliche, und sei sie leis, Wahrhaftigkeit.
Partei so vieler Schurken du ergriffst,
Die dir etwas zu lehren suchten von Parteilichkeit ...

Marina versteht nicht, weshalb er das vorträgt, doch plötzlich ahnt sie mit ganzem Wesen, daß es gar nicht darum geht, sondern um etwas ganz anderes – etwas Wichtiges, sehr Wichtiges für sie!

Wieder nähert sich das bleiche dreieckige Gesicht mit dem Gewirr ergrauter Haarsträhnen: LEBEN OHNE LIEBE IST UNMÖGLICH, MARINA! UNMÖGLICH!! UNMÖGLICH!!! Das Gesicht verschwimmt, und an den hohen blauen Himmel treten, inmitten kaum erkennbarer funkelnder Sterne, ebenmäßig silberne Worte:

LEBEN OHNE LIEBE IST UNMÖGLICH, MARINA!

– Aber wie denn nur? – fragt sie flüsternd, und sogleich tritt an die Stelle des Silbers leuchtendes Gold:

LIEBEN!

– Wen? – fragt sie lauter, doch der Himmel birst mit schrecklichem Donner, die Erde bebt, die jämmerlichen Körper der Geliebten tauchen zwischen die Bäume, über den Erdboden zieht sich ein breiter Spalt, Marina begreift, daß sie erwacht . . .

Die nackte Saša beugte sich ungeschickt über Marina hinweg und nahm das kleine Lämpchen vom Regal:

– Hab ich dich geweckt, Mariš?

– Hast du . . . – brummte Marina mürrisch und blinzelte in das durchs Fenster einfallende Sonnenlicht, – phuuu . . . war das ein Traum . . .

– Ein schöner? – fragte Sašenjka heiser und rückte näher.

Sehr schön, – lächelte Marina griesgrämig und warf sich ins Kissen, – was Blöderes kann man sich nicht denken . . .

Saša legte ihren Kopf Marina auf die Brust:

– Ich habe überhaupt nichts geträumt . . . ich träume schon seit langem nichts mehr . . .

– Schade, – sagte Marina mit unerwarteter Kälte, sie fühlte eine seltsame Gleichgültigkeit gegenüber den Locken der Freundin, gegenüber ihrem warmen, sich anschmiegenden kleinen Körper.

»Ein bedrückender Traum . . .« – dachte sie, als sie sich daran erinnerte, – »halt mal, ich hab doch . . . da war doch was Bestimmtes, Wichtiges . . . vergessen, zum Teufel . . .«

Sie drückte Sašas Kopf leicht zur Seite:

– Ich muß aufstehen . . .

Sašenjka sah sie erstaunt an:

– Schon?

– Schon . . . – murmelte Marina verschlafen, schob sich

unter ihr raus und schlurfte verdrossen barfuß und nackt ins Badezimmer.

– Komm zurück! – rief Saša, doch Marina gab keine Antwort.

Die Pobacken berührten die unangenehm kalte Klobrille, die Hand riß zerstreut ein Stück Toilettenpapier ab:

– Das Wichtigste ... das Wichtigste hab ich vergessen ...

Der Strahl plätscherte in die Kloschüssel, floß gurgelnd hinunter in das im Abflußrohr stehende Wasser ...

Marina hatte seit langem keine solchen Träume mehr gehabt, und selbst wenn, so hatte sich in ihnen die Wahrheit nicht so einfach eröffnet. Dieser jedoch – klar, laut und beeindruckend – hatte sie etwas sehr Wichtiges empfinden lassen, etwas, wonach ihre Seele so beharrlich und schon so lange suchte ...

– Aber was?

Sie wischte sich ab und drückte auf den schwarzen Abzugshebel.

Die Spülung ließ brüllend das Wasser rauschen und verlief sich in gewohntem Murmeln.

Marina sah in den Spiegel:

– Mein Gott, wie häßlich ...

Nahm die Drahtbürste und fuhr gähnend durch die Haare, drehte das Wasser auf und hielt das Gesicht unter den glühend kalten Strahl.

Nach dem Waschen begegneten ihre Augen wieder dem Blick einer mißmutigen unausgeschlafenen Frau:

– Grauenhaft ...

Unter den rot entzündeten Augen hingen blaue Säckchen, die vom Küssen geschwollenen Lippen erschienen widerlich dick.

– Was für eine Visage ... abgelebt ...

Saša erwartete sie mit einer Umarmung, der sich Marina entwinden mußte unter Fragen der Geliebten:

– Was hast du, Mariš? Wegen mir, bist du böse auf mich wegen irgendwas? Hm, Mariš? Was ist denn? Mach mir nicht Angst!

Endlich löste sich die rosa Umschlingung der Arme, Marina machte sich stumm daran, ihre herumliegenden Kleider aufzusammeln.

– Mariš! Was ist denn passiert?

– Nichts . . .

– Aber Marinočka! Liebste!

Marina verzog angewidert das Gesicht.

– Du . . . du, liebst mich nicht? – Sašenjkas Stimme zitterte.

Während Marina ihren Pullover aufhob, schielte sie zu ihr hinüber – eine nackte, ungekämmte Lesbe mit schamlos abstehenden Brüsten und aufgedunsenem Gesicht.

»Wie ein Schoßhündchen . . . so idiotisch alles . . .« – dachte sie bitter und mußte lächeln, – »das neunundzwanzigste Mal. Wie idiotisch . . .«

Saša wartete auf Antwort.

Der Pullover verschluckte Kopf und Arme, rutschte über den nackten Bauch:

– Ich liebe dich nicht.

Saša fiel das Kinn herunter, die eine Hand bedeckte mechanisch die Brüste, die andere – die rotblonde Scham.

»So eine Schickse stand wahrscheinlich Botticelli für seine Venus Modell . . .« – dachte Marina und wunderte sich, wie egal ihr alles war.

– Wie?

– Genau das.

– Wie? Du liebst mich nicht?!

– Ich liebe dich nicht.

– Wie? Wie?

– Frag nicht so blöd! – drehte sich Marina böse zu ihr um, – ich liebe dich einfach nicht, ich liebe dich nicht! Dich nicht und niemanden, kapierst du?

– Marinuška . . . was hast du . . . – kam Saša vorsichtig auf sie zu.
– Komm bloß nicht näher!
– Mariš . . . – Sašenjkas Lippen zitterten, sie schluchzte auf, – aber Mariš . . . verzeih mir . . . ich machs wieder gut . . .
– Komm nicht näher!!! – schrie Marina hysterisch, fühlte, wie ihr Gesicht bleich wurde und die Glieder eiskalt.

Sašenjka, die erst in Tränen ausbrechen wollte, prallte erschrocken zurück, erblaßte und erkannte die Freundin nicht wieder.

Marina zog ihre Hosen an und ging in die Küche, um Teewasser aufzusetzen.

Als sie zurückkam, war die angekleidete Sašenjka auf dem Weg in den Flur, wobei sie ängstlich einen Bogen um Marina machte.

»Mein Gott, was für eine dumme Zicke . . .« – lächelte Marina, als sie beobachtete, wie hastig diese Ziege ihre Stiefel anzog, – »heilige Hure . . . Und was bin ich? Etwa was Besseres? Genauso ein Oberflittchen . . .«

Sie rieb sich müde die Schläfen.
– Gib mir meine vierzig Rubel zurück für das Kleid, – krächzte Sašenjka beleidigt, während sie den Mantel zuknöpfte. Ihre Lippen waren aufgeworfen, die Augen blickten zur Seite.
– Du kannst mich mal, – sagte Marina ganz ruhig und verschränkte die Arme vor der Brust.
– Wie . . . was? – stammelte Saša verwirrt.
– Genau das.
– Aber . . . das . . . das ist doch mein Geld . . . ich . . . du mußt es zurückgeben . . .
– Was zurückgeben? – fragte Marina giftig und ging auf sie zu im Halbdunkel des Flurs.
– Wie . . . Geld . . . mein Geld . . . – wich Saša erschrocken zurück.

– Zurückgeben? Geld?
– Geld ... vierzig Rubel ... ich hab sie doch im voraus bezahlt ...
– Im voraus?
– Ja ... im voraus ...
– So, Geld, sagst du?
– Geld ... ich wollte sa ...

Saša konnte nicht zu Ende reden, denn Marina schlug ihr in dem Moment weit ausholend ins Gesicht. Sašenjka kreischte auf, stürzte zur Tür, doch Marinas Hände packten sie an den Haaren und knallten ihren Kopf gegen die Tür:
– Hier hast du dein Geld ... hier hast dus ... hier ... hier ... hier ...

Das Kreischen wurde unerträglich, es juckte in den Ohren. Marina tastete nach dem Knopf des Schlosses, drehte ihn um, stieß mit dem Fuß die Tür auf und warf voller Abscheu die ehemalige Geliebte auf den Treppenabsatz hinaus:
– Nutte ...

Sie schlug die Tür zu und lehnte sich schwer atmend mit dem Rücken dagegen, stand eine Weile, dann schleppte sie sich zum schamlos zerwühlten Schlafsofa und fiel mit dem Gesicht ins Kissen, in dessen weißen Falten noch der Duft von Sašas Locken hing.

Die Arme schlüpften von selbst darunter, umarmten es.

Marina weinte.

Die anfangs spärlichen Tränen flossen bald in Strömen, und kurz darauf wurde sie schon von Schluchzen geschüttelt, fühlte sich hilflos und gekränkt:
– Mein ... Go ...ott ... ich blöö ... de Kuuuh ich blöö ... de ...

Ihre Schultern zitterten, vor Augen stand Sašenjkas erschrockenes Gesicht, in den Ohren klang die geliebte Stimme.

– Ich blöö ... de Kuh ... blöde ... verda ... aammte ...

Bald waren die Tränen ausgeweint, der erschöpfte Körper zitterte nur noch still, hingestreckt auf die zerwühlte Bettwäsche.

Marina lag eine Weile, dann stand sie auf, wischte mit dem Ärmel ihr verweintes Gesicht ab, ging in den Flur, zog sich an, zählte das Geld nach und knallte die Tür so hinter sich zu, daß etwas am Türstock abbröckelte.

In der letzten Zeit wurde Marina nur selten von Trunksuchtsanfällen heimgesucht: ungefähr dreimal im Jahr betrank sie sich bis zur Besinnungslosigkeit, wobei sie Weißwein-Cocktails in sich hineinschüttete.

Dieses Mal sagte ihr eine innere Stimme, daß Wein ein schwacher Katalysator sein würde, und tatsächlich – zwei der am Morgen gekauften Vodkaflaschen waren bis vier Uhr früh dieser feuchten Märznacht bereits geleert und funkelten drohend auf dem Tisch inmitten eines schmuddeligen Chaos von geleerten Konservendosen, Kippen, Brot- und Wurstresten.

Marina saß mitten in der Küche auf einem Stuhl, schaukelte hin und her und sang halblaut vor sich hin. Ihre Haare waren zerzaust, eine Schulter des Nachthemdes war heruntergerutscht.

– Nnutten ... – lallte Marina und fuhr mit der Zunge über ihre fahlen Lippen, – solche ... Nnutten ... und ich auch ... mein Gott ... neunundzwanzig Nutten ...

Sie begann zu heulen, ließ den zerzausten Kopf auf die Brust sinken.

– Mein Gott ... niemanden hab ich geliebt ... Dreckshure ... Nutte ...

Ihr war öde und bitter zumute, das vom Vodka betäubte Herz schlug gehetzt und schwer.

Marina schluchzte auf, doch kamen schon lang keine Tränen mehr, nur ein Krampf verzerrte das Gesicht.

Als sie sich ausgeheult hatte, erhob sie sich mühsam, torkelte zum Kühlschrank und öffnete ihn.

In der Tür leuchtete einsam eine Viertelliterflasche.

Marina nahm sie heraus und hielt sie vor die Augen. Das Licht glänzte im schwappenden Vodka, die Wörter auf dem Etikett verdoppelten sich und verschwammen.

Sie drückte die Flasche gegen die Stirn. Die Kälte erschien ihr glühend, doch angenehm.

So mit der Flasche an der Stirn bewegte sie sich ins Zimmer hinüber, wobei sie mit der Schulter schmerzhaft gegen den Türpfosten stieß.

Sie fiel aufs Bett, versuchte mit den Zähnen den weißen Stöpsel herauszuziehen. Das erwies sich als schwierig, sie mußte wieder aufstehen und, erneut an dem verdammten Türpfosten hängenbleibend, ein Messer holen . . .

Marina trank den eiskalten Vodka mit kleinen Schlucken aus der Flasche, lag dabei auf dem Schlafsofa und glotzte hinauf an die irgendwohin schwimmende Decke.

Das Trinken fiel leicht – als gluckste Quellwasser in der Kehle und glitt hinunter in den Bauch. Das Sofa schwamm auch und schaukelte gemeinsam mit der Zimmerdecke, die Wände schwankten, Rabin sah mit leeren Augenhöhlen drohend von seinem »Reisepaß«.

Die starke Trunkenheit zerstückelte jedesmal das Gedächtnis, rief eine Kette deutlicher Erinnerungen hervor, die als lebhafte Spuren voller Kontraste aufblitzten: der lächelnde Onkel Volodja, die ihren Hut zurechtrückende Großmutter, die aus der Dunkelheit hervortretenden Augen Marijas, der mit Striemen überzogene Rücken Naťkas, die hastig und linkisch sich unten waschende Barbara, der schallend lachende Neger . . .

– Wie ist das alles mies … – sagte sie halblaut und stützte sich auf.

Aus der umgekippten Flasche lief Vodka aufs Bett.

Ihr drehte sich der Kopf, in den Schläfen klopften ununterbrochen zwei mechanische Hämmer.

– Das ist alles ganz, ganz mies, Marina …

Sie holte ungeschickt aus und warf die Flasche gegen den Heizkörper.

Der Schwung reichte nicht aus, die Flasche fiel vorher zu Boden und kullerte, spärlich Vodka vergießend, vor die blankgewetzten Pedale des Klaviers …

Marina wurde vom Telefon geweckt.

Sie stützte sich mühsam auf, war nicht in der Lage, die geschwollenen, verklebten Lider zu öffnen, tastete nach dem Apparat und nahm den Hörer ab, um das aufdringliche Klingeln zu unterbrechen:

– Ja …

– Marina, gamardžoba! – schrie am andern Ende der Welt eine verrauchte Fistelstimme.

– Ja, ja … – verzog Marina das Gesicht und ließ sich kraftlos ins Kissen fallen.

– Marina! Marina! – schrie es im Hörer, – hier spricht Samson!

– Grüß dich … – brachte Marina heiser heraus und öffnete die Augen.

– Alles in Ordnung, Teuerstä, alles erlädigt!

– Was … was, ich verstehe nicht …

– Alles, alles! Alles in Ordnung! – schrie es angestrengt im Hörer wie auf einer winterlichen Massenversammlung, – wann holst du das Gäld?!

– Geld?

– Ja, ja! Wann?
– Was für Geld? – rieb sich Marina die Schläfe und betrachtete angeekelt eine getrocknete Pfütze mit Erbrochenem, die als blaßrosa Chrysantheme auf dem Boden neben dem Sofa prangte.
– Na, das Gäld, Teuerstä, wir haben doch das Leder verkauft!
– Aaaa . . . – stöhnte Marina schwach und erinnerte sich an die schwarz glänzende Rolle mit dem schönen iranischen Aufdruck, – ja und . . . wann?
– Komm gleich her! Ich fahre morgän zu Šura, für vierzehn Tagä! Ich habs bei mir!
– Und wo bist du?
– Wir sind in Sofija, etwas trinkän! Komm her, leiste uns Gesällschaft!
– In welchem Sofija?
– Im Restaurant, im Restaurant Sofija! Kännst du es?
– Kenne ich . . . – seufzte Marina müde und ließ die Füße vom Sofa herabhängen.
– Komm gegen acht, dann erwarte ich dich! Ich komm raus! In der Hallä! Ah?
– Ja, ja . . . ich komme. Gut . . . – sie legte den Hörer auf.

Das kupferne Zifferblatt zeigte zehn nach sieben.

Marina erhob sich mit Mühe, ging ins Bad, und als sie in den Spiegel gesehen hatte, bedauerte sie, daß sie zugesagt hatte, überhaupt irgendwohin zu fahren: ein gelbes, aufgedunsenes, zerzaustes Weib blickte sie angewidert an und zischte heiser:
– Sau . . .

Das eisige Wasser machte sie ein wenig munter, die Bürste brachte die Haare in Ordnung, Puder und Creme verdeckten die Schwielen des vom Vodka angegriffenen Fleisches.

Nachdem sie die nach altem Kohl stinkende Pfütze weggewischt und zwei Tassen Kaffee getrunken hatte, zog sich

Marina an und ging hinunter auf die Straße, um ein Auto anzuhalten.

Der gutmütige und redselige Fahrer, der sich schwarz etwas verdiente, hatte nicht zu viel versprochen – drei vor acht bremste sein blauer »Moskvič« beim Sofija, aus der Glastür sprang der kleine Samson mit seiner großen Nase, öffnete die Wagentür, und ein Atem aus Cognac, Knoblauch und Tabak schlug ihr entgegen:

– Grüß dich, Teuerstä! Gehn wir, gehn wir ...

Marina stieg aus, leicht schwankend von der schnellen Fahrt, und atmete erleichtert die kühle erfrischende Luft ein.

– Gehn wir, gehn wir, Marina, Volodja und Vardan sitzen drin, kännst du Julja?

Seine dunkelhäutige Hand hielt Marina wie eine Klammer am Ellbogen fest.

– Nein, kenn ich nicht, – murmelte sie und blieb an der Glastür stehen, – weißt du, Samson, ich ... mir ist nicht gut, und ich kann euch nicht Gesellschaft leisten. Und außerdem habe ich es eilig.

– Wie? – funkelten erstaunt die schwarzen Äuglein.

– Ja, ja ... – sagte sie so ernst und bestimmt wie möglich und machte ihren Arm los.

– Bist du krank? – wunderte sich Samson immer noch.

– Ja.

– Aber nicht doch ... na komm, leiste uns Gesällschaft ...

– Nein. Ich kann nicht. Hast du das Geld? – fragte Marina und horchte angewidert auf das lärmende Gedudel des Restaurant-Orchesters.

– Ah, ja, ja, hier, natürlich, – tat Samson geschäftig, Marina steckte das weiche, nicht sehr dicke Bündel kurz darauf in ihre Tasche.

– Ich muß los, – nickte sie und wollte sich entfernen.
– Marin, wann kann ich dich anrufen?
– Niemals, – sagte Marina hart und ging.
– Marina! Marina! – rief Samson, doch sie ging ohne sich umzudrehen fort in Richtung Zentrum.

Es wurde gerade dunkel.

Die Straßenlaternen und die Neonschriften über den Geschäften schalteten sich ein, Passanten überholten die langsam dahintrottende Marina.

Das Laufen fiel ihr leicht, der Kopf tat nicht weh, bis auf ein leichtes Schwindelgefühl, die Absätze klapperten ohne Hast über den Asphalt.

Marina kannte die Gorkij-Straße ebenso wie das ganze Zentrum auswendig – jedes Geschäft, jedes Café war ihr bekannt, mit ihnen verband sich etwas.

Es war die Straße der Erinnerungen, die Straße der Nostalgie, die Straße der Hilflosen Tränen . . .

»Dreißig Jahre ohne Liebe«, – dachte Marina traurig und sah sich um, – »dreißig Jahre . . . Aber vielleicht habe ich doch irgend jemanden geliebt? Aber wen? Marija? Nein, das war nicht Liebe . . . Klara? Das auch nicht. Zärtlichkeit, Vergnügen. Vika? Vika . . . Aber sie ist umgekommen. Und geliebt habe ich sie wohl kaum. Wahrscheinlich hätten wir uns, wenn sie nicht umgekommen wäre, verstritten, wie es immer so läuft . . . Und Männer? Sie konnte sich nicht an einen einzigen erinnern. Ja, Valja war der einzige, aber was war er eigentlich, dieser Valja! Ein Zyniker und Witzereißer. Es war nicht schlecht mit ihm, klar, aber das war ja nicht mal Freundschaft . . . Ja. Ein seltsamer Traum war das gewesen. Leben ohne Liebe ist unmöglich, Marina! So etwas träumte sie . . . Aber ich habe ja tatsächlich nicht gelebt. Nur so existiert. Mit Lesbierinnen geschlafen, mit Männern. Eine Sünderin, eine schlichte Sünderin. In der Kirche war ich seit hundert Jahren nicht mehr, könnte wenigstens heute mal gehen ...

Sie kam am Eliseevskij vorbei, Ljubka fiel ihr ein, die ranzige Torte, der Bindfaden drumherum, die unförmig aus der Tasche ragende Weinflasche, die Julihitze ...

Und dort war das Haus von Slavik. Da sein Fenster. Kein Licht. Vor fünf Jahren hatte er im »Molodežnoe« am Schlagzeug gesessen. Er hatte total ausgesehen wie ein Mädchen, deshalb war sie mit ihm gegangen. Er kannte Okudžava. Einmal hatten sie bei ihm auf dem Arbat gesoffen. Marina hatte Okudžava gefallen – im Flur hielt er ihre Hand, im Zimmer beim Singen sah er ihr in die Augen und wiegte elegant das Griffbrett der teuren Gitarre ...

Ihre Telefonnummer hatte sie ihm nicht gegeben – Slavik hatte ihr leid getan, und außerdem hatte ihr dieses verrauchte glatzköpfige Männchen nicht so richtig gefallen ...

Marina holte Zigaretten aus ihrem Täschchen und steckte sich eine an.

»Und Sašenjka? War irgendwie heftig in sie verliebt. Wie von Sinnen anfangs. Und sie ja auch. Und dann? Rausgeschmissen wie eine räudige Katze ... Intelligenter Mensch nennt sich so was ... Blöde Kuh. Und wofür? Blöde Kuh. Hättest anrufen sollen und dich entschuldigen ... Jetzt war es zu spät. Und sie würde ihr eh nicht verzeihen. Grauenhaft. Mit dem Kopf gegen die Tür geknallt. Idiotin! Vielleicht doch anrufen? Nein, sinnlos ... Das Geld hatte sie ihr nicht zurückgegeben. Eine Schande. Blöde Kuh. Aber eigentlich ... irgend etwas Unangenehmes hatte sie. Sie war doch auch hinterhältig ... immer irgendwelche Hintergedanken. Ein Kleid wollte sie abstauben. Für vierzig Rubel und aus meinem Stoff. Und eine Egoistin ist sie. Hat nur an die eigene Klitoris gedacht. Wenn sie einen gehabt hatte – ade, an mich hat sie dann nicht mehr gedacht. Ein verschlagenes Biest.

Wein kauft sie wohl nie welchen. Hat immer meinen gezwitschert ... Mein Gott, wie war das alles widerlich! Diese Weiber, Klitora, Fetzen, dieses Giftzeugs von Hasch! Zuwider alles ... zuwider ... zuwider ...«

Beim Dolgorukij-Denkmal bog sie links ein und ging über den Sovjetskaja-Platz.

Da standen damals noch keine Telefonhäuschen, sondern eine große weiße Bank. Dort hatte sie mit Klara gesessen bis spät in die Nacht, damals nach der ersten Begegnung. Was hatte sie für tolle Haare. Hell, strohblond, sie leuchteten im Dunkeln, dufteten unaufdringlich nach Parfum ...

»Mein Gott, als wäre es schon hundert Jahre her. Klara, Ljubočka, Vika ... So fliegt das Leben dahin. Und was war geblieben? Was? Erbrochenes, Kotze neben dem Sofa ...«

Die Gassen, die Gassen ...

Die Stolešnikov. Marina seufzte und warf die nicht zu Ende gerauchte Zigarette weg. Durch diese enge Gasse, vorbei an Geschäften voll von Menschen, war sie gegangen vor zehn Jahren – jung und blendend aussehend, in weißen ausgefransten Hosen, roten Schühchen und rotem T-Shirt, eine mit Klebestreifen geflickte Plastiktüte in der Hand, in deren braunem Schoß ein neuer Band des gerade erschienenen GULAG ruhte.

Sie hatte ihn Mitja von Kopelev gebracht, ohne zu ahnen, daß zweihundert Meter weg von der Stolešnikov, in der Gorkij-Straße im Haus Nummer 6 in aller Ruhe beim abendlichen Tee mit Zucker ein Mensch saß, mit blauen Augen und einem rötlichen Seemannsbart ...

»Ja. Das Dissidententum, das Dissidententum ... Mitjka, Oskar, Volodja Bukovskij ... Als wäre alles ein Traum gewesen ... Bei Sereža hatten Lesungen stattgefunden. Sie hatten sich getroffen. Hatten getrunken, gestritten ... Mein Gott ... Und wo sind sie alle? Niemand war mehr übrig. Nur Mitjka, mutterseelenallein. Und den schieben sie auch ab. Ja . . . und trotzdem seltsam: sie war mit ihnen befreundet gewesen, hatte ihnen geholfen – und war am Leben, gesund, lief durch Moskau. Nicht mal so eine elende Vorladung hatte sie bekommen. Keine Haussuchungen, nichts. Phantastisch . . .«

Auf der belebten Petrovka wurde sie von irgendeiner Zigeunerin mit einem auffälligen Koffer angerempelt, und beinahe hätte ein Junge sie umgerannt, der aus einem Torbogen geschossen kam.

»Mein Gott, was haben die es alle eilig? Hetzen, rennen. Wohin? Wir haben alle keine Zeit mehr, uns umzuschauen, für das Heute zu leben. Aber nur dafür muß man leben. Nicht für das Morgen oder das Gestern. Ich habe angefangen, für das Gestern zu leben . . . Fürchterlich. Was bin ich denn – ein altes Weib? Mit dreißig? Blödsinn! Alles liegt noch vor mir. Oder womöglich – nichts? Leere? Werde ich so die Zeit totschlagen? Wenn ja, dann besser wie Anna Karenina . . . So ein Unsinn. Nein. Das ist alles wegen meiner Sünden. Das ganze Leben habe ich gesündigt, jetzt kommt – die Abrechnung. Herrgott, vergib mir . . .«

Der Kuzneckij tauchte vor ihr auf, glänzte mit dem das Neonlicht spiegelnden Kopfsteinpflaster.

Sie zündete sich eine Zigarette an und rauchte eine ganze Weile, ihre Finger begannen zu zittern. Hier waren etwas weniger Menschen und etwas mehr Abendhimmel. Marina sah nach oben. Wolken gab es keine, die niedrigen spitzen Sterne leuchteten grell und bedrohlich, mahnten an den kalten Atem der Ewigkeit.

Marina zog gierig den Rauch ein, doch er, der gewöhnlich zur Beruhigung beitrug, blieb diesmal ohne Wirkung – die Finger zitterten heftiger. Es begann sie zu schütteln.

Wie vieles in ihrem Leben war auf dieser buckligen Straße passiert!

Wie oft war sie hier durchgegangen – als Kind und als

Erwachsene, traurig und fröhlich, bedrückt und glücklich, besorgt und leichtsinnig, betrunken und nüchtern . . .

Hier, über diese Steine, über diesen rissigen Asphalt waren ihre Sandalen gerannt, ihre Pantoffeln, Pumps, Schühchen, Schuhe, Stiefeletten . . .

Sie warf die Zigarette fort, empfindlich fröstelnd zog sie die Ellbogen ein:

– Kalt . . .

Aber kalt war es nicht dem Körper, sondern der Seele.

Sie bog ab. Die Straße des fetten Ždanov.

Ein renoviertes Haus links, rechts ein zerstörtes, wie nach einem Bombenangriff. Ein Zaun, irgendein Baugerüst, tote Fenster.

– Wie haben sie das Zentrum verkommen lassen . . . – murmelte sie, während sie an einem beleuchteten Zeitungskiosk vorüberkam.

In diesem halbverfallenen Haus hatten Verka, Nikolaj und Volodjka gewohnt. Hier, im ersten Stock hatte sie mit Marija im Halbdunkel des Treppenhauses gestanden, hatte ihrer nüchternen, erwachsenen Stimme gelauscht. Dann waren sie die hallenden Stufen hinunter und über den nächtlichen Hof gegangen, hatten die warme, nach noch nicht abgekühltem Asphalt riechende Luft eingeatmet . . .

»Ist das alles wirklich gewesen?« – dachte Marina und sah zu der schwarzen Augenhöhle von Verkas Fenster, – »dort herrschte wahrscheinlich Dreck, Finsternis und feuchter Putz. Dreck, Finsternis und feuchter Putz. Nichts weiter . . .«

Die dunkle, unbelebte Varsonofjevskij tat sich vor ihr auf wie ein düsterer Tunnel.

»Wie heißt es im ›Buch der Toten‹«, – lächelte Marina bitter, – »Ein schwarzer Tunnel. Nur ist der weiße Punkt am Ende nicht zu sehen. Es gibt ihn nicht, den weißen Punkt . . .«

Sie ging weiter.

Nicht ein Fenster in der Gasse war erleuchtet. Das sich ausbreitende KGB hatte nach und nach mit Beharrlichkeit das Zentrum an sich gerissen, die Menschen ausquartiert, Häuser abgerissen oder umgebaut. KGB. Diese drei ineins verschmolzenen harten Konsonanten riefen bei Marina jedesmal einen Anfall von kraftloser Wut, von Zorn und Abscheu hervor. Doch jetzt rührte sich nichts in ihrer von Schüttelfrost heimgesuchten Seele.

– KGB . . . – stieß sie leise aus, und das Wort zerstäubte spurlos in der feuchten Luft.

War es nicht völlig egal, wer schuld war am Tod der Gasse – das KGB, die Sintflut oder die Pest? . . .

– Völlig egal, – antwortete noch leiser Marina, die sich wie eine Somnambule fortbewegte.

Die tote Gasse zog sie langsam in sich hinein – Marina war starr, stillschweigend, ging mit schwer schleppenden Schritten.

Was für eine Stille in diesem Tunnel herrschte! Totenstille. Als gäbe es das laut schreiende, bevölkerte Moskau nicht, mit Tausenden von Autos, Millionen von Menschengesichtern . . .

Ein Torbogen. Der Torbogen ihres Hofes. Sie sieht, wie niedrig, schmutzig und dunkel er ist. Nie hatte Marina ihn beachtet, immer war er schnell über ihren Kopf hinweggeglitten. Wie dumpf in ihm die Schritte klingen. Reste von schmutzigem aneinandergefrorenem Schnee, krachendes Eis unter den Absätzen, trübes Licht: im Hof sind einige Fenster erleuchtet.

Marina ging langsam hinein in den engen steinernen Sack und blieb in seiner Mitte stehen.

Der Hof. Ihr Hof.

Einige Minuten blieb sie unbeweglich stehen, horchte in die dunkle Stille.

Nichts hatte sich hier verändert. Derselbe Asphalt, dieselben schmutzigen Mauern und schmutzigen Fenster.

Sie wandte sich um.

Ihr Fenster schimmerte trüb gelb. Dort wohnten irgendwelche ihr unbekannten Leute. Die Fensterklappe war halb geöffnet, schwache Stimmen waren zu hören . . . Oder vielleicht schien es ihr nur so . . .

Das Fenster. Wie es schimmerte! Wie schwarz und streng das Fensterkeuz! Ganz wie früher – Licht, Fenster, Fensterklappe, von nichts waren sie angetastet, nicht von der Zeit, nicht vom KGB. Tränen traten ihr in die Augen, Marina zog die Ellbogen noch mehr ein.

Ihr schien, als würde da jemand ans Fenster treten, und nicht irgend jemand, nein, die Großmutter, oder gar – Marina? Eben jene Marina – sechzehnjährig, im weißen Kleid, mit gewelltem schulterlangem Haar. Doch niemand trat ans Fenster. Niemand . . .

Das Fenster verschwamm zu einem gelben Fleck, eine heiße Träne kullerte über Marinas Wange.

»Mein Gott, mein Gott . . . Ist das alles wirklich gewesen? Das weiße Kleid, das Band im Haar, die Musik?«

– Wirklich? – fragte sie schluchzend den hoffnungslos schweigenden Hof.

Das Flüstern verhauchte in der Dunkelheit, die Stille wurde noch tiefer und vieldeutiger.

Heiße Tränen rannen Marina über die Wangen . . .

Der Morgen, der Morgen fängt mit Sonnenaufgang an. Sei gegrüßt, gegrüßt du unermeßlich Land . . .

Marina hob den Kopf vom Kissen, suchte mit den Augen die Uhr. Mußte sie gerade dieses bescheuerte Lied träumen.

Die Uhr mit dem vertrauten silbernen Zifferblatt ließ sich nicht finden, dafür klingelte das beige Telefon, wie alle Telefone morgens klingeln – mit dem widerlichen, ins Herz fahrenden Trillern eines verrücktgewordenen Milizionärs.

– Hallo . . . – schnaufte Marina leise und legte sich samt Hörer zurück aufs Kissen, doch ein kurzes Wortspiel, aufgesagt unter einem ihr bekannten brüllenden Gelächter, ließ sie aufspringen:

– Möse und Schwanz mackten einen Tanz, Schwanz kam ins Stolpern, ließ sick in die Möse poltern!

– Tony . . . Mein Gott, Tony!

– Marina, hello! – lachte es schallend im Hörer, und Marina fühlte an ihrer Wange einen dichten strohblonden Schnurrbart.

– Tony, Lieber, wo bist du?!

– In Rußland, Mary! Gestern gelandet. Wie gehts?

– Ja gut, gut. Bist du für länger da?

– Nein, für drei Tage.

– Oj, so kurz . . .

– Egal. Bist du zu Haus?

– Ja, ja. Bist du allein?

– Nein, mit einer Gruppe.

– Mit was für einer Gruppe?

– Touristen! – brüllte Tony wie beim Militär und lachte.

– Nicht zu fassen . . . Hör mal, Tony, komm zu mir!

– Kann nickt, Marinučka.

– Warum nicht?

– Führe sie durck den Kreml.

– Durch den Kreml? Was wollt ihr denn da anschauen? Die Bullen etwa?

– Weiß nickt. Irgendwas. Ist mir egal . . . Vielleickt wir gehen dann essen zusammen?

– Ja, los. Und wohin?

– Ins Metropol? Ins Handelszentrum? Oder hier in unserem?

– Ach, nee. Komm, irgendwo weiter weg.
– Bei Sereža?
– Der sitzt schon seit einem halben Jahr, dein Sereža.
– Wie?
– So eben. Wegen Ikonenschieberei. Aber unwichtig, fahren wir trotzdem in seins.
– Okay. Ick hole dick ab. Gegen zwei.
– Mhm. Ich warte, Lieber.

Um zwei saßen sie schon an einem kleinen quadratischen Nußbaumtisch und warteten auf die Rückkehr des flinken Kellners.

Tony rauchte und lächelte ununterbrochen. Marina, die Ellbogen auf den Tisch und das Kinn in die verschränkten Finger gestützt, betrachtete ihn. Tony. Tonečka. Tonjka.

Immer noch derselbe: strohblond – im Bürstenschnitt – die Haare, die Brauen, der Schnurrbart. Das schwedische Brillengestell übers halbe Gesicht, die Stupsnase. Der hellgraue Anzug, die dunkelgraue Krawatte mit dem blauen Zickzackmuster.
– Na, wie gehts dir denn so, Tonjka-Obertonjka?
– Ganz gut. Und dir?

Marina seufzte, holte eine Zigarette aus der quadratischen Schachtel, und sofort flammte ein Streichholz vor ihr auf.
– Merci. Mir eigentlich auch nicht schlecht.
– Du bist irgendwie traurig. Warum?
– Weiß nicht. Unwichtig. Zum Teufel mit dieser Traurigkeit.
– Ricktig.

Der Kellner brachte Vodka, schwarzen Kaviar, Butter, warmes, mit Mehl bestäubtes Weißbrot und Fleischsalat »Stoličnyj«.

– Vorzüglick, – Tony griff nach der angelaufenen kleinen Karaffe und schenkte ein, – Mary, ick möckte anstoßen auf . . .

Doch Marina streckte ruckartig ihre schmale Hand vor, berührte seine Finger, hob ihr Glas:

– Lieber, lieber Tony. Weißt du . . . wie soll ich es dir erklären . . . eigentlich . . . Ach, sie sollen sich alle verpissen. Möge alles Gute gedeihen. Und alles Schlechte sollen sie sich in den Arsch schieben. In blaue Flammen aufgehen soll er, dieser ganze Kummer-Scheiß.

Tony nickte begeistert und stieß mit ihr an, den kleinen Finger abgespreizt:

– Bravo. Lange nickt gehört so was.

Marina kippte das Glas hinunter und merkte sofort, daß sie heute mühelos einen ganzen Liter von dieser brennenden herrlichen Flüssigkeit trinken könnte.

– Herrlich . . . – murmelte sie, brach ein Stück Weißbrot ab, strich Butter darauf, dann Kaviar.

Tony machte sich über den Salat her. Die vergessenen Zigaretten qualmten im Aschenbecher und wurden zu Asche.

– Und warum nur für drei Tage? – fragte sie, während sie gierig das glitzernde Kaviarbrot verschlang.

– Hat sick so ergeben. Ick bin ja nickt mehr der mit den Westwaren jetzt, sondern Lehrer für Russisch.

– Verrückt. Das heißt, wir sind Genossen unglückseligerweise?

– Warum – unglückseligerweise?

– Darum, – murmelte Marina, rieb sich fröhlich die Hände und nickte, – schenk ein!

Der Vodka lief die Speiseröhre hinab, die Kruste des Weißbrots krümelte, das Innere dampfte warm.

Tonys Augen funkelten als dünne Ringe, die strohblonden Haare standen in die Höhe.

»Gott, wenn er mich nicht aus meiner Lähmung reißt, dann nur noch hinlegen und sterben. Von was bin ich eigentlich so mieser Laune? Was ist passiert? Ich hab mich mit Saška zerstritten? Ach zum Teufel mit ihr. Wir finden schon eine Neue. Schlecht geträumt? Stell dir vor. Und dann saure Laune wie Dickmilch, sieh mal einer an. Reiß dich zusammen, Marinočka.«

– Tonjka, erzähl doch, wie ist es drüben bei euch? Siehst du Vitja oft?

– Viktor? Ja. Er fragt nach dir oft. Denkt an früher.

– Ehrlich? Und wie gehts ihm allgemein? Wo ackert er gerade?

– Arbeitet? Bei Radio Liberty.

– Bei diesen Alkoholikern. Prima.

– Nein, bei ihm ist alles in Ordnung. Und einen zweiten Sohn hat er bekommen.

– Leck mich, – Marina schüttelte den Kopf, während sie den köstlichen Salat aß, – na, darauf zu trinken ist Gottes eigener Wille.

– Ja, ja! – lachte Tony und füllte die Gläser.

Sie stießen an und tranken.

Marina aß schnell den Salat auf, nahm ihre Zigarette und schnippte die längliche Asche ab:

– Tonj, und warum gehst du nicht zu Liberty oder zu irgendeinem dieser Sender?

Er winkte ab:

– Aaa, wozu. Dann lassen sie mick hier nie wieder rein. Und ick schreibe meine Dissertation bald.

– Worüber?

– »Die Semantik in ›Luka Mudiščev‹«.

– Oj! Tonjka! Das ist mein Lieblingsgedicht!

Tony rückte blitzschnell seine Brille zurecht, verschränkte die wulstigen Finger, riß die Augen auf und schnatterte los, wobei er die Wörter erbarmungslos falsch aussprach und die Betonung durcheinanderbrachte:

Sie werden ganz leickt schwack, die Weiber –
Wahrlick, wills euch nickt verhehln –
Doch solch geiles Fötzchen leider
Hat die Welt noch nickt gesehn.

Er ist bereits ganz außer Atem,
Der Schwanz ist schlapp, er steht nickt hoch.
Daß er nickt will, sie kanns erraten:
Jammere, aber fick mick doch!

Marina brüllte vor Lachen, warf sich nach hinten:
– Oj, ich kann nicht mehr! Tonjka!

Aber er, zitternd den verrückten Frankenstein nachmachend, schnatterte weiter:

Fick sie nur, denn alle Pensionäre
Und was da alt und jung noch wäre –
Jeder, der gern ficken tut,
War schon drin in ihrer Fut.

Marina bog sich vor Lachen auf ihrem Nußbaumstuhl, von den Nachbartischen schauten sie neugierig, der Kellner stand mit dem Tablett daneben und wußte nicht, ob er die Teller mit den hausgemachten Nudeln servieren konnte.
– Genug, Lieber ... ich kann nicht mehr ... ich sterbe gleich, genug! – flehte Marina.

Tony erhörte ihr Flehen, brach ab und nickte dem Kellner zu.

Und schon aß Marina die mit Dill und gehacktem Ei angemachte Delikatesse und betrachtete dabei Tony von der Seite.

Tonjka-Tonečka. Wie lang war das her. Doch es schien, als wäre es erst vor kurzem gewesen, daß ein elegant gekleideter Amerikaner ihr die Hand drückte und freundlich sagte:
– Toony.

Dieses »Tony« hatten sie dann lange verulkt, darüber gespottet und sich lustig gemacht.

Er war reich, mutig, unternehmungslustig, überschäumend vor Liebe. Er chauffierte sie in einem weißen Mercedes über den Sadovoe-Ring, mit 120 Sachen, und vor den Fenstern tauchten die goldenen Siebziger auf mit sperrangelweit offenstehenden Botschaften, die vor Freß- und Saufgelagen mit Dissidenten aus den Nähten platzten, mit Massen geiler Ausländer, mit billigen Taxis, mit den Koffern der Schieber, mit einer ungeheuren Zahl von Künstlern, Dichtern und Schriftstellern im Untergrund, die besessen waren vom Gedanken an die Emigration, aber trotzdem noch nicht emigriert waren.

– Tony, weißt du noch, wie wir bei den Franzosen übernachtet haben?

– War das, als du die Scheibe eingeschmissen hast?

– Mhm. Ich wollte damals dieser Tante, dieser Frau Kulturattachée eine Kur verpassen, und du hast mich nicht gelassen.

O ja! Ick bin ein Despot der Liebe! – prustete Tony los und verschüttete etwas aufs Tischtuch, – lieber mick fellieren, als die Französin kurieren!

– Blödmann, – lachte Marina und wäre fast an den Nudeln erstickt, – ich hätte beides geschafft.

– O neiiin, Mary! – sagte er gedehnt, wobei er wieder einen Verrückten (diesmal – einen Pfarrer) mimte, – du sollst nickt zwei Herren dienen zugleich! Geteiltes Haus hält es nickt aus! Entweder fellieren oder kurieren!

Marina lachte mit vollem Mund und hielt sich die gestärkte Serviette vor.

Und er – aufgerichtet, affektiert, abgefuckt von Askese und Halluzinationen, mit inbrünstig vor der Brust gefalteten Händen – nickte dem vorbeikommenden Kellner zu und schielte mit einem hervorquellenden Auge auf die leere Karaffe:

– Mein Sohn, noch ein halbes Kilo, bitte.

Und der Sohn mit Hitler-Nase, Gogol-Frisur und Gorkij-Schnurrbart brachte eine neue Karaffe und dazu – Stör im Blätterteig.

– Nein, mit dir braucht man nicht lang zum Sterben, – meinte Marina, wischte sich die Tränen ab und zündete sich eine an, – und dann schreiben sie – ermordet vom gezielten Lachen eines amerikanischen Spions.

– An solck einem Tisch würde ick gerne sterben, – bemerkte er, machte mit der Gabel ein Stückchen Stör ab und schob es in den Mund, – mmm . . . leck mick, ist das good.

– Ehrlich gesagt, ich hatte nicht gedacht, daß sie immer noch so gut kochen wie früher.

Tony füllte die Gläser und zuckte die Achseln:

– Trotzdem hatte ick den Eindruck, die Auswahl sei kleiner.

– Ja, mehr wirds wohl auch nicht. Ihr schraubt doch die Rüstungsspirale in die Höhe, versucht unser junges Land zu erdrosseln.

Tony schlug leicht mit der Faust auf den Tisch und unterbrach sie:

– Ja! Wir zwingen euck in die Knie! Wir macken euck zu Sklaven! Zerstören eure Kultur! Sägen ab die Birken! Reißen ein die Kirchen! Setzen euck in den Nacken das schwere Joch des Kapitalismus!

Marina zog den Kopf zwischen die Schultern wie ein Panther, funkelte mit den Augen und zischte ihm entgegen:

– Und wir werden die Werktätigen des ganzen Planeten vereinen im Kampf gegen die Unterdrückung durch den amerikanischen Imperialismus, gegen die »Kanonenboot-Politik«, gegen die feuergefährlichen Spiele des Dunkelmanns Reagan, für den Frieden in der ganzen Welt, für den vollen und endgültigen Sieg des Kommunismus auf unserem Planeten!

– Bravo! – grölte Tony und erhob das Glas, – darauf müssen wir trinken!
– Hy, hy, american spy! – stieß Marina mit ihm an und kippte den Vodka hinunter.
Tony trank aus und schüttelte sich.
– Uaaa . . . ihr habt vielleicht einen . . . das ist . . .
– Scharf?
Er schüttelte den Kopf und spießte einen Bissen Stör auf die Gabel:
– Nein . . . nickt scharf, sondern . . . wie soll ick sagen . . . na . . . grauenhaft.
– Grauenhaft?
– Ja.
Marina zuckte die Achseln:
– Na, ich weiß nicht. Ist Whisky besser deiner Meinung nach?
– Besser. Ja.
– Warum hast du dann Vodka bestellt?
– Ick liebe ihn, – gab er zur Antwort und beugte sich über den Teller, und Marina bemerkte, wie ungelenk er seine Hände bewegte.
– Und warum liebst du ihn?
– Ick liebe alles Russische.
– Prima. Ich auch.
Marina sah sich um.
Hinter den halbverhängten Fenstern zog sich bereits die Abendluft zusammen, die Musiker stimmten die Elektrogitarren, das Restaurant füllte sich allmählich mit Publikum. Der Kellner trug die Teller mit den Resten vom Stör ab und kehrte mit zwei Schälchen Nußeis wieder.
– Oh, hervorragend, – langte Tony nach dem Eis, – Russisch Sibirien . . .
Seine Augen schwammen, ohne auf etwas gerichtet zu sein, er zwinkerte langsamer, bewegte kaum die blaßgewordenen Lippen.

– Tony, Lieber, du bist ja rotzbesoffen, – Marina nahm seine willenlose weiche Hand, – ist dir womöglich schlecht?
– Nein, ack was . . . ick . . . ick . . . – er taumelte nach hinten, – I am a bit shit-faced, baby . . .

Er zog das Eis zu sich heran und stieß dabei das Schälchen um. Die schmelzenden Nußkugeln lagen malerisch auf dem grauen Tischtuch.
– Dummian, du bringst ja nichts mehr auf die Reihe.
– I'm swell, swell . . .
– Tonjka, hör zu, laß uns zahlen, und wir gehen. Du brauchst frische Luft . . .
– Run rabbit, run rabbit, run, run, run . . .
– Gehn wir, gehn wir . . .

Marina ging zu ihm hin.
– Wo ist deine Brieftasche?
– My vallet? It's up my ass . . .
– Ja, ja.
– Ah . . . hier . . . hier . . .

Er erhob sich, zog die Brieftasche aus dem Jackett und hielt sie sich torkelnd vors Gesicht.
– That's the fucking vallet . . .

Der Kellner stand daneben und warf einen schiefen Blick auf das umgestoßene Schälchen.
– Die Rechnung bitte, – murmelte Marina und half Tony, die Schecks und Dollars von den Rubeln zu trennen.
– Fünfunddreißig Rubel sechsundachtzig Kopeken, – brummte der Angestellte, Marina gab ihm das Geld und brachte Tony zum Ausgang.

Er ging, hin und her schwankend, die freie Hand ruderte willenlos in der verrauchten, nach Essen stinkenden Luft:
– Nein . . . Marina . . . du mußt . . . mußt mir sagen . . . have you ever fucked a dog? Niemals? Ah?
– Komm, komm, Saufbruder, – lachte Marina und führte ihn zur Garderobe, – wo sind die Nummern?

– In the Fotze auf obern Regal! – rief Tony laut, lehnte sich an den Garderobentisch und lachte dumm.

Der grauhaarige runzlige Alte hinter dem Tisch sah sie mit unverhohlener Neugierde an.

– Los, los ... wo hast du sie ... – Marina langte in seine Hosentaschen, doch Tony umarmte sie auf einmal und wollte sie auf den Tisch werfen, wobei er ihr mit seiner Vodkafahne ins Ohr schnaufte:

– Let's fuck, baby ...

Marina stieß ihn zurück, fand endlich die Nummern und gab sie dem grinsenden Alten.

Der suchte schnell nach den Mänteln, kam geschwind um den Tisch herum, half Marina beim Anziehen und machte sich dann daran, Tony in seinen hellbraunen Mantel zu hieven.

Als Tony merkte, daß sich hinter ihm irgendwer zu schaffen machte, gab er bereitwillig seine Arme her.

Sie traten durch eine Glastür hinaus auf die Straße, und Marina atmete mit Genuß die frostige Abendluft ein.

Sie schwankte ebenfalls, die lichtüberflutete Stadt tanzte vor den Augen.

– Wait a sec ... – brabbelte Tony und schlug sich in ein mit Rauhreif bedecktes Gebüsch, um im lockeren Schnee den Kaviar zu lassen, den Salat »Stoličnyj«, die hausgemachten Nudeln, den Stör und den Vodka, selbstverständlich – russischen Vodka ...

Sie saßen nebeneinander auf einer weißen, kalten Bank, Marina rauchte, Tony rieb sich das Gesicht mit dem hartgefrorenen Schnee und kam zu sich.

In der Nähe hoben sich dunkel junge Lindenstämme ab, geradeaus funkelten die Lichter auf dem Komsomolskij-Prospekt.

– Kuckuck ... – piepste Tony und lachte schläfrig, – weiß gar nickt, wann ick das letzte Mal so trinken. Hervorragend ...

Er klopfte den Schnee von den Knien und zuckte fröstelnd zusammen:

– I'm bloody cold . . .

– Dann laß uns gehen. Sonst frier ich mir auch den Arsch ab.

– Komm, bleiben wir noch sitzen ein bißcken. Mein Kopf . . . er . . . tanzt so . . .

Sie lächelte, klopfte ihm auf die Schulter:

– Gewöhn dich an den russischen Suff.

Und übermütig stieß sie ihn in die Seite:

– Wollen wir uns nicht noch eine reindrücken, ah?

Er schüttelte sich und hob die Hände:

– Um Gottes willen . . . oj, ick kanns nickt hören . . . oj . . .

– Wieso nicht – komm, Tonička, – machte Marina mit dem Unfug weiter, – wir genehmigen uns ein Fläschchen an der nächsten Ecke und essen Heringshappen dazu.

– Oj! Hör auf . . . grauenhaft . . .

– Du willst nicht?

– Schrecklick . . . wie das die Russen nur können . . . das ist ja nickt normal . . .

– Was ist nicht normal?

– Na . . . so zu trinken. Wie Sau.

– Wie Sau siehst übrigens du jetzt am ehesten aus.

– Ick meine nickt mick. Allgemein. Ihr seid eine sehr versoffene Nation.

– Na und?

– Nickts. Schleckt . . . – er erhob sich mühsam, stützte sich an der Lehne der Bank ab, – oj . . . es tanzt . . . schleckt . . .

– Was – schlecht?

– Allgemein. Alles. Alles bei euch ist schleckt. Die Häuser. Das Leben. Oj . . . hier ist es sehr schleckt . . .

– Und warum bist du dann hergekommen? – meinte Marina und spürte Wut in sich aufsteigen.

– So . . . nur so . . . – murmelte Tony schwer atmend.

– Das heißt also, bei uns ist alles schlecht, und bei euch ist alles gut?
– Bei uns ist es besser . . . wir haben Demokratie, und man besäuft sick nickt so . . .
– Ihr habt Demokratie? – Marina stand auf und betrachtete ihn angewidert – aufgeschwemmt, rote Visage, stinkend nach Vodka und Kotze.
– Wir haben Demokratie . . . – murmelte Tony und mühte sich, den Mantel zuzuknöpfen.
– Leck mich doch am Arsch mit deiner Demokratie! – schrie Marina ihm ins Gesicht, – Scheißkerl, Wichser amerikanischer! Außer von eurer beschissenen Technik und Coca Cola habt ihr nicht die geringste Ahnung, aber dann hierher kommen und uns belehren! Demokratie!

Tony wich erschrocken zurück, wehrte mit den Händen ab.

Doch Marina bebte vor Wut, Schmerz und den plötzlich hervorbrechenden Tränen:
– Demokratie! Ihr seid, verdammt noch mal, schlimmer als die Wilden, bei euch weiß keiner, wer Tolstoj ist! Ihr seid in eurem Scheißkomfort versackt und wollt von nichts mehr was wissen! Aber bei uns ist der letzte Säufer mehr wert als euer Dreckssenator! Nur Dollars im Kopf und Weiber, und Autos! Verdammte Kacker! Hier setzen die Menschen ihr Leben ein für die Demokratie, Sacharov stirbt bei lebendigem Leib, und er erzählt mir was von Demokratie, Sau, du mit deinen Scheiß Westwaren! Kommt und frißt unseren Kaviar, den man unseren Kindern weggenommen hat! Dreckswichser! Fährt heim, zeigt seinen Kackern Dias – da ist es, das wilde Rußland, ergötzt euch dran, Kinder, und jetzt trinken wir einen Whisky und fahren in den Golden Gate Park! Du Scheißkerl, du verdammter!

Bebend und heulend holte sie aus und schlug Tony mit der Faust ins Gesicht.

Er wankte zurück und setzte sich in den Schnee, die Brille flog zur Seite.

Marina drehte sich um und rannte schluchzend davon.

Tony blieb lautlos im Schnee sitzen.

Sie rannte, das Eis knirschte, die wirren Haare schlugen im Wind:

– So ein Scheusal . . .

Der Komsomolskij tat sich vor ihr auf, und wie in einem Traum erschien, überflutet vom gelben Licht der Straßenlaternen, erstrahlend mit goldenen Kuppeln, klein wie ein Spielzeug, die Chamovniki-Kirche zum Heiligen Nikolaj, in die der graubärtige Lev Nikolaevič immer gegangen war und sich bekreuzigt hatte mit seiner schweren weißen Hand:

– Mein Gott . . . – Marina sank kraftlos auf die Knie.

Die Kirche leuchtete im goldenen Nebelschleier, die Frühlingssterne funkelten über ihr. Das war so wunderschön, so schön in seiner stillen schweigenden Schönheit, daß Wut und Zorn sogleich aus Marinas Herz wichen, an ihrer Statt traten sanftmütige Tränen der Reue:

– Herr . . . Herr . . .

Sie bekreuzigte sich und flüsterte mit heißen Lippen:

– Gott, sei mir gnädig in Deiner Güte und tilge meine Sünden in Deiner großen Barmherzigkeit. Wasche mich frei von meiner Missetat und reinige mich von meiner Sünde. Denn ich erkenne meine Missetat, und meine Sünde ist immer vor mir. An Dir allein habe ich gesündigt und übel vor Dir getan, auf daß Du recht behaltest in Deinen Worten und rein bleibest, wenn Du gerichtet wirst. Siehe, ich bin in sündlichem Wesen geboren, und meine Mutter hat mich in Sünden empfangen. Siehe, Du hast Lust zur Wahrheit, die im Verborgenen liegt; Du lassest mich wissen die heimliche Weisheit. Entsündige mich mit Isop, daß ich rein werde; wasche mich, daß ich schneeweiß werde. Laß mich hören Freude und Wonne, daß die Gebeine fröhlich werden, die Du zerschlagen hast. Verbirg Dein Antlitz vor meinen Sünden und tilge alle meine Missetaten. Schaffe in mir, Gott, ein reines Herz, und gib mir einen neuen, rechten Geist. Verwirf mich nicht von Deinem Angesicht, und nimm Deinen Heiligen Geist nicht von mir. Tröste mich wieder mit Deiner Hilfe, und mit einem freudigen Geist rüste mich aus. Ich will die Übertreter Deine Wege lehren, daß sich die Sünder zu Dir bekehren. Errette mich von den Blutschulden, Herr, der Du mein Gott und Heiland bist, daß meine Zunge Deine Gerechtigkeit rühme. Herr, tue meine Lippen auf, daß mein Mund Deinen Ruhm verkündige. Denn Du hast nicht Lust zum Opfer – ich wollte Dirs sonst wohl geben –, und Brandopfer gefallen Dir nicht. Die Opfer, die Gott gefallen, sind ein geängstigter Geist; ein geängstet und zerschlagen Herz wirst Du, Gott, nicht verachten. Tue wohl an Zion in Deiner Gnade; baue die Mauern zu Jerusalem. Dann werden Dir gefallen die Opfer der Gerechtigkeit, die Brandopfer und ganzen Opfer; dann wird man Farren auf Deinem Altar opfern.

Sie bekreuzigte sich und hauchte leise:

– Amen . . .

Jemand berührte sie zaghaft an der Schulter.

Marina wandte sich um.

– Töchterchen, was hast du? – wisperte erschrocken ein altes Weiblein neben ihr. Es war mit einem langen Mantel und einem großen altmodischen Umhang bekleidet. Seine kleinen tränenden Äuglein blickten sie mit erschrockener Teilnahme an.

Marina erhob sich von den Knien, sah der Alten in die Augen, dann zog sie Samsons Bündel Zehnrubelscheine aus der Tasche, drückte es ihr hastig in die runzlige Hand und lief davon.

– Halt . . . halt . . . wohin? – rief das Weiblein ihr fassungslos nach, doch Marina war spurlos verschwunden.

Die weiße Empire-Tür mit der Kupferklinke wurde aufgerissen, und der langbeinige, kahlrasierte, schwarzbärtige Stasik breitete gespielt die Arme aus:

– Wer kommt denn da? Marinočka!

Dünne, aber muskulöse Arme umschlangen sie, er drückte ihr seine wulstigen, nach Wein riechenden Lippen ins Gesicht:

– Herzchen . . . genau zur rechten Zeit . . .

Und mit der ihm eigenen Sanftheit zog er sie in die Diele:

– Komm, komm, komm . . .

In der riesigen, prätentiös auf Empire gemachten Wohnung dröhnte Musik, hingen Tabakschwaden, waren Stimmen und Lachen zu hören.

Stasik nahm Marina den Mantel von den Schultern, kraulte ihr Haar und stieß sie mit seinem runden, ungewöhnlich kleinen Kopf:

– Miau, miau . . . meine Schöne . . .

Marina strich über seine Birne:

– Du hast ja eine Glatze. Ist das Punk?

– Neee! – erwiderte er und rollte die jüdischen Augen, – das ist nicht Punk, sondern New-Wave. Klar?

– Super, – Marina wankte unter dem Gewicht seiner Arme, – hast du die Bude wieder voll mit Leuten?

– Mmh. Bei mir läßt heute Kacke die Sau raus. Komm, ich stell dich vor, – zog er sie an der Hand den langen Flur entlang, – das sind klasse Jungs, aus Piter. Gerade erst eingetrudelt . . .

Sie kamen in ein geräumiges, völlig verqualmtes Zimmer. Auf Boden, Diwan und Stühlen saßen buntgekleidete Mädchen und Typen, in der Ecke spielten zwei mit beschmierten Gesichtern Elektrogitarre und schrien in ein von der Decke hängendes Mikrophon. Zwei niedrige Boxen dröhnten bedrohlich und ohrenbetäubend.

Marina setzte sich an den Rand des Diwans, Stasik ließ sich im Türkensitz auf den Boden nieder.

Meistens sang ein Typ – groß, in schwarzen Lederhosen, ein gelbes Jackett über dem nackten Oberkörper, schmales, blasses Gesicht, auf seine hohe Stirn waren eng nebeneinander rote Buchstaben gekritzelt: KACKE.

Sein etwas dürrer Kollege im schwarzen Trainingsanzug und mit gemalten Blümchen auf den Backen begleitete ihn auf der Baßgitarre und klopfte mit weißlackierten Schuhen den Takt:

– Kotz nuuur, kotz nuuur, meine Muuutter wiiischt es weeeg! – sang der Große, schwankte hin und her und schnitt Grimassen.

– Kotz nuuur, kotz nuuur, meine Muuutter wiiischt es weeeg! – fiel der Bassist mit heiserer Kopfstimme ein.

Die drei Mädchen neben Marina wiegten sich im Takt zum Lied und klatschten mit den Händen auf die Schenkel. Die Haare der einen waren rot gefärbt.

– Vergiiiß, vergiiiß, und iiich vergeeesse diiich! – sang Kacke.

– Vergiiiß, vergiiiß, und iiich vergeeesse diiich! – wiederholte der Bassist.

Mit seinem ausgestreckten langen Arm zog Stasik irgendwo eine halbvolle Rotweinflasche raus, hielt sie Marina hin, doch sie schob sie weg und flüsterte:

– Ich hab schon Vodka getrunken, nicht nötig . . .

Er grinste, nickte und setzte die Flasche an:

– Jaaammer, jaaammer duuu, mein miiieses Leeeben!

– Jaaammer, jaaammer duuu, mein miiieses Leeeben!

Nachdem sie die letzte Strophe zweimal wiederholt hatten, schnallten sie die Gitarren ab und setzten sich unter chaotischem Beifall zu den anderen.

– Bin schon völlig abgefuckt, – brummte Kacke, legte sich auf den Boden und schloß die Augen.

Der Bassist hielt sich lange an die Flasche, die ihm Stasik gereicht hatte.

– Kacke, du hast wie Beethoven gespielt! – kreischte das große Mädchen mit dem Kurzhaarschnitt.

– Wie Beethoven? – fragte Kacke gedehnt, – wie Mozart, blöde Kuh!

Alle lachten.

Kacke erhob sich plötzlich ruckartig, kniete sich hin und begann seine knallengen ledernen Hosen aufzuknöpfen:

– Ein Glas, gebt mir ein Glas! Stas! Ein Kristallglas!

Lachend nickte Stasik einem der Mädchen zu:

– Sonečka, in der Küche oben ...

Während die folgsame Sonečka das Glas holte, ließ Kacke die Hosen ein Stück runter und entblößte die penibel rasierte Schamgegend mit dem dicken kurzen Pimmel, der über die großen, schlaffen Eier herabhing.

– Oj, Kacke, schon wieder ... – lachte das rothaarige Mädchen und verzog das Gesicht, doch der neben ihr sitzende Typ klatschte in die Hände:

– Wow, los, los, Kacke!

– Los, Kacke, die Glanznummer!

Sonja gab ihm das Glas, er stellte es vor sich auf den Boden, nahm seinen Pimmel mit zwei Fingern und zielte.

Ein gelber Strahl floß in das Glas.

– Oh, super!

– Los, los, vollmachen!

– Klasse, Kacke!

Als er das Glas mit Pisse gefüllt hatte, machte Kacke seine Hosen zu und stand auf:

– Auf eure Gesundheit, Genossen.

Und leerte das Glas in einem Zug.

Die Versammelten schrien los und klatschten in die Hände.

Marina lachte.

– Mein Gott . . . was für ein Kolben . . .

Kacke hielt Sonja das leere Glas hin:

– Halten Sie, Madame.

Stasik schlug ihm auf die gelbe Schulter:

– Super, mein Alter.

– Ich bin kein Alter! Ich bin kein Alter! Ich bin jung!! – schrie Kacke hysterisch und verschränkte die Arme.

– Jung, jung! – rüttelte ihn Stasik.

– Ein junger Wichser, ich bin ein juuunger Wiiichser! sang Kacke langgezogen und schaukelte hin und her.

– Du biiist ein juuunger Wiiichser! – fiel der Bassist ein und ließ die leere Flasche über den Boden kullern.

– Blues, Blues, Kacke! – kreischte das große Mädchen.

– Blues, Kackerchen, – rüttelte Stasik ihn bittend.

– Nein, nein, nein! – schüttelte Kacke den Kopf, – nein, nichts da, Genossen.

– Ach komm schon, einen Blues.

– Nein, nichts da, Genossen, – schüttelte Kacke den Kopf.

– Nun sing schon, du Arsch . . .

– Los, sing.

Unwillig erhob sich Kacke:

– Schwarzer, sing alleine.

– Nee, ich nicht.

– Ich auch nicht.

– Ach verpiß dich, – winkte Stasik ab, – wie du willst. Marina stand auf, ging hin und hockte sich neben Kacke.

– Singen Sie, ich bitte Sie sehr darum.

– Oj, leck mich, was für eine geile Puppe. Stas, woher?

– Daher.

– Nun singen Sie schon, – streichelte Marina ihm über die Schulter.
– Oj, – rollte er die Augen, – ich sterbe.
– Werden Sie singen?
Wieder erhob er sich unwillig, ging hinüber und hängte die Gitarre um.
Der Bassist wollte auch, aber Kacke winkte ab:
– Schwarzer, du singst besser nachher das über die Gläser.
Er strich leicht über die Saiten, hustete und verzog sein mageres Gesicht:
– Oj, leck mich, Sodbrennen von der Pisse ...
Seine Gitarre wurde lauter, klang gedehnter, das Vorspiel war zu Ende, und Kacke begann zu singen:
– Meiiine Freuuunde liiieben miiich gar niiicht, siiie saufen nuuur, sooonst niiichts ... Uuund die Määädchen liiieben miiich gar niiicht, siiie machen fiiick, fiiick, fiiick, sooonst niiichts ...
Er spielte gut, fast ohne auf die Griffe zu schauen, machte schöne Blues-Akkorde. Es wiegte ihn hin und her, sein Kopf hing die ganze Zeit auf der Brust, die Schuhe klopften im Takt:
– Waruuum, waruuum geh iiin die Baaar mit Freuuunden iiich, waruuum, waruuum hol iiich ins Beeett mir Määädchen reiiin ... Ich brauuuche iiihn nicht, deeen Vodkaaa, sauft iiihn doch ooohne miiich, und Määädchentitten siiind mir vöööllig scheißegaaal ...
Marina hörte diesem plumpen Typen wie verzaubert zu, war nicht imstande sich loszureißen von diesen dünnen blassen Armen, dem beschmierten Gesicht, den glänzigen Hosen. Er sang so einfach und primitiv, ohne sich um irgendwas zu kümmern, ohne nachzudenken, ohne jemandem nur irgendwie Aufmerksamkeit zu schenken.
– Ich geeeh, ich geeeh wohl beeesser lääängs vom Zauuun und hooock mich hiiin ganz wiiie ein Aaarsch ins grüüüne Graaas ... Ich wiiill nicht Ruuuhm, ich wiiill auch keiiine

Schmaaach, solln miiich die Buuullen scheuchen, wenns daaafür Grüüünde gaaab . . .

Der Blues war endlos, schwermütig und sehnsüchtig, wie ein Blues zu sein hat. Kacke beugte sich über die Gitarre und machte ein Zwischenspiel, dann sang er erneut.

Als er fertig war, klatschten alle, Stasik pfiff, aber Marina ging zu Kacke hin und gab ihm einen Kuß auf die verschwitzte blasse Backe.

– Oj, ich sterbe, – lachte er und klatschte Marina auf den Hintern, – Stas, los, du Sack, schieb irgendwas rein, ich reiß mir hier für euch den Arsch auf!

– Was willst du sehen, Süße?

– Irgendwas Starkes, was so richtig reinläuft.

– »Star Wars« hab ich.

– Schon vier Mal gesehen. Mach was anderes.

– Und dann noch . . . »Der letzte Tango in Paris«.

– Was ist das?

– Ein guter Film.

– Na gut, mach . . .

Alle drehten sich zum Fernseher, die am Boden Sitzenden rückten näher.

Stasik machte den Videorecorder an und legte die Kassette ein.

Der Bildschirm flimmerte, der Titelvorspann lief ab.

– Und zu saufen gibts nichts mehr? – fragte Kacke und setzte sich neben Marina.

Der Bassist hielt eine leere Flasche hoch.

– Ach du Saufbruder, – lachte Kacke, umarmte Marina und legte ihr seinen Kopf auf die Schulter, – oj, müde sind wir, Genossen Künstler.

Stasik schlug ihm aufs Knie:

– Ruh dich aus, ich setz Teewasser auf.

– Ho-ho. Wurde aber auch Zeit, – brummelte der Bassist, der quer vor dem Fernseher lag.

Auf dem Bildschirm ging die Schneider mit Lockenfrisur, in weitem Mantel und schwarzem, breitkrempigem Hut über einen Viadukt, vorbei an dem unbeweglich dastehenden, zu Boden sehenden Marlon Brando.

Marina hatte diesen Film schon vor ungefähr sieben Jahren gesehen, als er noch als »sittenwidrig« und »pornographisch« galt.

Jetzt wird sie gleich bei der dicken Negerin nach dem Schlüssel für die zu vermietende Wohnung fragen, die wird ihn ihr geben und dann nach ihrer Hand greifen, hysterisch lachen und sie mit vulgären Komplimenten überschütten.

– Sie sind so hübsch, so jung! – kreischte die schlecht ausgeleuchtete Negerin, und die Schneider zog ihre Hand zurück.

»Sie hätte sie auch nicht zurückziehen können«, – dachte Marina.

Neben ihr an der Wand hing ein Bücherregal.

Sie streckte den Arm aus und zog ein von Hand eingebundenes Buch heraus.

Es war »Die Rose des Friedens«, die sie das erste Mal mit ungefähr achtzehn Jahren in die Hände bekommen hatte.

Marina begann zu blättern.

– Schau lieber hin, – stieß Kacke sie an, – schau, sie ficken.

– Ich habs gesehen, – lächelte Marina, während sie im Buch blätterte und innerlich bebend die schlecht fotokopierten Seiten betrachtete:

»Dieses Buch wurde begonnen, als die Gefahr einer noch nie dagewesenen Katastrophe bereits über der Menschheit schwebte; als eine Generation, welche gerade begann, sich von den Erschütterungen des Zweiten Weltkrieges zu erholen, mit Schrecken erkannte, daß am Horizont bereits eine seltsame Wolke aufzog, sich zusammenballte – Ankündigung einer noch schlimmeren Katastrophe, eines noch verheerenderen Krieges . . .«

Sie las und las, fühlte, wie sie wieder zu der achtzehnjährigen Anhängerin von Agni-Yogi wurde, von Svedenborg, Šambala, der Stadt Kitež, die im Wasser versunken war, von Zvent-Sventana, Jarosvet und dem Himmlischen Rußland – dem süßen, vertrauten, das ihr Herz sich öffnen ließ zu den purpurnen Blütenblättern der Rose des Friedens:

»Wie die anderen Zatomise auch, steht das Himmlische Rußland, oder das Heilige Rußland, in Verbindung mit der Geographie der dreidimensionalen Schicht, welche beinahe ineinsfällt mit den geographischen Umrissen unseres Landes. Einigen unserer Städte entsprechen ihre großen Zentren; zwischen ihnen – Gebiete von erleuchteter Naturschönheit. Das gewaltigste der Zentren ist der Himmlische Kreml, aufragend über Moskau. Von überirdischem Gold und überirdischem Weiß erstrahlen seine heiligen Stätten. Und über Meta-Petersburg, hoch in den Wolken des Jenseits, erhebt sich die grandiose weiße Statue eines dahinjagenden Reiters: es ist dies nicht irgend jemandes persönliches Abbild, sondern ein Emblem als Ausdruck für die Richtungweisung des metahistorischen Weges. Die Gesamtzahl der Bewohner des Himmlischen Rußland ist mir nicht bekannt, doch ich weiß, daß sich ungefähr eine halbe Million Erleuchteter jetzt im Himmlischen Kreml befinden. Überall dort leuchten die Seelenlichter jener Kirchen, welche bei uns stehen, oder derer, die errichtet werden sollen. Viele Gotteshäuser tragen jedoch eine Bestimmung, welche schwer zu verstehen ist für uns. Es gibt heilige Stätten für die Begegnung mit den Engeln, mit dem Welt-Synklit, mit den Daimonen, mit den obersten Hierarchen. Einige große Gotteshäuser sind bestimmt für die Begegnung mit Jesus Christus, welcher von Zeit zu Zeit herabsteigt in menschlicher Gestalt, andere – für die Begegnung mit der Mutter Gottes. Jetzt wird dort ein gewaltiges Gotteshaus errichtet: es ist bestimmt als Sitz jenes großen Weiblichen Geistes, welcher astrale und ätherische Gestalt annimmt durch die Hochzeit des Russischen Demiurgen mit der idealen Seelensynode Rußlands. Die Stufen der herrlichen, sich gegenseitig erleuchtenden Welten erheben sich vom Altar in der Kirche der Weiblichkeit, in den Christuskirchen, in den Kirchen des Demiurgen Jarosvet. Die Stufen erheben sich ins Himmlische Jerusalem und schließlich bis zum Vorhof der Salvaterra . . .«

All dies war vertraut, geliebt und geschätzt wie der Pfad der Jugend, die erste Liebe, der erste Kuß . . .

»Neuankömmlinge finden sich im Himmlischen Rußland in besonderen heiligen Stätten, wobei sie nicht die Gestalt von Säuglingen, sondern von Kindern haben. Der Zustand der neu Hinzugekommenen fällt bewußt zusammen mit dem Zustand der Kindheit, denn die Stadien der Lebensalter ändern sich mit dem Anwachsen des Erleuchtetseins und der geistigen Kraft. Es gibt weder Empfängnis noch Geburt. Nicht die Eltern, sondern die Paten schaffen die Bedingungen, welche notwendig sind für eine erleuchtete Seele, welche hierher aufsteigt aus Gotimna. An der Gestalt einiger Brüder des Synklit vermag man Züge erahnen, welche uns bekannt sind aus den Zeiten ihres Lebens im Enroph. Jetzt strahlen diese Züge blendend hell. Sie strahlen vor geistigem Ruhme, sind abgemagert und leicht geworden. Vom verwandelten Körper hervorgebracht, strahlt ihr Kleid aus sich selbst. Ungehindert ist für sie die Bewegung in alle vier Richtungen des Raumes, diese erinnert von fern an das Schweben der Vögel, doch übertrifft sie es an Leichtigkeit, Freiheit und Schnelligkeit. Flügel besitzen sie nicht. Der Wahrnehmung der Erleuchteten ist die Mehrzahl der Schichten zugänglich, die absteigenden – Fegefeuer, Magma, schreckliche Gaššarva, die aufsteigenden – Welten der Erleuchtung, Kreise der Engel, Daimonen und Stichalien, Welten der Involtationen anderer Bramfaturen, Welten der obersten Aspekte der Welttransmythen. Sie verkehren auch oft in den Schrastren – den Welten der Anti-Menschheit, von deren Bewohnern sie gesehen werden, doch diese vermögen nicht, sie zu töten. Sie betreten auch unser Enroph, doch nur mit dem geistigen Auge sind die Menschen fähig sie wahrzunehmen . . .«

Und auf dem Bildschirm trug Brando die nackte Schneider auf den Schultern, setzte sie ins Waschbecken, knurrte und trieb Unfug.

»Ein Sehen, welches die Fesseln unseres Raumes sprengt, entdeckt in der Ferne, hinter der Sphäre der russischen Metakultur, die himmlischen Gefilde anderer Metakulturen, ebenso lichtdurchflutet und erfüllt von einzigartiger Eigentümlichkeit. Die Vorbereitung in Liebe und Einverständnis auf die Erschaffung des himmlischen Gefildes der ganzen Menschheit, des geheiligten Arimoja – das ist die Bande, welche gegenwärtig die Synkliten und die Städte der Metakulturen zusammenhält. Mit der Errichtung von Arimoja wurde erst vor kurzem begonnen in den Welten der vierten Dimension, und ihr historisches Abbild auf Erden wird Symbol und Ziel des anbrechenden Jahrhunderts sein. Dafür geschah auch die Hinabsendung der Kräfte der Jungfrau Mutter aus den transkosmischen Sphären in die obersten Schichten des Schadanakar – Kräfte, versammelt in einer einzigen göttlichen Monade, dafür wird auch im Himmlischen Rußland ein nie dagewesenes Gotteshaus errichtet, um darin Jenen zu empfangen, Dessen Geburt in den Welten der vierten Dimension Ziel und Sinn ist der bevorstehenden Hochzeit des Russischen Demiurgen und der Seelensynode. Historisch jedoch beginnt, durch die Verkörperung dieses großen Weiblichen Geistes in der Rose des Friedens, die Umwandlung der Staatlichkeit aller Völker in eine Brüderlichkeit aller. Dazu verhelfen dem Russischen Synklit und werden helfen alle Synkliten der Metakulturen, und der Welt-Synklit wird ihr Bemühen billigen und fortsetzen, um es zu vollenden in der Gottmenschheit der ganzen Welt.«

Marina schloß das Buch, erhob sich mühsam und wandte sich zur Tür.

– Mariš, wo willst du hin? – Stasik faßte sie an der Hand, doch sie machte sich los.

– Ich muß gehen ...

– Wohin? Gleich gibts Tee, ich fahr noch Roten holen.

Ohne zu antworten und ohne sich umzudrehen ging Marina in den Flur.

– Hey, warte ... – Kacke stand vom Boden auf und watschelte ihr hinterher.

Geschwind überholte ihn Stasik und griff erneut nach Marinas blasser, willenloser Hand:

– Was ist denn mit dir, mein Mädchen? Sag – ist das der beknackte Film? Dann knallen wir ihn gleich raus und legen »Star Wars« ein, und alles ist Hockey ...

– Ich muß los. Gib mir meinen Mantel.

Kacke schob Stasik zur Seite:

– Ich helfe ihr, Stas. Laß, ich werd mit ihr einig.

– Was willst du denn?

– Nichts. Laß mich mit dem Mädchen reden.

– Bitte, – Stasik legte die dünnen Arme wie ein Muselmane an die Brust, – Marinočka, schade, daß du uns verläßt. Du kannst zu jeder Tages- und Nachtzeit vorbeischauen.

Ohne zu antworten schlug Marina ihren Mantel zu, machte die Tür auf und ging die breite Treppe mit dem Jugendstilgeländer hinunter.

Kacke kam hinterher.

Als die Tür zugefallen war, faßte er Marina an der Schulter:

– Warte ...

Sein blasses Gesicht mit den betrunkenen Augen und der

roten Aufschrift auf der Stirn kam näher, seine heißen Lippen preßten sich auf Marinas.

Marina holte aus und knallte ihm eine mit solcher Wucht, daß er auf die Stufen hinfiel, der Knall der Ohrfeige hallte lange nach in dem großräumigen Eingang.

Endgültig zu sich kam Marina erst am Dienstag: auf der Uhr war es fünf vor zwölf, neben dem Heizkörper funkelten die Splitter der Flaschen, für die der Schwung doch noch gereicht hatte, die Bettdecke war auf den Boden gerutscht.

Der Kopf schmerzte leicht, im Mund hatte sie einen widerlichen und trockenen Geschmack.

Marina nahm ein Bad, schüttete Kaffee in sich hinein und legte sich zum Ausruhen wieder hin.

Jetzt kam es ihr vor, als wären nicht drei Tage, sondern drei Stunden vergangen.

»Bis um zwei im DK«, – dachte sie und verzog das Gesicht, – »gestern hab ich einen drauf gemacht. Na, macht nichts. Sašok wird ein Auge zudrücken. Wäre nicht das erste Mal . . .«

Sašok – DK-Direktor Aleksandr Petrovič – hielt seit langem zu ihr: Marina hatte ihm seinerzeit geholfen, einen staatseigenen Flügel hintenherum zu verkaufen.

»Mein Gott . . . wie die Zeit vergeht. Und ich dachte, ich könnte nochn Tag rumgammeln. Na ja, macht nichts . . . und trotzdem – alles zuwider . . . ekelhaft. Herrgott! Hilf du mir doch . . . Dreißig Jahre . . . so schnell vorbei. Als wär es erst gestern gewesen. Hab Marija im Dunkeln geküßt, ihr vorgespielt . . .«

Sie seufzte, ging zum Klavier, setzte sich und öffnete den Deckel.

– Meine Lieben ...

»Wieviel Zeit hab ich an ihnen verbracht ... Kenne alle Schrammen und Risse. Hab geübt. Und nicht schlecht gespielt ... Was sag ich denn – toll hab ich gespielt. Wenn sie mir den fünften Finger nicht zerquetscht hätten – wäre ich heute Pianistin, nicht schlechter als andere ...«

– Na, was ist, augustiger August Försterovič, wollen wir?

Die Hände legten sich auf die Tasten.

Der Anschlag war hart und fremd.

Das Dreizehnte lief nicht wie das Dreizehnte, sondern wie irgendein dreihundertdreiunddreißigstes, weiß der Teufel wie ...

Noch nie war das Wechselspiel der Akkorde so stumpf und hart gewesen, noch nie hatte sich die Melodie in der Rechten zu einer solchen Spirale von Langeweile und Leere geschraubt. Marina betrachtete mit Erstaunen die fremden Hände, die so stümperhaft den schwarz-weißen Teig kneteten.

Sie hörte auf zu spielen.

– Zu viel getrunken wahrscheinlich ...

»Weiß der Teufel. Nein, es reicht. Ich darf mich nicht so besaufen. Sonst werd ich gänzlich zum Tier. Ja ... Weshalb hab ich mich eigentlich besoffen? Aus Schwermut? Aus Schwermut irgendwie nicht ... Saška mit Tonjka ausgetrieben? Na, war ja nicht das erste Mal. Aaaa ... natürlich. Dieser verdammte Traum. Neunundzwanzig Mädchen ... Neunundzwanzig Weiber und dreißig Jahre. Aber halt ... Was für ein Zufall! Das heißt, es muß eine dreißigste geben! Dreißig Jahre, dreißig Lieben! Interessant. Aber vielleicht wird es gar kein Weib? Ein Mann? Ein Kerl, zu guter Letzt. Wirklich?

Nein, doch der Traum war verblüffend. Aaaa! Also ein deutliches Vorzeichen! Doch ein Kerl ... darauf hab ich irgendwie keine Lust ... Kerl bleibt Kerl. Oder ein Weib? Weiß der Teufel. Doch in dem Traum war es ER ...«

Marina sah zu der Fotografie. Zum ersten Mal erregte das Foto nicht die geringsten Gefühle.

»Ein Gesicht wie jedes andere. Und offen gesagt – ein sehr gewöhnliches Gesicht. So eins kann auch ein Prolo oder ein Schuster haben . . . Ein großer Mann, klar, doch was soll ich damit. Hab mich verguckt, wie irgend so eine dumme Pute in Alain Delon. Idiotin . . .«

Sie ging zu der Fotografie.

Seine Augen schauten mit trauriger Gleichgültigkeit drein, der kleine Mund war fest zusammengepreßt, in den strähnigen Haaren hing etwas von Gemeinschaftswohnung, zwanzig Jahre alt.

»Schaff dir keinen Götzen. Ich habe mir einen geschaffen. Nein, die Bücher sind schon gut, da gibts nichts. Aber wieso hab ich so den Kopf verloren? Seltsames Weib . . . Es ist das gleiche, wie sich in Lev Tolstoj zu verlieben . . .«

Das Wort »Bücher« ließ sie an Mitjas Geschenk denken, das sich noch immer in ihrem Täschchen befand.

Marina holte es hervor, schlug es auf, begann zu lesen und legte es gleich wieder weg: die Wörter waren sonderbar verwoben und ordneten sich zu einem ausgeklügelten Muster, das sie jetzt nicht sehen wollte.

Das Telefon klingelte.

Sie nahm den Hörer ab.

– Marinočka? – fragte die vorsichtige Stimme von Leonid Petrovič.

– Ja . . .

– Grüß dich.

– Grüß dich.

– Was hast du?

– Nichts.

– Bist du krank?

– Nein . . .

– Und warum so traurig?

– Ich bin nicht traurig.
– Marin. Vielleicht gehen wir heute abend aus, sitzen irgendwo zusammen?
– Ich kann nicht.
– Warum?
– Ich kann nicht. Und ich will nicht.
– Was hast du?
– Nichts.
– Wenn du willst – fahren wir auf die Datscha?
– Ich will nicht.
– Marin, nun sag schon, was los ist . . .
– Lenja. Ich bitte dich, hier nicht mehr anzurufen.
– Wie?
– Ganz einfach! Ruf mich nicht an. Ich bin ein Mensch, verstehst du?! Ein Mensch! Und kein mieses Flittchen!

Sie warf den Hörer hin und riß wutentbrannt den Stecker des Telefonkabels heraus:
– Idiot . . .

»Satt hab ich sie, mein Gott, wie hab ich sie alle satt! Soll sie der Kuckuck holen! Ich werde keinen anrufen. Und wenn jemand kommt – mach ich nicht auf . . .«

Als Marina merkte, wie die Wehmut in ihr hochstieg, machte sie sich fertig zum Gehen.

Beim Hinausgehen warf sie den Rest Hasch in den Müllschlucker . . .

Der Tag im DK verging unter Qualen: sie hatte Kopfschmerzen, die Töne nervten, die Schüler auch.

Sie ließ sich an Nina aus, jagte den schreckhaften Nikolaj hinaus, weil er zu Hause schlecht geübt hatte, und Oleg versetzte sie empfindlich eins ins Genick, daß er blaß wurde und wie eine Ente den Kopf in den Uniformkragen einzog . . .

Gegen Abend war es nicht mehr auszuhalten: Töne, Licht, Wörter, Schülergesichter, alles ging durcheinander, kroch in die Ohren, pulsierte in den Augen . . .

Sie bat Rita um ein Analgin, spülte es mit Leitungswasser hinunter und schleppte sich mehr schlecht als recht zum Lehrerzimmer.

Dort war das lebhafte Mäntelanziehen der Lehrkräfte im Gange, die gerade ihren Unterricht beendet hatten.

– Mariš, hallo!

– Was bist du denn so blaß?

– Bist du überarbeitet, Marin?

– Da seht ihr Mädels, was es heißt, engagiert bei der Arbeit zu sein!

– Ist ja gut, lassen Sie sie in Frieden . . . Marin, was ist, die Periode, oder? Soll ich dir eine Tablette geben?

– Sie hat von mir schon eine bekommen, lassen Sie sie . . .

– Ach, entschuldige, Fischlein.

– Wärst du doch zu Hause geblieben, Marin . . .

Sie winkte müde ab und ließ sich auf einen Stuhl nieder.

Die Frauen gingen fröhlich im Pulk zur Tür:

– Tschüß dann.

– Gute Besserung, Marin!

– Wiedersehen . . .

– Bis bald!

– Machs gut . . .

Die Tür fiel zu, ihre Stimmen entfernten sich.

Froh über die eingetretene Stille, seufzte Marina erleichtert auf, rieb sich die brennenden Schläfen mit den Handflächen.

Da quietschte scheußlich die Tür und ließ jemanden herein.

»Verreckt doch . . .« – verzog Marina das Gesicht und biß die Zähne zusammen.

– Marina Ivanovna, guten Abend! – erklang gleich der weichrollende Baß des Direktors.

Seine Stimme erschien Marina etwas zu offiziell.

Sie hob den Kopf.

Vor ihr standen drei Leute: der lächelnde, rundgesichtige Direktor, ein schüchternes Mädchen von ungefähr sieben Jahren und ... mein Gott, war das die Möglichkeit, Wahnsinn. Verblüffend ...

Sie hatte die Kopfschmerzen vergessen, erhob sich:

– Guten Tag.

– Hier, Sergej Nikolaevič, das ist unsere beste Lehrkraft Marina Ivanovna Alekseeva.

– Sie übertreiben, Aleksandr Petrovič, – murmelte sie, während sie den Unbekannten betrachtete, – »verblüffend.«

Der Direktor wippte mit seinem untersetzten Körper und schwenkte die kleine Hand:

– Und dies hier, Marin Ivanna, ist der neue Parteisekretär unserer Fabrik – Sergej Nikolaevič Rumjancev. Und seine kleine Tochter Tanečka.

– Sehr angenehm, – sagte Marina und war immer mehr verblüfft über die Ähnlichkeit.

»Ja. Genau so kam ER aus der Verbannung zurück vor dreißig Jahren ...«

– Ganz meinerseits – meinte Sergej Nikolaevič und beugte sich zu dem Mädchen hinunter, – warum sagst du denn nicht guten Tag, Tanja?

– Tag ... – murmelte sie und sah auf den abgewetzten Boden.

Der Direktor schwenkte mit gespielter Lebhaftigkeit die Arme:

– Marina Ivanovna, Tanečka möchte Musikunterricht nehmen, sie ist ein begabtes Mädchen und möchte nicht warten bis zum Herbst, ich denke, ich habe alles ungefähr durchgerechnet: entweder frage ich Sie, oder die Koroleva. Aber die Koroleva hat sowieso schon dreizehn, so daß wir sie vielleicht zu Ihnen in die Klasse geben?

– Und das Wichtigste – wir wohnen ganz in der Nähe – gleich

um die Ecke, – lächelte Sergej Nikolaič und sah Marina an.
– Aber freilich nehme ich sie, wozu die lange Rede, – lächelte sie zur Antwort, – sie soll morgen kommen.
– Na hervorragend! Sergej Nikolaič, dann kann ich ja los, ich eile zur Probe . . .
– Freilich, freilich, keine Frage . . .
– Marina Ivanovna ist eine hervorragende Kraft, sie ist schon sieben Jahre bei uns, sieben, Marinočka?
– Sechs.
– Genau. Sechs . . . Also, ich eile, Sie besprechen hier alles . . . Auf Wiedersehen.
– Alles Gute.

Eine Weile lang musterten sich die drei Zurückgebliebenen stumm.
– Haben Sie ein Klavier? – unterbrach Marina als erste die Stille.
– Ja. Wir haben es vor einem halben Jahr gekauft, – nickte er wohlmeinend mit dem Kopf, – wir haben nämlich vorher in Orechovo-Borisovo gewohnt, wir sind gerade erst hier eingezogen.
– Ah . . . in das Haus, das zur Fabrik gehört, nebenan?
– Ja. Das sechzehnstöckige.

Er hatte grau-grüne Augen, eine breite, leicht zerfurchte Stirn, ein kleines Kinn mit einem eigensinnigen Grübchen, einen freundlichen Mund und strähnige Haare, die gleichen strähnigen Haare . . .
– Das ist praktisch. Die Fabrik gleich nebenan und das DK.
– Ja. Wir wollten sie zuerst in die Musikschule schicken, man hatte es mir angeboten, doch dann haben wir es uns anders überlegt – es war ein bißchen weit. Aber hier – gleich um die Ecke . . .

Er selbst – breitschultrig, mittelgroß. Kräftige, große Hände. Mit denen er gestikuliert.

»Du lieber Gott … was für eine komische Krawatte …«

– Stimmt. Bei uns ist weniger los, die Räume sind größer.

– Das ist mir schon aufgefallen.

»Man kann doch nicht jemandem derart ähnlich sehen. Daß sie ihn nicht aus der Arbeit entlassen haben!« Marina mußte lächeln.

Er zwinkerte, ohne zu wissen, worum es ging, mit den hellen Wimpern und lächelte zurück.

– Welche Unterrichtsschicht wird Tanja haben?

– Die erste. Wie es sich für Erstkläßler gehört.

– Dann soll sie um … um … vier kommen. Ja. Um vier. Abgemacht?

Marina beugte sich hinunter zu dem Mädchen und nahm seine Hand.

Das Mädchen nickte und sah wieder zu Boden.

– Tanjuš, was machst du denn für ein Gesicht, wie ein Mäuschen? – beugte der Vater sich seinerseits hinunter, und Marina konnte sehen, wie der enge Kragen des weißen Hemdes in seinem Nacken scheuerte.

– Ich mach gar kein Gesicht, – sagte das Mädchen leise und bestimmt.

– Willst du ein Instrument lernen? – fragte Marina und spürte gleichzeitig ganz nah den Blick der grau-grünen Augen auf sich.

– Ja …

– Kommst du morgen?

– Ja.

– Na also, bestens … Soll sie kommen. Und jetzt entschuldigen Sie, ich muß gehen.

– Ja, wir auch … Wohnen Sie weit weg?

– Sehr! – lachte Marina müde und strich sich eine Haarsträhne aus dem Gesicht.

Lächelnd sah er sie an:

– Wie, noch hier im Bezirk?
– Fast. In Beljaevo.
– Ja. Das ist ziemlich weit.
– Macht nichts. Ich bin es gewohnt, – Marina ging zum Garderobenständer, – »Ist das womöglich gar die dreißigste Liebe? Wohl kaum. Kerl bleibt Kerl. Er sieht deinem Abgott einfach sehr ähnlich, das ist alles. Dabei ist er ein typischer Scheißfresser von der Partei . . .«

Sie gingen schweigend die Straße entlang.

Sergej Nikolaič führte Tanja an der Hand, die immer wieder verstohlen zu Marina schaute.

Er hatte einen langen, weiten Übergangsmantel an, unter dem roten Schal schaute immer diese gestreifte Krawatte hervor.

Marina ging, ohne ihnen Aufmerksamkeit zu schenken, hatte die Hände in den Manteltaschen und setzte die müden, bleischweren Füße schleppend voreinander.

Die Kopfschmerzen waren wieder da, sie war etwas benebelt und hatte Durst.

Bald waren sie auf der Höhe des weißen sechzehnstökkigen Hochhausturmes, der auf unbegreifliche Weise zwischen zwei graue Stalinfestungen gezwängt war.
– Hier ist unsere Felsklippe, – hielt Sergej Nikolaič an.
– Aaaa . . . verstehe . . . – schaute Marina gleichgültig hin und seufzte.
– Paps, ich geh jetzt, – machte Tanja entschlossen ihre Hand los.
– Lauf nur, lauf . . .

Sie rannte zum Eingang und verschwand im Haus.
– Verläuft sie sich nicht? – fragte Marina.
– Aber nein. Wir wohnen im dritten. Wir wollten nicht so hoch hinauf, – meinte er und zog ein großes zusammengeknülltes Taschentuch aus dem Mantel.
– Dreizimmerwohnung?

– Ja, – er wischte sich unauffällig die Nase.
– Sie sind zu dritt?
– Zu viert. Meine Mutter noch . . .

Marina nickte.

Die Dämmerung ließ die Häuser zu einem grauen Block verschmelzen, an manchen Stellen verziert durch brennende Lichter in den Fenstern.

Sergej Nikolaič steckte das Taschentuch ein und zuckte mit den Übergangsmantelschultern.

– Jetzt, sobald sie heimkommt, geht sie gleich ans Klavier: Großmutter, spiel einen Walzer. Und ihre Großmutter spielt ihr vor . . .

– Und die Großmutter spielt ihr vor . . . – sagte leise Marina und starrte geistesabwesend vor ihre Füße.

– Sie verwöhnt sie, – seufzte er und holte eine Papirosa heraus, – grenzenlos gutmütig.

– Grenzenlos gutmütig, – wiederholte Marina und ging langsam weiter.

Es krampfte ihr die Kehle zu, die Lippen zitterten, und Tränen liefen ihr über die Wangen.

Sie waren ganz kalt, kälter als das brüchige, unter den Schuhen zerspringende Eis.

Marina preßte die Hände vors Gesicht und weinte los, ihre Schultern zitterten.

Von hinten kam Sergej Nikolaič auf sie zugestürzt:

– Was ist, was ist denn los? Was haben Sie?

Seine Stimme klang erschrocken und verwundert.

Ohne sich umzudrehen und ohne stehenzubleiben schüttelte Marina den Kopf:

– Nichts . . . nichts . . .
– Marina Ivanovna . . . was ist passiert?
– Nichts . . . Lassen Sie mich . . .
– Nun warten Sie doch . . . was haben Sie . . . habe ich Sie irgendwie gekränkt?

– Lassen Sie mich, ich bitte Sie . . . geeehen Sie . . . – schluchzte sie und wollte schnell fort, doch er hatte sie schon fest am Ellbogen gefaßt und sah in ihr tränenüberströmtes Gesicht:

– Nun beruhigen Sie sich doch . . . bitte . . . also . . . was ist passiert? Ah?

– Nichts . . . nichts . . . mein Gott . . . wie ist mir alles zuwider . . .

Sie brach erneut in Tränen aus, drehte sich weg, das Eis knirschte kläglich unter ihren Absätzen.

– Haben Sie vielleicht irgendeinen Kummer?

– Nein, ich habe nichts . . . mein Gott . . . verrecken wäre immer noch besser . . .

– Heee . . . nein. So geht das aber nicht, – er faßte sie energisch an der Schulter, – nun beruhigen Sie sich schon. Aber schnell!

– Schreien Sie mich nicht an . . . ich bin nicht einer von Ihren Fabrikschlossern . . .

– Na also. Schon besser.

– Lassen Sie mich . . .

– Ich lasse Sie nicht.

– Sie sollen mich loslassen! Es schauen schon alle her . . .

– Sollen sie doch herschauen. Wir nehmen jetzt einen Wagen, und ich bringe Sie nach Hause . . .

– So weit kommts noch . . . ich fahre nicht mit . . .

– O doch, Sie fahren. Kommen Sie.

– Herrgott, was für ein aufdringlicher Kerl . . . was geht Sie das eigentlich an . . .

– Mich geht alles etwas an . . .

– Dienstpflicht, oder was . . .

– Mhm.

– Dann zerquetschen Sie mir wenigstens nicht den Arm!

– Entschuldigung . . . da kommt einer . . . Chef! Halt!

– Ja . . . ausgerechnet so wird er anhalten . . .

– Schuft . . .
– Oooch . . . wie blödsinnig das alles ist . . .

Sie gingen schweigend bis zur Brücke, er hatte sie behutsam am Handgelenk gefaßt.

Ein Taxi kam wie auf Bestellung um die Ecke und bremste auf das fordernde Winken von Sergej Nikolaič.

»Du meine Güte, ist der energisch«, – dachte Marina verärgert, als sie in den Wagen stieg, – »jetzt wird er mich nicht mehr in Ruhe lassen . . . Ach, zum Teufel mit ihm. Wenigstens irgend jemand, den ich etwas angehe . . .«

Auf den verweinten Fahrgast und ihren schweigsamen Begleiter schielend, riß der Fahrer das mit Leder überzogene Lenkrad brutal herum, wendete den Wagen und knarzte vielversprechend mit dem Schaltknüppel . . .

– Ja. Bei dir ist mir alles klar, – lächelte Sergej Nikolaič müde und schenkte den Rest Cognac in die Gläschen.

Marina nahm einen Zug von ihrer Zigarette und nickte.

Sie saßen in der Küche beim Licht des bewußten Nachttischlämpchens. Der Zigarettendunst zog langsam durch die eben erst geöffnete Fensterklappe hinaus, das hellbraune Jackett von Sergej Nikolaič hing wie daheim über der Stuhllehne, die Leuchtziffern seiner auf dem Tisch liegenden Quarzuhr zeigten deutlich 00.09.

– Bei mir war längst alles klar, – Marina stand auf und schwenkte den leeren Wasserkessel.

– Das ist schlecht, Marina Ivanovna, – seufzte Sergej Nikolaič und erhob sein Glas, – auf deine Gesundheit.

– Merci . . . – sie hielt den Kessel unter den Hahn und ließ ihn geräuschvoll mit Wasser vollaufen.

– Sag mal . . . phuuu . . . – Sergej Nikolaič hatte ausgetrunken und verzog das Gesicht, – und warum hast du nicht weiterstudiert? Auf dem Konservatorium?

– Ich hab mir den kleinen Finger gequetscht.

– Wie?

– Im Trolleybus. In der Tür.

– Hols der Teufel . . . Und?

– Nichts. Ich lebe noch. Aber berufsunfähig, – lachte Marina und stellte den glitzernden schweren Wasserkessel auf den Herd.

– Ja, – seufzte er, – bei dir lief nichts normal . . . Vom Pech verfolgt . . .

– Hör mal, laß uns hinübergehen, – meinte Marina und rümpfte die Nase, – hier ist es so verraucht . . .

Der Kessel blieb einsam glitzernd auf dem Herd stehen, das blaue Nachttischlämpchen wanderte mit hinüber ins Zimmer.

Sergej Nikolaič rieb sich den steifen Rücken, während er ein wenig auf und ab ging und die Bilder an den Wänden betrachtete.

Marina setzte sich im Türkensitz aufs Sofa.

Vor der Variante von Rabins »Reisepaß« blieb er lange stehen, dann wandte er sich zu ihr:

– Erklär mir doch mal bitte, was daran gut sein soll?

Marina richtete ihren Blick auf das vom Nachttischlämpchen schwach beleuchtete Bild:

– Na ja . . . es ist sehr wahrheitsgetreu . . .

– Wahrheitsgetreu? Was ist daran wahrheitsgetreu? Das hier ist die blanke Bosheit, sonst nichts . . . Da, siehst du, wo er stirbt . . . in Israel oder in der Gosse . . . wie kommt der nur auf solche Ideen . . .

– Er hat ein sehr schweres Schicksal . . .

– Jeder bei uns hat ein schweres Schicksal! – unterbrach Sergej Nikolaič sie barsch, steckte die Hände in die Hosentaschen und ging auf und ab, – mein Onkel zum Beispiel –

Volodja. Kein solcher Künstler oder Dichter. Ein ganz gewöhnlicher Schreiner. Ging als junger Bursche in den Krieg. Bei Kiev hat es ihm beide Beine abgerissen. Nach dem Krieg ist er aufs Technikum gegangen, mit Prothesen, und achtundvierzig haben sie ihn eingesperrt, keiner weiß warum. Fünf Jahre hat er gesessen, sich dabei eine Tuberkulose geholt. Später ist er rehabilitiert worden . . .

Er schwieg, schaute auf seine geputzten Stiefelspitzen, dann fuhr er fort:

– Keine Frau, keine Kinder. Und auf eine richtige Rente hat er keinen Anspruch. Er lebt in der Nähe von Podolsk, arbeitet als Wachmann. Man könnte meinen, daß er dort mit sich und der ganzen Welt hadert. Aber er . . .

Sergej Nikolaič wandte sich zu ihr, legte die Hand auf seine Brust:

– Diesen Menschen müßtest du sehen. Er hat keinen Groschen zum Leben, außer seinen Krücken hat er nichts. Und sooft ich ihn sehe – noch nie habe ich ihn jammern hören. Noch nie! Oder daß er sich über sein Schicksal beklagt hätte?! So etwas gibt es nicht! Und dieses Bild? In Israel! In der Gosse! Wo ist er denn jetzt?

– Rabin? In Amerika . . .

– Sieh an! In Amerika. Und wahrscheinlich wird er wohl auch kaum in der Gosse sterben, sondern in einem warmen Bett. Dann hat er es also gewußt, als er diese Schmiererei gepinselt hat, er hat gewußt, daß er nach Amerika geht! Gewußt! Folglich hat er gelogen! Und du behauptest – das Bild sei wahrheitsgetreu. Lüge. Lüge und Bosheit. Und was lehrt uns das Bild? Lüge und Bosheit. Er da, der Saukerl, hat seinen Mist hinterlassen und sich aus dem Staub gemacht, und du, deine Generation, die ihr mit so einer Scheiße großgeworden seid, müßt jetzt dafür bezahlen!

Er schwieg, rieb sich verärgert seine rotgewordenen

Wangen, kam zu ihr und setzte sich neben sie auf die Sofakante.

– Weißt du, Marina, im Prinzip bin ich ein Banause, ungebildet.

– Na, nun tu nicht so bescheiden ...

– Was heißt bescheiden. Was wahr ist, muß wahr bleiben. Schule, Technikum, Militär, Fernkursus, Fabrik. Ich war Arbeiter, Meister, stellvertretender Werkabteilungsleiter, Abteilungsleiter. Und jetzt – haben sie mich zum Parteisekretär gewählt. Deshalb war ich nur selten in Ausstellungen, bei den Ismen kenne ich mich nicht aus. Aber eins weiß ich genau – diese ganze Pest da führt zu nichts. Das führt am ehesten – ins Ausland. Und hier – endet alles mit Bosheit, Sauferei und Verleumdung. Euer ganzes bescheuertes Dissidententum.

– Warum bescheuert?

– Weil es bescheuert ist. Was ist denn daran schon gut, überleg mal! Schreien, kritisieren, verspotten? Du denkst, wir wüßten nichts, und ihr hättet uns die Augen geöffnet?

– Nein, das denke ich nicht, – Marina lehnte sich müde mit dem Rücken gegen die Wand.

– Kapier doch, kritisieren ist leicht. Schwerer ist es – etwas zu tun. Richtig, tatkräftig. Etwas tun. Und nicht herumspintisieren, wie man Rußland retten könnte ...

– Aber dieses Sowjetsystem taugt doch zu nichts ...

– Wer hat dir das gesagt?

– Ach komm ... das sagen alle ...

Er schüttelte belustigt den Kopf:

– Wenn es zu nichts taugen würde, hätten sie uns schon längst den Rest gegeben. Und kein Fünkchen wäre übriggeblieben.

– Na, das geht aber ein bißchen zu weit ...

– Überhaupt nicht. So und nicht anders! – schnitt er ihr das Wort ab und legte seine Hand fest auf Marinas Samtknie, –

so, Marina Ivanovna, jetzt laß uns mal wie unter Männern reden. Sag, bist du Russin?
– Ja.
– Wo geboren?
– In der Nähe von Moskau.
– In Rußland also. Und lebst in Rußland. Nach Amerika abhauen willst du nicht?
– Ach was . . .
– So. Und jetzt sage mir, liebst du die Sowjetmenschen?
– Ich liebe alle Menschen . . .
– Nein, sag, liebst du unsere? Unsere! Verstehst du?! Unsere! Liebst du sie?

Marina lächelte traurig, seufzte. Dieser kräftige Mensch im weißen Hemd, mit der ungeschickt gebundenen Krawatte, den breiten Schultern und den breiten grobschlächtigen Händen schaute sie mit seinen grau-grünen, leicht angetrunkenen Augen durchdringend und fordernd an.

Unwillkürlich wandte sie ihren Blick auf die kaum erkennbare Fotografie, die wie immer über dem Tisch hing, und war erstaunt über die mystische Metamorphose: zwei gleiche Gesichter blickten sie mit dem gleichen Gesichtsausdruck an, doch wie verschieden sie blickten! Das eine – weit weg, verschwommen und grau, blickte gespenstisch und körperlos, das andere – ganz nah, lebendig, erhitzt, mit Schweißperlen auf der Stirn, hatte seinen eigensinnigen Blick auf ihre Augen geheftet und wartete mit jeder Muskelfaser auf Antwort.
– Also ich . . . – murmelte Marina und wurde rot vor lauter Hilflosigkeit, – ich weiß nicht . . .

Das ferne Gesicht schwieg, das nahe bewegte schnell die eigensinnigen Lippen:
– Aber ich weiß! Ich weiß, daß ich sie liebe! Ich liebte, ich liebe und ich werde mein Volk lieben! Weil mir kein anderes Volk beschieden ist! Und keine andere Heimat! Weil ich hier geboren, aufgewachsen, barfuß über dieses Gras gerannt

bin, weil ich gehungert, gefroren, mich gefreut habe, vieles verloren und vieles gefunden habe – alles hier! Hier ist ein Mensch aus mir geworden, und ich habe gelernt, die Menschen zu verstehen. Zu verstehen und zu lieben. Aber die da! – sein Finger deutete in Richtung Bild, – die haben es nicht gelernt! Obwohl sie doch sonst nicht so blöd sind! Nicht lieben, nicht verstehen! Sie haben noch nie dazugehört, deshalb hat man sie auch aus dem Land und zum Teufel gejagt! Du sagst – Wahrheit, wahrheitsgetreu! Das ist es ja, daß jeder seine eigene Wahrheit hat! Die haben nicht unsere gemalt, sondern ihre, ihre eigene, westliche! Bei uns sieht sie nämlich ganz anders aus! Unsere! Verstehst du?

Er kam noch näher, stützte sich mit den Händen auf dem Sofa ab:

– Verstehst du?

Marina wich instinktiv zurück vor diesem zornigen Ansturm an Aufrichtigkeit, gesunder Überzeugung und Rechtmäßigkeit, doch die kühle Wand gab nicht nach.

Seine Augen waren ganz nah.

Eine versengende, glühende Energie ging von ihnen aus, es wurde ihr, nein, nicht unheimlich, im Gegenteil – ein Gefühl von Verständnis, Wärme und Teilnahme ergriff Marina, sie war plötzlich durchdrungen von Sympathie für diesen etwas plumpen Menschen, der um jeden Preis versuchte, sich ihr anzuvertrauen.

Sie lächelte:

– Ich verstehe . . . aber . . .

– Was – aber?

– Aber . . . vielleicht irrst du dich?

Er schüttelte den Kopf:

– Ich spreche jetzt nicht von mir. Ich kann mich natürlich irren. Aber das Volk kann sich nicht irren. Zweihundertachtzig Millionen können sich nicht irren. Und ich spreche mit dir im Namen des Volkes.

– Aber . . . und was ist mit den Gefängnissen, den Lagern?
– Was willst du denn? Die ganze Welt ist gegen uns. Im Innern und von außen gibt es Schufte genug, die nicht auf die neue Art leben wollen.

Er öffnete überzeugend seine breiten Hände vor ihr:
– Weißt du, daß es solch ein Experiment in der Geschichte noch nicht gegeben hat? Hat es nicht! Wir als erste haben diesen Weg eingeschlagen, vieles klappt nicht. Und warum? Eben weil man uns stört, verstehst du? Die Alte Welt stört, wo sie kann! Und im Moment ganz besonders – Reagan ist völlig wild geworden, bereitet schlichtweg einen Krieg vor. Obwohl ich dir ganz offen sagen kann – niemals werden die einen Krieg anfangen, niemals. Weil sie feige sind, die haben Angst vor uns. Außerdem sind sie sowieso dem Untergang geweiht, das steht fest. Diese ganze Hysterie kommt nur von ihrer Schwäche. Aber wir – wie eine Front. Uns kann nichts aufhalten, außer Gewalt. Und vor Gewaltanwendung haben sie Angst, weil sie alle Villen besitzen, Aircondition, Autos, teure Fressalien, einen Haufen Vergnügungsmöglichkeiten. Und wir haben so etwas nicht. Noch nicht. Später, wenn sie nicht mehr sind, müssen wir nichts mehr für den Rüstungswettlauf verschwenden und werden alles haben. Aber bisher noch nicht. Folglich haben wir auch nichts zu verlieren. Klar? Darum, wenn wir uns mit ihnen anlegen, haben sie verloren, das steht fest. Aber das Wichtigste ist, versteh das, wir sind die Zukunft. Wir sind . . . wie soll ich sagen . . . mir fehlen die Worte . . . also . . . ich fühle es im Innern, daß die Wahrheit auf unserer Seite ist. Todsicher . . .

Er schwieg, wischte sich mit dem Handrücken den Schweiß von der Stirn.

Das blaue Licht glänzte in seinen spärlichen weichen Haaren, glitt über die eigensinnigen Backenknochen, lief in die Hemdfalten hinab.

Marina lehnte stumm an der Wand.

In ihr ging etwas sehr Wichtiges vor, sie fühlte es mit ganzem Wesen. Nach dem infernalischen Vakuum der Depression hatte sie vergeblich versucht, ihre Enttäuschung über die früheren Ideale zu bekämpfen – Lesbos, das Bohèmeleben, das Dissidententum. Und nun dieser eigensinnige Mensch, der sich so im Recht fühlte, der vor allesbesiegender vitaler Kraft strotzte und mit seinem Körper so entschlossen die Vergangenheit verdeckte ...

Das dämmrige, gespenstisch erleuchtete Zimmer hinter seinen breiten weißen Schultern kam ihr unwirklich vor. Da, im halbdunklen Durcheinander der Gegenstände erstarrte die Vergangenheit zu blauen Schatten – Gespräche, Saufgelage, Küsse, verschlungene Körper, erbitterte Streits, freidenkerische Ideen, geheime Treffen, Glaube, Liebe, Hoffnung und ER.

Marina seufzte:

– Bring mir bitte Streichhölzer ...

Sergej Nikolaič stand auf und ging in die Küche.

Als sie bereits eine Weile rauchten und der Qualm in Schwaden durchs Zimmer zog, fragte Marina:

– Sag mal, glaubst du an den Kommunismus?

Im Auf- und Abgehen nickte er ernst:

– Ja.

– Ernsthaft?

– Absolut...

– Und wann wird er beginnen?

– Wenn es keine kapitalistische Einkreisung mehr gibt.

– Ja, das ist klar ... kann nur noch eine Weile dauern ...

– Eine Weile vielleicht.

– Und wie stellst du dir den Kommunismus vor?

– Gut.

Er ließ sich wieder auf die Sofakante nieder, streckte die Hand aus und schnippte die Asche in die Shiva:

– Verstehst du, was wir bei uns im Moment haben – das ist,

ich würde sagen, erst die Anfangsphase des Sozialismus. Wir sind gerade erst sowjetisch geworden. Nicht russisch, sondern sowjetisch. Russen gibt es nicht mehr. Natürlich haben wir es schwer – die Bourgeois hatten nicht solche Kriege und unruhigen Zeiten. Bei ihnen läuft der Mechanismus schon jahrhundertelang. Aber unserer wurde erst vor kurzem eingerichtet. Und wie er eingerichtet wurde – während alles in Bewegung war, während Hungersnot und Krisen. Die ganze Zeit Kriege. Doch jetzt sind wir schon eine Macht. Die haben Angst vor uns. Wittern uns wie der Hund den Wolf. Deshalb kläffen sie auch. Wir sind – die neuen Menschen, verstehst du? Die neuen. Und die Erde muß uns gehören – den Jungen. Und vor allem – wir sind schon viele, fast die halbe Welt. Wir sind wie eine Familie. Wir haben als erste in der Geschichte eine Gesellschaft, in der alle gleich sind. Alles ist umsonst – Kindergarten, Schule, Institut, Krankenhäuser ebenfalls. Bei ihnen muß man arbeiten bis zum Umfallen, bei uns – wie es die Kräfte erlauben. Nur, komm nicht zu spät zur Arbeit, aber dann – arbeite ohne Hast, nicht mehr als du schaffen kannst, aber nicht bloß so tun, als würdest du arbeiten. Das ist alles. Wohnungen sind ebenfalls umsonst. Alles für den Menschen. Es gibt nicht genügend Lebensmittel – das ist vorübergehend, wegen verschiedener Dummköpfe. Aber Dummköpfe sind kein Hindernis, ein Hindernis sind – solche da, wie dieser Rubin . . .

– Rabin, – verbesserte Marina und nahm einen Zug aus ihrer Zigarette.

– Dann eben Rabin, alles dasselbe Pack. Der ist keiner von uns, verstehst du? Der ist einer – von ihnen. Von jener Welt. Dann soll er auch abschwirren zu ihnen. Oder ins Lager. Der hat keine blasse Ahnung, aber belästigt uns mit seinen Belehrungen. Der versteht überhaupt nichts. Und wird es nie verstehen. Weil er unser Volk nicht lieben gelernt hat und die ganze Zeit alles vom Westen her angeschaut hat. Schlangestehen für Wurst, sagt er, schlechtes Bier, kleine Wohnungen – das heißt, hier ist es schlecht! So kommen die zu ihren Urteilen. Und weißt du warum? Weil die Juden nicht kapieren, was das überhaupt heißt – Heimat. Wo das Bier am besten schmeckt – da ist für sie die Heimat. Die haben überhaupt kein Ziel, was soll ihnen dieser Kommunismus, die frohe Zukunft! Sich den Ranzen vollschlagen und pennen – und Schluß! Überhaupt, weißt du, ich weiß nicht, wie es dir dabei geht, ich kann die Juden irgendwie nicht besonders ...

Seine Miene verfinsterte sich, er schüttelte den Kopf und fuhr fort:

– Ich hab das früher nicht verstanden, aber jetzt schon. Dieses Volk ist so ... weiß der Teufel wie. Man begreift die nicht – was die wollen. Und vor allem – ihr Aussehen ... na, ich weiß nicht ... irgendwie abstoßend. Die Armenier sind ja auch so behaart und haben krumme Nasen, und die Georgier, und die aus Baku ... und auch solche Mähnen ... und trotzdem, die Juden sind direkt unangenehm irgendwie. Die haben so etwas Fieses. Ich kann es nicht erklären, sooft ich es auch versucht habe ... Und alle hängen sie immer zusammen. Nur mit den eigenen Leuten. Wo einer sich niederläßt – da drängen die anderen nach. Wie Kakerlaken, bei Gott ...

Er zog an seiner Zigarette und blies den Rauch schnell hinaus:

– Ehrlich gesagt, ich würde die hier alle zum Teufel jagen. Sollen sie doch ausreisen. Die bringen keinen Nutzen – bloß Schaden. Sollen sie sich lieber mit den Arabern prügeln, als hier Schaden anzurichten ...

Mit der freien Hand lockerte er die Krawatte:

– Es geht jetzt nicht um Wurst oder um Bier ...

Marina zuckte die Achseln:

– Aber Wohlstand spielt doch schließlich auch eine Rolle ...

Er schüttelte müde den Kopf:

– Du kapierst es auch noch nicht. Diese Pest hat dir nachhaltig die Augen verschlossen ... Wie soll ich es erklären ... Also, wenn du mit deiner Familie zusammenlebst, mit deinen Lieben in einem neuen Haus ... Es ist gerade erst gebaut worden, das Harz an den Holzstämmen ist noch nicht trocken, es riecht noch nach Wald. Das heißt, ihr habt euch eben erst im eigenen Heim eingerichtet, an Möbeln habt ihr – Tisch, Hocker, Geschirr – einen Topf und einen Kochlöffel. Doch es ist eine große, einmütige Familie, und der Vater spricht: Habt noch ein wenig Geduld, sagt er, wir arbeiten ein paar Jahre, dann werden wir unser Auskommen haben. Aber neben eurem Haus – steht noch ein anderes. Alt, beständig, immer schon recht stattlich. Und dort lebt ein alter Mann mit einer alten Frau, Kinder haben sie keine. Und nehmen wir einmal an, eines Abends bist du auf die Straße gegangen, um irgend etwas zu erledigen, und diese alten Leute sagen zu dir: komm und wohne bei uns. Wir nehmen dich an Tochter Statt an, geben dir eine Mitgift, kleiden dich anständig ein, und vor allem – bei uns mußt du nicht so schwer arbeiten. Würdest du zu ihnen gehen?

Marina grinste:

– Natürlich nicht.

– Und wieso nicht? – hob er müde die Augenbrauen.

– Na ... weil ich die Meinen mehr liebe.

– Genau! – klatschte er ihr mit der Hand aufs Knie, – da hast du die Antwort! Du liebst die Deinen! Siehst du. Darauf beruht alles. Auf der Liebe. Daher rührt auch die Geduld, und die Pflicht, und die Vaterlandsliebe. Wenn du Rußland liebst – kannst du pfeifen auf amerikanische Aircondition und Pepsi-Cola! Und dann merk dir eins: Alles was sie jetzt besitzen – werden wir in Zukunft auch haben! Bloß sind wir zur Rüstung gezwungen, damit sie uns nicht den Rest geben. Wir müssen. Aber vor allem gewinnen wir an Macht. Das ist wichtig. Während sie an Macht – verlieren. Mit jedem Jahr. Und es kommt der Zeitpunkt – wo sie vor uns auf Knien kriechen werden. Nur werden wir dann mit ihnen kein Mitleid haben. Um nichts auf der Welt! Fürs Schlangestehen, für das zeitweilig dürftige Leben – für alles werden sie bezahlen, nichts werden wir vergessen!

Energisch drückte er die Kippe im Aschenbecher aus und fuhr sich durch die Haare:

– Nichts. Jetzt hat Andropyč die Sache in die Hand genommen. Wir werden die Disziplin verschärfen, den Faulenzern und Schmarotzern auf die Finger sehen, die Versorgung regeln, Straßen bis in alle Dörfer bauen, uns um die Technik kümmern. Jetzt sind ja auch schon Lebensmittel am Stadtrand zu haben ... Wir müßten bloß mit der Korruption aufräumen, alles in staatliche Bahnen lenken, dann würde Ordnung herrschen.

Er stand auf, steckte die Hände in die Hosentaschen und ging zu der weißen Figur von Amor und Psyche:

– Das hier, das verstehe ich – Kunst. Schön und erhaben. Das ist etwas fürs Herz, erfreut das Auge ... Aber das da brauchen wir nicht. Das gehört auf den Müll und Schluß ...

– Wie überzeugt du bist, – meinte Marina und betrachtete seine kräftigen Hände.

– Aber natürlich. Anders geht es nicht. Ich bin doch nicht so ein Dummkopf wie Chruščev. An Unsinn glaube ich nicht. Ich glaube an die Realität. An reale, konkrete Aufgaben. Wie in der Fabrik – da gibt es einen Plan, und der muß erfüllt werden. Dieses ewige Herumraten, wann die Fabrik vollautomatisiert ist – da lachen ja die Hühner. Ideologie muß konkret sein, und nicht ... wie heißt das ... mystiolo ...

– Mystisch?

– Ja. Nicht mystisch. Wir brauchen keine Seifenblasen.

– Was brauchen wir dann?
– Taten. Handfeste Taten, jeden Tag. Ohne Dummköpfe. Also, Marina Ivanovna, hör auf mit den Albernheiten. Mit einer Gießkanne vertreibst du keine Gefahr. Das Volk kann sich nicht irren, darum ist es das Volk. Chruščev kann sich irren, Stalin kann, aber das Volk – nicht. Du hast mir heute mein Innerstes nach außen gekehrt, wie so ein Schulmädchen. Und warum? Weil du in der Sackgasse steckst mit deinem ganzen Unfug. Weiber lieben! Mit Dissidenten verkehren! Butter klauen wegen des tollen Gefühls! Was soll das Gewichse, entschuldige den Ausdruck?! Du lebst getrennt vom Volk, verstehst du? Daher auch dieses ganze Lotterleben. Man muß mit dem Volk gehen, mit ihm. Dann geht es dir besser, und es dient dem Volke. Sein Volk muß man lieben, Marina. Lieben! Das ist so simpel wie das Einmaleins! Der Amerikaner liebt sein Volk, der Engländer liebt seins, und du – willst schlechter sein als die? Was ist denn euer Dissidententum? Elender Blödsinn. Das hat es doch noch nirgends gegeben, daß man im eigenen Land lebt und die eigenen Leute haßt. Und mit offenem Mund nach Westen glotzt. Das ist doch nicht normal, wie sichs für Menschen gehört, kapier das doch. Es ist ganz richtig, daß man die in die Klapsmühle sperrt, das sind ja auch Spinner! Etwas tun muß man. Jeden Tag, jede Stunde. Das bringt dann auch Zufriedenheit und Nutzen. Kannst du dir vorstellen, wie zufrieden ich bin? Wie kein anderer. Ich gehe zur Arbeit wie auf ein Fest. Fröhlich. Keine Müdigkeit, kein Ärger, nichts. Und keine Trunksucht. Und wieviel Freude überall herrscht. Schau dich doch nur um, eine Augenweide: das Land ist riesig, fahre wohin du willst – nach Norden, nach Süden, in jede beliebige Stadt. Was für Wälder, was für Berge! Was für Neubausiedlungen! Man wird von ihrem Geiste ergriffen! Eine Gewerkschaftsreise – vierzig Rubel! Wo sonst gibt es denn so etwas? Alles um-

sonst, ich sagte es schon. Pionierlager für die Kinder, das billigste Brot der ganzen Welt, keine Arbeitslosigkeit, kein Rassismus. »Nur für Weiße« steht bei uns nicht an den Parkbänken. Und dort muß man sich wie ein Schräubchen drehen, und zittern, daß sie einen nicht rausschmeißen. Kriminalität gibt es dort – abends kannst du nicht aus dem Haus gehen . . .

Er schwieg und rieb sich müde übers Gesicht.

Marina warf ihre Kippe in den fast vollen Bauch der Shiva, stieß sich von der Wand ab und gähnte:

– Aaaacha . . . weißt du, es ist gut, daß du an das glaubst, was du machst.

– Was denn sonst?

– Es ist einfach das erste Mal in dreißig Jahren, daß ich einem Menschen begegne, der an den Kommunismus glaubt . . .

Er lachte.

– Na, das kann nicht stimmen. Daran glauben viele. Sie haben nur Angst, es zu sagen. Weil solche Rabins so einen schlechten Einfluß hatten. Der Westen schadet, wo er kann. Heute ist es Mode, auf alles Sowjetische zu schimpfen. Die wollen gar nichts mehr sehen außer den Warteschlangen. Schlangen, heißt es. Das Leben ist schlecht. Aber daß wir uns aus einem rückständigen Land zu einer Großmacht gemausert haben – das sieht keiner. Aber macht nichts. Es kommt die Zeit – da werden sie schon sehen . . .

Marina mußte lächeln:

– Weißt du . . . seltsam . . . wenn du so sprichst, ist mir irgendwie warm und wohl ums Herz . . . und ich hab gar keine Lust auf Streit . . .

– Das kommt eben daher, daß nicht ich persönlich mit dir rede. Ich fühle eine Macht hinter mir. Und die Wahrheit . . . ooochaaa . . . wie spät ist es eigentlich? Zwei wahrscheinlich?

– Viertel vor.

– Haben uns ganz schön verquatscht ...
– Vermißt dich deine Frau nicht?
– Ach nein, sie ist in der alten Wohnung. Und Mama ist an meine nächtlichen Sitzungen gewohnt ...

Er gähnte wieder und hielt den Rücken der Faust vor den Mund:
– Aaach ... Marin, jetzt fährt keine Metro mehr, kann ich mich bis um sechs hier aufs Ohr legen?
– Klar. Ich beziehe gleich ein Bett.
– Nein, nein, kein Bettzeug. Ich leg mich hier auf die Liege.
– Ich mache alles, wie es sich gehört ...
– Bloß keine Umstände. Leg dich hin, ich rauch noch eine. Ich muß morgen um sieben da sein, Planungssitzung, nichts ist geklärt ... Marin, was ich die ganze Zeit fragen wollte, wer ist der Bärtige da über dem Tisch? Ist das nicht Stendhal?
– Stendhal ... – nickte Marina und grinste.
– Hab ich mir gedacht. Ein guter Schriftsteller. Rot und Schwarz. Gut geschrieben. Der Film ist auch nicht schlecht ...

Während Sergej Nikolaič in der Küche rauchte, holte Marina einen Stapel frischer Wäsche aus dem Schrank, bezog das Schlafsofa für sich und ihm die Liege, löschte das Nachttischlämpchen, zog sich aus und kroch zwischen die gestärkte kalte Bettwäsche:
– Alles fertig ...

Sergej Nikolaič machte das Licht in der Küche aus, ging noch auf die Toilette, dann setzte er sich auf die quietschende Liege und begann sich im Dunkeln auszuziehen.

Aus den umgestülpten Hosen fiel etwas heraus:
– Holterdipolter ...

Er hängte Hose und Hemd über die Stuhllehne:
– Marin, hast du einen Wecker?

– Was nicht ist, ist nicht, – kicherte Marina.
– Was soviel heißt wie – du gehörst nicht zur arbeitenden Bevölkerung . . .
– Schalte das Radio ein. Die senden ab sechs.
– Stimmt. Wo steht es?
– Auf dem Klavier. Neben mir.
– Aha . . . hier . . .
– Dreh es laut.
– Ja. Wir werden nicht verschlafen morgen, das heißt – heute. Also, gute Nacht . . .
– Gute Nacht, – murmelte Marina und räkelte sich genüßlich auf dem frischen Laken.

Nach einer kurzen Pause erklang die leicht heisere Stimme von Sergej Nikolaič im Dunkeln:
– Ehrlich gesagt, du bist eine prima Frau. Wenn ich noch Junggeselle wäre, würde ich dich heiraten. Tatsache. Und gemeinsam würden wir dein Leben schon geradebiegen . . .

Marina lächelte und kaute am Bettüberzug, sie gab keine Antwort.

Erst jetzt merkte sie, wie müde sie war nach diesem Tag. Die schweren Beine kribbelten, im Kopf drehte es sich, als hätte sie einen Kater.

»Ulkig«, – dachte sie und sank in Schlaf, – »und das Ulkigste ist, daß er absolut recht hat. In allem. Recht . . . recht . . . recht . . .«

Lang, endlos lang reihten sich Häuserblocks, verrottete Schuppen, Moskauer Gassen, Autos, Bilder, Gehöfte, zugewachsene Teiche, hallende leere Museen, dunkle Behördenkorridore, überfüllte Fahrstühle, dichte Wälder, riesige Abfallgruben . . .

Endlich, hindurchgedrungen durch dieses Chaos, erkannte Marina froh die alte großmütterliche Wohnung in der Varsonofjevskij: zwei bläulich-weiße Straßenlaternen scheinen durch das halbverhängte Fenster herein, sie spiegeln sich auf dem polierten Klavierdeckel, werfen blasse Schatten an die hohe Decke. Die Balkontür steht offen, der Tüllvorhang schwankt leise, und dahinter – die Schwärze. Warme sommerliche Schwärze.

Der Schalter der gebogenen Lampe knackst, ein grünliches Licht flammt auf, und das längliche Gesicht Marijas mit den halbgeschlossenen Augen kommt näher. Marina fühlt ihr Herzklopfen steigen, sie küssen sich lange, Marina macht sich los, um Atem zu schöpfen, und sieht das Gesicht von Sveta. Sie zieht Marina schnell an den Schultern zu sich her und küßt sie – gierig und ungestüm. Aber es ist gar nicht Sveta, sondern – Irinka. Die schmalen, kühlen Lippen umfangen ungeschickt die von Marina, die kleine Zunge sucht ihr Gegenstück . . . nein, es ist Sonečkas Zunge . . . Sonečka . . . doch die Hände gehören schon zu Klara – zärtliche, geschickte Hände. Sie liebkosen Marinas Nacken, streicheln die Schultern, die Brüste . . . nein, es sind die Hände von Tanja Veselovskaja . . . wie heftig sie küßt, überall kitzeln ihre rotblonden Locken . . . Milka saugt an der Oberlippe, liebkost mit den Fingern die Ohren . . . Zina . . . sie küßt sie behutsam, blickt ihr dabei in die Augen . . . Tonja . . . sie berührt mit kühlen Lippen den Mundwinkel, sie erschauert . . . Vika. Liebste . . . Marina umarmt sie – sie ist ganz naß, kommt geradewegs aus der Rigaer Brandung . . . ihr Kuß währt eine Ewigkeit . . . doch nein, es ist Sonečka Glikman . . . zärtlich leckt sie mit der Zunge Marinas Lippen und schmiegt sich mit der Wange an . . . Tusjkas Wange – blaß, mit winzig kleinen Härchen – Marina küßt sie auf die Wange, und Barbara dreht ihr das Gesicht zu, lächelt, wirft sich in Pose, nimmt Marinas Kopf zwischen die Hände und küßt sie langsam . . . ihre Nasen berühren sich, und Tamara zieht ihre zurück, sucht Marinas Mund ... Anželika schmiegt sich her mit nackten Brüsten, küßt und saugt an ihrem Kinn ... Mašutka bedeckt unter Stöhnen ihr Gesicht mit flinken Küssen, als pickte ein Vögelchen ... Kapa küßt sie lange, atmet geräuschvoll durch ihre Stupsnase ... Marinas Hände versinken in Nataškas rundlich weichen Achselhöhlen ... Anja preßt sich ungeschickt gegen sie, murmelt irgendwelche Kosenamen, überläßt ihren Platz den schwarzen Äuglein Tamaras, doch nicht für lange – Ira blickt sie erschrocken an, gibt ihr einen flüchtigen Kuß und weicht von ihr zurück bereits als ihr Zwillingsschwesterchen ... wie lange sie sich küssen, sie trinken sich buchstäblich aus ... nein, es ist Ljubka, natürlich, Ljubka. Ihr weicher Mund riecht nach Wein ... au! Fridka hat ihr in die Lippen gebissen und lacht schallend, wirft sich zurück und schüttelt die zerzauste Mähne ... die Lippe schmerzt, doch die warme, feine Hand Ninas streichelt sie, dann nähert sich ein strenger Mund, nähert sich und küßt sie – verhalten und behutsam ... Nataška weint, bittet geziert und weinerlich um etwas, berührt sie mit kalten, tränenfeuchten Lippen ... nein, nicht feucht sind sie, süß, süß ... Rajka lacht schallend, kaut Schokolade und zeigt Marina die kleine braune Zunge, sie ist blau im Licht des nahen Nachttischlämpchens, elegant gleitet sie über die ebenso blauen Lippen, leckt sie ab, bereitet sich zum Kuß ...

Sašenjkas Gesichtchen schiebt sich heran, sie flüstert zärtlich:

– Marina ... Marina ... Marinočka ...

Doch das Flüstern ist schon nicht mehr ihres, es hat etwas Neues, etwas sehr Wichtiges, Bedeutendes, Geheimes und Wertvolles ...

– Marina . . . Marina . . . Marinočka . . .

Unter großer Anstrengung schlug sie die Lider auf und erkannte in der Dunkelheit mit Müh und Not die Gestalt von Sergej Nikolaič.

– Marin . . . ich bins . . . du bist so schön . . .

Seine rauhen Hände streichelten ihre Schultern.

Das nächtliche Dunkel im Fenster hatte sich, so schien es, ein wenig aufgehellt.

Sergej Nikolaič beugte sich herab und küßte ihr Gesicht.

Seine Lippen waren, genau wie seine Hände – trocken, rauh, und eine leichte Cognacfahne ging von ihnen aus. Nachdem er sie an ihre Wange gepreßt hatte, suchte er Marinas Lippen.

– Oj . . . ich bin hundemüde . . . – gestand Marina gereizt und versuchte sich wegzudrehen, doch die rauhe Hand drückte sanft gegen ihre Wange. Er begann sie auf den Mund zu küssen, sein Kopf verdeckte das Fenster, eine Hand hob die Bettdecke an, und im nächsten Moment lag sein stark nach Tabak und Mann riechender Körper neben ihr.

Marina war todmüde, sie wollte schlafen und etwas Angenehmes träumen, und ganz und gar nicht – einen schwer schnaufenden Kerl küssen.

Sie machte sich ein wenig los und seufzte schläfrig, zog ihr Nachthemd bis hinauf zu den Brüsten und legte sich auf den Rücken:

– Nur beeil dich . . . ich will schlafen . . . ich sterbe . . .

Das hastige Herunterziehen von Unterhose und Unterhemd war zu hören, er legte sich auf sie drauf – schwer und heiß, küßte sie und drang sofort in sie ein – grob und unangenehm.

Marina drehte sich von seinen hartnäckigen Lippen weg, sie war erschöpft und schloß die Augen.

Splitter des noch nicht gänzlich zerstörten Traumes fanden sich wieder ein und versuchten, sich zu dem gleichen seligen Bild zusammenzufügen: zu Großmutters dunklem Zimmer, dem Laternenschein im Fenster, dem leicht schaukelnden Tüllvorhang, dem Reigen vertrauter Lippen.

Sergej Nikolaič bewegte sich gleichmäßig, er schnaufte ihr dabei ins Ohr, seine Finger umklammerten Marinas Hüfte, der Bauch rutschte über den Bauch, der breite Brustkasten legte sich schwer und fest auf sie, ohne Zwischenraum.

Der Traum kehrte wieder, der Körper wurde gefühllos, der Rhythmus von Bewegung und Atem des Mannes mündete in eine monotone Folge warmer Wellen: heranhinweg ... heran-hinweg ... heran-hinweg ...

Weit öffnete sich die Tür zu Großmutters Zimmer, bläuliche Schatten schwammen an der Zimmerdecke, der Lichtschalter klickte, doch die unablässig anrollenden Wellen spülten alles hinweg, stießen Marina zurück in dasselbe grenzenlose Himmelsmeer, das zum einen schäumend zu ihren Füßen heranrollte, zum anderen – als warmes Blau überm Kopf atmete.

Marina stand vor dem Meer, mit dem Rücken zu einem unbekannten Ufer, das über Hinterkopf und Nacken den intensiven Duft von Kräutern verströmte.

Die Wellen rollten langsam heran, türmten sich in der Sonne glitzernd auf und brachen sich mit Wucht zu ihren Füßen, stießen dabei heftig gegen ihre Vulva und kitzelten mit warmer Gischt Schenkel und Knie.

Es war berauschend angenehm – dazustehen, sich den

Elementen auszusetzen und zu fühlen, wie das Wasser sich mit jeder Welle erwärmte. Und auch der Wind, salzig und stürmisch ins Ohr atmend, wurde heißer, rauschte, verfing sich im Haar, strömte über die Schultern.

Da sie spürte, daß das Ufer unbewohnt war, bog Marina sich zurück, machte die Beine breit und empfing mit den Genitalien die Stöße der heißen Brandung, wobei sie vor Wonne immer wieder aufstöhnte.

Plötzlich schwoll auf der grenzenlosen Wasseroberfläche des Meeres ein weißer überschäumender Hügel an, er zerbarst in einer malerischen Explosion, die nach oben aufstrebte und bis in alle Einzelheiten zur Form des Spasskij-Turmes versteinerte.

Ein ohrenbetäubendes langgezogenes Glockenläuten drang von ihm her.

Das Meer war jetzt ganz heiß, Dampf stieg aus ihm auf, glühendheiß pfiff der Wind ihr im Ohr.

Das Glockenläuten wurde von mächtigen Schlägen abgelöst, von denen, wie es schien, der Himmel erglühte.

– Bmmmmmm . . .

Und sogleich – das versengende Heranrollen der Brandung.

– Bmmmmmmmm . . .

Und der süße Stoß in die Genitalien.

– Bmmmmmmm . . .

Und die Gischt, die Gischt, die Gischt an Beinen und Bauch.

– Bmmmmmmm . . .

Und die bebenden Schenkel, von einer neuen Welle auseinandergedrückt.

– Bmmmmmmm . . .

Und das zunehmende Gefühl von Mattigkeit unten, in den Brüsten, in den Knien.

– Bmmmmmmmm . . .

Und das Unerträgliche, Süße, Verrücktmachende.

Oh . . . Gott . . .

Der Orgasmus, und was für einer – in noch nie dagewesener Intensität und Dauer.

In der Klitoris entzündet durch ein peinigendes Kohlestückchen, lodert er auf, entflammt den von der Brandung versengten Körper, doch plötzlich – das klare, akzentuierte Ausatmen eines gewaltigen Orchesters, und direkt im Nacken – ein Chor. Majestätisch, mächtig, von kristallener Reinheit in seinen Obertonreihen, beginnt er direkt im Rücken Marinas – da, da stehen Millionen erleuchteter Menschen, sie singen, singen, singen, einmütig atmen sie ihr in den Nacken, sie wissen und fühlen, wie gut es ihr geht, sie sind froh, sie singen für sie:

VON RUSSLAND, DEM GROSSEN, AUF EWIG
VERBÜNDET,
STEHT STARK DER SOWJETREPUBLIKEN
BASTION.
ES LEBE, VOM WILLEN DER VÖLKER
GEGRÜNDET,
DIE EINIG' UND MÄCHTIGE SOWJETUNION!

Marina weint, ihr Herz zerspringt vor dem neuen unerklärlichen Gefühl, und die Worte, die Worte . . . wundersam, berauschend, heiter, feierlich und freudig – sie sind verständlich wie nie zuvor und dringen mitten ins Herz:

DIR, FREIES VATERLAND, KLINGE DAS
RUHMESLIED!
FEST IST DIE FREUNDSCHAFT DER VÖLKER
GEFÜGT!
UNS FÜHRT DES VOLKES KRAFT, LENINS

PARTEI, ZUM ZIEL –
DES KOMMUNISMUS ENDGÜLTIGEM SIEG!

Das Meer färbt sich rosa, dann wird es rötlich, läuft ziegelrot an. Das Weiß des Spasskij-Turmes wird rot, golden glänzen die Zeiger und Verzierungen, unerträglich grellrot glüht der fünfzackige Stern, nach allen Seiten gehen strahlende Wellen von ihm aus, im Einklang mit dem großen Choral:

DIE SONNE DER FREIHEIT DURCHBRACH
DAS GEWÖLKE,
UND LENIN, DER GROSSE, ERHELLTE DEN
PFAD,
ENTFLAMMTE ZUM KAMPF FÜR DIE
FREIHEIT DIE VÖLKER,
BESEELT UNS ZUM SCHAFFEN, BESCHWINGT
UNS ZUR TAT.

Der Orgasmus schwelt noch, Tränen entströmen den Augen, doch Marina ist schon zurückgetreten und hat sich auf die einzig freie Stelle in der wohlgeordneten Kolonne des Chors der Millionen gestellt, hat ihren Platz eingenommen, der so viele Jahre verwaist war.

DIR, FREIES VATERLAND, KLINGE DAS
RUHMESLIED!
FEST IST DIE FREUNDSCHAFT DER VÖLKER
GEFÜGT!
UNS FÜHRT DES VOLKES KRAFT, LENINS
PARTEI, ZUM ZIEL –
DES KOMMUNISMUS ENDGÜLTIGEM SIEG!

Wie unglaublich, wie bezaubernd! Sie ist verschmolzen mit allen, und – o Wunder! – es genügt den Mund zu öffnen, und das Lied, dieses schönste Lied der Lieder tritt von selbst aus der Kehle – rein, ohne Mühe und Anstrengung fliegt es in die grenzenlose Bläue. Und alles ist klar – alles, alles, alles, und alle Singenden sind Brüder, und die Macht der vereinten Stimmen läßt das Weltall erbeben.

MIT DES KOMMUNISMUS ERFÜLLTEN IDEEN
ERBLÜHT EINST DIE HEIMAT UNSTERBLICH
UND SCHÖN!
SOLLST STOLZ, UNSRES VATERLANDS
ROTBANNER, WEHEN,
STETS SELBSTLOS UND TREU WERDEN WIR
ZU DIR STEHN!

Marina fühlt jene Freude, die ihr ein Leben lang nicht zuteil geworden war.

DIR, FREIES VATERLAND, KLINGE DAS
RUHMESLIED!
FEST IST DIE FREUNDSCHAFT DER VÖLKER
GEFÜGT!
UNS FÜHRT DES VOLKES KRAFT, LENINS
PARTEI, ZUM ZIEL –
DES KOMMUNISMUS ENDGÜLTIGEM SIEG!

Das Lied klingt aus, von den Lippen lösen sich die letzten Töne, und nach einem Moment völliger Stille ruft das Weltall aus vollem Halse den verstummten Millionen zu:

GUTEN MORGEN, GENOSSEN!

SIE HÖREN DAS ERSTE PROGRAMM
DES ALLUNIONS-RUNDFUNKS!

Marina öffnete mühsam die Augen.

Die in der Dunkelheit undeutlich zu erkennende Hand von Sergej Nikolaič langte an ihrem Gesicht vorbei zu dem auf dem Klavier stehenden Radiogerät und schaltete ab, ohne den Sprecher ausreden zu lassen.

– Verdammt, das hab ich völlig vergessen . . .

Er beugte sich herab und küßte Marina in der eingetretenen Stille auf die Wange.

Sie lag stumm auf dem Rücken, ohne irgend etwas zu begreifen, den Blick an die deutlich heller gewordene Zimmerdecke gerichtet.

In ihrem Körper klangen noch die Worte des wundervollen Liedes nach, die Lippen zitterten, auf den Wangen trockneten die Tränen.

Sergej Nikolaič lag neben ihr, hatte Marina behutsam umarmt. Sein Gesicht war erhitzt, er atmete müde, befeuchtete die ausgetrockneten Lippen.

Marina schloß wieder die Augen.

Sergej Nikolaičs Finger berührten ihre nasse Wange:

– Mein Spätzchen . . . warum hast du so geweint . . . als wäre es das erste Mal gewesen . . . mein kleines Mädchen . . .

Er rückte näher, legte seine rauhen Lippen an ihr Ohr und flüsterte zärtlich:

– Marin . . . du bist ein Königskind . . . weißt du das . . . ich hatte viele Frauen, aber so eine . . . und dein Körper ist so zart . . . mein Goldschatz . . . ich werde dir eine Achatkette schenken . . . für deinen zarten Hals . . .

Seine Hand glitt unter die Decke, fuhr über Marinas Bauch und legte sich vorsichtig auf den feuchten behaarten Hügel:

– Mein süßes Spätzchen . . . danke . . . du bist einfach . . . so . . . ich weiß nicht, wie ich sagen soll . . .

Marina drehte sich und sah ihn an, sie lächelte und seufzte erleichtert.

Noch nie hatte sie sich so wohl und ruhig gefühlt wie jetzt.

Sie streichelte seine Backe, die sich über Nacht mit kleinen Stoppeln überzogen hatte, und gab ihm einen Kuß zurück.

– Danke dir . . .

– Wofür denn? – lächelte er.

– Für alles . . . Ich weiß wofür.

Und sie küßte seine rauhe Backe erneut.

Eine Weile blieben sie umarmt liegen, dann seufzte Sergej Nikolaič:

– Ich glaube, ich muß los.

– Schon?

– Schon. Heute ist Planungssitzung. Ich hab so im Gefühl, daß wir bis zwölf brauchen . . . das Quartal geht zu Ende, der Plan brennt an . . .

Er warf die Decke zurück, zog im Sitzen die Unterhose hoch, stand auf, grunzte munter und machte ein paar Boxbewegungen mit den Armen.

Marina setzte sich auf, sie fühlte sich wie neugeboren, sie betastete stillvergnügt ihren Körper, dann tappte sie ins Bad.

Alles war so neu, unerwartet, verblüffend: die im elektrischen Licht glänzenden Fliesen, der kühle Wasserstrahl, die nassen Borsten der Zahnbürste. Während sie gemächlich den Mund spülte, betrachtete sie sich im verspritzten Spiegel. Im Gesicht hatte sich nichts verändert: die selben weit auseinanderstehenden großen Augen, das niedliche Näschen, die wulstigen Lippen. Aber der Ausdruck im Gesicht . . . der Ausdruck war ein völlig anderer, irgendwie froh-versöhnt.

Marina fuhr mit der Hand über ihre Wange und mußte lächeln:

– Wie schön . . .

Es war verblüffend. Noch nie hatte sie sich so ruhig gefühlt.

Als wäre über Nacht eine schwere Last von ihr abgefallen, die sie so viele Jahre mit sich herumgetragen hatte.

Sie machte die Beine auseinander und langte innen an die Schenkel. Frisches Sperma floß langsam an ihnen hinunter.

Immer noch lächelnd wischte Marina es mit dem feuchten Handtuch ab, warf den Schlafrock über und verließ das Bad.

Neben der Tür knöpfte Sergej Nikolaič hastig sein Hemd zu:

– Marina, los, Eiltempo . . . ich muß gleich losspurten . . .

– Und Frühstück?

– Schaffe ich wohl nicht mehr . . .

– Schaffst du schon. Wasch dich, ich mach es . . .

– Wir können es versuchen. Ach, übrigens, hast du Rasierzeug?

– Da auf dem kleinen Regal.

– Ah ja . . .

Während er sich rasierte und wusch, wobei er laut furzte, räumte Marina die Reste des gestrigen Abendessens ab, briet Spiegeleier mit Wurst und brachte ein wenig Wasser zum Kochen.

Kurz darauf kam Sergej Nikolaič munter in die Küche, band sich im Gehen mit vorgestrecktem Kinn die Krawatte um:

– So. Ordnung muß sein . . .

– Setz dich, – Marina hob geschickt das Spiegelei auf den Teller.

– Hervorragend, – lächelte er, gab ihr einen Schmatz auf die Schläfe und setzte sich, – du bist aber fix in der Küche . . .

– Gleich gieß ich Tee auf, – meinte Marina und kippte die Zigarettenstummel aus dem Aschenbecher in den Müll.

Er brach ein Stück Brot ab, zog den dampfenden Teller zu sich her und blickte fragend auf:
– Und du?
– Ich nachher, – winkte Marina ab, während sie ihm den Tee in einem großen Becher aufgoß.
– Nein, so geht das nicht. Setz dich. Sind das drei Eier?
– Vier.
– Dann reicht es ja genau für zwei.
– Du, ich will nichts, Serež . . .
– Setz dich, keine Widerrede. Ich habe keine Zeit für lange Diskussionen.

Marina setzte sich neben ihn.

Sie aßen schweigend von dem Teller.

Sergej Nikolaič hielt die Gabel auf bestimmte Art mit seinen kräftigen Fingern, so daß der kleine Finger eingezogen war; sein Kiefer bewegte sich schnell, unter der braungebrannten Haut der Backenknochen zeichneten sich kräftige Muskelstränge ab.

Marina stocherte vorsichtig mit der Gabel in dem heißen Spiegelei und sah zu, wie brutal und entschlossen seine Gabel die weiß-gelbe Masse zerstückelte.
– Sereža, hast du einen Bruder oder eine Schwester? – fragte sie.

Ohne den konzentrierten Blick vom Teller zu heben, schüttelte er stur den Kopf:
– Wenn ich esse – sehe und höre ich nichts . . . Marin Ivanna . . . iß, sonst schaffen wir es nicht . . .

Marina machte sich folgsam ans Essen.

Schweigend aßen sie auf.

Sergej Nikolaič spießte ein Stück Brot auf die Gabel, wischte damit den Teller aus und schob es in den Mund, dann schnippte er mit den Fingern.
– Und jetzt den Tee . . .

Marina goß den Teesud ein und schenkte kochendes Wasser nach.

– Ich hatte einen Bruder, – sagte er, während er schnell und geräuschvoll den Zucker umrührte, – drei Jahre jünger als ich. Zweiundfünfzig ist er gestorben an Lungensklerose.

– Wie das?

– Na ja. Er hatte eine Infektion. Und dem Bezirksfeldscher war das Penizillin zu schade. Wir haben ihn irgendwie gesund gekriegt, aber dann hat es sich wieder verschlechtert und verschlechtert ... Er war damals gerade sechzehn ...

– Und wo habt ihr gewohnt?

– Bei Archangelsk.

– Auf dem Land?

– Ja ...

Er machte sich ein dickbelegtes Brot, biß energisch ab und schlürfte, noch während er kaute, seinen Tee:

– Eigentlich ... mmm ... mag ich in der Früh ... gern Suppe ... weißt du, wie lang Šči oder Boršč mit Schweinefleisch vorhält ... den ganzen Tag kann man volle Pulle schuften ... nur Suppe gibt wirklich Kraft ... Stullen und Kaffee ... das ist nichts für einen echten Arbeiter ...

– Du magst keinen Kaffee?

– Ich hasse ihn. Er ist nur heiß und sättigt nicht. Besser Milch mit eingetunktem Brot ... mmm ... du verdrückst einen Becher – und alles ist geregelt ... ich sag dir, da holst du dir die Vitamine ...

Marina trank gemächlich ihren Tee und beobachtete, wie unglaublich schnell Sergej Nikolaič seine Stulle verputzte.

– Mmm ... oder gar Würstchen morgens ... auch nicht schlecht ... Würstchen, Kartoffelbrei ... Milch ... mmm ... das macht satt ... warum ißt du kein Brot dazu?

– Ich mag nicht ...

– Brot muß man essen. Es gibt Kraft, – er hatte zu Ende

gekaut und ballte die Faust, – Brot hat die meisten Nährstoffe. Es gibt Energie, eine Grundlage . . .

Er schwenkte seine Tasse aus, kippte den Rest hinunter, dann stand er auf, klatschte in die Hände und rieb sie sich:

– Nicht schlecht. Danke, Marin . . .

Marina erhob sich, die Tasse in der Hand:

– Möchtest du noch etwas?

– Nein, danke.

Er ging in den Flur und zog sich singend an.

Marina stellte die noch nicht ausgetrunkene Tasse ab, ging hinterher und blieb an den Türpfosten gelehnt stehen.

Sergej Nikolaič legte sich den Schal um, hielt ihn mit dem Kinn fest und nahm den Mantel vom Haken, resolut und geräuschvoll fuhr er mit den Armen in die weiten Ärmel, so daß das Kleingeld in den großen, tiefen Taschen klimperte:

– Hopp-la . . .

Lächelnd schaute Marina ihm zu:

– Weißt du was . . . ich beneide dich so . . .

– Worum? – fragte er schnell und knöpfte den Mantel zu.

Marina zuckte die Achseln und seufzte.

Er holte die Handschuhe aus den Taschen und nahm die Mütze vom Regal:

– Also, worum beneidest du mich?

Schweigend schaute Marina diesen Menschen an, ohne zu ahnen, WAS er ihr letzte Nacht offenbart hatte.

Sie seufzte und ließ den Kopf hängen.

Sergej Nikolaič blickte erst konzentriert zu ihr, dann auf seine Uhr, und plötzlich säbelte er wie Čapaev mit der Hand durch die dämmrige Luft im Flur:

– Los – zieh dich an! Wir fahren zusammen!

Marina erbebte, eine Gänsehaut lief ihr über den Rücken, das Blut schoß ihr in die Wangen:

– Wie . . .

– So wirds gemacht! Schluß mit dem Dahinvegetieren, Marina Ivanovna, leben muß man, nicht dahinvegetieren. Leben!

Er zog die Mütze ins Gesicht und schloß die Tür auf:

– Du hast fünf Minuten, um dich fertigzumachen. Nimm deinen Paß mit. Und zieh dich normal an, ohne Schnickschnack. Wir fahren in die Fabrik . . .

Er öffnete die Tür und ging hinaus.

Marina raste ins Zimmer und riß den Kleiderschrank auf.

Die lederne Rockerjacke, der Samtanzug, der Wollhaarpullover . . . das paßte alles nicht . . .

Dann zog sie aus dem Haufen ein Paar einfache, lange nicht mehr getragene Hosen heraus, einen grauen Rollkragenpullover, einen weißen Büstenhalter und einen Wollschlüpfer.

– Sofort, Serež, sofort . . .

Der Büstenhalter zwängte den Busen ungewohnt ein, sie zog den Schlüpfer hoch:

– Sofort, sofort . . .

Schnell hatte sie sich angezogen und rannte zum Schreibtisch:

– Also . . . den Paß . . .

Der Paß lag in der obersten Schublade.

Das Diplom . . . Großmutters Staatsanleihen . . . Briefe, Briefe, Briefe . . . der Paß.

Schnell zog sie ihn unter dem Haufen Briefe hervor, mußte lächeln, steckte ihn ein und merkte in dem Moment, daß irgend jemand ihre Freude störte. Marina hob die Augen und stieß mit einem giftigen, stechenden Blick zusammen.

Der Ausdruck des dreieckigen Gesichts auf der Fotografie hatte sie so überrascht, daß sie einen Augenblick wie angewurzelt stehenblieb. Über Nacht hatte das Gesicht einen Ausdruck von Bosheit, Unzufriedenheit und Rachsucht angenommen. Die finsteren Äuglein durchbohrten sie. Die Strähnen in der Stirn zitterten boshaft.

– Kannnaille . . . – zischten die dünnen Lippen.

Leicht rosa Lichtflecke spielten auf der Fotografie.

Instinktiv schaute Marina aus dem Fenster.

Dort unten, in der blassen Morgendämmerung, direkt gegenüber dem schwarzen Eingang zu dem Geschäft, qualmte ein riesiges Feuer aus verrotteten Kisten.

Der plötzliche Entschluß überraschte sie in seiner Einfachheit. Sie mußte grinsen, aber er, als hätte er verstanden, bebte noch heftiger und zischte:

– Kannnaille . . . Kannnaille . . .

Sie streckte die Hand aus und riß ihn von der Wand – die Stecknadeln fielen auf den Tisch.

Der Schlüssel, der in der großen Schublade steckte, erinnerte sie an deren Inhalt.

Marina überlegte eine Sekunde, rannte dann in die Küche, nahm eine große Plastiktüte vom Haken, lief zurück, und mit einem Gefühl berauschender Freiheit, das mit jeder Bewegung noch wuchs, riß sie die Schublade ganz heraus. Schwer und gewichtig zog die Schublade sofort ihren Arm nach unten, wo aber bereits die dunkle, schäbige Plastiktüte wartete: Bibel, Čukovskaja, GULAG – alles purzelte sich überschlagend hinein, Fotografien und Druckzeilen blitzten kurz auf. Die leere Schublade schob Marina wieder zurück, stopfte das Foto in die Tüte, klemmte sie unter den Arm und sah sich im Hinausrennen um.

Niemand blickte mehr von der Wand.

Geblieben war nur ein blasses, unauffälliges Quadrat.

Sergej Nikolaič stand nervös rauchend am Eingang, als sie, die eckige Tüte im Arm, herausgerannt kam.

– Was ist denn das? – schaute er finster drein.

Marina grinste:

– Das hier ... muß verbrannt werden ... überflüssige Vergangenheit ...

– Aaaa ... – meinte er gleichgültig und nickte, – also los, Beeilung.

Das Feuer lag auf ihrem Weg. Es brannte lichterloh.

Zwei verschlafene Packer in zerrissenen wattierten Jakken warfen weitere Kisten hinein und verschwanden in einer schwarzen Türöffnung.

Ganz außer Atem trat Marina ans Feuer und sah, wie schnell es das Eis zum Schmelzen brachte, sie holte aus und warf die mit Büchern vollgestopfte Plastiktüte hinein. Die Tüte segelte in die prasselnden gelben Flammen, landete krachend in der flackernden bernsteingelben Hitze und platzte sofort auseinander. Die Bücher fielen heraus und wurden von den Flammen ergriffen.

Die Fotografie krümmte sich, das dreieckige Gesicht blitzte mit einer abscheulichen Grimasse auf und verschwand für immer. Der feste Einband der Bibel bog sich, eine Flamme leckte am goldenen Kreuz. Das Heft knisterte, die brennenden Seiten rollten sich zu schwarz zerfallenden Röhrchen zusammen, kurz waren die Fotos zu sehen.

Vika ... Nataška ... Nina ...

Zwei schmutzige, zerbrochene Kisten flogen krachend ins Feuer und begruben die brennenden Bücher.

– Das wärs ... – flüsterte Marina, auf ihrem Gesicht spürte sie die Wärme der Flammen.

Sie lächelte müde.

– Aber warum den Stendhal? – grinste Sergej Nikolaič und warf seine Kippe ins Feuer.
– Es mußte sein, – nickte sie munter und seufzte erleichtert.
– Also, wir können gehen . . .

An der Bushaltestelle stand ein Haufen Leute.

Der Tagesanbruch setzte sich durch: der schmutzige, zusammengefallene Schnee wurde heller, die matt-blauen Wolken im Osten färbten sich rosa.

Sergej Nikolaič schob den Ärmel zurück und schaute auf die Uhr:
– Wir kommen zu spät. Das ist nicht gut.
– Sollen wir ein Taxi nehmen? – fragte Marina fröstelnd.
– Sieh an, eine Taxitante bist du, – grinste er, – bist wohl gewöhnt, das Geld aus dem Fenster zu schmeißen. Nein, Marina. Taxi ist was für Verwöhnte. Dem Proletariat stehen die öffentlichen Verkehrsmittel zur Verfügung. Also machen wir es wie alle anderen.

Der Bus kam.

Er war völlig überfüllt und hatte sogar leichte Schlagseite nach rechts.

Sofort drängte alles hin.

Die Türen gingen auf, doch niemand stieg aus, im Gegenteil – die engstehenden Passagiere rückten weiter hinein.
– Vorwärts! – beherzt nahm Rumjancev Marinas Hand, stieß sich durch und zwängte sich in den Bus.

Mit Mühe quetschten sie sich hinein, stiegen die Trittbretter hoch, indem sie die Stehenden weg- oder zusammendrückten.
– Warum drängelst du so . . . – drehte sich verschlafen irgendein Jüngerer in einer blauen Nylonjacke zu ihm.

Ohne ihm zu antworten, wandte sich Sergej Nikolaič zu Marina:
– Hast du eine Monatskarte, oder . . .

– Nein. Hier sind fünf Kopeken.
– Gib her.

Seine Finger nahmen die Fünfkopekenmünze, die Hand streckte sich über fremde Schultern hinweg:
– Bitte einwerfen ...

Der Bus fuhr ruckend an, sie wurden nach hinten gedrückt, Marina klammerte sich an die abgegriffene Haltestange.

Sie war schon lange nicht mehr so früh gefahren – hinter den trüben Scheiben des Busses leuchteten noch die Straßenlaternen und Fenster, der rosa erglühende Osten tauchte immer wieder zwischen grauen Häuserblocks auf.
– Na, lebst du noch? – murmelte Sergej Nikolaič ihr ins Genick.

Sich mühsam umdrehend, nickte sie:
– Solche Menschenmassen ...
– Ist doch schön, – lachte er, – eng, aber gemütlich.

Der Bus machte eine Kurve, sie wurden gegen die Scheibe gedrückt.

Sergej Nikolaič nahm die Hand hoch und streichelte Marina verstohlen über die Wange:
– Ausgeschlafen?
– Ausgeschlafen ... – lächelte sie.
– Ich bin es jeden Tag. Obwohl ich erst um neun müßte.
– Warum?
– Ich kann einfach nicht, wenn alle hier auf sind. Ich bins gewohnt, also stehe ich um sechs auf. Mit dem Wecker. Ich kann nicht faul herumliegen, wenn andere arbeiten.
– Hast du kein eigenes Auto?
– Habe ich abgelehnt. Unsere Fabrik ist nicht sehr groß. Ihr stehen nur drei »Volgas« zu. Dem Direktor, dem Chefmechaniker, na, und mir eben. Bloß habe ich meinen unserem Chefingenieur abgetreten. Er wohnt in Krasnogorsk. Ist schon älter. Und er muß unbedingt um sieben auf der Matte stehen. Da habe ich ihm meinen abgetreten ...

– Aber von deiner neuen Wohnung ist es ja auch ganz nah . . .
– Ja. Es ist nah. Dafür ist es ins Rajkom nicht so bequem. Mit zwei verschiedenen Bussen . . .

Der Bus hielt, langsam schob sich eine Seite der Tür auf, Passagiere stiegen aus.

– Und du hast die Metro direkt vor der Tür, – meinte Sergej Nikolaič und half ihr beim Aussteigen.

– Ja. Zehn Minuten zu Fuß.

– Du Glückliche, – lachte er und rückte seinen Schal zurecht, der sich bei der Busfahrt verschoben hatte.

In der Metro war es genauso eng wie im Bus. Die halbverschlafenen Menschen standen dicht an dicht im Zug, ihre Gesichter waren müde-unzufrieden.

Marina betrachtete sie interessiert und mußte innerlich lächeln.

Früher hatte sie sie verächtlich von der Seite angesehen, war so oft wie möglich mit dem Taxi gefahren, um diese verschlafenen, unterschiedslosen Gesichter nicht aus der Nähe sehen zu müssen.

Und jetzt . . . Es war so neu, daß ein Lächeln der Verwunderung ihre Lippen immer weiter auseinanderzog.

– Was grinst du denn so? – beugte sich Sergej Nikolaič zu ihr.

– Ach nichts . . . einfach so . . . – seufzte sie erleichtert.

Unerwartet blieb der Zug zwischen zwei Stationen stehen.

Vor den Scheiben hingen irgendwelche dunklen Röhren und Kabel, absolute Stille herrschte im Waggon, nur die Mäntel der auf der Stelle tretenden Menschen raschelten. Die eng aufeinanderstehenden Passagiere schwiegen.

Marina betrachtete immer noch ihre reglosen Gestalten, Hände, Köpfe, Mienen.

Sie waren ihr nah, wie nie zuvor, doch ihr Schweigen wurde bedrückend.

Marina wandte sich zu Sergej Nikolaič, und um die Stille nicht zu stören, fragte sie ihn kaum hörbar:
– Gibt es gar nichts zu sagen?

Er seufzte, seine Miene wurde ernst:
– Es ist noch nicht an der Zeit. Aber zu sagen gäbe es etwas.

Der Zug ruckte, setzte sich in Bewegung und beschleunigte:
– Aber was hindert daran? – fragte Marina.
– Amerika, – antwortete er ernst und seufzte erneut, – hast du das begriffen?

Sie nickte und leckte sich zerstreut mit der Zunge die Lippen . . .

Die Niederquerschnitt-Kompressoren-Fabrik lag nicht weit von der Metro entfernt – man bog um die Ecke eines großen alten Hauses, kreuzte eine Straßenbahnlinie und stand vor der Einfahrt.

An dem großen Gittertor waren riesige abgeblätterte Buchstaben befestigt: NKF. In der Einfahrt war kein Mensch zu sehen.
– Wir sind etwas spät dran, – murmelte Sergej Nikolaič, als er auf seine Uhr sah, – na ja, macht nichts. Heute ist ein besonderer Tag.

Er öffnete eine klirrende Tür, ließ Marina den Vortritt und nickte dem Wachmann zu, der neben dem Drehkreuz saß:
– Grüß dich, Michalyč.
– Wohl auf, Serež, – lächelte der Alte, – ein bißchen spät heute . . .
– Stimmt. Aber es ist ein außergewöhnlicher Tag.
– Ja?
– Mhm. Diese Genossin hier habe ich mitgebracht.

– Verstehe, – grinste der Wachmann.

Sie passierten das Drehkreuz, gingen einen breiten Korridor entlang, dann kamen sie zu einer Treppe.

– Siehst du – kein Mensch. Alle schon auf Posten. Disziplin . . .

– Macht die Fabrik diesen Lärm? – fragte Marina, die auf ein regelmäßiges Stampfen horchte.

– Ja – im Erdgeschoß sind die ganzen Werkabteilungen. Im ersten Stock – die Verwaltung . . . – erklärte Sergej Nikolaič, während er seinen Mantel im Gehen aufknöpfte, – komm!

Sie gingen in den ersten Stock hinauf.

Einige Leute kamen ihnen entgegen, alle grüßten sie Rumjancev freundlich.

– Serež, wieviel seid ihr in der Fabrik? – fragte Marina.

– Eintausendsiebenhundertvierzig.

– Viel.

– Nicht besonders. Unsere Fabrik ist nicht sehr groß. Aber dafür halten wir von allen Bezirksunternehmen den dritten Platz. So sieht es aus.

– Toll . . .

Sie gingen einen hellerleuchteten Korridor mit vielen schallisolierten Türen entlang, Sergej Nikolaič zückte die Schlüssel.

Sein Büro lag direkt am Ende des Korridors – eine braune Tür mit einem verglasten Schildchen:

Parteisekretär
RUMJANCEV S. N.

Er steckte den Schlüssel ins Schloß, drehte ihn herum und stieß energisch die Tür auf:

– Komm rein.

Marina trat ein.

Das Büro war nicht sehr groß – zwei Tische, zwei braune Safes, ein Leninporträt an der Wand, ein Kleiderständer in der Ecke.

– Leg ab, – sagte Sergej Nikolaič, während er schnell seinen Mantel abwarf, – wie gefällt dir mein Appartement?

– Gemütliches kleines Büro, – lächelte Marina und legte ab, – wozu ist der zweite Tisch?

– Da sitzt die Sekretärin. Zinočka. Sie kommt um neun. Wie vorgeschrieben.

Marina hängte ihren Mantel neben seinen, nahm das Kopftuch ab und richtete ihre Haare.

Sergej Nikolaič holte einen Kamm heraus, kämmte sich schnell, nahm den Telefonhörer, wählte eine Nummer:

– Ljusja? Guten Morgen ... Ist Vladimir Ivanyč da? Ja? Wohin? Aaaa ... Klar ... und um wieviel Uhr jetzt? ... Genau ... Und was ist mit der Planungssitzung? Und er schafft es bis elf? Bestimmt? Na gut ... wiederhören ...

Er legte den Hörer auf und grinste zu Marina:

– Entwarnung. Planungssitzung ist um elf.

Marina musterte die Ehrenurkunde, die unter dem Porträt hing.

– Du warst Werkabteilungsleiter?

– Ja. Die wurde mir verliehen.

– Toll ...

Er holte Zigaretten heraus, hielt sie ihr hin, doch sie schüttelte den Kopf.

– Weißt du was, – meinte er und zündete sich eine an, – laß uns durch die Fabrik gehen. Ich zeige dir unseren ganzen Bienenstock, das ganze Unternehmen ... Nur binde dir deine Haare irgendwie zusammen. Solche Nixen läßt man bei uns nicht an die Werkbank.

Marina band sich die Haare mit ihrem Tuch zusammen und verknotete es im Nacken.

– Ordnung muß sein. Siehst aus wie Billy Bones! – Die

Zigarette hüpfte auf Sergej Nikolaičs lachenden Lippen, – komm!

Sie gingen denselben Korridor zurück, stiegen die Treppe hinunter, bogen um die Ecke und kamen in eine große, weiträumige Werkabteilung.

Hier liefen irgendwelche hohen lärmenden Maschinen, die wie Ameisen aussahen und ununterbrochen auf etwas laut Klapperndes einhämmerten.

An den Maschinen waren Arbeiter emsig am Werk. Es waren zum Großteil Männer.

Als einer von ihnen sie bemerkte, winkte er Sergej Nikolaič freundlich zu. Dieser schwenkte zur Antwort seine ineinandergelegten Hände.

– Salut.

Marina sah sich mit freudigem Erstaunen in der Werkabteilung um.

Die Maschinen-Ameisen standen in zwei Reihen zu je vier Stück.

– Was ist das für ein Wunderwerk? – schrie sie Sergej Nikolaič ins Ohr.

– Das ist die Werkabteilung Stanzen! – antwortete er genauso laut, – hier werden einige Werkstücke für den Kompressor gestanzt. Komm, schau es dir an!

Sie gingen zu der am Rand stehenden Maschine.

An ihr stand ein hochgewachsener breitschultriger Bursche mit dichtem Haarschopf. Er packte mit Handschuhen zwei kleinere gelbe Platten, legte sie in eine spezielle Aussparung unter die Presse und betätigte einen Hebel.

Die runde Presse senkte sich mit einem Zischen herab. Dann fuhr sie schnell zurück.

In der Aussparung lagen jetzt, dampfend, gelbe ausgefeilte Deckel.

– Toll . . . – murmelte Marina, doch niemand hörte es.

Der Bursche nahm die Deckel heraus, warf sie in eine

halbleere Kiste und holte aus einer anderen wieder zwei Platten.

Wieder legten sie sich gehorsam in die Aussparung, wieder senkte sich die Presse, fuhr zurück, und neue Deckel flogen scheppernd in die Kiste.

»Wie einfach und genial«, – dachte Marina, – »wahrscheinlich werden Topfdeckel auch so gemacht. Das habe ich mir überhaupt noch nie überlegt . . .«

Sergej Nikolaič zog einen der gelben Deckel aus der Kiste und legte ihn Marina in die Hand.

Der Deckel war warm und sehr schön. Das Neonlicht spielte auf seinen Rundungen und Wölbungen.

– Das ist das obere Kompressorengehäuse! – schrie Rumjancev.

– Sieht aus wie ein Deckel!

– Es ist praktisch auch ein Deckel! Und das Untergehäuse wird aus Gußeisen hergestellt! Schön?

– Ja! Und warum kann man den unteren Teil nicht auch stanzen?

– Er ist komplizierter! Alle Verbindungsstücke werden daran montiert! Ohne Gußeisen geht es nicht!

– Und was macht diese Maschine?

– Sie stanzt Rückklappenventile!

– Und warum so laut?

– Das ist eben so! – lachte Rumjancev und nahm Marina am Ellbogen, – also, gehen wir in die Gießerei!

Die Werkabteilung Gießerei war nebenan.

In ihr roch es warm und säuerlich, zwei Riesenkolosse ragten auf, Eisenkisten standen herum, voll mit groben grauen Werkstücken, ein Fließband lief durch den Raum.

– Das sind die Öfen, – sagte Sergej Nikolaič und zeigte auf die Kolosse, – da wird das Gußeisen geschmolzen, dann wird es dort hinten in die Formen gegossen. Die werden nachher zerschlagen, die Werkstücke gesäubert – und weiter.

– Wie schwül es hier ist . . . – murmelte Marina.
– Aber klar. Die Temperatur in den Öfen ist hoch. Aber eigentlich kommt es daher, weil die Ventilatoren noch nicht eingeschaltet sind.
– Und was für eine Werkabteilung ist das da? – zeigte Marina auf eine offene Tür.

Sergej Nikolaič grinste und seufzte:
– Das ist meine. Meine ehemalige.

Er trat einen Schritt vor, um eine mit Werkstücken vollbeladene Elektrokarre vorbeizulassen, auf deren Trittbrett ein großer, schmaler Bursche stand.

Der Bursche fuhr vorbei, Marina trat durch die Tür, und ein Ausruf des Erstaunens entfuhr ihr, sie hob die Hand vor die Augen.

Sie waren in einem weitläufigen hellen Gebäude voll mit Werkbänken, Menschen, Licht, Geräuschen, Gerüchen. Hier war alles in Bewegung, blitzte, glänzte, dröhnte, krachte, überall funkelte rastloses Metall.

Der außergewöhnliche Anblick hatte Marina so in Staunen versetzt, daß sie nicht gleich Worte fand: die Augen schauten gierig auf den märchenhaften Vorgang, in den Ohren klang die wundervolle Musik der Maschinen.
– Was ist das? – gingen ihre ausgetrockneten Lippen auseinander.
– Die Werkabteilung Mechanik, – meinte Rumjancev munter, – ich war noch ein kleiner Junge, als ich hier anfing. Gleich nach dem Technikum.

Die an den Werkbänken stehenden Arbeiter bemerkten ihn.
– Ich grüße dich, Nikolaič! – rief ein weißblonder Bursche und hob die geballte Faust.
– Grüß dich, Aktivist! – rief Sergej Nikolaič zur Antwort und ging mit Marina näher hin.
– Serež, ist das der neue Ersatzmann für dich? – grinste ein

breitgesichtiger Arbeiter mit Schnurrbart und schob seine Schutzbrille hoch.
– Nein. Ersatzmänner für mich sind bisher nicht in Sicht. Jemand möchte einfach die Fabrik besichtigen.
– Na, das geht in Ordnung, – zwinkerte der Breitgesichtige und wischte sich die Hände an einem Lumpen ab, – Hier gibt es auch wirklich was zu sehen.

Seine lange, mit bläulicher Farbe gestrichene Werkbank drehte mit unglaublicher Geschwindigkeit etwas Langgestrecktes, das wie eine kleine Welle aussah. Rund um die Welle lösten sich zitternd Metallspäne, etwas quietschte, und aus einem kleinen Hahn floß eine trübe, scharf riechende Flüssigkeit.

Der schnurrbärtige Arbeiter musterte Marina warmherzig und freundlich:
– Interessant, nicht?
– Sehr, – lächelte sie aufrichtig, – was ist das?
– Eine halbautomatische Drehbank, – antwortete Sergej Nikolaič, – sie bearbeitet eine Stahlwelle, die dann zu Kolben auseinandergeschnitten wird.
– Und wozu dient das Wasser?
– Das ist kein Wasser, sondern Emulsion. Sie kühlt die Schneidbohrer. Die Schneidgeschwindigkeit ist hier sehr hoch, der Schneidbohrer würde verglühen. Damit das nicht passiert – wird er gekühlt.
– Toll . . .

Von hinten kamen zwei Arbeiter in blauer Montur:
– Guten Tag, Sergej Nikolaič.
– Einen guten Morgen. Wie geht die Arbeit voran?
– Gut. Nur Seleznev ist krank.
– Der Meister?
– Mhm.
– Und wer vertritt ihn?
– Bachirev, wer sonst . . .

– Alles klar.

Marina gefiel das Tänzeln der herabfallenden Späne. Sich windend und drehend, fielen die Späne auf ein breites Band, das langsam vorbeilief und sie in eine große Kiste beförderte.

– Sergej Nikolaič! – schrie ein untersetzter, glatzköpfiger Arbeiter von einer Werkbank, – du könntest Kuzovlev Dampf machen, die sollen uns noch ein paar Einrichter rüberschicken, sonst steht die Fräse da weiter nur herum! Die nehmen sonst noch die bloßen Hände zum Fräsen!

– Was ist los – ist sie kaputt? – fragte Rumjancev mit finsterer Miene.

– Schon seit gestern. Aber auf Bitten hören die nicht, die Brigade Gabramjan hat sie sich geangelt und Sense!

– Und warum sagt ihr Bachirev nicht Bescheid?

– Er ist doch schon zu ihnen hin – sie winken ab und Schluß.

– In Ordnung, ich kümmere mich darum.

Marina ging vorsichtig durch die Werkabteilung und schaute sich die Werkbänke an.

– Na, Töchterchen, willst mir ein bißchen zur Hand gehen? – lächelte eine füllige rotbackige Frau, nahm geschickt ein bearbeitetes Werkstück aus der Halterung der Werkbank und legte ein neues ein.

Marina trat näher.

– Auf Praktikum? – lächelte die Frau noch breiter und setzte die Werkbank in Gang.

– Nein. Nur so, – murmelte Marina.

– Ich hab schon gedacht – Studenten. Aber die kommen normalerweise im Sommer.

– Ich bin keine Studentin, – lachte Marina und fügte hinzu, – was für eine schöne Fabrik ihr habt.

– Ja. Die Fabrik ist schön, – stimmte ihr die Frau stolz zu, – wenn auch nicht sehr groß, aber dafür fortschrittlich. Und unsere Werkabteilung – mustergültig. Die beste Werkabteilung. Du siehst ja, wie hell und freundlich, hier zu arbeiten, ist eine wahre Freude.

– Ja. Hier fühlt man sich wohl, – seufzte Marina.

Die Sonne stand bereits am Himmel, lange Strahlen fielen durch die großen hohen Fenster auf Werkbänke und Arbeiter und vermischten sich mit dem kühlen Neonlicht.

Sergej Nikolaič trat hinzu.

– Einen Gruß dem Genossen Rumjancev! – lächelte die Frau.

– Tag, Zinočka, Tag. Habt ihr euch schon bekannt gemacht?

– Ja . . . das heißt . . . nein . . . – murmelte Marina, da streckte die Arbeiterin ihr einfach die Hand hin, – Zina. Zina Kosmačeva.

– Marina Alekseeva, – gab Marina ihr die Hand.

– Dort an der Werkbank habe ich gearbeitet, – deutete Sergej Nikolaič mit dem Finger, – allerdings wurde sie erneuert, meine war ein altes Modell. Aber die Bedienung ist die gleiche. Komm, ich zeig es dir.

Sie gingen durch die Reihen zu zwei identischen Werkbänken.

Eine war unbesetzt, an der anderen arbeitete ein junger stämmiger Bursche.

– Tag, Sergej Nikolaič.

– Tag, Volodja. Wie läuft die Arbeit?

– Danke gut. Der Stahlnachschub kommt etwas spärlich, – grinste der Bursche und schob ein Wägelchen mit noch unbearbeiteten Werkstücken heran.

– Wieso kommt ihr denn ohne mich nicht zurecht? Ihr habt doch euren eigenen Vorgesetzten.

– Vorgesetzter ist Vorgesetzter, aber Sie dürfen uns nicht vergessen, – beugte sich der Bursche über die Werkbank.

– Keine Angst, ich bleibe euch erhalten, – witzelte Sergej Nikolaič und führte Marina zu der freien Werkbank, – das ist eine Ausbohrmaschine tschechischen Fabrikats. Eine ganz klasse Maschine.

Liebevoll tätschelte er die Werkbank.

– Weißt du noch, wir waren in der Gießerei?

– Ja.

– Dort werden die Gehäuse gegossen, und hier werden sie bearbeitet, dann werden noch andere Werkstücke hergestellt, und zusammengesetzt wird alles da drüben, in der Montage.

– Und warum läuft diese Werkbank nicht? – fragte Marina und betrachtete interessiert die außergewöhnliche Maschine.

– Sie läuft, aber es fehlt der Arbeiter.

– Warum?

– Mangel an Arbeitskräften. Hier hat einer gearbeitet, aber dann ist er gegangen. So daß jetzt Volodja an zweien schuftet.

– Es ist anstrengend für ihn?

– Nicht so wild, er ist ein kräftiger Bursche. Außerdem wird bei uns Stücklohn gezahlt. Er beschwert sich nicht. Na, was ist . . . soll ich wie in alten Tagen . . .

Sergej Nikolaič zog schnell sein Jackett aus und gab es Marina:

– Hier, halt mal . . .

Sie nahm dieses nach Tabak und Mann riechende Jackett entgegen und hängte es über den Arm.

– Na! Sergej Nikolaič! Jetzt kommt Leben in die Bude! – zwinkerte Volodja voller Elan herüber.

Rumjancev krempelte die Ärmel hoch, drückte auf einen roten Knopf und zog schwungvoll eines der mit Vorfertigungsteilen vollgeladenen Wägelchen näher heran.

Er griff nach einem Werkstück, setzte es auf zwei Dorne und betätigte einen Hebel.

Metallzangen preßten sich fest zusammen, die Hand betätigte einen anderen Hebel.

Zwei Wellen setzten sich in Bewegung, begannen sich zu drehen und schoben sich vor. Kurz darauf berührten sie das Werkstück, das zischende Geräusch des Metallschneidens war zu hören, auf das Förderband rieselten kleine Metallspäne.

Nach kurzer Zeit wechselte Sergej Nikolaič das Werkstück aus, und erneut bohrten sich die Schneidbohrer gierig hinein.

Marina schaute zu, sie hielt den Atem an.

Seine muskulösen Arme hantierten von Mal zu Mal mit immer erstaunlicherer Geschicklichkeit und Flinkheit, die Werkstücke setzten sich gehorsam auf die Dorne, sofort betätigten sich die Hebel, die Schneidbohrer rotierten verbissen, die Späne rieselten in ganzen Fäden herunter.

Arme, kräftige Männerarme . . . Wie ihnen alles gelang! Wie spielend sie mit der gefährlichen Maschine umgingen, wie leicht und sicher sie deren wilde Macht lenkten.

Schweiß trat ihm auf die Stirn, die Lippen waren konzentriert zusammengepreßt, die Augen kontrollierten unablässig die Werkbank.

Marina schaute und vergaß die Welt um sich herum.

Ihr Herz schlug freudig, das Blut stieg ihr in die Wangen, die Lippen öffneten sich.

Vor ihren Augen geschah etwas sehr Wichtiges, sie fühlte es mit ganzem Wesen.

Diese muskulösen, entschlossenen Arme erzählten ihr ausführlich und in allen Einzelheiten etwas, das Sergej Nikolaič versäumt hatte oder nicht imstande war zu erzählen. Ihr Monolog war einfach, klar und verblüffend.

Marina verstand dieses Wesentliche mit dem Herzen, trat einen Schritt vor, um keinen Augenblick dieses wundervollen Schöpfungsreigens zu versäumen.

Und er – der Reigen – dauerte und dauerte, der Haufen bearbeiteter Gehäuse wuchs, es schien, als nähme er bald den gesamten Raum um die Werkbank ein, doch plötzlich, als sie wieder ein Gehäuse abgenommen hatten, drückten die Finger auf einen schwarzen Knopf, das Dröhnen riß ab, die Schneidbohrer drehten sich langsamer, und als sie stehengeblieben waren, hob Marina den Kopf und zuckte erstaunt zusammen: die Werkbank war von allen Seiten umringt von schweigenden Menschen.

Alle blickten auf Rumjancev.

– Das wärs ... – atmete er erschöpft aus, er schnaufte schwer und wischte sich den Schweiß mit dem Handrücken von der Stirn.

– Du bist ein Held, Sergej Nikolaič! – unterbrach ein älterer Grauhaariger in einem eleganten grauen Anzug die Stille und begann lächelnd zu klatschen, – so muß man arbeiten, Genossen!

Alle spendeten lebhaften Beifall, nur Marina blickte wie verzaubert auf den Berg von Werkstücken.

Rumjancev wischte sich die Hände an einem Lappen ab, den ihm jemand reichte, und nahm von Marina sein Jackett.

– So einen Burschen haben sie uns weggenommen! – wandte Zina sich lachend an den Grauhaarigen, – er allein würde unser halbes Plansoll erfüllen!

– Was heißt denn hier weggenommen?! – wackelte der Grauhaarige wie ein Hahn mit dem Kopf, – ihr habt ihn doch selbst zum Sekretär gewählt! Und sie sagt – weggenommen! Das hättet ihr euch vorher überlegen sollen!

Die sie umringenden Arbeiter lachten noch lauter.

Der Graue schlug Sergej Nikolaič auf die Schulter:

– Mit so einem Sekretär – durch dick und dünn! Prachtkerl!

Sergej Nikolaič hob beschwichtigend die Hand:

– Beschrei es nicht, Valentin Andreič. Ich habe eigentlich ... das war nur, um jemandem zu zeigen, wie die Werkbank funktioniert. Übrigens, darf ich bekannt machen. Marina Alekseeva. Zum ersten Mal bei uns in der Fabrik.

Alle drehten sich zu Marina um, und der Graue gab ihr seine dürre, aber kräftige Hand:

– Čerkasov, Valentin Andreič. Chefingenieur der Fabrik.

– Marina . . .

– Und mit Vatersnamen?

– Ivanovna.

– Sehr gut, – lächelte Čerkasov und fragte gleich nach, – sind Sie rein aus Interesse gekommen?

Sie war verlegen.

– Ich . . . eigentlich bin ich . . .

Alle schauten sie schweigend an.

Sie sah Sergej Nikolaič in die Augen, er antwortete mit einem konzentrierten, ernsten Blick.

Marina unterdrückte ein Zittern, das sie plötzlich ergriffen hatte, holte tief Luft und atmete aus:

– Ich . . . ich möchte an dieser Werkbank arbeiten.

Die schwarzen Augen von Čerkasov blickten sie wärmer an, kleine Fältchen bildeten sich drumherum:

– Das nenne ich ein vernünftiges Gespräch. Junge Leute haben wir mehr als nötig!

Er fuhr sich schnell mit der Hand über den Hals und fragte sofort nach:

– Wo haben Sie früher gearbeitet?

– Ich . . . in einer Musikschule . . .

– Also das erste Mal in einer Fabrik?

– Ja.

– Ausbildung?

– Höhere Schulausbildung. Höhere mit Spezialisierung.

– So. Nun gut, erledigen Sie die Formalitäten.

Er lächelte und gab ihr nochmals einen kräftigen Händedruck:

– Viel Erfolg, Marina Ivanovna! Sergej Nikolaič, ich gehe, wir besprechen das auf der Planungssitzung . . .

Mit federndem Schritt lief er zum Ausgang.

Marina wurde von allen lebhaft umringt:
– Da haben wir also ein weibliches Geschlecht bekommen!
– Jetzt überholen wir alle, stimmts Len?
– Na klar, mit solchen Schönheiten!
– Na, Männer, reißt euch zusammen!
Sergej Nikolaič lächelte Marina zu:
– Gehen wir die Formalitäten erledigen?
– Die Formalitäten? – fragte Marina hastig, sie war rot geworden und hatte feuchtglänzende Augen, und sofort fügte sie hinzu, – wäre es nicht möglich, daß ich gleich anfange?
– Jetzt gleich?
– Warum nicht. Mein Arbeitsbuch liegt sowieso in der Musikschule . . .
– Aber klar, sie soll anfangen! – klopfte ihr ein dunkelhäutiges kleineres Mädchen auf die Schulter, – warum sich mit Papierkram aufhalten! Zin, hol bei der Kuzminičer eine neue Montur, Handschuhe und Schutzbrille. Du wirst bei uns in der Brigade arbeiten.
Die rotbackige Zina ging die Montur holen.
– Stimmt eigentlich, fang gleich jetzt an, – war Rumjancev einverstanden, – ich werde in der Kaderabteilung alles regeln. Das Arbeitsbuch bringst du ihnen später vorbei. Wo hast du deinen Paß?
– Den habe ich im Mantel gelassen.
– Gut. Ich hole ihn. Hier – Lena Turuchanova, dein Brigadier, – wandte er sich an das dunkelhäutige Mädchen, – sie führt eine Komsomolbrigade, eine ganz hervorragende. Nimm die Genossin Alekseeva in deine Brigade auf, Lena, und bring ihr was Vernünftiges bei.
– Werden wir, Sergej Nikolaič, werden wir! – lachte das Mädchen.
– Und jetzt – an die Plätze, Genossen! – sagte Rumjancev laut und winkte Marina, – in der Mittagspause sehen wir uns. Gewöhne dich ein . . .

Eine Viertelstunde später, in eine neue blaue Montur geschnürt, die Haare mit einem ebenfalls blauen Kopftuch zusammengebunden und eine große Schutzbrille über den Augen, setzte Marina vorsichtig ihr erstes Werkstück auf die Dorne, betätigte den einen Hebel, dann den anderen, hielt den Atem an und erstarrte.

Die in Gang gesetzten Schneidbohrer bohrten sich zischend in das Gehäuse, graue Späne rieselten aufs Förderband.

Nachdem sie das Gehäuse durchbohrt hatten, fuhren die Schneidbohrer in die Ausgangsstellung zurück.

Marina betätigte einen anderen Hebel und nahm das Werkstück ab.

– Glückwunsch, – lächelte der Meister neben ihr.

– Danke, – antwortete sie freudig und betrachtete die zwei funkelnden Bohrungen im Gehäuse.

– Leg sie in dieses Wägelchen da, – zeigte Sokolov, – wenn es voll ist – holt es Vitja bei dir ab.

– Na, kommt sie zurecht? – schrie Volodja von seiner Werkbank.

– Sie wird dich bald überholen, – gab ihm der Meister zur Antwort und beugte sich zu Marina, – das Wichtigste – nicht hetzen. Gewöhne dich erst ein, paß dich an die Werkbank an. Und versuche nicht, Volodja einzuholen, er arbeitet schon das fünfte Jahr hier. Wenn du am Anfang hundert pro Schicht machst – ist das gut.

– Und was ist die Norm? – fragte Marina und betätigte den Hebel.

– Dreihundertfünfzig.

– Und wieviel macht Volodja?

– Fünfhundert.

Marina schüttelte verwundert den Kopf.

– Das braucht dich nicht zu wundern, – beruhigte sie Sokolov und schob das Wägelchen näher heran, – als Sergej Nikolaič noch bei uns war – hat er sechshundert geschafft. Und ich stand ihm zu meiner Zeit nicht nach. Wir haben Seite an Seite gearbeitet. Also – gewöhne dich ein – dann wirst du es auch so weit bringen.

Marina verfolgte mit einem Seitenblick Volodjas sichere Handgriffe. Er machte alles blitzschnell – Werkstücke und Hebel tauchten immer nur kurz in seinen Händen auf.

Sie nahm das Gehäuse ab und befestigte ein neues.

– Wenn etwas ist – ich bin nebenan, – meinte Sokolov, – und ich sag es nochmal – nicht hetzen. Eile bringt in der ersten Zeit gar nichts . . .

Er ging fort zu den anderen Werkbänken, Marina machte mit der Arbeit weiter.

Anfangs kam ihr alles simpel und leicht vor – die Werkstücke schneller wechseln – das war alles. Doch einmal vergaß sie das Gehäuse zu befestigen, und bei der Berührung der Schneidbohrer wurde es herausgerissen. Ein anderes Mal blieb sie mit dem Knie am Rückhebel hängen, und die Schneidbohrer fuhren zurück, ohne die Bohrung vollständig ausgeführt zu haben.

Dann begann sie der rechte Handschuh zu stören – beim Einsetzen des Werkstücks blieb sie mit ihm jedesmal an einer scharfen Ecke hängen.

Bald tat Marina der Rücken weh, und ihre Arme wurden müde – die Gehäuse schienen auf einmal schwer und ungefügig. Sie wollten sich nicht auf die Dorne setzen lassen, nicht von den Metallzangen gehalten und nicht von den heulenden Schneidbohrern durchbohrt werden.

Plötzlich schallte durch die ganze Werkabteilung ein weiches, anhaltendes Signal.

Marina hob die Augen: die Uhr über dem Eingang zeigte zwölf.

– Wie läuft es? – ertönte die fröhliche Stimme von Brigadier Lena neben ihr, Marina hielt die Werkbank an und drehte sich um:
– Wir versuchen unser Bestes ... – Klappt es?
– Einigermaßen ...
– Wieviel hast du geschafft?
– Weiß nicht.
– Zählen wir doch mal ...

Lena beugte sich über das Wägelchen, und ihre kleinen flinken Finger liefen über die Werkstücke:
– Fünf ... zehn ... fünfzehn ... sechsundvierzig. Sechsundvierzig.
– Wie? Nur sechsundvierzig? – schaute Marina bestürzt.
– Das ist normal, – beruhigte Lena sie mit entschiedener Miene, – du bist schließlich zum ersten Mal überhaupt in einer Fabrik, nicht?
– Ja ...
– Prima! Als ich hierherkam – hab ich eine Werkbank demoliert. Was glaubst du, wie mich der Meister angeschrien hat! Aber du hast dich gleich gut angepaßt.
– Aber so wenig. Volodja hat wahrscheinlich schon dreihundert gemacht.
– Volodja! Wie viele Jahre ist der schon hier. Und du – einen halben Tag. Gut, kehr die Späne weg und laß uns essen gehen ... oder, warte, laß mich kehren.

Lena nahm eine Drahtbürste von einem Haken und kehrte in Windeseile die Werkbank ab.

Sokolov kam her:
– Hopp-la. Ein volles Wägelchen. Bestens.
– Was heißt bestens, – lächelte Marina und rückte ihr Kopftuch zurecht, – nur sechsundvierzig.
– Das ist normal. Ich sag ja, am Anfang machst du hundert pro Schicht – das ist schon gut. Auf die Schnelle gelingt gar nichts. Len, ist bei Zina der Zulauf in Ordnung?

– Keine Sorge, Ivan Michalyč. Sie haben es repariert.
– Dann ist gut. Die Sechs schleift auch nicht mehr?
– Nein.
– Wenn was ist – ich bin nach der Mittagspause in der Werkzeugmacherei.
– Gut.
– Na, geht schon, sonst werden die Šči kalt, – lächelte er.
– Komm! – Lena nahm Marina bei der Hand, und sie gingen zum Ausgang.

Die Kantine der NKF war groß und hell, mit einer hübschen Holztäfelung und akkuraten roten Tischen.

Auf allen Tischen standen bereits breite Aluminiumschüsseln mit der zusammengestellten Mahlzeit.

Hier roch es köstlich nach Boršč, und es ging lebhaft und familiär zu.

– Da sitzen unsere, – zeigte Lena.

Sie gingen zwischen besetzten Tischen hindurch und kamen an einen großen Tisch, an dem die ganze Brigade Lena Turuchanova Platz gefunden hatte.

– Da sind ja unsere Schönheiten, – blickte jener korpulente glatzköpfige Arbeiter vom Teller auf, – habt ihr die Hände gewaschen?
– Haben wir, Sergej, haben wir! – klatschte Lena fröhlich in die Hände, – und du?
– Aber klar! Reinheit ist der Gesundheit Unterpfand. Setzt euch. Zin – schau mal nach – wir haben doch nicht etwa den ganzen Boršč aufgegessen?
– Oj, den ganzen! – spielte Zina die Erschrockene, als sie in die Schüssel guckte.
– Ich werds euch zeigen – den ganzen! – lachte Lena, setzte sich und gab Zina zwei leere Teller.

Kurz darauf verschlangen sie mit Heißhunger den dikken, würzigen Boršč, auf dem die Fettaugen schwammen.

Volodja schob unterdessen die Schüssel mit Frikadellen und Kartoffelbrei zu Zina:

– Verteil mal, Zinulj.

Zina machte sich daran, die Teller zu füllen.

Neben Marina saß ein älterer Arbeiter mit einem dicken grauen Schnurrbart. Er aß ohne Hast, akkurat schöpfte der Löffel den Boršč, der graue Schnurrbart bewegte sich regelmäßig.

Marina gefielen seine kräftigen Arbeiterhände, die ruhigen klugen Augen und das ebenfalls ruhige Gesicht mit den ebenmäßigen Zügen. Etwas an ihm erinnerte sie an einen Schauspieler, der in vielen sowjetischen Filmen die Kaderarbeiter spielte.

Als er Marinas musternden Blick bemerkte, lächelte er und fragte:

– Na, Töchterchen, gefällt es dir bei uns?

– Ja, – antwortete Marina und brach ein Stück Brot ab.

Mit sicherer Bewegung steckte er den Löffel in den Mund, kaute mit dem Schnurrbart, nickte:

– Wir haben es gut. Hier die Kantine – eine wahre Freude . . . Schmeckt der Boršč?

– Sehr.

– Na siehst du. Und gestern der Rassolnik war noch besser. Iß . . .

Marina beugte sich über den Teller. Es kam ihr vor, als esse sie sehr schnell, aber die Brigade überholte sie – sie unterhielten sich dabei und tranken bereits den dicken Fruchtsaft, als Marina sich den lockeren Kartoffelbrei und zwei große Frikadellen auf den Teller lud.

– Hol auf, Marina! – grinste Lena und fischte mit ihrem kleinen Löffel eine große Beere heraus.

– Ich kann nicht so schnell.

– Dann gewöhn es dir an, – rief vom anderen Ende des Tisches Volodja.
– Laßt den Menschen doch in Ruhe essen, – unterbrach Sergeič.
– Hast recht, Miš, – hob der schnurrbärtige Arbeiter den Kopf, – wer hastig ißt, verschluckt sich. Stimmts?
– Stimmt, Petrovič.

Marina zerteilte mit der Gabel eine Frikadelle. Sie kam ihr außergewöhnlich würzig und lecker vor.

– Bei uns hier, Töchterchen, sind lauter gute Menschen, – sagte der graubärtige Petrovič, schob seinen leeren Teller weg und trank vorsichtig vom Saft, – sie machen gern spitze Bemerkungen, so ist die Jugend. Aber sonst – Jungs, wie man sie sich wünscht.
– Hab ich schon gemerkt.
– In so einem Kollektiv zu arbeiten – das reinste Vergnügen. Ich bin schon das vierte Jahrzehnt in der Fabrik, du kannst mir also glauben . . .
– Petrovič, warum ißt du keine Frikadellen? – fragte Volodja und wischte sich mit der Serviette den Mund ab.
– Für mich, Volodenjka, ist es an der Zeit Vegetarier zu werden.
– Wie Lev Tolstoj etwa?
– Fast. Er ist es ja – aus Überzeugung geworden, aber mir – haben es die Ärzte verordnet. Besser Kefir mit Fruchtsaft, sagen sie, als Hühnchen mit Gans.

Alle lachten.

– Lacht nicht, – grinste Petrovič, – irgendwann kriegt ihr es auch verordnet. Dann werdet ihr noch an Ivan Petrovič denken.
– Werden wir, Petrovič, werden wir, – meinte Sergej und stand auf, – Mahlzeit.
– Mahlzeit.

Nach und nach stand die ganze Brigade vom Tisch auf, zurück blieben Marina und Ivan Petrovič.

– Eine Fabrik ist etwas Besonderes, – sagte er und schlürfte langsam seinen Saft, – und vor allem – etwas Ehrenhaftes. Denn wenn man bedenkt – das gesamte menschliche Leben hängt an dieser ganzen Technik – Autos, Traktoren, Flugzeuge, Töpfe, Kühlschränke. Das machen alles wir – die Arbeiter. Ohne uns – kein Pflügen, kein Säen. Selbst zum Essen – braucht es einen Löffel! Ja . . .

Er schwieg, wischte sich mit der Serviette den Schnurrbart ab, dann seufzte er, schaute vor sich hin und fügte hinzu:

– Ich bin auf dem Dorf zur Welt gekommen, Marina. Mein Mütterchen hatte zwölfe von uns. Und was für Zeiten, bewahre. Hungersnot. Die Kulaken hatten das Getreide versteckt, hätten dir eins mit dem Knüppel übergezogen. Die Kolchozen waren gerade erst im Entstehen. Es gab kein Brot. Und unser Väterchen hatten die Weißen im Bürgerkrieg umgebracht. Bei Caricyn haben sie ihn erschlagen. Und ich bin in die Stadt, damit nicht noch ein Maul zu füttern war. Ging in die Fabrik. Anfangs hat es nicht geklappt. Wir haben ja die Šči noch mit der Hand gelöffelt, außer einer Spitzhacke kannten wir nichts. Und dort – Dampfhammer, Zahnräder, Seilwinden. Aber – ich hab mich hineingefunden. Dann – das Militär. Und wieder die Fabrik. Danach – der Krieg. Ich habe allerdings nur wenig kämpfen müssen – vor Moskau wurde ich am Kopf verwundet, anderthalb Jahre bin ich durch die Hospitäler gewandert. Gerade noch durchgekommen. Ich wurde, wie es so heißt, vollständig gesundgeschrieben. Und wieder in die Fabrik. Wir haben Granaten für die »Katjuša« gebaut . . .

Er schwieg eine Weile, dann sprach er weiter:

– Neulich waren wir bei welchen zu Besuch. Irgendwie ganz in Ordnung die Leute, aber keine besonders guten Bekannten – unsere Frauen haben mal zusammen gearbeitet. Wir haben was getrunken, uns unterhalten. Na, und dann hat er angefangen zu prahlen – ein warmes Plätzchen, sagt er, hätte er gefunden, keine Drecksarbeit, anständige Bezahlung. Und weißt du wo? Bei der Kirche. Irgendwelche Kronleuchter drechselt er. Und früher hat er in der Fabrik »Der Kämpfer« gearbeitet. Dürfte ein guter Schlosser gewesen sein ... Spät abends sind wir gegangen, haben uns zu Hause schlafen gelegt, und Steša sagt noch: schau, sagt sie, wie die Schlaumeier sich einrichten. Und Geld, sagt sie, haufenweise ... Aber ich hab nur gelacht innerlich und nichts gesagt. Der ist kein Schlaumeier, sondern ein Dummkopf. Er hat Arbeit gegen Pfusch eingetauscht, also ist er kein Arbeiter, sondern ein Pfuscher. Sein Pfusch – schadet bloß dem Volk, macht die Augen blind, aber meine Arbeit – zum Nutzen, zum Wohle. Wenn ich morgens an meine Werkbank gehe – muß ich immer an mein Dorf denken. Wie schlecht ist es uns gegangen! Kein übriger Nagel. Fürs Pferdebeschlagen – ein halber Sack Roggen. Stahl war nämlich eine Seltenheit. Und jetzt? Alle haben sie ein Auto, einen Fernseher, ein Tonbandgerät. Und warum? Eben weil wir beide an der Werkbank stehen. Darum!

Er stand auf, lächelte ihr mit seinen gutmütigen, zusammengekniffenen Augen zu und ging zum Ausgang.

Marina hatte ihren Saft völlig vergessen und folgte mit den Augen lange seiner Gestalt.

»Wie einfach alles ist!« – wunderte sie sich. – »Es hängt tatsächlich alles an diesem Menschen. An diesem einfachen Arbeiter. An seinen schwieligen Händen ...«

– Weil wir beide an der Werkbank stehen ... – flüsterte sie und erschauerte, – wir? Das heißt, ich auch! Auch ich?!

Sie traute ihren Ohren nicht und sah auf ihre Hände.

»Das heißt, auch diese Hände taugen zu was? Nicht nur zum Kaputtmachen oder Butterklauen?«

Tränen traten ihr in die Augen, die Kantine verschwamm, doch plötzlich erklang neben ihr eine bekannte muntere Stimme:

– Was sitzt du denn hier ganz allein beim Mittagessen?

Sie hob den Kopf.

Auf dem Nachbarstuhl nahm Sergej Nikolaič Platz:

– Moment mal ... Moment ... was soll denn das?

Besorgt sah er in ihr Gesicht:

– Was hast du? Gefällt es dir nicht? Haben sie dich geärgert?

Marina lächelte, wischte sich schnell die Tränen ab und schüttelte den Kopf:

– Nein, nein, nichts dergleichen. Alles ist sehr gut. Ich hab nur so ...

– Jetzt aber ernsthaft, sag mal ... – fing er wieder an und rückte näher, doch Marina legte beruhigend ihre Hand auf ihn:

– Es ist nur, Sereža ... Ich ... ich ... habe heute begriffen, daß ich noch zu etwas tauge ...

– Aaaa ... – seufzte er erleichtert, lächelte und schöpfte sich geschickt einen ganzen Teller voll Boršč, – dann ist ja alles klar. Wenn das so ist, dann freue ich mich für dich. Und du taugst nicht nur zu irgend etwas, sondern zu sehr-sehr viel. Das mußt du dir merken ...

Er brach ein Stück Brot ab und begann den Boršč sehr schnell zu essen.

– Die Brigade ist hervorragend, – fuhr Marina fort, während sie seine rhythmisch hervortretenden Backenknochen beobachtete, – lauter gute Menschen.

– Eine Brigade, wie sichs gehört, – murmelte er, ohne den Kopf zu heben, – eine der besten. Übrigens, ich habe mit der Kaderabteilung gesprochen. Du bist jetzt – Bohrdreher. Deinen Passierschein habe ich. Das Arbeitsbuch bringst du ihnen in nächster Zeit vorbei. Kurz gesagt, du gehörst jetzt zu uns.

– Wirklich?! – schrie Marina, so daß sich die Nachbartische umdrehten.

– Wirklich, wirklich, – grinste er, – bloß schrei nicht so, sonst verschlucken sich noch alle.
– Und auch . . . und jetzt bin ich auch – Arbeiterin?
– Ja, ja . . .
– Und wenn ich nicht zurechtkomme?
– Du wirst zurechtkommen, du wirst . . . hör mal, laß mich erst essen, dann reden wir . . .

Marina beugte sich plötzlich ganz schnell zu ihm hin und gab ihm einen Kuß auf die Backe.

Er prallte zurück und lachte verlegen:
– Was soll denn das . . . ich bin schließlich verheiratet . . . du bist vielleicht eine . . .

Sie hörte ihn nicht, schüttelte nur den Kopf und wischte sich die Tränen ab:
– Herrgott, wie gut alles ist . . .

Sergej Nikolaič schob den leeren Teller zur Seite:
– Nur laß den »Herrgott« weg . . .
– Selbstverständlich . . . – lächelte sie still und blickte aus dem großen, von der Frühlingssonne durchfluteten Kantinenfenster.

Nach dem Mittagessen arbeitete Marina so selbstvergessen und eifrig, daß sie, als die Werkabteilungsuhr fünf zeigte, völlig erstaunt war, wie schnell die Zeit verflogen war.

Es war sehr schade jetzt abzubrechen, wo sie gerade auf den Geschmack gekommen war und ein Gefühl für die Werkbank bekam.

Seufzend drückte sie auf den schwarzen Knopf.

Volodja säuberte mit der Bürste bereits seine Werkbank.
– Prima! – sagte er laut, als der Lärm verstummt war, – du hast tatkräftig gearbeitet.
– Du machst dich lustig, – meinte Marina.

– Überhaupt nicht. Du hast toll gearbeitet.

Von hinten kam Sokolov und klopfte ihr freundschaftlich auf die Schulter:

– Wie ist es gelaufen?

– Im Prinzip nicht schlecht . . .

– Nicht schlecht – sagt mir nichts. Wieviel hast du geschafft?

– Ich zähle gleich ab.

Marina begann die in Reihen abgelegten Werkstücke zu zählen.

Es stellte sich heraus, daß es zweiundsiebzig waren.

– Und vor der Mittagspause wieviel? – fragte er.

– Sechsundvierzig.

Er zog ein abgegriffenes Heft aus der Tasche und schüttelte erstaunt den Kopf:

– Hopp-la! Einhundertachtzehn macht das?

– Ja. Hundertachtzehn.

– Und du hast nicht geschwindelt? – grinste er verschmitzt.

– Ich bitte Sie . . . – lachte Marina, – Volodja kann es bestätigen.

– Ich mach doch nur Spaß, – er schrieb die Ziffer in sein Heft, – prima! ich dachte, du bringst es nicht auf hundert. Ich spreche dir persönlich meinen Dank aus. Kehr die Werkbank ab und dann – bis morgen, Marina Ivanovna.

Marina nahm die Drahtbürste vom Haken.

Sergeič ging vorbei und winkte freundschaftlich.

– Salut der Stachanovarbeiterin, – hob Sokolov die geballte Faust.

Marina kehrte die Werkbank ab und hängte die Bürste an ihren Platz zurück.

Lena kam herbeigelaufen:

– Halli-hallo! Wieviel hast du geschafft?

– Insgesamt – einhundertachtzehn.

– Du bist ja ein Held! Ivan Michalyč, geben Sie mir mor-

gen eine neue Schutzbrille, bei meiner ist das Band gerissen.
– Na und – kannst du das nicht wieder annähen, du Zappelphilipp? – drehte er die Schutzbrille in den Händen, – eine Sache von drei Minuten – und es ist genäht! Die kann man doch nicht wegschmeißen.
– Und wo sind Nadel und Faden?
– Bring sie morgen mit und nähe es.
– Ist gut. Überredet, – lachte sie und nahm Marina bei der Hand, – komm, unter die Dusche! Auf Wiedersehen, Ivan Michalyč! Volodjka, bis morgen!

Fröhlich lachend rannten sie über den Korridor.

Die Duschen befanden sich direkt im Umkleideraum – die gemütlichen, durch farbigen Kunststoff abgetrennten Kabinen waren besetzt von herumspritzenden, laut miteinander schwatzenden Frauen.

Marina fiel der kleine Schlüssel ein, den ihr Rumjancev in der Kantine zusammen mit dem Passierschein gegeben hatte, sie suchte in ihrer Montur nach ihm.

Was für eine Spindnummer hast du? – fragte Lena.
– Zweihundertdreiundsiebzig.
– Das ist gleich hier. Zieh dich aus, auf zur Wasserkur!

Kurz darauf standen sie schon in zwei benachbarten Kabinen unter den lustig zischenden Duschstrahlen.
– Siehst du, wie gemütlich es bei uns ist! – meinte Lena und schüttelte ihre nassen Haare. – Keine Sorge, du kannst dir ruhig die Haare waschen, ich hab einen Fön dabei.

Marina genoß den Wasserstrahl auf Gesicht und Schultern:
– Toll. Ich weiß gar nicht, wann ich das letzte Mal in so einer Dusche war.
– Hast du etwa keine zu Hause?
– Eine Badewanne.
– Aaaa. Eine Badewanne – das ist nicht das, was wir brauchen. Eine Dusche – das ist das Wahre. Im Wohn-

heim haben wir auch Duschen. Merkst du, wie das entspannt . . .

– Du lebst in einem Wohnheim?

– Mhm. Ich selbst komme aus dem Kreis Kirov.

– Gefällt es dir hier?

– Und wie! Moskau. Und die tolle Fabrik. Die Arbeit ist das reinste Vergnügen.

Als sie auf Lenas Badevorleger standen und sich mit flauschigen Handtüchern abrieben, fragte Lena:

– Marin, bist du im Komsomol?

– Aber nein. Aus dem Alter bin ich schon raus, – Marina wurde rot.

– Na, macht nichts. Aber willst du uns nicht bei der Wandzeitung helfen?

– Mit Vergnügen. Und wo macht ihr sie?

– Na, bei uns im Wohnheim. Und morgen hängen wir sie in der Fabrik auf. Ich sag dir, wir haben so brandaktuelles Material – hörst gar nicht mehr auf zu lesen!

– Und wie heißt die Wandzeitung?

– »Für Stoßarbeit«.

– Ein guter Titel, – Marina warf ihr wunderschönes Haar zurück.

– Du bist eine richtige Wassernixe, – sah Lena sie hingerissen an.

– Ach was . . . sie machen nur Mühe . . . ich muß zum Haareschneiden . . .

Neben ihnen kleideten sich andere Frauen an. Der Umkleideraum erinnerte an einen lebhaften, einmütig summenden Bienenstock.

Eine große junge Frau trat zu ihnen, sie war schon umgezogen und knöpfte gerade ihren schönen Ledermantel zu.

– Was ist, ihr Schönheiten, wird es morgen eine Zeitung geben?

– Wird es, wird es, Zinočka! – winkte Lena ab, – bereite du dich auf deine Konferenz vor, keine Sorge. Morgen hängen wir sie auf.
– Bringt mich nicht in Verlegenheit. Vor den Gießern dürft ihr mir keine Schande machen.
– Machen wir nicht. Kennst du Marina?
– Flüchtig, – lächelte die junge Frau und gab ihr die Hand, – Zina Berkutova. Mitglied des Komsomolbüros.
– Marina Alekseeva.
– Bist du noch im Komsomol?
– Leider nein. Aber ich würde euch gerne helfen.
– Das ist sehr gut. Hilf den Mädchen. Ich kann leider nicht – in Kürze ist Bezirkskonferenz, und ich muß ein Referat vorbereiten.
– Zinočka, was rechtfertigst du dich immer! – rief Lena, – schreib dein Referat und mach dir keine Sorgen. Morgen ist die Zeitung da.
– Na gut, – lächelte Zina, winkte den Mädchen und ging zur Tür, – tschüß! Bis morgen.

Marina zog schnell ihre Hosen an, Lena streifte ihr blaues Wollkleid über und band sich einen Gürtel um:
– Ein Mädel, wie man es sich wünscht. Sie ist im Büro im Pressesektor. Du hast unseren Sekretär noch nicht gesehen – ein prima Kerl. Petja Cholmogorov. Er hat früher in der Montage gearbeitet. Jetzt ist er in die Gießerei gegangen. Er ist ein Komtrud-Aktivist. Und ein Spaßvogel – er findet kein Ende! Im Sommer sind wir mit zwei Brigaden zum Wandern gegangen – nach Leninskie Gorki. Er kann so gut Gitarre spielen, und wieviel schöne Lieder er kennt!

Lena holte den Fön aus ihrem Spind und reichte ihn Marina:
– Dort bei den Waschbecken ist eine Steckdose. Föne du dich, dann ich ...

Das Wohnheim war ganz in der Nähe – drei Stationen mit der Straßenbahn, die in den Kurven lustig quietschte.

Bei dem weißen vierstöckigen Haus stand die Glastür freundlich offen. Das Zimmer, in dem Lena wohnte, befand sich im ersten Stock.

Dort waren bereits drei Mädchen geschäftig über zwei mit Papier zusammengeklebte Aquarellbogen gebeugt.

– Einen Gruß den Arbeitern der Presse! – rief Lena, als sie die Tür öffnete, – komm rein, Marin . . . Darf ich bekannt machen, Mädels: Marina Alekseeva, sie wird bei uns in der Werkabteilung arbeiten. Heute war ihr erster Tag in der Fabrik.

Die Mädchen hoben die Köpfe und kamen zu Marina:

– Zoja.

– Tanja.

– Olja. Wir haben sie schon gesehen . . .

Marina schüttelte die mit Wasserfarbe verschmierten Hände.

– Mädels, wir sind nur schrecklich hungrig . . . – Lena legte eilig ab, – habt ihr schon was fertig?

– Den Titel haben wir gemalt, – murmelte Olja und rückte ihre Brille zurecht, – und Zoja hat den Text abgetippt.

– Gut . . . Marin, häng ihn hier auf . . .

– Da ist gebratener Fisch, Čebureki und Tee, – deutete Tanja mit dem Kopf zum Tisch.

– Da gehts uns gleich besser! – lachte Lena, – komm her, Marin.

Sie setzten sich an einen nicht sehr großen, aber gemütlichen Tisch, Lena stellte die noch warme Pfanne mit dem Fisch in die Mitte und goß Tomatensauce darüber:

– Greif zu!

Das Abendessen nach diesem würdigen Arbeitstag kam Marina ungewöhnlich lecker vor. Während sie den Mädchen bei der flinken Arbeit zuschaute, aß sie den knackigen Fisch, zwei saftige Čebureki und trank einen großen Becher Tee mit süßer Dickmilch.

Lena war auch diesmal wieder schneller: während Marina noch ihren Tee austrank, klebte sie schon die maschinengeschriebenen Blätter mit Klebstoff auf die Bögen, wobei sie den Mädchen schnelle Anweisungen gab:

– Tanjuš, fang an zu malen! Olja, gib mir den Pinsel. Zoečka, such mir die rote Wasserfarbe raus . . .

Marina erinnerte sich, daß sie früher nicht schlecht gemalt hatte, in der Schule hatte sie in Malen immer eine Eins.

Sie ging zu den Mädchen:

– Laßt mich irgend etwas malen.

– Kannst du malen? – fragte Olja und schmierte Klebstoff auf ein Blatt.

– Ein wenig . . . Für welchen Anlaß ist die Zeitung?

– Für den Unionsweiten Kommunistischen Subbotnik.

– Aber der ist doch noch gar nicht so bald . . .

– Na und? Wir bringen zwei Zeitungen heraus. Eine vor dem Subbotnik und eine gleich danach.

– Interessant . . .

– Und wie. Das ist alles Zinas Idee. Sie ist unser – Kopf.

Lena dachte einen Moment nach, dann beugte sie sich über die Zeitung und meinte schnell:

– Mädels, wie wärs, wenn wir hier rechts unsere Werkabteilung hinmalen?

– Die gesamte?

– Warum die gesamte. Nur vom Durchgang her gesehen. So daß die Werkbänke nach hinten verschwinden . . .

– Keine schlechte Idee. Schließlich ist es die Zeitung der Mechanischen.

– Und wer malt das? Ich kann es nicht.

– Ich bin auch nicht gut in Malen, – meinte Tanja.
– Soll ich es probieren? – schlug Marina schüchtern vor.
– Hast du noch im Kopf, wie die Werkabteilung aussieht?
– Ja. Ich habe ein gutes visuelles Gedächtnis.
– Na los, dann fang an! – Lena gab ihr den Pinsel und schob ihr die Farben näher hin.

Marina tauchte den Pinsel ins Wasserglas, wusch ihn aus und fing an zu malen.

Nach ein Uhr nachts hefteten sie die Wandzeitung feierlich an die Wand über Tanjas Bett.

Lena blies einen Tusch mit den Lippen.

Die anderen Mädchen ließen sich müde aufs Bett fallen und betrachteten die Frucht ihrer Arbeit.
– Fertig ...
– Und ganz toll, Mädels! Denen von der Montage wird es die Sprache verschlagen! Sonst sagt ihr Charlampiev immer, bei den Mechanikern, sagt er, läßt die Wandzeitung zu wünschen übrig.
– Er läßt selbst zu wünschen übrig. Bei ihnen in der Brigade hat letzte Woche zwei Mal wer blaugemacht ...
– Und wie Marinka toll gemalt hat! – schüttelte Lena den Kopf.
– Gefällt es dir? – fragte Marina und krempelte die Ärmel ihres Rollkragenpullovers wieder hinunter.
– Sehr gut. Wie auf einem richtigen Plakat.
– Ich finde es nicht besonders ... – zuckte Marina die Achseln.
– Hör auf! – unterbrachen die Mädchen sie im Chor, – so bringt das von uns niemand hin!
– Eigentlich sollte man dich ins Redaktionskollegium aufnehmen! – meinte Tanja ernst.

– Unbedingt! – bekräftigte Lena, – auf der nächsten Sitzung des Büros werden wir sie aufnehmen.
– Oj, Mädels, morgen hängen wir es auf, das wird alle umhauen!
– Koljkas Beitrag ist gut . . .
– Über Domino?
– Mhm. Bei Arbeitszeitversäumern und Bummelanten gibt es keine Nachsicht.
– Genau.
– Und du, Tanja, ganz prima. Was du Treffendes über die Seminsker Brigade geschrieben hast . . .
– Viktor Timofeič wird sich freuen.
– Er hat doch bald Jubiläum.
– Ja.
– Mädels, wir müssen Sveta holen, um es ihr zu zeigen!
– Ist es nicht zu spät? Das Baby schläft bei ihr . . .
– Macht nichts. Sie steht doch sowieso wegen ihm auf. Wir müssen sie holen. Sonst ist sie beleidigt.

Lena lief aus dem Zimmer und kam kurz darauf mit einem hübschen Mädchen im blauen Schlafrock zurück.

Das Mädchen blinzelte verschlafen, doch als es die Zeitung an der Wand bemerkte, leuchteten seine Augen freudig auf:
– Oj, wie schön!
– Na los, Svet, sieh sie dir nur an! – nickte Lena stolz.
– Mädels . . . – rief Sveta begeistert, – das habt tatsächlich ihr gemacht?
– Wir. Wer denn sonst. Marina hat die Werkabteilung gemalt. Hat sie es getroffen?
– Ganz genau.
– Da siehst du mal, was Mechaniker alles können.
– Sehe ich. Prima habt ihr das gemacht . . . Darf ich lesen?
– Was fragst du! Lies . . .

Sveta ging hin und begann interessiert die Beiträge zu lesen.

– Schon halb zwei? – schaute Marina überrascht auf den Wecker.
– Du kannst bei uns bleiben, wo willst du jetzt noch hin. Drüben bei Sveta steht ein freies Bett, ihr Mann ist verreist.
– Stimmt, stimmt, – drehte sich Sveta um, – bleib, Mišutka und mir ist es sonst so langweilig, weißt du.
– Einverstanden . . . – lächelte Marina müde.

Die Mädchen machten sich zum Schlafen fertig, und Sveta las freudig lächelnd und kopfschüttelnd die Beiträge durch.
– Oj, Mädels, beinahe hätte ich es vergessen! – rief Lena, – ich muß ja Nadel und Faden mitnehmen . . .
– Bei mir im Nachtkästchen . . .
– Danke.
– Mädels, neulich hab ich so einen guten Film gesehen.
– War er gut?
– Mhm. »Hier wird der Wind geboren«.
– Und worüber?
– Er handelt davon, wie Kinder mit der ganzen Klasse ins Neuland fahren. Toll! Stellt euch vor – Steppe, blauer Himmel, Traktoren! Romantisch! Und dann eine Liebesgeschichte – ich hab fast die ganze Zeit geheult. Sie arbeitet im Gorkom des Komsomol, und er hat gerade die Schule hinter sich. Doch sie wird schon lange vom Traktor-Instrukteur geliebt. So kommt es zu einer Dreiecksgeschichte . . .
– Und weiter?
– Und weiter passiert Folgendes. Sie fährt mit Geologen auf Exkursion.
– Wieso?
– Sie hält es nicht mehr aus, wie sie sagt – »mit dem Papierkram«.
– Und die zwei – hinterher?
– Nein. Sie bleiben.
– Das ist alles? Na, das ist nicht besonders spannend. Ich

dachte, sie heiratet einen der beiden, und der andere liebt sie weiterhin . . .
– Du Spießerin, Olj. Entschuldige, aber du bist eine Spießerin.
– Was soll das? Ist das etwa schlecht – eine Familie zu gründen?
– Ein Mensch nimmt sich vor, sich als Werktätiger zu beweisen, und du redest von Familie!
– Kinder großziehen ist übrigens auch ein Beruf. Und kein leichter.
– Ha-ha-ha! Dann bleib doch zu Hause bei den Windeln hocken. Der Mensch verdient sich Ruhm durch Arbeit und durch gesellschaftliche Tätigkeit!
– Nicht streiten, Mädels, – lächelte Sveta, – im Leben ist alles möglich. Nur glaube ich, daß eine sowjetische Frau beides leisten muß – sowohl eine richtige Mutter zu sein, als auch eine gesellschaftlich nützliche Tätigkeit auszuüben.
– Svetka hat recht, – pflichtete Tanja ihr bei und kroch unter die Bettdecke, – dazu sind wir schließlich Frauen, damit wir alles leisten. Kommt schlafen, Mädels . . .
– Kommt . . .
– Olj, hast du den Wecker gestellt?
– Hab ich.

Sveta las aufmerksam die Zeitung:
– Richtig . . . so muß man mit ihnen umspringen . . . sonst würden die nur noch Zigarettenpausen machen . . .
– Gut, was er über die Arbeitsscheuen schreibt, nicht wahr? – fragte Lena gähnend.
– Ja. Eine notwendige Bemerkung.
– Das über den Ordnungsdienst hast du gelesen?
– Habe ich. Gut geschrieben . . . bloß . . .
– Was – bloß?
– Bloß ein bißchen wenig Selbstkritik. Ich habe gehört, daß einige in der Werkabteilung den Dienst vernachlässigen.

– Wieso übt deiner Meinung nach Vitja nicht genügend Selbstkritik?
– Vitja – weiß ich nicht, aber Malyšev, Zotov – die sehen sich nur durch eine rosa Brille. Mir hat Volodja ganz was anderes erzählt über ihren Dienst . . .

Lena überlegte, dann seufzte sie:
– Das muß man mit Sergej Sergeič besprechen.

Sveta trat einen Schritt zurück und betrachtete die Zeitung entzückt von weitem:
– Aber im ganzen – kriegt ihr alle die Note Eins, Mädels.
– Danke. Und Marina – Eins plus!
– Nicht doch . . . – lächelte Marina . . .
– Schlafen, Mädels, schlafen, morgen kommen wir nicht aus den Federn . . .
– Gute Nacht . . .
– Gute Nacht . . .
– Komm, Marin, – nickte Sveta.

Svetas Zimmer war ebenso groß und geräumig, doch im Unterschied zu den anderen merkte man, daß hier eine Familie wohnte: in der einen Ecke stand ein Gitterbettchen, in der anderen – eine Waschmaschine, auf dem Tisch lag ein Stapel gebügelter Windeln, daneben Spielzeug und Fläschchen.

Während Sveta dem wachgewordenen Baby die Brust gab, zog sich Marina schnell aus, schlüpfte unter die schwere Decke und seufzte erleichtert:
– Oj . . . war das ein Tag . . .
– Anstrengend? – fragte Sveta flüsternd, über Miška gebeugt.
– Ja. Mein erster Tag. Mein erster richtiger Tag.
– Wie meinst du das?

– Na ja. Verstehst du . . . wie soll ich es dir erklären . . . Früher habe ich nicht gelebt, nur existiert. Wie irgendein Gewächs. Aber heute fühle ich, daß ich lebe. Bewußt lebe. Und nicht bloß existiere . . .
– Interessant . . . Bist du verheiratet?
– Nein.
– Und warst es auch nicht?
– Nein.

Sveta nickte und schwieg.

Mit immer wieder zufallenden Augen sah Marina, wie sie sorgend über das kleine Köpfchen des Kindes an ihrer Brust strich.
– Bist du glücklich? – fragte sie leise.

Sveta lächelte und nickte stumm.
– Und wo ist dein Mann?
– Er ist nach Ungarn gefahren mit dem stellvertretenden Cheftechnologen. Für zwei Monate. Sie sollen neue Technologie mitbringen. Wir richten dann eine automatische Fertigung ein. Sie wird Kolben produzieren. Kannst du dir vorstellen, wieviel Arbeitskräfte freiwerden?
– Viele?
– Und wie. Ungefähr vierhundert Mann.
– Toll!

Sie schwiegen eine Weile.

Dann fragte Marina:
– Hast du Sehnsucht nach deinem Mann?
– Sehr. Jeden Abend warte ich. Ich denke immer, gleich geht die Tür auf, und herein kommt mein Volodja . . .

Sveta legte den verschlafen schmatzenden Miška ins Bettchen, deckte ihn zu und zog sich aus:
– Ich bin ja im Mutterschaftsurlaub. Aber davor habe ich auch in der Mechanischen gearbeitet, an der Schleifmaschine. Und ich werde wieder arbeiten, wenn Miška in die Kinderkrippe kommt.

– Natürlich wirst du, – murmelte Marina und merkte, daß sie gleich einschlief.

Sveta löschte das Licht, legte sich hin und sagte in die Dunkelheit:

– Gute Nacht.

Marina hörte es nicht mehr . . .

Sie erwachte von Lenas eindringlichem Flüstern:

– Marin! Marina! Aufstehen, wir frühstücken schon!

Marina schlug die Augen auf und hob den Kopf:

– Wie spät ist es?

– Viertel nach sechs. Aufstehen.

– Oj . . . warum habt ihr mich nicht geweckt . . .

– Leise, leise. Svetka und Miška schlafen . . .

Lena huschte lautlos aus dem Zimmer.

Marina stand schnell auf, zog sich an, machte das Bett und ging hinaus.

Bei den Mädchen im Zimmer brannte Licht, alle saßen munter am Tisch und frühstückten.

Das Radio auf dem Fensterbrett brachte flotte, fröhliche Musik.

– Schönen guten Morgen, – begrüßte Marina sie.

– Schönen guten Morgen, – antworteten die Mädchen, – wasch dich und setz dich her.

Marina ging zum Waschbecken, drehte das kalte Wasser auf und machte sich das Gesicht frisch.

Als sie sich an den Tisch setzte, stand bereits ein Teller mit frisch gebackenen Teigfladen vor ihr, die dick mit Quittengelee bestrichen waren.

– Wie habt ihr denn das noch geschafft? – murmelte sie und biß ein knuspriges Stück Fladen ab.

– Weniger schlafen, Prinzessin! – lachte Lena.

– Sie hat doch gestern am meisten gearbeitet, – verteidigte Olja sie mit einem Lächeln, während sie ein Brot strich.

Die Fladen schmeckten lecker.

Tanja schenkte Marina Tee in den großen bemalten Becher.

– Mädels, heute früh sieht die Zeitung noch schöner aus, – drehte Lena sich zur Wandzeitung.

– Stimmt, – nickte Olja, – doch am schönsten wird sie in der Fabrik sein.

– Richtig . . .

Marina nahm süße Dickmilch in den Tee und trank ihn zu den Fladen.

– Mädels, wollen wir heute nach der Arbeit ins Kino gehen? – schlug Tanja vor und schenkte sich eine zweite Tasse ein.

– Hast du den Vortrag vergessen? – fragte Lena ernst.

– Welchen?

– Über die internationale Lage.

– Oj, hab ich vergessen.

– Wo findet der Vortrag statt? – fragte Marina.

– Im DK.

– Im DK? – durchfuhr es Marina.

– Ja. Gehst du hin?

– Ich weiß nicht.

– Wie? Du mußt unbedingt hin. Der Referent ist von der Allunions-Gesellschaft »Wissen«. Wir gehen alle gemeinsam.

Marina aß die Fladen auf, trank ihren Tee.

Sofort standen alle auf und machten sich schnell fertig.

Lena nahm die Wandzeitung ab, rollte sie zusammen und verschnürte sie mit einem Bindfaden:

– Beeilt euch, Mädels! Wir müssen sie vorher noch aufhängen . . .

Diesmal erkannte Marina die Einfahrt nicht wieder: anstelle des rissigen Straßenbelags dampfte schwarzer Asphalt, am Tor stand ein Arbeiter auf einer Leiter und pinselte die Buchstaben NKF mit greller Silberfarbe an.

– Das wurde auch Zeit! – meinte Lena laut im Vorbeigehen.

Zur Antwort lächelte der Arbeiter und fuhr mit dem Pinsel weiter über die Buchstaben.

Gemeinsam mit den Freundinnen schob Marina ihren neuen Passierschein durch den schmalen Spalt der Pförtnerloge, ging durch das lustig quietschende, vernickelte Drehkreuz und kam in einen weitläufigen Korridor mit Dutzenden von Menschen . . .

Im Umkleideraum wollte sie auf keinen Fall hinter den anderen zurückbleiben, schnell zog sie sich um, band das blaue Kopftuch um, steckte die Schutzbrille in die Tasche ihrer Montur.

– Also Mädels, Beeilung! – meinte Lena munter, – hängen wir sie auf.

Schnell liefen sie aus dem lärmigen Umkleideraum . . .

Sie hängten die Zeitung im Korridor im Erdgeschoß auf, neben die Wandzeitung »Grenzen der Arbeitsdisziplin« der Monteure.

Lena hatte den letzten Reißnagel noch nicht hineingedrückt, als schon eine Menge Arbeiter um die Zeitung herumstand:

– Hopp-la . . .

– Das haben die Mechaniker aber prima gemacht.

– Was habt ihr denn gedacht! Wir sind nicht schlechter als ihr . . .

– Wie gut die Werkabteilung gelungen ist, schau . . .

Ein stattlicher grauhaariger Arbeiter überflog mit den Augen den Beitrag zum Kampf gegen Ausschußproduktion und wandte sich zu den Mädchen:

– Prima, Mädels. Darüber muß mehr geschrieben werden.

– Wir werden uns Mühe geben.

– Recht so. Das muß von allen Seiten angepackt werden – wir im Partkom, ihr – in der Wandzeitung, und gemeinsam – am Arbeitsplatz.

Eine große Frau in Berufskleidung las die Texte zum nationalen Ordnungsdienst:

– Das wurde auch Zeit ... Für die öffentliche Ordnung muß jeder einzelne sorgen. Man muß der Miliz helfen, keine Frage ...

Eine Gruppe junger Arbeiter las lachend den satirischen Abschnitt »Die Raspel«:

– Sanj, schau, wie sie Petjka aufziehen!

– Mit einem kleinen Reim! Prima, Mädels ... schau ... »Oft geht er eine rauchen und läßt die Werkbank laufen. Die Ausschußliste wird ganz lang, ein Feind ist er dem Arbeitsgang.«

– Toll! Jetzt wird er sich am Kopf kratzen, nachdem ihn die letzte Betriebsratsversammlung völlig kaltgelassen hat ... Und wie gut sie ihn gemalt haben ...

– Genauso zerzaust!

– Und die Absätze an den Schuhen. Dieser Halbstarke ...

– Kommt, das müssen wir den Jungs erzählen.

Von hinten ertönte die Stimme Sergej Nikolaičs:

– Hier bist du! Ich suche dich überall.

– Guten Morgen, – gab ihm Marina lächelnd zur Antwort, – schau, was für eine Wandzeitung wir gemacht haben.

– Prima, – nickte Rumjancev begeistert, – und wer hat unsere Werkabteilung so schön dargestellt?

– Das war Marina! – antworteten die Mädchen.

– Im Ernst?

– Aber klar! – nickte Lena, und die Freundinnen brachen in Lachen aus.

– Sofort ins Rrredaktionskollegium aufnehmen!!! – brüllte Sergej Nikolaič mit gespieltem Groll und erntete erneut eine Lachsalve.

– Was ist das für Gelächter zehn Minuten vor Arbeitsbeginn? – ließ sich die muntere Stimme des Chefingenieurs vernehmen, – Tag, Sergej Nikolaič.

– Tag, Valentin Andreevič. Schau doch nur, was für eine Wandzeitung die Mechaniker für uns fabriziert haben.

Čerkasov pfiff erstaunt durch die Zähne:

– Die ist ja wunderschön . . .

Er trat näher und begann zu lesen. Rumjancev gesellte sich zu ihm.

– Das hier ist allerdings wahr, – meinte Čerkasov ernst und tippte vielsagend mit dem Finger auf den großen Artikel über den bevorstehenden Subbotnik. – Man darf sich nicht bloß mit Worten vorbereiten. In der Tat, wenn jeder diese Verpflichtung auf sich nähme – stell dir vor, wie sich das summieren würde?

– Und wie, – rieb sich Rumjancev das Kinn, – Das hatte ich schon vor langer Zeit vorgeschlagen. Aber nur vierzig Prozent stimmten dafür . . .

– Jaaa . . . klar, Quartalsende, da geht es um den Plan. Man kann die Leute verstehen . . .

– Wer sind wir eigentlich – Schwächlinge?! – meinte Lena entrüstet, – ein Dutzend fehlende Werkstücke zu produzieren, soll schwierig sein?! Wissen Sie, wenn bei Ihnen im Partkom Bürokraten hocken und Leute, die keine Verantwortung übernehmen wollen, dann werden wir Komsomolzen uns ans Rajkom der Partei wenden!

Čerkasov klopfte ihr beschwichtigend auf die Schulter:

– Ist ja schon gut, reg dich nicht auf. Diese Frage wird demnächst gelöst. Glaub nur nicht, daß ihr die einzigen seid, die sich um eine würdige Vorbereitung auf den Subbotnik kümmern. Sergej Nikolaič hat das gleiche schon vor anderthalb Monaten vorgeschlagen . . .

Erstaunt sahen die Mädchen zu dem ernst zu Boden blikkenden Rumjancev.

– Wie . . . vor anderthalb Monaten? – fragte Lena.

– Ja. Vor anderthalb Monaten, – fuhr Čerkasov fort, – und er hat genau dort um Rat gefragt, wo ihr hinwollt – im Rajkom der Partei.

Die Mädchen verstummten.

– Entschuldigen Sie, Sergej Nikolaič. Wir wußten nicht . . . – sagte Lena.

– Aber ich bitte euch, Mädchen! – lachte Rumjancev, – es ist hervorragend, daß ihr eine so kämpferische Einstellung besitzt. Sehr gut. Ich denke, Valentin Andreič, wir sollten die nächste Parteiversammlung öffentlich abhalten. Sollen die Komsomolzen kommen. Dann werden wir die Karten auf den Tisch legen, wie es so schön heißt.

– Richtig, – nickte Čerkasov und schaute auf die Uhr, – und jetzt – an die Plätze. Fünf vor sieben, und ihr seid noch hier.

– Oj, Beeilung, Mädels! – rief Lena, und die Mädchen rannten den leeren Korridor entlang.

Čerkasov und Rumjancev schauten ihnen lächelnd nach.

An diesem Tag bearbeitete Marina zweihundertzehn Gehäuse.

Wie der gestrige – verging er sehr schnell: sie hatte sich noch nicht richtig eingearbeitet – schon war Mittagspause, und die Zeit danach flog noch schneller dahin.

Die gesamte Arbeit verlief ohne Zwischenfälle, wenn man das kurze Anhalten der Werkbank wegen eines

Schneidbohrerwechsels nicht rechnete. Doch die zwei Einrichter arbeiteten zügig, und nach zwanzig Minuten konnte Marina bereits das nächste Werkstück einsetzen.

Meister, Brigadier und Zulieferer waren nach wie vor mit Marina zufrieden.

Selbst der wortkarge Nikolaj Fedorovič, der an der komplizierten Revolverdrehbank am Ende der Werkabteilung arbeitete, kam zu ihr, schaute nach und lächelte mit seinen verschmitzt-zornigen Augen . . .

Einmal kam Sergej Nikolaič vorbei, fragte, ob es Schwierigkeiten gäbe und ob es ihr hier gefalle. Marina antwortete, daß Schwierigkeiten sich überwinden ließen und daß es ihr in der Fabrik sofort gefallen habe.

An diesem Tag zeigten die Mädchen ihr in der Mittagspause die Rote Ecke und den Sitzungssaal und führten sie in die Werkabteilung Montage, die Marina in Staunen versetzte.

Nach dem Arbeitstag gingen sie zu dem Vortrag über die internationale Lage; im geräumigen Saal des DK fanden nur mit Mühe alle interessierten Zuhörer Platz. Der Vortrag war sehr interessant, ausführlich und genau. Der junge breitschultrige Referent mit rotblonden Haaren im Bürstenschnitt und fotogenem Gesicht sprach lebhaft, ernst und leicht verständlich.

Er berichtete den Versammelten von der derzeit gegebenen internationalen Lage, von der Außenpolitik der Sowjetunion, und ging danach ausführlicher auf einige Besonderheiten der komplizierten Lage im Nahen Osten ein.

Der Saal hörte ihm aufmerksam zu.

Kurz vor Schluß beantwortete der Referent ebenso ausführlich alle Fragen, bedankte sich bei den Zuhörern für die Aufmerksamkeit und versprach, nächsten Monat zu einem neuen Vortrag wiederzukommen, was Beifall hervorrief.

– Klasse! – flüsterte Lena zu Marina, stand auf und klatschte laut, – so muß man einen Vortrag halten!

Als der Saal sich leerte, rief Marina Lena zur Seite:

– Verstehst du . . . ich muß doch das Arbeitsbuch holen . . .

– Wo?

– Hier. Ich habe früher hier gearbeitet.

– Dann geh und hol es.

– Es ist mir irgendwie unangenehm . . .

– Was ist denn da unangenehm?! Also gut, gehen wir zusammen! Zeig, wo wir hinmüssen!

– Warte, Len, vielleicht nicht jetzt gleich, ah?

– Komm, keine Ausflüchte! Was soll diese falsche Bescheidenheit?! Du bist doch eine echte Werkbankarbeiterin, und da stellst du dich so an!

Lena nahm sie fest an der Hand und zog sie den Gang entlang.

Marina kannte hier jede Kleinigkeit: die hellgrünen Wände, die hohe Decke, das alte Parkett unter ihren Füßen, die Türen . . .

– Da drüben, – flüsterte Marina und deutete aufs Lehrerzimmer.

Hinter der Tür waren lebhafte Stimmen zu hören.

»Wie sie über mich herfallen werden: Marinočka, wo bist du nur hin, warum läßt du uns im Stich . . .« – dachte Marina erregt.

– Lena öffnete entschlossen die Tür.

Sie traten in das hell erleuchtete Zimmer, es war voller Menschen.

Der Lärm verstummte, alle drehten sich zu ihnen um. Da waren die Pädagogen der Musikschule, der Direktor, der Leiter der Lehranstalt, der künstlerische Leiter und . . . Sergej Nikolaič Rumjancev!

Marina riß erstaunt den Mund auf, doch der rundgesichtige Direktor kam selber lächelnd auf sie zu:

– Aaaa . . . da ist ja unsere Unruhestifterin! Guten Tag, Marina Ivanovna, guten Tag.

Sie wollte etwas sagen, holte tief Luft, doch der Direktor winkte bereits ab mit seinen dickfingrigen Händen:

– Wir wissen Bescheid, wir wissen alles! Wir sind voll auf dem laufenden!

– Ja? – fragte Marina schüchtern.

– Ja, ja, ja! Sergej Nikolaič hat uns alles erklärt. Was soll man machen, schade freilich, doch das Kollektiv kann sich nicht gegen deinen Wunsch stellen. Stimmts? – blickte er in die Runde.

– Natürlich.

– Wenn es innere Berufung ist – was soll man machen . . .

– Recht so, Marinočka, recht so . . .

– Geh nur, geh, Marina.

– Hauptsache – die Arbeit liegt dir.

Marina traute ihren Ohren nicht, als sie die Äußerungen ihrer früheren Kollegen hörte.

– Somit ist die Frage abgeschlossen! – lächelte der Direktor munter und gab Marina ihr Arbeitsbuch.

Sie nahm es, blickte erneut auf die Versammelten.

Alle lächelten. Lena drückte ihr freudig den Ellbogen. Sergej Nikolaič zwinkerte ihr triumphierend zu . . .

Während der letzten Woche hatte sich in Marinas Leben vieles verändert.

Sie wohnte jetzt bei Sveta und dem kleinen Miška im Zimmer, hatte sich Haare und Nägel geschnitten, ihre ganzen Samt-, Leder- und Jeans-Besitztümer weggegeben, hatte aufgehört, ihre Lippen zu schminken, Lidschatten und Puder zu benutzen. Ganz der Arbeit hingegeben, beherrschte sie den Beruf bereits so weit, daß sie am Freitag

dreihundertvierundzwanzig Werkstücke bearbeitete, und Ivan Michaliyč äußerst erstaunt durch die Zähne pfiff:
– Dreihundertvierundzwanzig ... nicht möglich ...
– Bei uns ist alles möglich! – rief Lena, die dabeistand.
– Jaaa ... – Sokolov nickte, – sieh einer an, die Musik-Marina, die Anfängerin ...

Marina säuberte freudig die Werkbank, kehrte mit der Bürste die grauen Spiralspäne weg.

Abends im Wohnheim feierten die Mädchen Marinas Erfolg.

Sie hatten den Tisch ausgezogen und mit einem hübschen blauen Tischtuch gedeckt. Darauf stand eine Sektflasche, eine Glasschale mit Früchten, und daneben prangte eine große, unter Mithilfe beider Zimmer gebackene Torte, auf deren Schokoladenguß mit rosa Creme geschrieben stand:

MARINA ALEKSEEVA
324

Lena ließ den Sektkorken laut knallen, unter heftigem Gelächter fingen die Mädchen den Schaum in großen Gläsern auf:
– Salut, Marinka!
– Oj, Len, nichts verschütten!
– Reicht, es reicht ...

Als der Sekt ausgeschenkt und die leere Flasche vom Tisch geräumt war, stand Lena auf, blickte auf die glitzernden Bläschen im Glas, schwieg einen Augenblick, dann begann sie zu sprechen:
– Wißt ihr, Mädels, heute ist für uns ein besonderer Abend. Früher waren wir zu sechst, jetzt – zu siebt. Wir

haben einen neuen, wirklichen Freund bekommen – Marina Alekseeva.

Als Marina die Blicke der Freundinnen auf sich gerichtet fühlte, wurde sie rot.

– Und ich habe mich keineswegs versprochen, – fuhr Lena fort, – nämlich – Freund, und nicht Freundin! Einen Freund, auf den man sich verlassen kann, der sein Wort hält, der einen nicht sitzenläßt. Marina arbeitet erst seit gut einer Woche in unserer Fabrik und liegt bereits dicht an der Norm. Sechsundzwanzig Werkstücke fehlen ihr noch, nur sechsundzwanzig! Dabei brauchen einige der häufigen Arbeitsplatzwechsler bei uns einen Monat, bis sie die Norm gerade eben erfüllen! Berücksichtigt man, daß Marina früher – im Musikberuf tätig war und noch nie eine Werkbank von nahem gesehen hatte, dann ist eine solche Leistung – hervorragend. Und geschehen ist es nicht auf »Befehl von oben«, sondern dank Marinas Bewußtsein und Liebe zur Arbeit. Auf diese hervorragenden Charakterzüge von ihr möchte ich einen Toast aussprechen.

– Recht so!

– Prima, Marina!

– Kommt, Mädchen, auf die frischgebackene Werkbankarbeiterin!

– Auf deinen Erfolg, Marina . . .

Sie hoben die Gläser und tranken, Olja begann die Torte aufzuschneiden.

Marina hatte die Hände an ihre roten Backen gelegt und schüttelte den Kopf:

– Kaum zu glauben . . .

Lena, die einen Apfel kaute, strich ihr über die Schulter:

– Keine Sorge. Du wirst es schon noch glauben. Jetzt liegt dein Schicksal in deinen Händen. In diesen hier . . .

Sie nahm Marinas Hand und drehte sie mit der Innenfläche nach oben.

Marina betrachtete ihre Hand.

In der kurzen Zeit war aus einer zarten, cremegepflegten eine kräftige Arbeiterhand geworden, an den Fingern und auf dem Handteller zeigten sich die ersten Schwielen.

– Nicht zu glauben. Ich war doch vor ganz kurzer Zeit noch eine ganz-ganz andere . . . Ich habe nicht gelebt, sondern existiert . . .

– Stimmt, – nickte Sveta, – und nun hat deine sinnlose Existenz ein Ende, das Leben fängt an. Leben mit großem Anfangsbuchstaben.

Als Olja mit der Torte fertig war, verteilte sie die akkuraten Stücke auf die Teller und reichte sie den Mädchen.

Die Torte schmeckte sehr lecker – sie zerschmolz im Mund, die Nüsse knackten zwischen den Zähnen. Marina trank Sekt hinterher.

– Jetzt fehlen Marina nur noch sechsundzwanzig Werkstücke bis zu einer Professionellen, – lächelte Tanja.

– Sie war schon lange eine Professionelle, – gab Lena zurück, – und wurde es gleich wieder, als sie an die Werkbank trat.

– Oj, Marin, wie gut, daß du in unserer Brigade gelandet bist! – meinte Zoja, – solche Mädels bräuchte es mehr. Die malen können und arbeiten . . .

Es klopfte leise an der Tür.

– Das sind Volodjka und Sereža, – bemerkte Olja und stand auf, – sie haben versprochen vorbeizukommen . . .

Sie machte die Tür auf.

Draußen standen schüchtern lächelnd Volodja und Sergej.

Volodja hielt einen riesigen Strauß roter Rosen in der Hand, Sergej – einen großen Akkordeonkoffer.

– Kommt herein, Kinder, – forderte Olja sie auf.

– Guten Tag, – grüßte Volodja.

– Hallo.

– Kommt rein, kommt rein, nicht so schüchtern.

Sergej setzte sich gleich auf einen freien Stuhl und wuchtete den Instrumentenkoffer auf seinen Schoß, Volodja wurde rot, als er über den ganzen Tisch hinweg Marina die Blumen überreichte:

– Herzlichen Glückwunsch. Das ist von der männlichen Hälfte der Brigade.

– Für mich? – erhob sich Marina erstaunt und blickte sich zu den Freundinnen um.

– Nimm, nimm, – stieß Lena sie an, – du hast ihn verdient.

– Oj, was für Rosen, – Marina nahm den Strauß entgegen, – tausend Dank. Aber ich . . . es ist mir irgendwie peinlich . . .

– Was ist da peinlich, – lachte Volodja, – du bist schließlich die Heldin der Woche. Also nimm.

Marina tauchte ihr Gesicht in die Rosen:

– Wahnsinn, wie die duften . . .

Die Mädchen wollten auch riechen.

– Kommt, wir stellen sie in die Vase, – schlug Tanja vor und nahm eine dunkelblaue Vase vom Regal.

Kurz darauf stand der prächtige Strauß in der Mitte des Tisches, und Sergej, der das perlmuttglänzende Akkordeon ausgepackt hatte, schob seine Arme durch die Gurte.

– Wollt ihr von der Torte kosten, Kinder? – wandte sich Zoja zu ihm.

– Nein, wir essen nichts Süßes, – lächelte Volodja.

– Und Tee?

– Tee schon, – schielte er auf die hübschen Tassen.

Tanja schenkte ihnen Tee ein.

– Serež, rück näher, du tust, wie bei einem offiziellen Besuch!

Mit einem schüchternen Lächeln rückte Sergej seinen Stuhl heran, nahm einen Schluck aus der Tasse und probierte leise das Akkordeon aus.

Sein Ton klang samten und angenehm.
– Laßt uns etwas singen, Kinder, – schlug Sveta vor.
– Ja, kommt.
– Und was?

Die Mädchen überlegten und wollten entscheiden, doch Volodja zwinkerte Sergej übermütig zu, und der zog geräuschvoll das Akkordeon auseinander.

Eine von Kindheit an vertraute Melodie erklang im Zimmer, die Münder schienen sich von selbst zu öffnen, und lächelnd begannen die Mädchen zu singen:

Still ist unser Garten um Mitternacht,
Voller Schönheit ruht er vor uns.
O, wie zauberhaft und geheimnisvoll
Ist doch Moskau um Mitternacht.

Volodja und auch Sergej fielen mit ein. Ihre kräftigen jungen Stimmen vereinten sich mit denen der Mädchen.

Marina sang unbeschwert und freudig, es war ihr warm und ruhig zumut.

Die purpurnen Rosen standen auf dem Tisch.

Und der Fluß im silbernen Mondenschein
Fließt an uns vorbei in die Nacht.
Mit ihm zieht ein Lied, das von Liebe singt,
Von der Nacht und vom Glücklichsein.

Sergej spielte immer freier und lauter, immer freier und lauter erklang das Lied:

Wenn die Nacht vergeht und der Tag erwacht,
Dann versinkt der Traum unseres Glücks.
Liebster, denk an mich, an den Mond, den Fluß
Und an Moskau um Mitternacht!

Das Lied mit seiner wunderbaren Melodie hatte sie so verzaubert, daß sie es noch einmal sangen.

Als das Akkordeon verstummt war, erfüllte minutenlange Stille den Raum.

Zu hören war nur das lebhafte Zwitschern der Spatzen vor dem Fenster.

Lena seufzte:

– Ach, Mädels, wenn wir im zweiten Quartal Tempo machen würden – dann könnte unsere Brigade die Werkabteilungsbeste im Halbjahr werden.

– Warum sollten wir auch nicht? – fragte Volodja bekräftigend, – wir werden Tempo machen.

– Die Parfenovcer machen auch Tempo, – bemerkte Zoja vorsichtig.

– Na und?! – reckte Tanja den Kopf, – heißt das – wir müssen vor ihnen Angst haben?! Wir werden Tempo machen und sie überholen. Also komm – die Parfenovcer!

Lena fuhr ihr beschwichtigend mit der Hand übers Gesicht:

– Ruhig Blut. So mir nichts dir nichts geht das nicht. Die Brigade Parfenovskij hat sich seit langem als diszipliniert, wohlorganisiert und erfahren gezeigt. Erfahren, was nicht von geringer Bedeutung ist, berücksichtigt man die Kompliziertheit und Vielseitigkeit des Produktionsprozesses. Deshalb ist das Wichtigste – mit Verstand herangehen, Erfahrung und Scharfsinn zeigen. Du weißt, wie viele unterschiedliche Rationalisierungsvorschläge die Parfenovcer eingebracht haben?

– Ungefähr zwanzig, – antwortete Sergej.

– Eben. Und auch für uns ist es unerläßlich, den Produktionsprozeß zu vervollkommnen. Alle Aufmerksamkeit auf die Einführung neuer fortschrittlicher Methoden zu richten. Verstehst du?

– Das ist klar, – nickte Tanja, – Ich schlage schon seit

langem vor, eigenes Brigadewerkzeug anzuschaffen und einen großen Metallschrank dafür herzunehmen, wie sie im Umkleideraum stehen. Sonst müssen die Einrichter jedesmal, wenn Schneidbohrer zu wechseln sind, den nicht gerade kurzen Weg in die Werkabteilung Gerätschaft zurücklegen.

– Genau, Tanja spricht von Tatsachen, – pflichtete Volodja bei, – gestern hat meine Werkbank fast eine halbe Stunde gestanden. Und nur deshalb, weil sie in der Gerätschaft lange nach dem passenden Schneidbohrer gesucht haben.

– Ein notwendiger Vorschlag, – nickte Zoja, – außerdem würde ich vorschlagen, meine und Olins Werkbank näher zusammenzurücken. Das würde Zeit sparen bei der Weitergabe der Werkstücke.

– Das ist wahr! – pflichtete Sergej lebhaft bei, – doch eine Werkbank zu verschieben, ist keine leichte Arbeit. Ein Tag Minimum ist nötig.

– Macht nichts, das holen wir auf. Wir werden am Samstag arbeiten, – wandte Zoja ein, – stimmts, Mädels?

– Natürlich, – bekräftigte Lena, – das ist nicht so schwierig. Das Wichtigste ist, den Arbeitsablauf in unserer Brigade zu vervollkommnen. Stellt euch vor, welche Zeitersparnis die dichtere Anordnung der Werkbänke brächte?

– Und man könnte auf jede Werkbank einen Ventilator stellen, – sagte Sergej und rückte näher, – wißt ihr, im Sommer ist die Temperatur in der Werkabteilung höher als draußen, dies bewirkt eine außerordentliche Neigung zum Schwitzen und trägt zur schnelleren Ermüdung bei.

Lena pflichtete ihm bei, während sie neuen Tee einschenkte:

– Sergej hat recht. Die auf den Werkbänken aufgestellten Ventilatoren werden zweifellos zur Steigerung der Arbeitsproduktivität beitragen.

– Ich meinerseits möchte die Frage der Handschuhe anschneiden, – meinte Marina und nahm ihre Tasse mit Tee, – es geht darum, daß die Fausthandschuhe, ungeachtet ihrer Fähigkeit, die Hände vor den Spänen zu schützen, die Bewegung der Finger einschränken, was in gewisser Weise die Geschwindigkeit beim Einsetzen des Werkstückes beeinflußt.

– Was schlägst du vor? – fragte Tanja, während sie ihren Tee umrührte.

– Ich schlage vor, die Fausthandschuhe durch Fingerhandschuhe zu ersetzen, jedoch nicht durch solche aus Plastik, sondern aus Stoff, damit an die Haut der Hände genügend Luft gelangt.

– Alekseeva hat recht, – nippte Volodja am Tee, – Fingerhandschuhe erhöhen die Geschwindigkeit beim Einsetzen des Werkstückes. Davon bin ich überzeugt.

– Sveta und ich sind davon auch überzeugt, – meldete Olja sich zu Wort, – es ist unerläßlich, diesen Rationalisierungsvorschlag einzubringen.

– Und nicht nur das, – bemerkte Lena, – alle bisher vorgebrachten Rationalisierungsvorschläge verdienen ernsthafteste Aufmerksamkeit. Sie müssen auf jeden Fall der Werkabteilungsleitung zur Kenntnis gebracht werden.

– Und dem BRIZ der Fabrik, – bemerkte Volodja.

– Unbedingt, – nickte Lena, – das machen wir am Montag. Und jetzt, Freunde, nachdem wir den Arbeitserfolg unserer Freundin Marina Alekseeva gefeiert haben, schlage ich vor, im Kino den neuen Kinofilm »Tod beim Start« anzuschauen. Er wird in vielen Kinotheatern der Hauptstadt gezeigt. Seid ihr mit meinem Vorschlag einverstanden?

– Einverstanden, – antwortete Alekseeva für alle.

Die Mädchen räumten schnell den Tisch ab, während die Jungs unten auf sie warteten.

Nachts, beim Schlafengehen, diskutierten die Freundinnen lebhaft den gerade gesehenen Film.

– Solche Kinofilme bräuchte es mehr, – sagte Turuchanova, während sie ihr Bett aufdeckte, – dieser Film läßt einen über die heutige Welt, über die komplizierte internationale Lage nachdenken.

Lopatina hängte ihr Jackett akkurat über die Stuhllehne:

– Und er zeigt mit großer Überzeugungskraft die Ziele und Mittel der amerikanischen Spionage in der UdSSR.

– Ich würde noch hinzufügen, – meinte Gobzeva, während sie ihren Zopf löste, – daß in diesem Film mit echter schöpferischer Unvoreingenommenheit sich zwei prinzipiell verschiedene Psychologien gegenübergestellt sind – die der Sowjetmenschen und die der amerikanischen Spione.

– Was an diesem Streifen jedoch am meisten beeindruckt, ist der allmähliche Niedergang eines Menschen, der nicht mehr wachsam sein, sondern ein lockeres Leben führen will, – ergänzte Pisarčuk, löschte das Licht und legte sich zu Bett.

Alekseeva lag bereits zugedeckt unter ihrer warmen Decke.

Sie seufzte und meinte:

– Wißt ihr, Freundinnen, mich begeistert die meisterhafte und tadellose Arbeit unserer Spionageabwehr. Man staunt unwillkürlich über Tapferkeit, Standhaftigkeit und Scharfsinn der Tschekisten.

Turuchanova drehte sich auf die Seite und strich sich eine Haarsträhne aus dem Gesicht:

– Im ganzen klingt der Film »Tod beim Start« wie eine rechtzeitige und akute Warnung an all jene Sowjetbürger, die bisweilen so verantwortungslos die Wachsamkeit vergessen und dadurch den ausländischen Geheimdiensten bei ihrer zersetzenden Tätigkeit gegen die Sowjetunion in die Hände spielen.

– Wir sind vollkommen einverstanden mit dir, Lena, – antwortete Lopatina für alle.

Im dunklen Zimmer wurde es still.

Die freien Tage waren dem Saubermachen des Wohnheims gewidmet.

Die Mädchen fegten und wischten die Böden, putzten die Fenster, Fensterbretter und Wände, räumten die Küche auf.

Außerdem sahen sie die Bücher in der Wohnheimbibliothek durch, klebten die zerrissenen und schrieben Schildchen für die neu eingegangenen, hängten Plakate im Foyer auf, reparierten einen durchgebrannten Elektroherd.

Am Sonntagabend streiften die Freundinnen die roten Armbinden des Ordnungsdienstes über und traten den Dienst an.

Für die Dauer von vier Stunden sorgten sie auf der Straße des XVII. Gewerkschaftskongresses und in den angrenzenden Gassen wachsam für die öffentliche Ordnung.

Während dieser Zeit wurden zwei Störer der öffentlichen Ordnung von ihnen verhaftet – die Bürger Konovalov V.P. und Birko L.I., die, in nicht nüchternem Zustand, gelärmt und Passanten belästigt hatten.

Nach Verhaftung der betrunkenen Störenfriede lieferten die Mädchen sie auf der Wache Milizinspektion 98 ab, wo in Anwesenheit von Feldwebel Denisov V.G. und Unterfeldwebel Loktev I.I. ein Protokoll aufgenommen und die Verhafteten in die Ausnüchterungszelle gebracht wurden.

Bei Dienstschluß sprach Feldwebel Denisov im Namen der Miliz den Mädchen mündlich seinen Dank aus.

Am Montag wachte Alekseeva lange vor Weckerläuten auf und hatte bis zum Aufwachen der Freundinnen bereits ein leckeres Frühstück zubereitet. Als die Freundinnen ihre Betten machten, kam Alekseeva mit einer köstlich duftenden Omelettpfanne ins Zimmer und begrüßte die Aufgestandenen:

– Einen guten Morgen, Genossinnen!

– Einen guten Morgen, Genossin Alekseeva! – antworteten die Mädchen einmütig.

Alekseeva stellte das Omelett auf den Tisch:

– Frühstück ist fertig.

– Sehr gut, – lächelte Turuchanova, – vielen Dank.

Gewaschen und angezogen setzten sich die Freundinnen an den Tisch.

– Was für ein herrlicher Morgen, – meinte Gobzeva und blinzelte in die aufgehende Sonne.

– Ja, – pflichtete Lopatina ihr bei, während sie das Omelett zerteilte, – dieser Morgen ist wirklich außergewöhnlich, dank des klaren, wolkenlosen Himmels und des warmen, windstillen Wetters.

Während sie Tee einschenkte, nickte Turuchanova bestätigend:

– Gewöhnlich tritt Ende März der Frühling bereits in sein Recht. Dieses Jahr macht keine Ausnahme.

Lopatina verteilte das Omelett auf die Teller, und die Freundinnen begannen mit Appetit zu essen.

Die Uhr über dem Tisch zeigte zwanzig Minuten nach sechs.

Nachdem sie das Omelett verzehrt hatten und jede eine

Tasse starken aromatischen Tee getrunken hatte, deckten die Mädchen schnell den Tisch ab, erledigten den Abwasch, zogen sich an und verließen das Wohnheim.

Draußen herrschte Frühlingswetter: grell leuchtete die Sonne, laut tropfte das Schmelzwasser, lebhaft zwitscherten die Spatzen.

Die grellrote Straßenbahn brachte die Freundinnen schnell zur Fabrik, und pünktlich um fünf vor sieben standen sie schon an ihren Werkbänken, richteten den Arbeitsplatz für den bevorstehenden Arbeitstag her.

Als Alekseeva die Schutzbrille aufsetzen wollte, sah sie, wie Zolotarev schnell in die Werkabteilung gerannt kam. Im Laufen zog er seine Handschuhe an, rannte zu seiner Werkbank und schaltete sie hastig ein.

– Tag, Genosse Zolotarev, – meinte Alekseeva und zog das Wägelchen mit den unbearbeiteten Werkstücken zu sich her.

– Tag, Genossin Alekseeva . . . – antwortete Zolotarev außer Atem.

– Mir scheint, um pünktlich mit der Arbeit beginnen zu können, ist es unerläßlich, fünf vor sieben an der Werkbank zu stehen, und nicht erst Punkt sieben, da die Werkbank die notwendige Vorbereitung verlangt.

– Ich stimme dir zu, Genossin Alekseeva, – murmelte Zolotarev, befestigte fieberhaft ein Werkstück und setzte die Schneidbohrer in Gang, – gewöhnlich halte ich diese Regel strikt ein, doch heute haben mich leider mehrere widrige Umstände in Bedrängnis gebracht . . .

Er hatte noch nicht ausgeredet, als beide Schneidbohrer mit einem lauten Krachen kaputtgingen. Es zeigte sich, daß Zolotarev in der Eile das Werkstück unzureichend befestigt hatte.

Er hielt die Werkbank an und ging einen Einrichter holen.

Alekseeva bearbeitete inzwischen ihr erstes Gehäuse . . .

Die Werkbank von Zolotarev war erst gegen zwölf Uhr gerichtet, das heißt zu jenem Zeitpunkt, als das langgezogene Signal den Beginn der Mittagspause verkündete.

Bis dahin hatte Alekseeva bereits zweihundertneun Gehäuse bearbeitet.

Als sie die Späne von ihrer Werkbank kehrte, kam Meister Solokov zu ihr.

– Wie ging es voran, Genossin Alekseeva? – fragte er.

– Nicht schlecht, Genosse Solokov, – antwortete sie, – ich habe zweihundertneun Gehäuse bearbeitet.

– Sehr gut, – lächelte Solokov.

– Was war mit der Werkbank von Zolotarev? – fragte Alekseeva besorgt.

– Jetzt ist alles wieder in bester Ordnung. Bei ihm waren beide Bohrköpfe kaputt. Nach dem Mittagessen schließt er sich dem Produktionsprozeß wieder an.

Alekseeva nickte:

– Das kommt davon, wenn man die Werkbank nicht rechtzeitig vorbereitet.

– Ja, – pflichtete Sokolov bei, – die Schlamperei Zolotarevs hatte ernsten Geräteschaden und Produktionsverlust zur Folge. Wir werden sein Vergehen auf der Werkabteilungsversammlung behandeln.

– Und wir werden das Verhalten Zolotarevs auf der Komsomolversammlung der Werkabteilung erörtern, – meinte Turuchanova laut, – heute hat er sich unwürdig verhalten.

– Ich billige deinen Vorschlag voll und ganz, – bemerkte Alekseeva, – umso mehr, als dieser unerfreuliche Zwischenfall vor meinen Augen geschah.

– Und vor meinen, – sagte Kolomijcev und kam hinzu, – Zolotarev schaffte es mit Müh und Not, um sieben an der Werkbank zu stehen, und hat, ohne zu kontrollieren, wie es sich gehört, eingeschaltet. Dann hat er das Werkstück schlampig befestigt, so daß es beim Kontakt mit den Bohr-

köpfen aus der Verankerung sprang, die Schneidbohrer beschädigte und die Bohrköpfe deformierte.
– Die Reparatur der Werkbank hat fast fünf Stunden gedauert, – seufzte Sokolov besorgt, – während dieser Zeit hätte Zolotarev mindestens dreihundert Gehäuse bearbeiten können.
– Ich denke, Genossen, der heutige Zwischenfall ist uns allen eine Lehre, – bemerkte Turuchanova ernst, – jeder Arbeiter muß die Produktionsdisziplin nicht nur formal befolgen, wie Zolotarev, sondern aktiv.
– Richtig, – nickte Sokolov bestätigend, – die Produktionsdisziplin ist keineswegs »Firlefanz«, sie dient der Steigerung der Arbeitsproduktivität.

Er drehte sich um und ging in die Kantine.

Die Brigademitglieder folgten ihm . . .

In der Kantine ging es gemütlich und lebhaft zu wie in einer großen Familie: Hunderte von Menschen aßen an den schönen roten Tischen zu Mittag.

Die Brigade Turuchanova saß wie immer an zwei zusammengeschobenen Tischen.

Das Mittagessen verlief schweigend: alle standen unter dem Eindruck des Zwischenfalls von vorhin.

Zolotarev saß rechts von Alekseeva und aß schnell, ohne aufzublicken.

Sie aßen Soljanka und Rumpsteak mit grünen Erbsen, dazu tranken sie leckeren Birnensaft.

– Heute abend wird im ersten Fernsehprogramm ein Fußballspiel um die Landesmeisterschaft übertragen, – meinte Žuravlev und wischte sich den Mund mit der Serviette ab, – »Spartak Moskau« und »Dynamo Tiflis« treffen aufeinander.

Gavrilčuk nickte:

– Das Spiel verspricht interessant zu werden. Denn beide Mannschaften haben bei der letzten Landesmeisterschaft hohe Resultate gezeigt.
– »Spartak« ist zu Recht eine der führenden Mannschaften im sowjetischen Fußball, – wandte Gobzeva ein.
– Ungeachtet dessen bin ich ein Fan von CSKA, – lächelte Gavrilčuk.
– Warum? – fragte Gobzeva.
– Es ist so, daß unsere Familie seit langem eng mit der Armee verbunden ist: der Vater hat im Großen Vaterländischen gekämpft, ist mit den Truppen von Stalingrad bis Berlin vorgerückt, die Mutter hat im Bezirksmilitärkommissariat gearbeitet, der ältere Bruder hat freiwillig länger gedient, war Bester bei der Kampfausbildung und in politischer Schulung, ich wurde, nach den vorgeschriebenen zwei Jahren Dienst bei der PVO, im Rang eines Feldwebels entlassen.
– Ich empfinde ebenfalls eine große Liebe zur Sowjetischen Armee, – setzte Žuravlev die Unterhaltung fort, – aber ich bin ein Fan von »Dynamo«. Es ist so, daß mein Onkel Viktor Trofimovič Žuravlev bereits zweiunddreißig Jahre in den Reihen der sowjetischen Miliz dient. Er hat ein erstaunliches Schicksal: als junger siebzehnjähriger Bursche zog er 1944 in den Krieg. Fünfundvierzig ist er in sein Heimatdorf Grebnevo, Kreis Kostroma, als zweifacher Träger des Ordens des Roten Sterns zurückgekehrt. Damals begann das Land gerade erst, sich von den Kriegswunden zu erholen, überall entwickelte sich der nationale Wiederaufbau. Da beschloß Viktor Trofimovič, sein Leben der Aufrechterhaltung der öffentlichen Ordnung zu widmen.

Viel Kraft hat er während vier Jahrzehnten in die geliebte Arbeit gesteckt. Und wie oft geschah es, daß er der Gefahr Aug in Auge gegenüberstand! Doch in schwierigen Situationen kam Viktor Trofimovič der kämpferische Charakter eines sowjetischen Soldaten zu Hilfe.

Das sowjetische Volk hat den nicht leichten Dienst von Oberleutnant Žuravlev angemessen gewürdigt: während dieser Jahre wurden ihm vier Medaillen und der Orden »Zeichen der Ehre« verliehen.

Der Erzählung Žuravlevs wurde von den Brigademitgliedern bis zum Ende mit großem Interesse zugehört.

– Ein bemerkenswertes Schicksal, – bemerkte Turuchanova, – Genosse Žuravlev kann der Jugend als würdiges Vorbild dienen. Gerade über solche Menschen hat seinerzeit der bekannte sowjetische Dichter Nikolaj Tichonov geschrieben:

Nägel könnte aus diesen Menschen man schmieden,
Festere Nägel gäb es keine hienieden!

Der alte Kaderarbeiter Bezručnikov strich bedächtig seinen schönen grauen Schnurrbart glatt:

– Treffend gesagt. Mit echter Aufrichtigkeit und Kompromißlosigkeit . . .

Er schwieg kurz, dann fügte er hinzu:

– In der Tat, der Mensch muß sich seinem geliebten Ziel ganz und gar hingeben. Nur dann wird er Mensch mit großem Anfangsbuchstaben sein. Aber wenn er mit heruntergekrempelten Ärmeln arbeitet, die ganze Zeit auf die Uhr schaut – eine solche Arbeit kann nur Schaden bringen. Ihm und dem Staat.

Der neben Alekseeva sitzende Zolotarev wurde rot und zog seinen Kopf noch weiter ein.

– Im übrigen ist es an der Zeit, die Arbeitsplätze wieder einzunehmen, – sagte Turuchanova.

Die Brigademitglieder standen auf und gingen in die Werkabteilung.

Während der zweiten Hälfte des Arbeitstages konnte Alekseeva einhundertzweiundsechzig Gehäuse bearbeiten. Dadurch ergab sich eine Gesamtmenge der von ihr in einer Schicht bearbeiteten Gehäuse von 371, das heißt 21 Werkstücke mehr als die vorgeschriebene Norm.

Die gesamte Brigade beglückwünschte die Dreherin zu ihrem Arbeitserfolg.

Der Brigadeführer drückte ihr die Hand und sagte:

– Im Namen der Brigade wie auch im eigenen Namen beglückwünsche ich Sie, Marina Ivanovna, zu Ihrem Arbeitserfolg. Heute haben Sie die Norm nicht nur erfüllt, sondern übererfüllt und dadurch ihren aufrichtigen Wunsch bekräftigt, sich dem Kollektiv der NKF anzuschließen und dessen ruhmreiche Leistungen zu steigern.

Auch der Meister der Werkabteilung, Sokolov, gratulierte Alekseeva, wünschte ihr, auch weiterhin mit solchem Arbeitseifer und solcher Zielstrebigkeit zu arbeiten und mit jedem Arbeitstag einen angemessenen Beitrag in die Sammelbüchse der proletarischen Opferbereitschaft der Fabrik zu tun.

Die Mitglieder der Brigade und andere Arbeiter der Werkabteilung spendeten Alekseeva einmütigen Beifall.

Abends fand im DK der NKF die Komsomolversammlung der Werkabteilung Mechanik statt.

An der Versammlung nahm der Sekretär des Partkom der Fabrik, Genosse Rumjancev, teil.

Als erste Frage erörterten die Komsomolzen den Werkabteilungsplan zur Vorbereitung auf den Unionsweiten Kommunistischen Lenin-Subbotnik.

Den Monatsrechenschaftsbericht des Komsomol trug Genosse Kalinin vor.

Insbesondere sagte er:

– In Vorbereitung auf den Unionsweiten Kommunistischen Lenin-Subbotnik hatte sich unsere Werkabteilung in Gestalt der fortschrittlichen Komsomolzen ursprünglich verpflichtet, die Tagesnormen im Durchschnitt um 15% überzuerfüllen. Die erhöhten Verpflichtungen haben die Brigaden Lukjanov, Parfenov, Solovejčik, Turuchanova, Skripnikov und Gabramjan übernommen. Unter Berücksichtigung der Tatsache, daß der Abschluß des ersten Quartalsplanes seinerseits eine Intensivierung der Arbeitsproduktivität erfordert, haben die Komsomolzen beschlossen, die obengenannten sozialistischen Verpflichtungen zu revidieren und sie nochmals um durchschnittlich 10% zu erhöhen. Somit beläuft sich die Summe der Verpflichtungen auf 25%.

Die Brigade der Einrichter unter Leitung von Golovlev hat schon auf der letzten Versammlung beschlossen, erhöhte sozialistische Verpflichtungen zu übernehmen, indem sie die Zeit für Reparatur und Einrichtung der Werkbänke um 30% verkürzt.

Es muß erwähnt werden, daß die Mitglieder dieser Brigade in der vorigen Woche Wort gehalten haben.

Die Brigaden Katin, Burakovskaja und Bichrev dagegen bleiben deutlich zurück und drücken dadurch die Werte der Werkabteilung insgesamt. Ihr Rückstand erklärt sich unserer Ansicht nach durch ungenügende Arbeitsdisziplin, Unorganisiertheit und mangelndes Bewußtsein bei den Brigademitgliedern. Schuld daran tragen in erster Linie Brigadeführer, Kommunisten und Komsomolzen. In der Brigade Burakovskaja, zum Beispiel, kamen die Komsomolzen Streljnikov und Lunjkov innerhalb einer Woche zweimal zu spät zur Arbeit, und der Fräser Sokolovskij erschien in nicht nüchternem Zustand zur Arbeit.

Es lassen auch einzelne Fälle von Geräteschaden aufhorchen, was zweifellos die Arbeit der Brigade bremst und die Arbeitsproduktivität senkt. Es ist unerläßlich, die gesteigerte Aufmerksamkeit der Komsomolzen auf diese Schadensfälle zu richten, die Arbeitsdisziplinverletzer mit einem Klima des Nichtduldens, der strengen gemeinschaftlichen Kontrolle zu umgeben.

Danach ging Genosse Kalinin ausführlicher auf die Arbeit des Komsomolaktivs der Werkabteilung ein.

Zu Fragen der Arbeit des Pressesektors sprach Genossin Gobzeva.

Sie berichtete von der kürzlich herausgebrachten Wandzeitung der Werkabteilung »Für Stoßarbeit«, wobei sie ausführlich auf einiges aktuelles Material dieser Nummer einging.

Danach sprach über die Frage der Arbeit des »Scheinwerfers« des Komsomol Genosse Savčuk.

Nach Beleuchtung der Arbeit, die der »Scheinwerfer« während des Monats durchgeführt hatte, betonte er die Wichtigkeit und Effektivität dieses Komsomolkontrollorgans, mit dessen Hilfe ein unerbittlicher Kampf gegen Arbeitsversäumer, häufige Arbeitsplatzwechsler und Arbeitsdisziplinverletzer geführt werde.

In offener Abstimmung über alle drei Fragen nahm die Komsomolversammlung die Rechenschaftsberichte der Genossen Kalinin, Savčuk und Gobzeva an und bestätigte die neuen sozialistischen Verpflichtungen der Komsomolbrigaden.

An der Aussprache nahmen teil die Komsomolzen: Turuchanova, Zimin, Jašina, Gobzeva, Lukjanov, Žirnov.

Danach hatten die Versammelten die Frage bezüglich des Komsomolzen Zolotarev zu behandeln.

Zu dieser Frage sprachen Brigadeführerin Turuchanova und Dreherin Alekseeva. Sie berichteten ausführlich über die Tatsache der Arbeitsdisziplinverletzung durch den Komsomolzen Zolotarev, infolge derer ein größerer Schaden an der Werkbank entstanden sei, was deren fast fünfstündigen Stillstand nach sich gezogen habe. Die Redner betonten ebenso den Materialverlust, der der Fabrik durch den Schaden entstanden sei.

Die Versammlung erteilte dem Genossen Zolotarev das Wort.

Insbesondere sagte er:

– Ich bekenne vollständig und vorbehaltlos meine Schuld, und zwar: die Verspätung zur Vorbereitung der Werkbank, das nachlässige Befestigen des Werkstückes, die Beschädigung der Schneidbohrer und des Bohrkopfes.

Als Rechtfertigung kann ich auf die Tatsache verweisen, daß einige Busfahrer, die auf der Strecke der Linie 108 arbeiten, oft den Normindex von fünfminütigen Intervallen nicht einhalten, was in letzter Konsequenz zu einer Verspätung der Fahrgäste zum Arbeitsplatz führt.

Das oben Gesagte berücksichtigend, verpflichte ich mich, künftig 15 Minuten früher als gewöhnlich aufzustehen, wodurch die Zeit zur Verfügung stehen wird, die unerläßlich ist zur Vorbereitung der Werkbank für den Arbeitsprozeß.

Während der Aussprache über diese Fragen sprachen die Genossen: Laškov, Gobzeva, Turuchanova, Žuravlev, Rumjancev, Sotskova.

Der Versammlung wurden zwei Anträge vorgelegt:

1. Dem Komsomolzen Zolotarev V.P. wird eine Rüge erteilt mit Vermerk in der Komsomolkartei.
2. Dem Komsomolzen Zolotarev V.P. wird eine Rüge erteilt ohne Vermerk in der Komsomolkartei.

Mehrheitlich (145 gegen 46) stimmte die Versammlung für den zweiten Antrag.

Danach sprach auf der Versammlung der Sekretär des Partkom der Fabrik, Genosse Rumjancev.

Er sagte:

– Genossen Komsomolzen! Zuallererst erlaubt mir, euch im Namen der Parteiorganisation der Fabrik zum morgigen 165. Geburtstag und 100. Todestag des glühenden Revolutionärs und Begründers des wissenschaftlichen Kommunismus – Karl Marx zu gratulieren.

Die Komsomolzen nahmen diese Begrüßung mit stürmischem, anhaltendem Beifall auf.

– Alle Sowjetmenschen, – fuhr Genosse Rumjancev fort, – zollen in diesen Tagen dem lichten Andenken von Karl Marx ihren Tribut und verwirklichen mit ihrem aufopferungsvollen Kampf erfolgreich die großen Ideale des Marxismus-Leninismus. Unter Führung der Kommunistischen Partei und ihres Zentralkomitees werden die Werktätigen unseres Landes auch künftig unerschütterlich den Weg gehen, den Marx und Lenin gewiesen haben, den Weg der Errichtung des Kommunismus.

Dieses bemerkenswerte Jubiläum muß unsere ganze Fabrik und eure Werkabteilung im besonderen auf hervorragende Weise, mit neuen Arbeitserfolgen, begehen.

Spricht man im gesamten über die Arbeit der Werkabteilung Mechanik während des ersten, jetzt bereits zu Ende gehenden Quartals, so verdient sie meiner Ansicht nach eine positive Beurteilung. Ihren Quartalsplan hat die Werkabteilung bereits erfüllt, und zweifellos haben dabei die Komsomolzen eine führende Rolle gespielt, die in der Mechanischen mehr als siebzig Prozent ausmachen.

Der Saal spendete stürmischen Beifall.

– Darum, Genossen Komsomolzen, beglückwünscht euch die Parteiorganisation der Fabrik schon jetzt zu diesem Arbeitserfolg und wünscht euch, daß ihr künftig das Komsomoltempo nicht drosseln mögt, das heißt, daß solche Planübererfüllungen zur Norm werden.

Im Saal war wieder Beifall zu hören.

– An der Schwelle zum Unionsweiten Kommunistischen Lenin-Subbotnik möchte man besonders die Aufmerksamkeit der Komsomolzen der Werkabteilung auf die Suche nach noch effektiveren Verfahren zur Intensivierung der Produktionsprozesse lenken, auf die strenge, komsomolüblich prinzipielle Kontrolle der Arbeits- und Technologiedisziplin, auf den effektiven Kampf gegen Arbeitsversäumnisse, Verspätungen und andere Verstöße.

Man möchte euch, unserem jungen Nachwuchs, Selbständigkeit und Entschlossenheit bei der Arbeit, bei der Umsetzung von Rationalisierungsvorschlägen und bei der Aneignung neuer fortschrittlicher Technik wünschen.

Die Rede des Genossen Rumjancev rief stürmischen, nicht enden wollenden Beifall hervor.

Abends im Wohnheim diskutierten die Freundinnen über die gerade zu Ende gegangene Versammlung.

– Mir hat die Rede von Genosse Rumjancev sehr gefallen, – meinte Gobzeva, während sie die gerade gespülten Tassen abtrocknete, – darin wurde mit äußerster Klarheit eine Bewertung der Arbeit der Komsomolzen der Werkabteilung während des ausgehenden Quartals vorgenommen.

– Ebenso wurden wichtige Perspektiven der weiteren Arbeit angesprochen, – bemerkte Turuchanova, – Genosse Rumjancev sprach kurz, bündig und parteiüblich prinzipiell.

– Und welch wichtiges Anliegen er an die Komsomolzen der Werkabteilung weitergab: daß die Übererfüllung des Plans zur Norm werde. Gut ausgedrückt, nicht wahr?

– Sehr gut, – stimmten die Freundinnen zu.

– Mir scheint, der Rechenschaftsbericht von Genosse Kalinin war ebenfalls sachbezogen lakonisch und prinzipiell. In der kurzen Rede gelang es ihm, ein erschöpfendes Bild von der Arbeit der Komsomolbrigaden im ersten Quartal zu geben.
– Und er lenkte die Aufmerksamkeit der Komsomolzen auf einige Fakten von Arbeitsdisziplinverletzung, was zweifellos den Kampf gegen Ausschußverursacher und Arbeitsversäumer unterstützen soll.

Turuchanova nahm die Tagesdecke von ihrem Bett und legte sie akkurat zusammen:
– Und was sagt ihr zu der bemerkenswerten Rede von Alekseeva, Freundinnen, zur Frage bezüglich des Komsomolzen Zolotarev?

– Du hast sehr gut gesprochen, Genossin Alekseeva, – wandte sich Lopatina an Alekseeva, – du hast schiedsrichterlich gesprochen, schonungslos den Fakt der Arbeits- und Technologiedisziplinverletzung durch Zolotarev aufgedeckt.

Alekseeva zuckte mit den Achseln:
– Ich habe mich bemüht, den Komsomolzen alles, was damals vor meinen Augen geschah, zu berichten . . .
– Und das war sehr überzeugend, – unterbrach sie Turuchanova, – oft ist die Aussage eines Augenzeugen weitaus wichtiger als spekulative Überlegungen. Was meinst du diesbezüglich, Genossin Pisarčuk?

Pisarčuk hängte ihr Kleid über die Stuhllehne:
– Mir hat die Rede von Genossin Alekseeva auch sehr gefallen, doch wißt ihr, Freundinnen, ich verstehe immer noch nicht – warum die Versammlung mit Mehrheit für eine Rüge ohne Karteivermerk gestimmt hat?

Turuchanova schüttelte das Kissen auf und lächelte:
– Aus dir spricht jetzt jener Maximalismus, der nicht nur einmal von Genosse Lenin verurteilt wurde. »Einem Menschen eine Parteirüge zu erteilen – ist leicht«, sagte er, –

»schwieriger ist es – ihm beizubringen, seine Vergehen selbst zu erkennen.«
– Wie treffend das gesagt ist, – hob Alekseeva den Kopf.
– Sehr treffend, – pflichtete Turuchanova bei, – treffend und gut. Also, Genossin Pisarčuk, den Komsomolzen Zolotarev kennt die ganze Werkabteilung im Grunde nicht als Arbeitsversäumer und Nichtstuer, sondern als bewußten Arbeiter und aktiven Komsomolzen. Sein Vergehen ist in diesem Fall keine feste Gesetzmäßigkeit, sondern ein ärgerlicher Zufall, der unbedingt in entschiedenster Weise zu korrigieren ist. Hierfür genügt es, wenn Zolotarev sein falsches Handeln versteht und einsieht, die gebührenden Schlüsse zieht, Maßnahmen ergreift, damit es sich niemals wiederholt. Hat er es ausgemerzt, so wird er auch den ärgerlichen Schaden bald vergessen. Aber ein Karteivermerk könnte sich ihm schmerzhaft ins Gedächtnis graben und dadurch die tägliche Arbeitsstimmung trüben. Verstehst du den Gang meiner Überlegungen?
– Ja, – nickte Pisarčuk, – ehrlich gesagt, habe ich darüber nicht nachgedacht. Mir schien, daß gegen jegliche Disziplinverletzer auf entschiedenste Weise vorgegangen werden muß.
– Ich stimme dir zu, – fuhr Turuchanova fort, – doch der Komsomol sollte meiner Ansicht nach die Leute, deren Vergehen Resultat ärgerlicher Zufälle sind, nicht bestrafen, sondern umerziehen.
– Du hast recht, Genossin Turuchanova, – pflichtete Gobzeva bei, – die Frage bezüglich Zolotarev ist klar. Auf der Versammlung habe ich für den zweiten Punkt gestimmt, weil ich verstand, daß allein der Fakt der Untersuchung auf der Komsomolversammlung eine Bestrafung darstellt. Ganz zu schweigen von der Rüge ohne Karteivermerk. Zolotarev ist ein bewußter Komsomolze, und meiner Ansicht nach werden ähnliche Vergehen bei ihm nicht mehr vorkommen.

– Selbstverständlich kommen sie nicht mehr vor, – nickte Alekseeva, – im Laufe dieser Wochen habe ich Zolotarev bei der Arbeit beobachtet und bin zu dem Schluß gekommen, daß er immer mit vollem Einsatz bei der Arbeit ist, schöpferisch an den Produktionsprozeß herangeht.
– Ohne Zweifel, – bekräftigte Turuchanova ihre Vermutung und fragte nach einer kurzen Pause die bedrückt schweigende Lopatina, – ich habe bemerkt, Genossin Lopatina, daß du den ganzen Abend aus irgendeinem Grunde bekümmert bist. Was ist geschehen?

Lopatina seufzte und setzte sich auf das aufgedeckte Bett:
– Mich beunruhigen zutiefst die neuerlichen Greueltaten der israelischen Militärs, die heute aus Beirut gemeldet wurden. Die barbarischen Verbrechen der Israelis in den Städten im besetzten Westjordanland sind zu einer Wiederholung der Tragödie von Sabra und Schatila geworden. Der massive Einsatz von Nervengas unter der arabischen Bevölkerung von Jenin und Nablus hat zu zahlreichen Opfern unter den Bewohnern geführt . . .

Die Freundinnen waren verstummt, hörten ihr zu.

Lopatina fuhr fort:
– Besonders gelitten haben die Menschen in den örtlichen Schulen. Nach letzten Meldungen wurden allein während des vergangenen Tages mehr als 600 Menschen in Hospitäler und Krankenhäuser eingeliefert. Sieben Palästinenser, darunter zwei Kinder, starben.
– Schrecklich . . . – flüsterte Alekseeva und verbarg ihr Gesicht in den Händen.
– Insgesamt wurden, wie von der Westbank gemeldet, zirca 1100 Menschen durch die Gase vergiftet. Die Ärzte in den Hospitälern, in die die Opfer der räuberischen Aktion eingeliefert wurden, dementierten die plumpen Versuche der israelischen Militärmachthaber, die Massenvergiftung der dortigen Bewohner als »unbekannte Erkrankung« auszugeben . . .

– Die Heuchelei der zionistischen Barbaren kennt keine Grenzen, – schüttelte Gobzeva entrüstet den Kopf, – diese barbarische Aktion offenbart der ganzen Welt erneut das wahre Gesicht des Zionismus – das Gesicht von blutrünstigen Mördern.

– Wut und Empörung erfüllten meine Seele, – meinte Lopatina, – als ich von dieser neuerlichen Untat erfuhr. Das Ziel der unverschämten israelischen Militärs ist ganz klar – die vollkommene Ausrottung der angestammten arabischen Bevölkerung in den besetzten Gebieten. Uns fehlen die Worte, um unseren Gefühlen diesbezüglich Ausdruck zu verleihen.

– Der israelische Aggressor meint nur deshalb, er bliebe unbestraft, weil die USA hinter ihm stehen, – ergänzte Pisarčuk, – die jetzige amerikanische Administration läßt Israel alles durchgehen, weil sie dadurch im Nahen Osten das eigene »Stammland« zu sehen hofft, einbezogen in die amerikanische Einflußsphäre.

– Eine mächtige Welle des allgemeinen Volkszorns und der Entrüstung hat das von Israel besetzte Westjordanland und den Gaza-Streifen erfaßt, – fuhr Lopatina fort, – dort kam es zu Massendemonstrationen der Araber gegen die israelischen Besatzer. Die zur Niederschlagung der Demonstration eingesetzten Truppen eröffneten das Feuer auf die Demonstranten, beschossen sie mit Tränengasgranaten. In der Folge wurden im Bezirk El-Khalil ein palästinensischer Jugendlicher ermordet, einige Menschen schwer verletzt und viele verhaftet. Die Bewohner von Nablus, Gaza, El-Khalil und anderer Großstädte riefen zum Generalstreik auf. Unter unerträglich schweren Bedingungen leben Araber und Palästinenser im Lager Al-Dschelsun im Westjordanland. Seit drei Wochen befinden sich die Bewohner des Lagers in der Situation von Gefangenen . . .

Turuchanova strich sich die Haare ordentlich aus der Stirn:

– Die ehrlichen Menschen des gesamten Planeten prangern das schandbare Verhalten des israelischen Aggressors und seiner Gönner jenseits des Ozeans an. Das sowjetische Volk hat sich immer solidarisch gezeigt mit dem Kampf der Palästinenser gegen die israelischen Militärs.
– Solidaritätskundgebungen finden zur Zeit in vielen Städten der Erde statt, – bemerkte Alekseeva, – so fand zum Beispiel im Stabsquartier der NPP eine erweiterte Sitzung zur Lage im Nahen Osten statt. Ihre Teilnehmer – die Führer der politischen Parteien, bekannte Funktionäre aus Politik und Gesellschaft der ARÄ, Vertreter der ägyptischen Öffentlichkeit – verurteilten das Vorgehen Tel-Avivs und sicherten dem gerechten Kampf des arabisch-palästinensischen Volkes für die Verwirklichung seiner angestammten nationalen Rechte ihre volle Unterstützung zu.
– Die Palästinenser wollen Herr über ihr eigenes Schicksal sein und nicht Unterdrückung und Erniedrigung von seiten der Besatzer erdulden, – sagte Turuchanova, – ich schlage vor, am morgigen Tag zugunsten des Friedensfonds-Kontos zu arbeiten. Wie beurteilt ihr diesen Vorschlag?
– Wir billigen und unterstützen ihn einstimmig, – antwortete Alekseeva für alle, – indem sie das erarbeitete Geld dem Friedensfonds überweist, leistet unsere Brigade einen würdigen Beitrag zur Sache der Friedenssicherung und zur Verringerung der internationalen Spannungen.
– Und ebenso zur Unterstützung des gerechten Kampfes des palästinensischen Volkes gegen den israelischen Aggressor, – fügte Pisarčuk hinzu.

Die Mädchen gingen zu Bett, Lopatina löschte das Licht:
– Gute Nacht, Genossinnen.
– Gute Nacht, Genossin Lopatina, – antworteten die Freundinnen einmütig.

Am nächsten Tag arbeitete die Brigade Turuchanova, die um 6.40 Uhr mit der Arbeit begonnen hatte, äußerst konzentriert und mit Begeisterung. Alekseeva schaffte es, 440 Kompressorengehäuse zu bearbeiten.

Bei Beendigung des Arbeitstages gratulierte der Parteisekretär der Fabrik, Genosse Rumjancev, der Brigade herzlich, er hielt eine kurze Rede in der Werkabteilung vor den versammelten Arbeitern.

Er sagte:

– Genossen! Heute fand in unserer Werkabteilung ein bedeutungsvolles Ereignis statt. Die Brigade Turuchanova beschloß, das von ihr während des heutigen Tages erarbeitete Geld dem Friedensfonds zu überweisen. Diesen Entschluß faßten die Komsomolzen angesichts der Verschärfung der internationalen Lage und der gefährlichen Aktivitäten einiger westlicher militaristischer Kreise. Die Brigade arbeitete aufopferungsvoll, sie erwirtschaftete im ganzen 82 Rubel 48 Kopeken. Auf den ersten Blick mag diese Summe gering erscheinen, doch stellt euch vor, unsere gesamte Fabrik würde einen einzigen Tag im Monat zugunsten des Friedensfonds arbeiten. Im Endresultat erhielte diese fortschrittliche Organisation einen bedeutenden Beitrag, in Höhe einiger zehntausend Rubel, was zweifellos der Sicherung des Friedens förderlich sein würde.

Die Komsomolbrigade von Genossin Turuchanova hat in der Tat ihr hohes Bewußtsein, ihre Komsomolüberzeugung und Selbständigkeit demonstriert. Besonders erwähnen möchte ich das Mitglied dieser Brigade, Genossin Alekseeva. Obwohl sie in unserer Fabrik noch nicht viel länger als zwei Wochen arbeitet, hat es Genossin Alekseeva geschafft, die vorgeschriebene Produktionsnorm nicht nur zu erfüllen, sondern zu übererfüllen.

Heute hat sie die Norm sogar um fast 30% übererfüllt.

Ich möchte allen Komsomolzen der Werkabteilung die gleiche Selbstaufopferung bei der Arbeit wünschen.

Im Namen der Parteiorganisation der Fabrik möchte ich der Brigade Turuchanova zu ihrem Arbeits- und Komsomolerfolg gratulieren.

Weiter so, Komsomolzen!

Die Versammelten spendeten stürmischen, anhaltenden Beifall.

Die Arbeiter der Werkabteilung, die die Brigade umringt hatten, drückten den Komsomolzen zur Gratulation herzlich die Hand.

Der alte Kaderarbeiter Eršov kam zu Alekseeva.

Er drückte ihr die Hand und sagte:

– Mit einem Gefühl tiefster Befriedigung erfuhren wir alle von eurem Arbeitstag zum Wohle des Friedens in der ganzen Welt. Ich gratuliere dir, Genossin Alekseeva. Ihr seid – würdige Schichtarbeiter, fähig, den proletarischen Heldenmut eurer Väter zu mehren!

Abends diskutierten die müden, aber glücklichen Freundinnen lebhaft die Resultate des Arbeitstages.

– Mir scheint, wir haben heute wirklich gut gearbeitet, – meinte Turuchanova und rückte die Bücher auf dem Regal gerade.

– Ich bin vollkommen deiner Meinung, – antwortete Alekseeva und wischte den Staub vom Fensterbrett.

– Die ganze Brigade hat »mit Feuer« gearbeitet, – lächelte Pisarčuk, – doch besonders ausgezeichnet hat sich Genossin Alekseeva.

Alekseeva seufzte:
– Ohne die Unterstützung des Kollektivs hätte ich nichts vermocht. Das Resultat meiner Arbeit sehe ich nicht nur als mein Verdienst an, sondern auch als das von Meister Sokolov, von Brigadier Turuchanova und vielen anderen Brigademitgliedern.
– Sokolov ist seit langem bekannt für seine Fähigkeiten als Lehrmeister. Nicht bloß ein Dutzend junger Arbeiter ist unter seiner Leitung angelernt worden und herangewachsen, – bemerkte Lopatina, – bei uns in der Werkabteilung ist es üblich, ihn liebevoll »Meister mit den goldenen Händen« zu nennen.
– Ich bin froh, daß Genosse Sokolov mein Lehrmeister ist, – pflichtete Alekseeva bei.
Es klopfte an der Tür.
– Herein, – sagte Turuchanova.
Die Tür ging auf, und Zolotarev kam herein.
– Guten Tag, Genossinnen, – sagte er laut.
– Grüß dich, Genosse Zolotarev, – antworteten die Freundinnen.
– Ich wollte mich bei euch bedanken für die prinzipielle Kritik an meine Adresse, die ihr kürzlich auf der Komsomolversammlung der Werkabteilung vorgebracht habt, – meinte Zolotarev nach einer kurzen Pause, – ich habe mein Vergehen klar erkannt und eingesehen, ich versichere euch, meine Brigadegenossen, daß ich mich durch meine aufopferungsvolle Arbeit dem hohen Rang eines Arbeiters würdig erweisen werde.
– Genosse Zolotarev, – wandte sich Turuchanova an ihn, – uns scheint, du hast dich heute dieses Ehrentitels bereits würdig erwiesen, indem du die festgesetzte Norm um fast 30% übererfüllt hast.
– Ja, – pflichtete Lopatina bei, – Genossin Alekseeva und ich haben gesehen, wie Genosse Zolotarev heute gearbeitet

hat, und wir sind zu der Überzeugung gelangt, daß er ein Meister seines Fachs ist, da er in sich solch wichtige Qualitäten vereint wie – Arbeitseifer, Zielstrebigkeit, professionelles Handwerk, schöpferischen Zugang zur Sache.
– Indem du selbstlos für den Friedensfonds gearbeitet hast, Genosse, hast du dein Komsomolbewußtsein gezeigt.
– Ich danke euch, Genossinnen, für die freundlichen Worte an meine Adresse. Ich hörte, daß ihr zu dem Entschluß, unentgeltlich zu arbeiten, nach beunruhigenden Nachrichten aus dem Nahen Osten gekommen seid. Es muß gesagt werden, daß auch ich äußerst empört bin über das unverschämte Verhalten der israelischen Soldateska in den besetzten Gebieten. Mich läßt auch eine Meldung aus Managua aufhorchen. Die Eskalation der imperialistischen Aggression gegen Nicaragua ist Bestandteil amerikanischer Pläne, die auf die Durchsetzung globaler und hegemonialer Ansprüche in Zentralamerika abzielen.

Ohne Zweifel. Die amerikanische Propagandamaschinerie verwendet große Mittel und Anstrengungen darauf, die verbrecherischen Akte der konterrevolutionären Gruppierungen beinahe als »Bürgerkrieg« in Nicaragua hinzustellen. Dadurch wollen sie eine Parallele zu den Vorgängen in El Salvador herstellen, wo tatsächlich ein Bürgerkrieg zwischen dem Volk und dem proamerikanischen reaktionären Regime im Gange ist.

Die salvadorianischen Patrioten setzen die erfolgreichen Kampfhandlungen gegen die Truppen des Marionettenregimes fort.

Nach Meldungen der Nachrichtenagenturen nahmen Kämpfer der Nationalen Befreiungsfront Farabundo Marti die zweitgrößte Stadt im Departement Usulutan, Brelin, ein und zerstörten die dortige Garnison. Danach war die Stadt barbarischen Bombenangriffen ausgesetzt. Seine zentralen Viertel, berichtet der Korrespondent der Agentur UPI, seien fast vollständig zerstört und ausgebrannt als Folge intensiven Raketenbeschusses durch Kampfbomber, die vor kurzem dem salvadorianischen Regime von den Vereinigten Staaten zur Verfügung gestellt wurden. Die Bombenangriffe hätten große Opfer unter der friedlichen Bevölkerung verursacht.

Im Lauf der erbitterten Kämpfe nahmen Partisanen außerdem die Nachbarsiedlungen San Augustin und Alegoria ein. Die im Untergrund arbeitende Radiostation der Aufständischen »Venceremos« meldet die Vereitelung eines Gegenangriffs, den die in den Vereinigten Staaten ausgebildeten Elitetruppen der Häscher im Departement Morasan unternahmen. Die Partisanen haben eine Reihe von Siedlungen, strategische Brücken und Teile der Überlandstraßen fest unter ihrer Kontrolle.

Alarmierend ist auch die Situation im Süden Angolas. Nach von dort eintreffenden Meldungen überfielen Trupps der konterrevolutionären Gruppierung UNITA die Siedlung Sacasungi. Am Vortag hatten sie die Stadt Menongue angegriffen. Kurz zuvor war ein Sabotageakt auf das Wasserkraftwerk Lomaum verübt worden. Die neuerliche Aktivität der Konterrevolutionäre fiel keineswegs zufällig mit dem Besuch einer amerikanischen Delegation in Luanda zu Gesprächen über die Probleme Namibias zusammen. Es ist kein Geheimnis, daß Washington versucht, Angola die eigenen Pläne zur Regelung der Namibiafrage aufzuzwingen. Mit diesem Ziel wird das Land von verschiedener Seite unter Druck gesetzt.

Zu einer der Waffen zur Erpressung der jungen Republik wurde die von Jonas Savimbi angeführte UNITA. Diese Organisation entstand im Jahre 1966 im Süden des Landes. Sie stützte sich vor allem auf den Ovimbundu-Stamm. Die Führer der UNITA betonen, daß ihre Bewegung während des Unabhängigkeitskampfes gegen die portugiesischen

Kolonialherren entstanden sei. Doch in einem der UNO-Berichte wird angemerkt, daß sich in den portugiesischen Militärbulletins keine einzige Erwähnung der UNITA findet.

Und sie konnte sich auch nicht finden. Der frühere portugiesische Diktator Marcello Caetano schrieb in seinen Memoiren, daß der Kommandostab der Kolonialtruppen mit der UNITA einen Kooperationsvertrag geschlossen hatte. Zu den Waffen griff die UNITA, nachdem in Portugal das faschistische Regime zusammengebrochen war und in Lissabon die Entscheidung verkündet wurde, Angola in die Unabhängigkeit zu entlassen. Mit Hilfe der RSA, deren Truppen ins Land eindrangen, wollten die Imperialisten ihre Marionetten an die Macht bringen. Eben zu jener Zeit begann auch die UNITA mit ihren Angriffen.

Aber nicht gegen die Kolonialherren, sondern, gemäß dem Befehl der imperialistischen Kreise, gegen die neue angolanische Macht, die MPLA. Die Interventen erlitten jedoch eine vernichtende Niederlage. Savimbi und sein Stab flüchteten zusammen mit zerschlagenen südafrikanischen Truppenteilen. In speziellen Lagern werden auch heute noch Kämpfer der UNITA von südafrikanischen Ausbildern in Diversions- und Sabotagemethoden gedrillt. Ohne Unterstützung aus dem Ausland hätte Savimbi nicht lange existiert. Er macht selbst keinen besonderen Hehl daraus. »Wenn ein Mensch in einem Fluß ertrinkt, – verkündete zynisch der Kopf der UNITA bei einem Treffen mit westlichen Korrespondenten, – so fragt er nicht danach, wessen Hand ihn ans Ufer zieht.«

Die Hand, die die UNITA ins Leben rief und all diese Jahre ihre Unternehmungen lenkte, gehört dem CIA. Mit dem Einzug der republikanischen Administration ins Weiße Haus wurde diese Unterstützung besonders verstärkt. Der Führer der UNITA fuhr nach Amerika und traf sich mit dem damaligen Staatssekretär Haig, der, nach Angaben der westlichen Presse, Savimbi versprach, »große Mengen an Panzerabwehrwaffen und Fliegerabwehrraketen« zu liefern. Bei der Ausweitung der Einmischung in die inneren Angelegenheiten Angolas setzt Washington auf die Rassisten in Südafrika und auf die UNITA, die vom Günstling der CIA Savimbi angeführt wird.

Presseberichten zufolge wurde in Pakistan mit dem Bau amerikanischer elektronischer Kontrollbasen zur Sicherung von Militäroperationen der »schnellen Eingreiftruppe« im Gebiet des Indischen Ozeans und des Persischen Golfes begonnen. Diese Basen, so berichtet die indische Zeitung »Nav Brachat Times« – seien integraler Bestandteil eines ganzen Systems von Stützpunkten, das die amerikanischen Militärs dort errichteten. Washington vergrößert ständig die amerikanische Militärpräsenz am Äquator im Indischen Ozean. Die Gewässer dort werden von der gewaltigsten Kriegsflotte seit dem Zweiten Weltkrieg befahren. Zu ihrem Bestand gehören ungefähr 60 Kriegsschiffe, einschließlich Atomflugzeugträgern und Unterseebooten. Auf seiner gesamten Fläche – von der Küste Australiens bis nach Südafrika – ist der Ozean mit einem Netz von Militärbasen und Stützpunkten überzogen, das ständig ausgedehnt wird.

Allein während des Jahres 1981 erhielten die USA »das Recht« zur Errichtung von 21 Militärbasen auf dem Territorium von Australien, Israel, Somalia, Oman und einer Reihe anderer Länder. Und kürzlich gab Washington die Schaffung einer sogenannten zentralen Kommandostelle der Streitkräfte der USA bekannt, deren Aktionsradius auch eine Reihe von Ländern im Becken des Indischen Ozeans umfaßt. In den strategischen Plänen der Regierungskreise der USA wird dem Indischen Ozean ein besonderer Platz eingeräumt. Vor allem beabsichtigt Washington, das Streben der amerikanischen Monopolbetriebe nach den Bodenschätzen der Länder dieser Region nach Kräften zu unterstützen. Außerdem versucht es, einen »bremsenden Einfluß« auf den Prozeß sozialer und politischer Umbrüche in dieser Region auszuüben, den anderen Ländern seinen Willen aufzuzwingen

Diese weitreichenden Absichten werden verschleiert durch konstruierte Argumente bezüglich der Notwendigkeit, »der sowjetischen Bedrohung Widerstand zu leisten«. Inzwischen hat Washington mit der Durchführung einer weiteren gefährlichen Provokationsmaßnahme im Nahen Osten begonnen. Der Atomflugzeugträger »Nimitz« wurde mit Dringlichkeitsbefehl an die libysche Küste geschickt, und nach Ägypten – amerikanische Flugzeuge mit dem System AWACS, das bekanntermaßen zur Spionage und Verbesserung von Militäraktionen bestimmt ist. Nach Äußerungen eines amerikanischen Fernsehkommentators habe Washington beschlossen, dort einen »Präventivschlag« zu unternehmen und erneut seinen Gendarmenehrgeiz zu demonstrieren.

In seiner Botschaft an die Horde der Rädelsführer des konterrevolutionären Banditentums gab der Präsident der USA R. Reagan zu, daß seine Administration beabsichtige, das Ausmaß des unerklärten Krieges gegen die DRA erheblich zu erweitern. Während der letzten fünf Jahre haben die USA den afghanischen Konterrevolutionären Hilfe in einer Gesamthöhe von 218 Millionen Dollar zur Verfügung gestellt, und dieses Jahr beabsichtigt Washington, für Waffen und Ausbildung der konterrevolutionären Banden bereits mehr als 100 Millionen Dollar zu bewilligen. Die Bestrebungen der Washingtoner Administration, die Aktivitäten der afghanischen Konterrevolution anzustacheln, das Ausmaß der Aggression gegen die DRA zu vergrößern, rief in weiten Kreisen der Bevölkerung dieses Landes Beunruhigung hervor.

Mehr als hunderttausend Menschen versammelten sich im sogenannten »Tal des Todes« in der Grafschaft Berkshire, in der sich die Hauptstützpunkte des von den englischen Regierungskreisen betriebenen atomaren Wettrüstens befinden – das Atomzentrum Aldermaston, die nach dessen Programm arbeitende Rüstungsfabrik in Bergfield und die Luftwaffenbasis in Greenham-Common, wo im Dezember dieses Jahres die erste Ladung amerikanischer Marschflugkörper stationiert werden soll.

»Stoppt das atomare Wettrüsten!«, »Wir fordern das Einfrieren der Atomwaffenarsenale!« – unter solchen Losungen fand die Kundgebung der Friedensbewegung statt.

In Duisburg startete ein Friedensmarsch. Er führt durch eine Reihe von Städten des Ruhrgebiets und endet mit einer Abschlußkundgebung in Dortmund.

Die Machthaber in der BRD versuchen mit allen Kräften ein Aufwallen der Friedensbewegung zu verhindern, besonders da für Ende dieses Jahres der Beginn der Stationierung neuer amerikanischer Atomraketen auf dem Gebiet von Westdeutschland geplant ist. Einige Vertreter des Regierungsblocks von CDU-CSU griffen in ihrem Eifer sogar zu verleumderischen Behauptungen, wonach alle diese Märsche von der Deutschen Kommunistischen Partei organisiert seien. In einer Reihe von Zeitungen erschienen Artikel, die nach Absicht ihrer Verfasser eine große Zahl von Menschen von der Teilnahme an den Märschen abschrecken sollten. Doch wie man in Duisburg sieht, ist dieses provokatorische Unterfangen mißglückt.

An der Anti-Atombewegung auf der Apenninhalbinsel nehmen religiöse katholische Organisationen wie »Pax Christi«, »Gerechtigkeit und Frieden«, »Katholische Bewegung« und andere immer aktiveren Anteil. Ihre Vorsitzenden kamen von allen Enden Italiens in Comiso (Sizilien) zusammen, wo sie eine Protestdemonstration gegen die Stationierung amerikanischer Marschflugkörper auf italienischem Boden organisierten. Die Teilnehmer der Demonstration riefen die Versammelten dazu auf, mit allen Kräften den gefährlichen Plänen Widerstand zu leisten, die eine Bedrohung allen Lebens auf der Erde darstellten. Die Friedensbewegung und die Atomkriegsgegner nehmen in Italien ein immer größeres gesellschaftspolitisches Ausmaß an.

Zur Stärkung der Antiatom-Bewegung riefen die Teilnehmer des in Tokio zu Ende gegangenen internationalen Symposiums »Wege zur Erreichung der atomaren Abrüstung« auf. Seine Teilnehmer berieten über einen großen Kreis von Problemen und trugen eine Reihe von Vorschlägen vor, die auf eine Kontrolle des Wettrüstens abzielen. Erste Schritte auf diesem Weg, hieß es auf dem Symposium, könnten der Abschluß eines Vertrages über ein volles und uneingeschränktes Atomtestverbot sein, ein Projekt, das schon im Jahre 1963 vorgeschlagen worden war, das Einfrieren der Atomwaffenarsenale und die von allen Atomstaaten akzeptierte Verpflichtung, keine Atomwaffen einzusetzen.

»Die Militärausgaben um 50% kürzen, die freigewordenen Mittel zur Schaffung von Arbeitsplätzen und zur Verbesserung der sozialen Absicherung der Kanadier verwenden« – diese Forderungen erhoben mehr als 100 Frauenorganisationen Kanadas auf einer Konferenz in Toronto, die zu Ende ging unter dem Zeichen des entschlossenen Widerstands gegen die Teilnahme des Landes an der auf Initiative der USA begonnenen neuen Runde des Rüstungswettlaufs im Rahmen der NATO.

Die kanadischen Frauen, – betont eine der größten bürgerlichen Zeitungen, – wollten nicht nur die Militärausgaben kürzen. Auf der zu Ende gegangenen Konferenz forderten sie, das Landesterritorium zur atomwaffenfreien Zone zu erklären und den Austritt Kanadas aus der NATO.

In Zusammenhang mit den in Südkorea begonnenen

gemeinsamen amerikanisch-südkoreanischen Militärmanövern »Team Spirit-83« schreibt die Zeitung »Jen-min jih-pao«:

Die Streitkräfte der USA und die Marionettentruppen Südkoreas führen im April die in der Geschichte gewaltigsten Militärmanöver auf dem gesamten Territorium Südkoreas durch. Mit diesem Säbelrasseln verschärfen die USA und die Clique von Chun Doo Hwan die angespannte Lage auf der koreanischen Halbinsel und fügen dem Frieden und der Sicherheit in Nordostasien ernsten Schaden zu.

Die derzeitige angespannte Lage auf der koreanischen Halbinsel, schreibt die Zeitung, sei entstanden, weil die Clique von Chun Doo Hwan, die eine Teilnahme an Gesprächen zur friedlichen Vereinigung Koreas verweigert habe, mit Unterstützung der Streitkräfte der USA ihre Militärmacht mit dem Ziel der Kriegsvorbereitung ausbaue. Anstatt eines Abzugs ihrer Truppen aus Südkorea verlegten die USA von eigenem Territorium und von Basen im Raum des Stillen Ozeans aus gewaltige Kontingente von Land-, Marine- und Luftstreitkräften und eine riesige Menge moderner Waffen dorthin. Mit diesen Maßnahmen untergrüben die USA nicht nur die Perspektive auf eine friedliche Vereinigung Koreas, indem sie den Zwiespalt zwischen den nördlichen und südlichen Landesteilen vergrößerten, sondern setzten auch die Stabilität auf der koreanischen Halbinsel einer ernsten Bedrohung aus. Das chinesische Volk wende sich entschieden gegen solche unverschämten Aktionen der USA.

Die Teilnehmer des in Amsterdam stattfindenden Vorbereitungstreffen auf die internationale Konferenz für Solidarität mit den »Frontstaaten« für nationale Befreiung, Unabhängigkeit und Frieden im Süden Afrikas erklärten den nationalen Befreiungsbewegungen im Süden Afrikas ihre volle Unterstützung.

Die dänische Regierung werde die sogenannte »Nulllösung« Reagans nicht vorbehaltlos unterstützen, erklärte der Außenminister Dänemarks U. Ellemann-Jensen. Er erinnerte daran, daß Dänemark die Suche nach anderen Wegen einer Lösung des Problems nicht ausschließe. Dies sei keine Änderung der Position der dänischen Regierung, sondern nur deren Präzisierung.

Wir haben von der Sowjetunion neue Vorschläge erwartet, und sie hat sie gemacht, bemerkte der SPD-Kanzlerkandidat der BRD Vogel. Sie sind auf die Erreichung eines Fortschritts bei den sowjetisch-amerikanischen Gesprächen in Genf gerichtet. Jetzt sei die Reihe an den USA, einen Gegenvorschlag zur Gewährleistung einer Anfangsbewegung bei diesen Gesprächen zu machen. H.-J. Vogel wies darauf hin, daß ein sowjetisch-amerikanisches Treffen auf höchster Ebene der Sicherung des Friedens dienen könne. Er betonte, daß der jüngste Vorschlag des Präsidenten der USA zur Liquidierung der Mittelstreckenraketen in Europa lediglich die »Null-Variante« wiederhole. Der stellvertretende Fraktionsvorsitzende der SPD H. Ehmke erklärte, daß der Besuch von Bush in Bonn nichts Neues für die Position des Westens bei den sowjetisch-amerikanischen Gesprächen über die Begrenzung der atomaren Aufrüstung in Europa gebracht habe. H. Ehmke kritisierte die »zweifelhafte Position« von Kanzler Kohl, der die Treue zur »Nullösung« betone und gleichzeitig die Wähler von der »Flexibilität« seiner Haltung zu den Gesprächen zu überzeugen versuche. Die von J. V. Andropov vorgebrachten und auch in der politischen Erklärung der PKK der Teilnehmerstaaten des Warschauer Paktes enthaltenen konstruktiven Vorschläge zur Begrenzung der atomaren Aufrüstung, sagte der Vorstandssekretär der Sozialistischen Partei Österreichs für internationale Fragen W. Hacker, würden von den gesellschaftlichen und politischen Kreisen der Nato-Länder mit großem Interesse aufgenommen. Der Westen könne es sich nicht erlauben, sie als vorgeblich »rein propagandistisch« zu ignorieren.

Die Verbündeten der USA in der NATO sagten dem amerikanischen Präsidenten offensichtlich, daß er erneut »hinter dem sowjetischen Führer J. V. Andropov hinterherhinkt, der so beharrlich an einer Initiative zur Friedensoffensive festhält«, betont die irische Zeitung »Irish Press«.

Der Appell von Reagan, konstatiert das Westberliner »Volksblatt«, enthalte nicht einmal eine Andeutung einer Bereitschaft der USA zu einer flexiblen Haltung bei den Gesprächen in Genf. Die »New York Daily News« konstatiert, daß die Reagan Administration mit dem »Appell«, der auch für das Publikum des Bush-Besuches gedacht sei, versuche, die wachsende Opposition in Westeuropa gegen die Pläne zur Aufstellung neuer amerikanischer Mittelstreckenraketen auf dem Kontinent aufzuhalten. Die Sowjetunion, schreibt die libanesische »As-Safir«, erteile der amerikanischen Administration, die auf die gefährlichen Pläne zur Schaffung einer militärischen Übermacht über die UdSSR nicht verzichten wolle, eine Absage. Moskau – sei für eine Balance der Kräfte.

Die Antworten J. V. Andropovs seien eine neue überzeugende Bekräftigung des Willens und der Entschlossenheit der UdSSR, die Bemühungen im Namen einer Beseitigung der atomaren Bedrohung in Europa fortzusetzen, schreibt die polnische »Trybuna Ludu«. Die vom Generalsekretär des ZK der UdSSR vorgebrachten Vorschläge schafften die Möglichkeit einer Belebung des Abrüstungsdialogs, eines Fortschritts bei den Genfer Gesprächen. Der Generalsekretär des ZK der UdSSR J. V. Andropov, betont die tschechoslowakische »Rude Pravo«, habe in seinen Antworten einen realistischen, die Interessen beider Länder berücksichtigenden Weg zu einer positiven Lösung der

Genfer Gespräche auf der Grundlage einer strengen Einhaltung des Prinzips der Gleichberechtigung und gleichen Sicherheit gewiesen. Die Sowjetunion trete dafür ein, daß es in Europa keine Atomwaffen gibt, weder mittlerer Reichweite noch taktische. Dies wäre eine echte Nullvariante. Verurteilungswürdig sei das Bestreben der USA, an die wichtigen Fragen von Frieden und Abrüstung von einem propagandistischen Standpunkt aus heranzugehen.

Die Regierung der Volksrepublik Ungarn sei der Meinung, daß die Schaffung einer atomwaffenfreien Zone in Europa der Festigung des Vertrauens zwischen den europäischen Staaten und einer Verbesserung des internationalen Klimas dienen könne, heißt es in einer dort veröffentlichten offiziellen Mitteilung. Die Regierung der VRU sei damit einverstanden, weist das Dokument hin, daß mit der Schaffung einer solchen Zone in Zentraleuropa begonnen werde und daß die Breite der Zone um das Zweifache ausgedehnt gehöre im Vergleich zu den von der Regierung Schwedens vorgeschlagenen Ausmaßen. Die ungarische Regierung bekunde ihre Bereitschaft, an der Erörterung der mit der Schaffung einer atomfreien Zone zusammenhängenden Fragen mitzuwirken und zum Erfolg der Gespräche beizutragen. In der Antwort der Regierung der VRB auf die Initiative der Regierung Schwedens wird darauf hingewiesen, daß die Schaffung einer atomwaffenfreien Zone in Europa von der Regierung der VRB als einer der Wege angesehen werde, die zur Befreiung des ganzen Kontinents von Atomwaffen, zur Verminderung der Kriegsgefahr, zur Festigung des Vertrauens zwischen den Völkern führten. Gerade deshalb treffe der Vorschlag zur Schaffung einer atomfreien Zone auf das Verständnis und die Unterstützung der gesamten bulgarischen Öffentlichkeit. Diese Initiative entspreche der Idee der Schaffung einer atomfreien Zone auf dem Balkan. Die Tschechoslowakei messe dem

Vorschlag der Regierung Schwedens, eine atomwaffenfreie Zone in Europa zu schaffen, große Bedeutung bei, heißt es in einer dort veröffentlichten Antwort der Regierung der ČSSR auf den Vorschlag Schwedens. In dem Dokument wird hervorgehoben, daß die vorgeschlagene Zone hinsichtlich einer Verringerung der atomaren Bedrohung tatsächlich effektiv sein könne im Fall, daß sie ausgedehnt werde. Gerade deshalb, betont die Regierung der ČSSR, unterstütze die Tschechoslowakei die Position der Sowjetunion, die vorgeschlagen habe, die atomwaffenfreie Zone auf 500–600 Kilometer auszudehnen. Die ČSSR sei bereit, allseitiges Verständnis und Unterstützung zur Schaffung einer solchen Zone mitzubringen und an entsprechenden Gesprächen, die auf den Prinzipien von Gleichberechtigung und gleicher Sicherheit beruhen müßten, teilzunehmen. Mit grandiosen Demonstrationen und Kundgebungen feierte die Öffentlichkeit Boliviens den 33. Jahrestag der Gründung der Kommunistischen Partei des Landes. Durch die Hauptstraßen der Hauptstadt zogen Kolonnen von Demonstranten – Vertreter der Arbeiterklasse, der Bauernschaft, der progressiven Intelligenz, die aus allen Ecken Boliviens angereist waren. Mehrere tausend Menschen nahmen an einer feierlichen Kundgebung im Sportpalast teil. Herzlich begrüßten sie das Erscheinen der Führer der KPB im Präsidium, der Vertreter der anderen politischen Parteien, die der Regierungskoalition Demokratische Volkseinheit angehören, der Mitglieder der Regierung und des Nationalkongresses. In einer Kundgebungsrede erklärte der Erste Sekretär des ZK der Kommunistischen Partei Boliviens, Jorge Kolle Cueto, daß die bolivianischen Kommunisten das Banner des Kampfes für Freiheit und Demokratie immer hochgehalten, die Interessen der gesamten Arbeiterschaft verteidigt hätten. Heute gehöre die Kommunistische Partei der Regierung an, weshalb sie wütenden Angriffen von seiten der imperialistischen Kreise der USA und ihrer Marionetten-Militärdiktaturen in Lateinamerika ausgesetzt sei. Die jetzige bolivianische Regierung, betonte er, zeige ein Musterbeispiel an Mut, Selbständigkeit und Unabhängigkeit. Ein Beweis dafür sei die Wiederaufnahme diplomatischer Beziehungen mit Kuba, Nicaragua, die offizielle Anerkennung der Palästinensischen Befreiungsorganisation. Der Erste Sekretär des ZK der KPB bekundete seine feste Überzeugung, daß Bolivien mit der Unterstützung der gesamten Arbeiterschaft den Weg zu Freiheit und Unabhängigkeit fortsetzen werde. In den demokratischen Kreisen Griechenlands ertönen immer nachdrücklicher Forderungen nach Auflösung der amerikanischen Militärbasen auf dem Territorium des Landes. Entschieden zurückgewiesen wurden die Behauptungen einzelner politischer Vertreter von einer Notwendigkeit der Erhaltung der Basen der USA in Griechenland zur »Wahrung der Sicherheit des Westens« vom Generalsekretär des ZK der Kommunistischen Partei Griechenlands, Ch. Florakis. In seiner Erklärung betonte er, daß diese Basen in Wirklichkeit nicht Griechenland dienten, sondern den strategischen Interessen der USA. Er wies darauf hin, daß im Namen der Verteidigung solcher Interessen die nationale Unabhängigkeit Griechenlands in Gefahr geraten könne. Mit dem Aufruf wachsam zu bleiben, wandte sich die Organisation der Anhänger der griechischen Friedensbewegung, die Bewegung für nationale Unabhängigkeit, internationalen Frieden und Abrüstung (KEADEA) an das griechische Volk. Ihr Vorsitzender, Ch. Marpulos, wies darauf hin, daß die KEADEA für den Abzug ausländischer Militärbasen aus Griechenland eintrete. Die Mehrheit des griechischen Volkes lehne den Standpunkt ab, wonach die Basen um jeden Preis aufrechterhalten werden müßten, wird in der Erklärung betont, die dort vom Exekutivsekretariat der Griechischen Sozialistischen Bewegung (PASOK), aus deren Vertretern das Einparteienkabinett von A. Papandreu besteht, verbreitet wurde. In Luxemburg fand das Plenum des Zentralkomitees der Kommunistischen Partei Luxemburgs (KPL) statt. Seine Teilnehmer erörterten die Lage im Land, Fragen der internationalen Politik, legten die den luxemburgischen Kommunisten bevorstehenden Aufgaben fest. In der Plenumsresolution wird hervorgehoben, daß die Politik der Regierung, die vorsehe, die ökonomischen Lasten den Schultern der Werktätigen aufzubürden, zu einer weiteren Verschlechterung der materiellen Situation der Bevölkerung des Landes geführt habe. Mit dem Ziel einer rechtzeitigen Verhütung eines weiteren Absinkens des Lebensstandards der arbeitenden Menschen trete die KPL für die Nationalisierung des führenden Industriezweigs des Landes ein – des Eisenerzhüttenwesens. Im außenpolitischen Abschnitt der Resolution verurteilten die luxemburgischen Kommunisten den militaristischen Kurs der USA-Administration und der NATO-Führung. Sie betonten erneut die Notwendigkeit einer Aktivierung des Kampfes gegen deren gefährliche Pläne, die die Aufstellung neuer amerikanischer Atomraketen in einer Reihe von Ländern Westeuropas vorsähen. In dem Dokument wird auch die Außenpolitik der Regierungskreise Luxemburgs verurteilt, die das Territorium des Landes für den Bau von militärischen Basen und Lagern der NATO zur Verfügung stelle. Das Plenum faßte den Beschluß zur Einberufung des ordentlichen XXIV. Parteitags der KPL im Januar 1984. Auf einer in Warschau stattfindenden Sitzung des Sejm der VRP gab das Mitglied des Politbüro des ZK der PVAP, Außenminister der VRP S. Olszovski, eine Erklärung der Regierung zur aktuellen Außenpolitik des Landes ab. Wichtigster Friedensfaktor in der Welt, sagte er, bleibt die Politik der Sowjetunion und der gesamten sozialistischen Gemeinschaft. Eine deutliche Bekräftigung dessen sind die Ergebnisse der kürzlich in Prag abgehaltenen Beratung des Politischen Konsultativkomitees der Teilnehmerstaaten des Warschauer Pakts. Der polnisch-sowjetische Verbund bleibt grundlegender Garant für die Sicherheit Polens, die Unverletzlichkeit unserer Grenzen, prinzipieller Faktor der Geschlossenheit und Zusammenarbeit der sozialistischen Staaten. Er dient außerdem der Sache von Frieden und Sicherheit in Europa, ist eines ihrer wesentlichen Teilelemente. Die Gespräche des Genossen V. Jaruzelski mit Genosse J. V. Andropov Ende vergangenen Jahres bekräftigen den Willen beider Parteien und Staaten zur Festigung der breiten Kooperation und Zusammenarbeit in der internationalen Arena zur Durchsetzung einer Politik des Friedens. Die während dieser Gespräche gefaßten Beschlüsse werden jetzt und in Zukunft konsequent erfüllt. Das vergangene Jahr war eine besonders schwierige Periode unserer Beziehungen zum Westen und zu den USA, bemerkte der Minister. Die antipolnische Politik konnte nicht die geplanten Resultate erbringen. Sie hat den Prozeß der Stabilisierung und Normalisierung des Lebens nicht aufgehalten, obwohl sie die Lösung unserer ökonomischen Probleme erschwert hat, die allmähliche Überwindung der Krise konnte sie nicht behindern. Die Hoffnungen auf einen politischen oder ökonomischen Bankrott des polnischen Staates sind völlig fehlgeschlagen. Die Deputierten des Sejm faßten eine Entschließung zu den Zielsetzungen der Außenpolitik der VRP für 1983. In dem Dokument wird die Richtigkeit und Unwandelbarkeit der Hauptprinzipien der Außenpolitik der VRP bekräftigt, die im Bruderbund mit der UdSSR beschlossen seien, der Polen Sicherheit und Unverletzlichkeit der Grenzen garantiere, der Teilnahme an der Verteidigungsunion des Warschauer Pakts, an der Kooperation zu gegenseitigem Nutzen im Rahmen des RGW, an freundschaftlichen Beziehungen zu allen Staaten, die danach strebten, diese nach dem Prinzip der Gleichberechtigung, der gegenseitigen Achtung und des gegenseitigen Nutzens zu unterhalten, an der Aktivität in der internationalen Arena zum Wohle der Sache von Frieden, Entspannung und Abrüstung, die sich aus der historischen Erfahrung des polnischen Volkes, aus der Rolle und dem Platz Polens in Europa und der ganzen Welt ergebe. Der Sejm, wird in der Entschließung betont, verurteile und wende sich entschieden gegen jeglichen Versuch einer äußeren Einmischung in die inneren Angelegenheiten Polens. Der Sejm bekräftige insbesondere, daß die von der USA-Administration durchgeführte Politik der Einmischung in die inneren Angelegenheiten Polens, die Verhängung von Sanktionen und ökonomischem Druck, ebenso wie der einseitige Abbruch der Erfüllung verschiedener Vereinbarungen und Abkommen dem internationalen Recht und den guten Traditionen widersprächen, der Sache des Friedens und den gemeinsamen Interessen aller Völker Schaden zufügten. Wir werden uns den Versuchen widersetzen, unsere inneren Probleme zur Verschärfung der Spannung in den Beziehungen zwischen den Staaten unterschiedlicher Gesellschaftssysteme zu mißbrauchen. Die derzeitige internationale Lage rufe begründete Ängste um das Schicksal der Entspannung, der weiteren friedlichen Entwicklung des Planeten hervor. Der Konfrontationskurs von USA und NATO führe zu qualitativ neuen, bisher ungekannten Ausmaßen des Wettrüstens. Dies bedeute ein Anwachsen der Gefahr eines atomaren Konflikts, der die Existenz der menschlichen Zivilisation bedrohe. Eine besondere Gefahr stellten die Pläne einer Umwandlung Westeuropas in ein Arsenal amerikanischer atomarer Mittelstreckenraketen dar. Der Sejm der VRP rufe die Parlamente aller Staaten und durch sie die Völker Europas und der ganzen Welt dazu auf, zusammenzuarbeiten bei der Lösung der für die heutige und die zukünftige Generation wichtigsten Angelegenheiten – der Verteidigung des Friedens, der Abrüstung, dem Kampf gegen die Gefahr eines atomaren Konflikts. Der Sejm der VRP bekunde seine Solidarität mit dem auf der gemeinsamen feierlichen Sitzung anläßlich des 60. Jahrestages der Gründung der UdSSR angenommenen Appell des Obersten Sowjet der UdSSR und des ZK der KPdSU, der an die Adresse der Parlamente, Regierungen, politischen Parteien und Völker der Welt gerichtet sei. In der politischen Deklaration der Teilnehmerstaaten des Warschauer Paktes seien Vorschläge unterbreitet worden, die prinzipielle Bedeutung für eine konstruktive Regelung der internationalen Lage und ein Aufhalten der Tendenz zum »kalten Krieg« in der Welt haben. Von besonderem Belang für die Perspektive des Friedens in der ganzen Welt und der Entspannung sei der Vorschlag, einen gegenseitigen Nichtangriffspakt zwischen den Teilnehmerstaaten des Warschauer Pakts und der NATO zu schließen. Der Sejm sichere diesem Vorschlag seine entschiedene Unterstützung zu, da er ihn für besonders wichtig für die Zukunft Europas und der Welt halte. Der Sejm sehe die Festigung der staatlichen Sicherheit und die Wiedererlangung der internationalen Position Polens, den entschlossenen Kampf gegen jegliche Diskriminierung und auch Einmischung in die inneren Angelegenheiten des Landes als außerordentlich wichtig an; die Festigung der allseitigen Beziehungen zur UdSSR, DDR, ČSSR und anderen sozialistischen Ländern, die Stärkung der Position Polens bei den Verbündeten, die Entwicklung der allseitigen Kooperation im Rahmen des Warschauer Pakts und des RGW. Zur IX. Tagung des Schriftstellerverbandes der DDR, der seine Arbeit Ende Mai aufnimmt, gehe seine Berliner Organisation mit besonders bemerkenswerten Erfolgen heran. In den letzten drei Jahren seien von den Literaten aus der Hauptstadt mehr als 800 Werke veröffentlichtworden. Die Schriftsteller förderten die Verwirklichung der Beschlüsse des X. Parteitages der SED, trügen zur Festigung der Ideale des Sozialismus und Kommunismus bei, verteidigten die Sache des Friedens. Die Zeitung schreibt, daß es Pflicht der Prosaschriftsteller, Dichter und Theaterautoren sei – in den künstlerischen Werken deutlich und überzeugend das vielseitige Leben im ersten sozialistischen Staat auf deutschem Boden widerzuspiegeln, einen realen Beitrag zur Schaffung des neuen Menschen zu leisten. Bei der derzeitigen internationalen ökonomischen Situation, bei der sich die Lage auf den Weltmärkten ständig ändere, trage die Stabilität der Außenhandelskontakte mit den Bruderstaaten in vielem zur zuverlässigen Arbeit der ungarischen Unternehmen bei. Heute entfalle mehr als die Hälfte des gesamten Außenhandelsvolumens von Ungarn auf die sozialistischen Staaten. Auch in Zukunft würden sie eine grundlegende Rolle bei der Verbesserung der Ausbalancierung der Volkswirtschaft der VRU spielen. Die gegenseitigen Interessen diktierten die Notwendigkeit einer weiteren Festigung der Lieferdisziplin und der Qualitätssteigerung bei der Produktion. Daneben müsse ständig nach neuen Reserven für die Ausweitung der Handelsbeziehungen Ungarns mit den sozialistischen Partnern auf dem Gebiet des Austausches von Schwerindustrieprodukten sowie von Massenbedarfsartikeln gesucht werden. Indem es darauf verwies, daß Preispolitik ein wichtiges Instrument beim Wirtschaftsaufbau sei, hat das Plenum des ZK der KPU darauf hingewiesen, daß es dem existierenden staatlichen Preissystem bis jetzt noch an Flexibilität und Effektivität mangele und es das Schlußlicht eines nichtorganisierten Marktes bilde. Natürlich dürfe nicht zugelassen werden, daß eine solche Lage bestehen bleibt. In der Sphäre der Preisbildung müsse das jetzige staatliche Preissystem bei allmählicher Verbesserung seiner einzelnen Teile erhalten bleiben. Allen Tätigkeiten in der Sphäre der Preisbildung müsse eine einheitliche staatliche Planung zugrunde liegen. Die Festsetzung der Preise sei eine effektive Waffe des Staates auf dem Gebiet der wirtschaftlichen Entwicklung. Davon, wie erfolgreich sie eingesetzt werde, hänge in vielem der Erfolg bei der Sache der Stabilisierung des ökonomischen und gesellschaftlichen Lebens Vietnams ab. Mit großem Interesse besichtigten die Moskauer und die Gäste der Hauptstadt die in Moskau auf der VDNCh der UdSSR eröffnete Ausstellung »35 Jahre sozialistisches Prag«. Ihre Exponate erzählen von der historischen Entwicklung der Tschechoslowakei, vom Leben und den Arbeitsleistungen der Prager, die wichtige Aufgaben des sozialistischen Aufbaus gelöst haben. Der Vorsitzende des Ispolkom des Mossovjet V. F. Promyslov hob in seiner Rede bei der Eröffnung der Ausstellung hervor, daß Prag eine bemerkenswerte sozialistische Stadt sei, deren Bewohner die Beschlüsse des XVI. Parteitags der KPČ erfolgreich verwirklichten. Wir sind überzeugt, sagte er, daß die derzeitigen Prag-Tage der weiteren Annäherung unserer Hauptstädte dienen und die Gestalt eines echten Festes der Völkerfreundschaft von UdSSR und ČSSR annehmen werden. Der Primator von Prag, F. Štafa, bewertete in seiner Rede die vielseitigen Beziehungen beider Hauptstädte sehr hoch und betonte, daß die Kooperation mit der Sowjetunion das Unterpfand für die Errungenschaften seiner Heimat beim Aufbau des Sozialismus gewesen sei und bleibe. An der Ausstellungseröffnung nahmen teil das Mitglied des Politbüro des ZK der KPdSU, Erster Sekretär des MGK der KPdSU, V. V. Grišin, die Delegation der tschechoslowakischen Hauptstadt unter Führung des Mitglieds des Präsidiums des ZK der KPČ, des Ersten Sekretärs des Prager Gorkom der Partei, A. Kapekom, der Botschafter der ČSSR in der UdSSR, C. Lovetinskij. Als Dringlichkeitsprogramm nahmen die Volkskontrolleure die Beschlüsse des Novemberplenums (1982) des ZK der KPdSU an. Initiative, Unduldsamkeit gegenüber Mängeln, Ausrichtung auf konkrete Taten sind charakteristisch für viele Komitees, Gruppen und Amtsinhaber. Indem sie die Anordnung der Partei befolgen – energischer, aktiver zu handeln –, leisten die Volkskontrolleure einen bedeutenden Beitrag zur Erfüllung der Beschlüsse des XXVI. Parteitags der KPdSU, der Planaufgaben des elften Fünfjahresplans, zum Kampf für die Steigerung der Organisation, die Straffung von Disziplin und Ordnung in der Produktion, die strengere Kontrolle der ökonomischen Vorschriften. Die Organe der Volkskontrolle sind eine autoritative staatliche und gesellschaftliche Kraft. Fast in allen Arbeitskollektiven sind Gruppen und Kontrollposten tätig, die ungefähr zehn Millionen fortschrittlicher Arbeiter, Kolchozbauern und Vertreter der Intelligenz erreichen. Auf ihr Konto gehen nicht wenige gute Taten. So brachten die Kontrolleure der Vereinigung »Leningrader Metall-Fabrik«, »Nevskij-Fabrik«, »Ižorskij-Fabrik« und einer Reihe anderer Unternehmen Leningrads als Folge der Kontrolle Vorschläge ein, deren Realisation die Einsparung von ungefähr 7000 Tonnen Eisen- und 560 Tonnen Buntmetall im vergangenen Jahr erlaubte. Die ausgewiesenen Reserven erlaubten den Leningradern einen zusätzlichen Produktionsausstoß von Bedarfsartikeln für fast 11 Millionen Rubel. Die Komitees und Gruppen der Volkskontrolle des Moskauer Umlandes haben sich mit aktiver Unterstützung der Parteiorganisationen ausführlich über die Gründe von Arbeitszeitverlusten kundig gemacht. Die Kontrolleure der Dneprošin-Produktionsvereinigung »XXV. Parteitag der KPdSU« Dnepropetrovsk trugen nicht wenig dazu bei, daß das Unternehmen im Verlauf von zwei Jahren seinen Produktionsausstoß um 13% erhöht hat, wobei der Ausstoß der Pneumosäcke, ausgezeichnet mit dem staatlichen Qualitätssiegel, bis auf 90% angehoben wurde. Und solche Beispiele effektiver Arbeit der Kontrolleure gibt es nicht wenig. Jetzt wurde in den Volkskontrollorganen mit den Rechenschaftsberichten und Wahlen begonnen. Diese wichtige und verantwortungsvolle Kampagne geschieht in einer Situation, die beweist, daß die Beschlüsse des Novemberplenums des ZK der KPdSU lebhaften Anklang in den Arbeitskollektiven gefunden haben, in ihnen hat eine aktive Arbeit zur Verbesserung von Arbeitsorganisation, Erhöhung der Disziplin und Suche nach neuen Reserven eingesetzt. Unter Berücksichtigung dessen sind die Volkskontrolleure aufgerufen, ihre Arbeit zu analysieren und grundsätzlich darauf zu achten, was geleistet und was versäumt wurde. Denn es gibt noch mehrere Produktionskomitees und Gruppen, die zurückhaltend agieren, Kontrollen meist bei geringem Anlaß durchführen, die Mängelregistrierung bleibt begrenzt. In diesem Zusammenhang verdienen einzelne Komitees und Gruppen der Region Krasnojarsk, der Karakalpakischen ASSR, der Kreise Nikolaevsk und Mangyšlak einen Tadel. Es gibt Fälle formalen Herangehens an die Organisation der Kontrolle. Zum Beispiel hat sich das Stadtkomitee Vyšnyj Voloček, Kreis Kalinin, sechsmal die Erklärungen der Leiter der Fabrik »Klavier« bezüglich Nichterfüllung des Plans und Fakten von Mißwirtschaft angehört. Es wurden Entschließungen gefaßt, doch das Unternehmen wird weiterhin nicht mit den Aufgaben fertig. Es wird keine Initiative und Beharrlichkeit gezeigt, passiv verhält sich auch die Gruppe der Volkskontrolle der Fabrik. Im Licht der Beschlüsse des Novemberplenums des ZK der KPdSU bekommen die Aufgaben einer mit allen Mitteln durchgeführten Straffung der

Disziplin, der pünktlichen Erfüllung der staatlichen Pläne und Aufgaben, der Einhaltung strengster Vorschriften bei Ökonomie und Wirtschaftlichkeit eine noch größere Aktualität. Auch die Verantwortlichkeit der Volkskontrollorgane wächst. Sie sind verpflichtet, die Arbeit der Überprüfung der Erfüllung der Parteidirektiven, der sowjetischen Gesetze und Regierungsbeschlüsse zu verstärken, beharrlich Mißwirtschaft und Verschwendungssucht, Amtsschimmel, Bürokratismus und Vetternwirtschaft auszumerzen. Die Werktätigenversammlungen und Konferenzen der Vertreter der Arbeitskollektive für die Rechenschaftsberichte und die Wahlen der Komitees, Gruppen und Ämter finden im Laufe des Februar-April statt, was es erlaubt, sie ohne Hast durchzuführen, organisiert, in voller Übereinstimmung mit den Anforderungen des Gesetzes über die Volkskontrolle in der UdSSR. Im Laufe der Rechenschaftsberichte und Wahlen ist es nötig, nicht nur das Vollbrachte kritisch zu analysieren, sondern auch Wege zur Vervollkommnung der Kontrolle festzulegen. Es steht an, in den Bestand der Komitees, Gruppen und Ämter energische, politisch reife, prinzipielle Aktivisten zu wählen, besonders aus der Zahl jener Arbeiter und Kolchozbauern, die fähig sind, die Sache der Überprüfung erfolgreich durchzuführen. Im Fall eines Wechsels der Komitee- und Gruppenleiter werden Parteiaktivisten, die das Vertrauen der Kollektive besitzen, für diese Posten vorgeschlagen. Dabei wird man sich nach der in der Praxis bewährten, vom ZK der KPdSU gebilligten Praxis der Auswahl von Komitee- und Gruppenvorsitzenden durch die Stellvertreter der Sekretäre oder durch die Mitglieder der Parteikomitees und Büros der Parteiorganisationen richten müssen. Die Durchführung der Rechenschaftsberichte und Wahlen der Komitees, Gruppen und Ämter der Volkskontrolle erfordert die besondere Parteiaufmerksamkeit. Es ist wichtig, daß diese verantwortungsvolle Kampagne auf hohem organisatorischen und politischen Niveau, im Rahmen von Sachlichkeit und Strenge geschieht. Es ist unerläßlich, für eine breite und interessierte Teilnahme der Werktätigen an den Versammlungen und Konferenzen, der Beratung über die Arbeitsresultate der Volkskontrollorgane zu sorgen, sich um öffentliche Darstellung und Erläuterung der Rechenschaftsberichte und Wahlen auf den Seiten der Presseorgane, in Fernsehen und Rundfunk zu kümmern. An der Arbeit der Versammlungen und Konferenzen, der Beratung der Rechenschaftsberichte der Volkskontrolleure sollen Vertreter der Administration, die Leiter der Partei-, Gewerkschafts- und Komsomolorganisationen tatkräftigen Anteil nehmen. Die Parteikomitees und -büros müssen Kritik, Anmerkungen und Vorschläge der Werktätigen aufmerksam analysieren. Es ist nötig, daß die in die Gruppen und Ämter der Kontrolleure gewählten Aktivisten deutlich klarmachen: ihnen ist eine ehrenvolle und verantwortungsvolle Sache anvertraut. Gleichzeitig muß jeder Volkskontrolleur sicher sein, daß seine gesellschaftliche Arbeit die nötige Unterstützung erhält. Die Rechenschaftsbericht-Wahl-Kampagne in den Volkskontrollorganen ist dazu bestimmt, zu einer Verstärkung der Überprüfung der Ausführung von seiten der breiten Massen, zur weiteren Mobilisierung der Arbeitskollektive für die Verwirklichung der Beschlüsse des XXVI. Parteitags der KPdSU, zur Realisierung des Versorgungsprogramms des Landes, zur Erfüllung und Übererfüllung des staatlichen Plans von 1983 und des elften Fünfjahresplans im ganzen beizutragen. In die Chronik des Unionswettbewerbs wurden neue Namen ruhmreicher Vertreter der Arbeiterklasse und der Bauernschaft eingetragen, denen für hohe Verdienste der Orden Ruhm der Arbeit 1. Klasse verliehen wurde. Unter ihnen – der Streckenvortreiber der Kuzbass-Grube »Jubiläum« S.

Sizych und der Brigadier V. Kočetov aus dem vierten Bautrust »Dzeržinskij«, Kreis Gorkij, die Melkerinnen Ja. Beljskene aus der Litauischen SSR, A. Djusjumbekova aus Kazachstan und L. Gadalova aus dem Moskau-Umland – insgesamt die siebenunddreißig Besten der Besten. Auf hervorragendem Wachtposten zu Ehren des 60. Jahrestages der Gründung der UdSSR haben sie, wie auch Millionen anderer Werktätiger in Stadt und Land, ein Vorbild für effektives Arbeiten, ökonomische Nutzung von Rohstoffen und Energiereserven, Strebsamkeit und straffe Disziplin abgegeben. Gerade auf diese Weise – mit Taten – untermauern die Sowjetmenschen die Parteibeschlüsse, die auf die weitere Entwicklung der Ökonomie des Landes gerichtet sind. Zu einer deutlichen Bekundung dieser einhelligen Unterstützung wurde das Treffen des Generalsekretärs des ZK der KPdSU J. V. Andropov mit Moskauer Werkzeugmaschinenbauern. Es überzeugt davon, daß in den Arbeitskollektiven die Beschlüsse des Novemberplenums (1982) des Zentralkomitees lebendigen Anklang gefunden haben, und unsere Partei bei der Verwirklichung der gestellten Aufgaben sich fest auf die Arbeiterklasse, auf alle Werktätigen des Landes stützen kann. Die Bestarbeiter – das sind die Anführer, die Leuchttürme, an denen wir uns orientieren. Doch mit den Anstrengungen der Bestarbeiter allein sind die gestellten Aufgaben nicht zu lösen. Es ist wichtig, daß jeder aktiv an der Arbeit teilnimmt. Auf dem Novemberplenum des ZK der KPdSU wurde hervorgehoben, daß die Erfahrung der Bestarbeiter eine der Reserven für die weitere Vervollkommnung der Produktion, für die Verbesserung der ökonomischen Kennziffern ist. Um sie in vollerem Maße in den Dienst des Fünfjahresplans zu stellen, ist tägliche organisatorische und politische Arbeit in den Kollektiven, konkretes Herangehen an die Sache unerläßlich. Ein Beispiel für ein solches Herangehen liefern viele Kollektive Moskaus. Die Initiative der fortschrittlichen Unternehmen der Hauptstadt, die die Straffung der Produktions- und Arbeitsdisziplin vorangetrieben haben, findet breiten Anklang bei den Werktätigen in Stadt und Land. Der wertvolle Anfang muß tatkräftig unterstützt werden, ausgehend davon, daß dies eine vielseitige Langzeitaufgabe ist. Das Moskauer Gorkom der Partei zum Beispiel schlug den Rajkoms und den untersten Parteiorganisationen vor, den Vorschlägen und Anmerkungen der Werktätigen noch aufmerksamer nachzukommen, die Ausführung der Maßnahmen zur Herstellung der Ordnung in der Produktion unter Kontrolle zu bringen. Mit praktischen Taten unterstützen die Kommunisten vieler Leningrader, Kiever, Minsker Unternehmen und Baufirmen diese Inangriffnahme. Bei der Straffung der Ordnung in der Produktion ist es wichtig, die Menschen am Beispiel der Besten zu lehren, jener, die, ohne auf Anordnung von oben zu warten, beharrlich suchen und ihre Reserven in die Tat umsetzen. »Wir brauchen eine bewußte Arbeitsdisziplin, eine, die die Produktion nach vorne bringt, – bemerkte Genosse J. V. Andropov bei dem Treffen mit Moskauer Werkzeugmaschinenbauern, – wir müssen den Kampf für die Disziplin mit großem Inhalt erfüllen, ihn unmittelbar mit der Erfüllung der Produktionsaufgaben verbinden . . .« In diesem Zusammenhang läßt sich das Unterfangen der Walzbrigade des S. Drožžin-Metallurgiekombinats Karaganda schwerlich überbewerten, die einen Wettbewerb unter der Devise »Für hohen Wirkungsgrad an jedem Arbeitsplatz« gestartet hat. Die Initiative wurde vom ZK der Kommunistischen Partei Kazachstans unterstützt, das den dortigen Partei- und Gewerkschaftsorganisationen und Wirtschaftsleitern empfohlen hatte, die Erfahrungen der fortschrittlichen Brigade bei der Aneignung von Nachbarberufen, der Einrichtung der Ausbildung, der Einführung wissenschaftlicher Arbeitsorganisation in ihr Rüstzeug aufzunehmen. Bei der Unterstützung der Initiative von unten muß daran erinnert werden, daß der Erfolg nicht immer von einem gewöhnlichen Werktätigen allein abhängt. Bisweilen tauchen Erschwernisse auf, mit denen er nicht aus eigener Kraft fertig wird: sei es, daß die Vorfertigungsteile nicht rechtzeitig geliefert wurden, sei es, daß das notwendige Werkzeug fehlt. In der Folge sinkt die Arbeitslaune, es vergeht nutzlose Zeit. Die Verluste wegen dieser Unordnung werden jedoch meist aus der Tasche des Staates gedeckt. Eben deshalb schlugen Werktätige in ihren Briefen an die »Pravda« vor, eine tägliche Arbeitskontrolle bezüglich der Ordnung in der Produktion einzuführen, strenger die zur Rechenschaft zu ziehen, die die Arbeit nicht organisieren wollen oder können und bei Unordnung die Augen zudrücken. Die Frage der Straffung der Disziplin betrifft jeden – vom Arbeiter bis zum Minister, und der Effekt muß sich in ausnahmslos allen Produktionseinheiten heilsam bemerkbar machen. Heute finden Brigadeformen mit einer Lohnverteilung per Realeinsatz des einzelnen Werktätigen immer größere Verbreitung. Die Praxis überzeugt: in solchen Kollektiven finden auch Neulinge schneller ihren Platz und eine wirkungsvollere Einweisung, der Austausch der besten Erkenntnisse geht schneller. Die von den Arbeitern gewählten Brigaderäte haben mit ihrer Autorität und ihrem Vertrauen einen positiven Einfluß auf die Verbesserung von Organisation und Arbeitsqualität, sie verstehen es, für die Interessen des Kollektivs einzutreten. Beispiele von exakter, geordneter Arbeit gibt es viele, es gibt sie in jedem beliebigen Zweig der Volkswirtschaft. Es gibt jedoch auch Fakten anderer Art. Nicht immer findet eine nützliche Erkenntnis schnell den Weg in jede Werkabteilung, an jeden Arbeitsplatz. So werden in der Vereinigung »Armelektroapparat«, im Zementkombinat Navoj

(Uzbekische SSR), in der Erdölraffinerie Ufa die Vorzüge von Komplexbrigaden nicht in vollem Maße genützt, viele Arbeiter haben keine eigenen Pläne zur Steigerung des Wirkungsgrades der Arbeit. Die Spezialisten dort helfen den Arbeitern nur mäßig bei den technischen Grundlagen der Verpflichtungen, der Zusammenlegung von Berufen. In anderen Kollektiven fühlen sich Disziplinverletzer völlig frei, es kommen viele Arbeitsversäumnisse und von der Administration erlaubtes Fernbleiben vor. Die Parteiorganisationen sind aufgerufen, diese Fakten einer prinzipiellen Beurteilung zu unterziehen, den Kollektiven bei der Beseitigung der Mängel zu helfen, jene auf alle möglichen Arten anzuspornen, die danach streben, besser zu arbeiten. Der Jahresbeginn ist der Moment, wo die Kollektive neue sozialistische Verpflichtungen übernehmen. Ein gutes Zeichen besteht gegenwärtig darin, daß die Werktätigen sich hohe Ziele an jedem Arbeitsplatz stecken, insbesondere auf dem Wege der breiten Unterstützung der Initiative der Moskauer, der Straffung der Arbeitsdisziplin, der Suche und Anwendung zusätzlicher Produktionsreserven. Die Kommunisten sind aufgerufen voranzugehen, ein Vorbild an Arbeitseifer, an tatkräftigem Herangehen an die anvertraute Sache abzugeben. Bei den sozialistischen Verpflichtungen für 1983 haben die Moskauer sich vorgenommen, den Jahresplan und die Aufgaben von drei Jahren des Fünfjahresplans vorfristig zu erfüllen. Unter den Maßnahmen, auf deren Grundlage dies erreicht werden soll, wird der Straffung der Arbeitsdisziplin, der exakten Arbeitsorganisation eine deutliche Stellung zugewiesen. Die Kollektive der Hauptstadt werden ihr Wort halten. Bei der Weiterführung der Initiative »Ehre und Ruhm – durch Arbeit« haben viele von ihnen die Qualitätskennziffern erhöht, die Vorschriften zur Wirtschaftlichkeit verschärft. Die Verpflichtungen sind strenger Kontrolle unterstellt, und als zum

Beispiel in der Kompressoren-Fabrik »Der Kämpfer« Versagen entdeckt wurde, hat das Gorkombüro der Partei die dort entstandene Situation untersucht und geholfen, die Sache in Ordnung zu bringen. Ohne die nötige Arbeits-, Plan- und Staatsdisziplin, bemerkte Genosse J. V. Andropov bei dem Treffen mit Moskauer Werkzeugmaschinenbauern, können wir nicht schnell vorankommen. Konkrete Maßnahmen zur Straffung der Ordnung in der Produktion, zu resultativer Nutzung der Arbeitszeit, zu schonendem Umgang mit nationalem Gut haben viele Wettbewerbsteilnehmer in ihre Verpflichtungen mit aufgenommen. Und verständlicherweise: solche Maßnahmen sind eine gewaltige Wachstumsreserve, deren Bedeutung um so größer ist, als die Herstellung der Ordnung meistens keine kapitalen Aufwendungen erfordert, der Effekt aber groß ist. Zum Beispiel ist das Kollektiv des Trusts »Magnitstroj« dabei, nur durch Verringerung der Arbeitszeitverluste in diesem Jahr zusätzlich Baumontagearbeiten für 270tausend Rubel durchzuführen. Eine solide Zulage! Zugleich überzeugt das Leben: wenn die Losung zur Straffung von Disziplin und Ordnung nicht von lebendigen Taten, von einer tiefgreifenden Analyse der Wettbewerbsresultate, von der Einbringung fortschrittlicher Erkenntnisse unterstützt wird, kommen die Kollektive nicht nur nicht voran, sondern geben mitunter bereits eroberte Positionen auf. So rühmte sich das Lokomotivdepot Grebenok der Eisenbahnzweigstelle Poltava noch vor fünf–sechs Jahren seiner Erfolge, man fuhr dorthin, um zu lernen, wegen neuer Erkenntnisse. Heute ist es unter den Rückständigen, und die Hauptursache dafür ist – das Sinken von Disziplin und Initiative der Leute, ihrer gegenseitigen Ansprüche. Bei vielen Vergehen begann man dort die Augen zuzudrücken, vergessen sind letzte Neuerungen, die dabei helfen, mit vollem Wirkungsgrad zu arbeiten. Dieser Fakt ist bei weitem kein

Einzelfall. Andere Wirtschaftsleiter, die sich nur auf die Befehlsgewalt verlassen, kümmern sich nicht um die Verbesserung von Organisation und Arbeitsbedingungen der Menschen, sie haben das wirtschaftliche Arbeiten geschwächt. Es ist schlecht, daß Kommunisten, Gewerkschaftsorgane sich nicht selten damit abfinden, die Teilnahme am Wettbewerb um die Straffung der Ordnung auf Kleinigkeiten reduzieren, die an der Oberfläche liegen, nicht bis zu tiefliegenden Reserven durchdringen. Die Aufgabe besteht aber gerade darin, ein komplexes Herangehen zu gewährleisten, den Kampf für Disziplin mit großem Inhalt zu erfüllen, gleichzeitig Konkretheit und Wirksamkeit aller Maßnahmen zu erreichen. Ein gutgeführter Wettbewerb hilft, die Energie und Initiative der Werktätigen in Stadt und Land, ihr Interesse an der Verbesserung der Sache zu wecken, eine schöpferische Atmosphäre zu schaffen. Und dies ist ein zuverlässiger Weg zur Straffung der bewußten Disziplin und Ordnung, zur weitestgehenden Nutzung aller Produktionsmöglichkeiten. Groß ist die erzieherische Rolle der Bestarbeiter und fortschrittlichen Kollektive. Indem sie ein Musterbeispiel an Sorgfältigkeit, an sparsamem Umgang mit der anvertrauten Sache abgeben, ziehen sie andere mit sich. Es ist klar, hier darf man sich nicht auf Selbstlauf verlassen. Das Vorbild, die Praxis der Besten wird tatsächlich zu einer großen Kraft, wenn um sie herum täglich eine mobilisierende Arbeit vonstatten geht. Dafür stehen den Organisatoren des Wettbewerbs ausreichend vielfältige Mittel zur Verfügung. Da gibt es Schulen für fortschrittliche Erkenntnisse und Lehrlingsbetreuung, Aufgebote von Arbeiterkorrespondenten, gegenseitige Kontrolle der Wettbewerbskollektive. Wichtig ist nur, daß dabei nicht allein die Produktionserfahrung, sondern auch die moralische Erfahrung, die Fähigkeit, aktiv auf Menschen einzuwirken, sie auf das Niveau der Besten zu heben, grundsätzlich erlernt und zusammengefaßt wird. Ein solches Herangehen erfordert tiefgreifende Kenntnis der Situation, Berücksichtigung der Bedingungen, Fähigkeit, an jeden einzelnen Menschen heranzukommen. Aber halten sich denn die Partei-, Gewerkschafts- und Komsomolorganisationen immer an diese Regeln? Wie aus der Post an die »Pravda« zu sehen ist, führen sie an gewissen Orten den Wettbewerb immer noch »im großen und ganzen« durch, weshalb seine wesentlichen Ziele aus dem Blickfeld geraten, die Interessen, Wünsche einzelner und bisweilen recht bedeutender Wettbewerbsgruppen nicht berücksichtigt werden. So sind in einer Reihe von Unternehmen, insbesondere in der Ždanov-Fabrik »Azovstahl« viele Zulieferabteilungen in die Bewegung für Disziplin und Wirtschaftlichkeit nicht einbezogen, sie werden manchmal schlicht vergessen. Nicht zufällig ist die Zahl der Verstöße und die Fluktuation unter den Werktätigen der Zulieferproduktionen drei–viermal höher als in den Hauptwerkabteilungen. Ein starker Hebel im Kampf für Musterdisziplin und hohe schöpferische Aktivität ist die richtige Stimulierung der Wettbewerber. Sie setzt genaue Berechnung und objektive Bewertung der Arbeitsresultate voraus. Wenn dies fehlt, kann es sein, daß die Fördermaßnahmen sich nicht in die nötige Richtung »auswirken«. Die Verfasser der Briefe an die »Pravda« berichten zum Beispiel, daß auch diejenigen eine Prämie für Brennstoffeinsparung erhalten, die davon nicht die geringste Ahnung haben, noch dazu zum Schaden der unmittelbar Beteiligten. In einer Reihe von Fällen sind die Wettbewerbsbedingungen so gestaltet, daß sich Einheiten, Brigaden als »Sieger« herausstellen, weil sie Verstöße vertuschen konnten. Ein formales Herangehen an die Bewegung zur Straffung von Disziplin und Ordnung kann nicht geduldet werden. Von den Partei- und Gewerkschaftsorganisationen, den Wirtschaftsleitern hängt es in erster Linie ab, ob die Unterstützungsarbeit für die gute Inangriffnahme der Moskauer sich tatkräftig gestaltet, sich nicht auf eine kurzfristige Kampagne reduziert, geschweige denn auf schlichte Sensationshascherei. Sie muß systematisch geführt werden, tagtäglich, alle Wettbewerbsteilnehmer mit hineinziehen und einen weiten Kreis von Problemen des gesamten Produktionsablaufes umfassen. Richtig vorgegangen wird dort, wo der Kampf für Disziplin mit der erfolgreichen Erfüllung der Aufgaben des dritten Jahrs des Fünfjahresplans, mit den übernommenen Verpflichtungen nicht nur in bezug auf das Gesamtvolumen der Produktion, sondern auch bei voller Entsprechung zu den Verbraucheraufträgen direkt verknüpft wird. Man darf nicht vergessen, daß ein durchschlagender Erfolg denjenigen Kollektiven beschieden ist, die ohne Wankelmut von den ersten Monaten des Jahres an sich energisch an die Realisierung des Vorgenommenen machen, durch rhythmische, geordnete Arbeit in allen Produktionsabschnitten danach streben. Der Tag ist nicht fern, da in den südlichen Landesgebieten die Frühlingsaussaat beginnt. Und schon heute denkt man in jedem Kolchoz und Sovchoz darüber nach, wie sich diese Arbeit am besten organisieren ließe, wer mit den Maschinen über die Felder fährt. Denn der Erfolg einer Aussaat hängt in erster Linie von den Mechanikspezialisten ab, davon, wie gut sie die Technik, die fortschrittlichen Verfahren und Arbeitsmethoden, die progressiven Technologien zur Bearbeitung der landwirtschaftlichen Kulturen kennen. Auf dem Maiplenum (1982) des ZK der KPdSU wurde hervorgehoben, wie wichtig es ist, alle Produktionsabschnitte von Kolchozen und Sovchozen mit qualifizierten Kadern aus Massenberufen zu verstärken, ihr handwerkliches Können zu erhöhen. Beständige Fürsorge um die weitere Ausstattung der Landwirtschaftsbetriebe mit Mechanikspezialisten legen viele

Parteiorganisationen, sowjetische und landwirtschaftliche Organe an den Tag. Im Starokulatkinskij-Bezirk des Kreises Uljanovsk zum Beispiel sind für jeden Traktor zwei Fahrer vorgesehen. Alle Feldarbeiten werden dort von eigenen Kräften durchgeführt. Jedes Jahr werden in den Landwirtschaftsbetrieben 250 Traktoristen vorbereitet. 166 Mechanikspezialisten pro hundert Traktoristen sind in den Landwirtschaftsbetrieben der Ukraine vorgesehen, davon sind zwei Drittel Spezialisten erster und zweiter Klasse. Die Ackerbauern des Landes unterstützten aktiv die Inangriffnahme der Initiatoren des Sozialistischen Unionswettbewerbs für eine rechtzeitige Vorbereitung von Technik und Kader auf den Frühling – die Werktätigen in der Landwirtschaft von Estland, der Kreise Brjansk, Poltava und Taškent. Nach ihrem Vorbild wurde in vielen Landwirtschaftsbetrieben noch im Herbst festgelegt, wieviel Mechanikspezialisten benötigt werden, um die Aussaat in der besten Zeit, auf hohem agrartechnischen Niveau durchzuführen. Nicht nur Betriebsfahrer wurden vorgesehen, sondern auch die, die eine solche Spezialausbildung besitzen, aber im Moment an anderen Arbeitsplätzen beschäftigt sind. Vorhanden sind Mechanikspezialisten für die Durchführung der Aussaat der Landwirtschaftsbetriebe der Regionen Krasnojarsk und Altaj, der Kreise Belgorod, Čeljabinsk, Voronež, Rostov und einer Reihe anderer. Allerdings fehlen in einigen Bezirken Kader von Landwirtschaftsmechanikspezialisten. Sie müssen vorbereitet werden. Der Winter ist die passende Zeit für die Vorbereitung der Landwirtschaftskader, besonders der Mechanikspezialisten. In diesem Jahr wurden aus den Dörfern Hunderttausende auf berufstechnische Fachschulen geschickt. Auch in den Jahrgangsstufen der Universitäten, in denen jetzt fast dreihunderttausend Mechanikspezialisten studieren, begann der Unterricht. Es muß unbedingt erreicht werden, daß sie alle das Studium erfolgreich abschließen, rechtzeitig auf dem Land an die Arbeit gehen. Jedes Jahr werden in dem Kolchoz »Weg zum Kommunismus«, Kreis Gomel, Mechanikspezialisten auf hohem Niveau vorbereitet. Und nicht zufällig ist die Produktivität der Traktoristen dort bedeutend höher als im Durchschnitt des Bezirks Gomel. Exakt nach Plan wird der Unterricht im Bezirk Sokal, Kreis Lvov, durchgeführt. Die Unterrichtsklassen sind mit Anschauungsmaterial ausgerüstet, qualifizierte Lehrkräfte wurden ausgesucht, die zukünftigen Maschinenlenker studieren die neue Technik, die Industrietechnologie, die Kenntnisse der Bestarbeiter. Organisiert geht das Studium in den Kreisen Saratov, Volgograd, Kirovograd, Dnepropetrovsk vor sich. Aufgabe der Leiter der Autoindustrievereinigungen, der Kolchozen und Sovchozen, der Unterabteilungen der Goskomselchoztechnika, der berufstechnischen Fachschulen ist es, sich darum zu kümmern, daß die Leute den vollen Wissensumfang beherrschen, ihn sicher in der Praxis anwenden können. Die Briefe, die in der Redaktion der »Pravda« eintreffen, zeugen davon, daß das Studium der Mechanikspezialisten nicht überall ordentlich geregelt ist. So fehlen im Kolchoz »Rußland« des Bezirks Kasimov, Kreis Rjazan, sogar für das Arbeiten in einer Schicht acht Traktoristen, ausgebildet werden aber nur vier Mann. Bei der Einrichtung von Unterrichtsgruppen, der Organisation der allgemeinen Schulpflicht für Mechanikspezialisten hat man sich in einer Reihe von Landwirtschaftsbetrieben Kirgisiens, Tadžikistans, der Kreise Pskov, Novosibirsk verspätet. An manchen Orten wird der Unterricht mit verkürztem Programm durchgeführt, was die Qualität der Ausbildung senkt. Die Parteikomitees, die örtlichen Sowjets müssen die Nachfrage von seiten der Wirtschaftsleiter nach Organisation des Studiums der Mechanikspezialisten erhöhen. Dies wird helfen, die Qualifikation der Fahrer zu verbessern, eine Arbeit der Maschinen in zwei Schichten zu gewährleisten. In den Landwirtschaftsbetrieben des Landes vergrößert sich mit jedem Jahr die Fläche, auf der landwirtschaftliche Kulturen mit Industrietechnologie bearbeitet werden. Berücksichtigt man, daß eine solche Technologie eine exakte Ausführung aller agrartechnischen Operationen erfordert, so ist es notwendig, zu dieser Arbeit die Leute mit den meisten Erfahrungen heranzuziehen, die Mechanikspezialisten erster und zweiter Klasse, sie mit Spezialwissen auszurüsten. In Kurzlehrgängen nach Programmen, die vom Landwirtschaftsministerium der UdSSR ausgearbeitet wurden, findet die Ausbildung von mehr als zweihunderttausend Mann statt. Dieser Unterricht muß organisiert durchgeführt werden, mit Nutzen für die Ackerbauern. Das Novemberplenum (1982) des ZK der KPdSU wies darauf hin, daß die Arbeiter des agrarindustriellen Komplexes zur Erfüllung des Versorgungsprogramms die Anstrengungen Tag für Tag steigern, so arbeiten müssen, daß die riesigen Mittel, die für die Lösung dieser Aufgabe bereitgestellt werden, sich bereits heute und noch viel mehr morgen auszahlen. Die Realisierung der Pläne von Produktion und Verkauf der landwirtschaftlichen Produktion an den Staat hängt in vielem davon ab, in wessen Hände die Maschinen geraten, wie sie ausgenutzt werden. Die Leiter von Kolchozen und Sovchozen, die örtlichen Partei- und Sowjetorgane, die Gewerkschaftskomitees, alle Kommunisten der Landwirtschaft müssen im Auge behalten, daß in diesem Frühling 75 000 junge Mechanikspezialisten, die die SPTU abgeschlossen haben, und mehr als 200 000 Universitätsabsolventen auf die Felder hinausfahren. Man muß ihnen eine zuverlässige Technik anvertrauen, sie durch qualifizierte Lehrmeister unterstützen, gute Arbeits- und Erholungsbedingungen schaffen, die ihnen zugeteilten Privilegien streng kontrollieren.

Wichtig ist auch, den Vorgesetzten, die den Landarbeitern zu Hilfe kommen, eine hochproduktive Arbeit zu gewährleisten. Je näher der Frühling rückt, um desto mehr müssen sich die Parteikomitees, die Leiter der agrarindustriellen Vereinigungen kümmern. Man muß den Ackerbauern helfen, exakte Arbeitspläne aufzustellen, im vorhinein die Verteilung der mechanisierten Abteilungen zu durchdenken, auf breiterer Ebene Brigadefolgen einzuführen, einen wirksamen sozialistischen Wettbewerb für die Steigerung der Produktivität der Maschinen zu organisieren, die Frühlingsaussaat erfolgreich durchzuführen. Denselben Zielen muß die Arbeit der Partner der Ackerbauern untergeordnet werden – der Unternehmen »Selchoztechnika«, »Selchozchimija«. Der Frühling hat sein eigenes, strenges Maß. Nicht umsonst heißt es, daß sein Tag das Jahr ernährt. Von den Mechanikspezialisten, ihrem Wissen und Können, ihrer Diszipliniertheit und Organisiertheit hängt der volle Wert eines Frühlingstages, die erfolgreiche Durchführung der Aussaat, die Verwirklichung der Aufgaben für die Weiterentwicklung der Landwirtschaft ab. Konsequent wird der Kurs der Kommunistischen Partei und des Sowjetstaates zur Hebung des Wohlstandes unseres Volkes verwirklicht. Das Sozialprogramm umfaßt alle Seiten des Lebens der Sowjetmenschen – Konsum und Wohnen, Arbeits- und Alltagsbedingungen, Kulturelles und Erholung. »Die Sorge um den Sowjetmenschen, um seine Arbeits- und Alltagsbedingungen, um seine geistige Entwicklung, – bemerkte der Generalsekretär des ZK der KPdSU, Genosse J. V. Andropov, – bleibt wichtigste Programmrichtlinie der Partei.« Im Land wird nicht wenig getan zur Vervollkommnung der alltäglichen Dienstleistungen für die Bevölkerung. In den letzten Jahren ist das Ausmaß der Tätigkeit dieses Zweiges gewachsen und seine Tätigkeitssphäre ausgedehnt worden, seine Autorität hat sich verstärkt. Heute bietet er der Bevölkerung mehr als 600 verschiedene Dienstleistungen an. Zugleich wird das erreichte Serviceniveau den gewachsenen Bedürfnissen der Sowjetmenschen noch nicht in vollem Umfang gerecht, in der Arbeit der Werkstätten, Schneidereien, der chemischen Reinigungsfabriken gibt es nicht wenige gravierende Mängel. Die Frage der weiteren Entwicklung und Verbesserung der alltäglichen Dienstleistungen für die Bevölkerung wurde auf der Sitzung des Politbüro des ZK der KPdSU von allen Seiten erörtert. Die Entschließung des Zentralkomitees der KPdSU und des Ministerrats der UdSSR »Über die weitere Entwicklung und Verbesserung der alltäglichen Dienstleistungen für die Bevölkerung« wurde veröffentlicht. Ein breites Handlungsprogramm ist vorgesehen. Ausgehend von den Beschlüssen des XXVI. Parteitags, des Mai- und Oktoberplenums (1982) des ZK der KPdSU, verpflichtet die Entschließung die örtlichen Partei- und Sowjetorgane, die Ministerien und Ämter verstärkte Aufmerksamkeit auf die Dienste im Alltag zu richten, Maßnahmen durchzusetzen, die auf vollere Zufriedenstellung der Nachfrage nach alltäglichen Dienstleistungen, auf Qualitätssteigerung, korrekte Art der Bedienung zielen. In der Entschließung wird hervorgehoben, daß die Hauptrichtungen bei der Entwicklung der alltäglichen Dienstleistungen in der Ausweitung solcher Dienstleistungen bestehen muß, wie der Reparatur von Radio- und Fernsehgeräten, Gebrauchsapparaten und -geräten, von Wohnung, Möbeln, Schuhen, der Wäschereien und chemischen Reinigungen, des Verleihs von Gegenständen des Langzeitgebrauchs, der Fertigung von Qualitätsprodukten auf Bestellung der Bevölkerung. Es werden Maßnahmen zur Einführung neuer Arten von Dienstleistungen und progressiver Arbeitsformen ergriffen – die schnelle Erfüllung von Aufträgen, ihre Lieferung an den Wohnort, die Bedienung per Abonnement, die

Ausweitung des Netzes von komplexen Dienstleistungen, von Annahmestellen und hochklassigen Dienstleistungsunternehmen. Das Netz von Organisationen und Annahmestellen in Dorfgegenden, in Fabriken, Betrieben, auf dem Bau und in Wohnheimen wird erweitert. Bei all dem muß das Prinzip beachtet werden: ein Maximum an Bequemlichkeit für den Auftraggeber, Zeitersparnis für die Werktätigen. Hierbei ist wichtig, sich die Erfahrung der fortschrittlichen Kollektive zu Nutze zu machen. So ist eine Reihe von Kiever, Leningrader, Penzer Unternehmen zur Arbeit nach dem System »Heute – für heute« übergegangen. Im wesentlichen besteht es darin, daß die Spezialisten die Reparaturaufträge für Radio- und Fernsehgeräte, für komplizierte Gebrauchstechnik am Tag ihrer Registrierung ausführen und natürlich zu einer für die Stadtbewohner angenehmen Zeit. Das Wachsen des Netzes von Dienstleistungsunternehmen und die Verbesserung ihrer Arbeit ist die Sorge der Allgemeinheit. Zu dieser Sache müssen die Werktätigen in Industrie, Wissenschaft, Kultur einen gewichtigen Beitrag erbringen. Mit der Entschließung wurden die Aufgaben der Ministerien, Ämter und Organisationen für den Bau von sozialen Dienstleistungsobjekten, von Produktionsstätten für Maschinen, Geräte und Mechanisierungsmittel, für die Lieferung von Spezialfahrzeugen für Dienstleistungsunternehmen und ebenso für eine effektivere Nutzung neuer Technik festgelegt. Es ist unerläßlich, neue typische Unternehmensprojekte der Dienstleistungssphäre unter Berücksichtigung der klimatischen Zonen des Landes zu untersuchen. Es stellt sich die Aufgabe – den wissenschaftlich-technischen Fortschritt in diesem Zweig zu beschleunigen, die Kollektive von Industrieunternehmen, wissenschaftlichen Einrichtungen in größerem Maße heranzuziehen. Dem wissenschaftlich-technischen Zentralinstitut für Dienstleistungen für die Bevölkerung beim

Minbyt der RSFSR obliegen die Funktionen der wissenschaftlichen Hauptorganisation bei der Untersuchung wichtigster technischer und sozial-ökonomischer Probleme des Zweiges und ebenso die methodische Leitung der Ministerien für Dienstleistungen für die Bevölkerung der Unionsrepubliken durch wissenschaftliche Forschungs-, Konstruktions- und Technologieorganisationen. Festgelegt wurden außerdem Maßnahmen zur Verbesserung der materiell-technischen Ausstattung der Unternehmen des Zweiges. Eine ganz brisante Frage ist die Versorgung mit Ersatzteilen, deren Defizit die Verfasser vieler Briefe an die »Pravda« beklagen. In der Entschließung des ZK der KPdSU und des Ministerrats der UdSSR wurde festgelegt: die für die Hersteller von Radio- und Fernsehgeräten, Gebrauchsmaschinen und -geräten zuständigen Ministerien sollen die Dienstleistungsunternehmen in Übereinstimmung mit festgesetzten Normativen und geschlossenen Verträgen mit Ersatzteilen versorgen. Für den Dienst im Alltag braucht es Freude an der Sache, kompetente Kader, die die Dienstleistungen für die Werktätigen anständig zu organisieren wissen. Spezialisten mit hoher Qualifikation werden aus den Lehranstalten erwartet. Sie müssen auch in den Unternehmen des Zweiges ausgebildet werden. Große Hoffnungen ruhen auf der neuen Gruppe der Jugend, die mit Einweisungsscheinen des ZK des VLKSM dorthin geschickt werden. In größerem Maße müssen Rentner, Hausfrauen, Studenten für die Unternehmen und Organisationen des Zweiges gewonnen werden, müssen Maßnahmen zur Verbesserung der Wohnbedingungen für Arbeiter im Dienstleistungssektor, zur Bereitstellung von Vorschuleinrichtungen für ihre Kinder, zur Ausweitung des Netzes von Pionierlagern, zur Organisation der Erholung der Serviceangestellten ergriffen werden. Die örtlichen Parteiorgane sind aufgerufen, die organisatorische Arbeit zur Entwicklung und Verbesserung der Dienstleistungen für die Bevölkerung zu verstärken, die Verantwortlichkeit der Sowjetführer, der Wirtschaftsorgane, Unternehmen, Organisationen, Kolchozen und Sovchozen für diese Sache zu erhöhen. Mehr Aufmerksamkeit und Hilfe von den Parteikomitees erwarten die Parteiunterorganisationen der Dienstleistungsunternehmen. Ihre Pflicht ist es, die Serviceangestellten im Geist hoher Verantwortlichkeit für die Erfüllung der staatlichen Pläne, für ihre eigenen Dienstpflichten, für die Unduldsamkeit gegenüber Mängeln bei der Arbeit zu erziehen, im Geiste strenger Disziplineinhaltung, sparsamen Umgangs mit dem sozialistischen Eigentum und hoher Dienstleistungskultur. Unsere Presse, Fernsehen und Radio sind aufgerufen, aktiv die Kenntnisse der fortschrittlichen Kollektive und Bestarbeiter zu propagieren, zur Erhöhung des Prestiges dieser Berufe beizutragen. Den Dienstleistungsangestellten stehen keine geringen Anstrengungen bevor, um die Aufgaben der Entwicklung und Vervollkommnung der Arbeit des Zweiges erfolgreich zu erfüllen, einen würdigen Beitrag zur weiteren Verbesserung der Lebens- und Alltagsbedingungen der Sowjetmenschen zu erbringen. Ehrenvoll und verantwortungsvoll ist die Mission der Lehrer der Höheren Schulen – ihnen ist die Erziehung der jungen Generation anvertraut. In den Hochschulen und technischen Fachschulen arbeiten heute mehr als achthunderttausend Menschen. Talentierte Wissenschaftler und Pädagogen, erfahrene Produktionschefs, Kulturschaffende geben den Studenten großzügig ihr Wissen weiter, helfen ihnen dabei, ideelle Überzeugung, Arbeitseifer, hohe Moral sich anzueignen. Das schöpferische Potential der Hochschulen ist heute sehr groß. Es ausgiebiger zu nutzen bedeutet, die Hebung des Niveaus der beruflichen Vorbereitung und kommunistischen Erziehung der Jugend, das Wachstum der Effektivität wissenschaftlicher

Forschungen, ihre Bedeutsamkeit für die Volkswirtschaft zu gewährleisten. Hierbei eine besondere Rolle zu spielen, sind die Kommunisten aufgerufen, ihre Initiative, ihr Kämpfertum und ihre Einigkeit bei der Erfüllung der vom XXVI. Parteitag der KPdSU den Höheren Schulen vorgegebenen Aufgaben. Für die Parteiarbeit in der Hochschule ist heute ein systematisches Herangehen charakteristisch, das eine konsequente Lösung der prinzipiellsten Fragen im Leben der Kollektive gewährleistet. In den Universitäten und Instituten des Landes wurde die Praxis der Aufstellung komplexer Pläne, von der Aufnahme bis zur Entlassung der Studenten, bestätigt und erlangte Anerkennung. Eine solche Form der Planung der Lehr- und Erziehungsarbeit erlaubt dem Partkom gemeinsam mit dem Rektorat als wirklich organisierende Kraft aufzutreten, die Aufmerksamkeit der Lehrer, des Hochschulkollektivs, des Komsomol, der Gewerkschaften auf die Hauptrichtungen des beruflichen und geistigen Werdens der zukünftigen Spezialisten zu konzentrieren. Die Reife des Parteistabs der Hochschule bestimmt sich nach seiner Fähigkeit, unter der Vielzahl von Sorgen seiner Lehranstalt die Schlüsselprobleme herauszufinden, die Bemühungen des Kollektivs für deren Lösung zu bündeln. Davon zeugt zum Beispiel die Erfahrung des Partkom des Metallurgischen Instituts Dnepropetrovsk. Mit unmittelbarer Unterstützung des Partkom hat man sich im Institut eine Praxis von Vorbereitung und Abschluß komplexer Diplomprojekte auf breiter Basis angeeignet. Die »Brigaden« der Hochschulabgänger erarbeiten gemeinsam Großaufträge von Unternehmen, wobei sie auf jeden Fall die sozialen Produktionsreserven analysieren. Die jungen Spezialisten begannen die realen Sorgen und Bedürfnisse der Arbeitskollektive gründlicher zu verstehen, und die Erfüllung der Kaderaufträge wird jetzt genauer und zielsicherer durchgeführt. Das Parteikomitee sucht beständig nach neuen, aktiven Formen des Kontakts mit den Auftraggebern: regelmäßig werden gemeinsame Sitzungen mit den Partkoms der Unternehmen und der wissenschaftlichen Forschungsinstitute, wissenschaftliche Seminare, theoretische Konferenzen veranstaltet. Auf ihnen wird Inhalt und Frist der Suche nach technischen Lösungen festgelegt, werden die Wünsche nach »Berufspraktika« der Abgänger präzisiert. Es ist deshalb gesetzmäßig, daß die Hochschule zum Kern der Lehr-Wissenschafts-Produktions-Vereinigung »Metallurg« wurde. Und sie ist im vergangenen Jahr gemeinsam mit den Polytechnischen Instituten Charkov und Donec als Wettbewerbsinitiator mit der Devise »Schöpferischer Verbund von Höheren Schulen und Produktion – zum Dienst am Fünfjahresplan« hervorgetreten. Das Beispiel der fortschrittlichen Lehranstalten zeugt davon, daß heute nur im engen schöpferischen Verbund mit der Praxis, indem man die studentischen Wissenschaftler und Forscher, die an der vordersten Front von Wissenschaft und Technik Tätigen für die Lehre gewinnt, die Vorbereitung von qualifizierten Spezialisten durchgeführt werden kann. Ein solches Herangehen an die Sache zu unterstützen und zu verbreiten ist Verpflichtung der Hochschulparteiorganisationen, der örtlichen Parteikomitees. Man muß sich klar bewußtmachen, daß gerade eine »Pädagogik des Schöpferischen« Spezialisten formiert, die zur aktiven Teilnahme an der Lösung der vom Novemberplenum (1982) gestellten Aufgaben fähig sind – der Beschleunigung des wissenschaftlich-technischen Fortschritts, der breiten und schnellen Einführung der Errungenschaften von Wissenschaft, Technik und fortschrittlichen Erkenntnissen in die Produktion. Bei der Verstärkung des Parteieinflusses in den Kollektiven müssen die Kommunisten darauf achten, welche Position ihre Vertreter in allen Abschnitten der kollegialen Selbstverwaltung der Lehranstalt innehaben. Die Hochschulparteiorganisationen sind verpflichtet, von den kommunistischen Lehrern strenger Rechenschaft bezüglich der Umsetzung der erarbeiteten Lösungen zu fordern. Die Hochschulpartkoms müssen die auf den Versammlungen während der letzten Rechenschaftskampagne von Kommunisten vorgebrachten kritischen Anmerkungen und Vorschläge breiter analysieren. Das Wichtigste ist, konkrete Pläne zur Verbesserung der Erziehungsarbeit bei der Studentenschaft, zur Hebung der Qualifikation der Lehrer, zum Wachstum der Effektivität der wissenschaftlichen Beschäftigten in Betracht zu ziehen und unter unverminderte Parteikontrolle zu bringen. Die Parteiorganisationen von Universitäten und Instituten sind aufgerufen, eine wirkliche Avantgarde der Hochschulkollektive bei ihrer großen edelmütigen Tätigkeit zu sein – der Vorbereitung eines neuen Nachschubs an sowjetischer Volksintelligenz. Die Kommunisten, die Lehrkräfte für Gesellschaftswissenschaften müssen ein persönliches Vorbild abgeben für vertrauensvolle Beziehungen zu den Studenten, für hohe Kameradschaftlichkeit, Prinzipialität, für fürsorglichen Umgang mit Menschen. Ideelle Reife wird in der Verschmelzung von Überzeugungen, Absichten und Erfahrungen aus dem gesellschaftlichen Leben eines jungen Menschen geboren. Die Studentenzeit ist für ihn eine Zeit brisanter Fragen: weltanschaulicher und moralischer. Kürzlich wurde in der Stahldrahtseil-Fabrik Volgograd eine Umfrage unter den Beschäftigten durchgeführt: ob ihnen das moralische Klima im Unternehmen zusage? Fast jeder antwortete bestätigend auf diese Frage. Die Befragungsresultate waren für das Partkom nichts Unerwartetes, schon seit einigen Jahren herrscht in der Fabrik die Regel: alle Probleme öffentlich lösen – von der Beförderung auf einen verantwortlicheren Posten bis zur Verteilung der Touristenreisen. Dies schließt verschiedene Mutmaßungen, leeres Gerede aus, erzieht in den Menschen das Gefühl, Herr zu sein über die eigene Fabrik, stimuliert die staatsbürgerliche und arbeitsmäßige Aktivität. Solche Beispiele lassen sich nicht wenige anführen. Eine gewissenhafte Einstellung zur Sache, Verantwortung, Initiative ist Millionen von Werktätigen in Stadt und Land eigen. Diese Eigenschaften machen sich im begonnenen sozialistischen Wettbewerb um die erfolgreiche Erfüllung der Beschlüsse des XXVI. Parteitages der KPdSU, der Aufgaben des dritten Jahres und des Fünfjahresplans im ganzen deutlich bemerkbar. Die besten Kollektive gehen nach strafferen Plänen vor, die dem entgegenkommen, sie eröffneten eine Wirtschaftlichkeitsrechnung für Ressourcen, begannen auf Initiative der Moskauer den Kampf für die Straffung der Disziplin. Die Menschen suchen interessiert nach Wegen der Steigerung der Verantwortlichkeit eines jeden für die allgemeinen Erfolge, decken Wachstumsreserven an Arbeitsproduktivität auf. Die Partei-, Sowjet-, Gewerkschafts- und Komsomolorganisationen untersuchen aufmerksam die Erfahrungen der Bestarbeiter und fassen sie zusammen. Zur Teilnahme eines jeden Beschäftigten an der Leitung kollektiver Angelegenheiten tragen ständig stattfindende Produktionsbesprechungen, die Ratschläge der Brigaden, die Meinungen von Genossen, die Gruppen der Volkskontrolle, die gesellschaftlich tätigen Kaderabteilungen, das Büro für ökonomische Analyse, viele andere Organe der Selbstverwaltung bei. Es ist wichtig, ihre Autorität und Wirksamkeit zu erhöhen, ihnen mehr Selbständigkeit zu geben. Die kleinste Bevormundung, eine Überorganisiertheit senkt die Initiative der Aktivisten. In vielen Unternehmen wird die Brigadeform für die Arbeitsorganisation angewandt. Bei den auf Einheitsorder arbeitenden Kollektiven ist die Disziplin straff, die Menschen streben nach Verbesserung ihres beruflichen

Könnens, sie nehmen aktiv an der Rationalisierung der Produktion, der Bewegung für Wirtschaftlichkeit teil. Und dies ist verständlich: der Arbeitsanteilskoeffizient »sieht alles«, er läßt den Faulen sich nicht verstecken hinter dem Rücken eines gewissenhaften Arbeiters. Gerade unter Brigadebedingungen läuft die Erziehung im Geist bewußter Disziplin, die Unduldsamkeit gegenüber Mängeln besser, wird die Losung »Ehre – durch Arbeit!« vollständiger umgesetzt. Deshalb muß diese progressive Form der Arbeitsorganisation und -bezahlung aktiver eingeführt werden. Das politische und ökonomische Studium der Kader, ihre berufliche Vervollkommnung bedarf der beständigen Fürsorge der Partei- und Gewerkschaftsorganisationen. Denn der Arbeiter, Kolchozbauer oder Angestellte zeigt sich als wirklicher Herr über das Land, als echter staatlich Engagierter, wenn er mit dem nötigen Wissen, mit Erfahrung ausgestattet ist, weitblickend und übergreifend zu denken vermag. Jegliches schablonenhafte Herangehen an die Organisation des Studiums muß ausgemerzt werden, die Erarbeitung der Studienprogramme muß unter Berücksichtigung der konkreten Bedingungen im Zweig, der Interessen der Studierenden vor sich gehen. Als oberster Gradmesser für die Resultate des Studiums dürfen nicht formale Bewertungen, sondern die staatsbürgerliche und schöpferische Aktivität der Studierenden, ihr Einsatz am Arbeitsplatz genommen werden. Es ist wichtig, die wirklichen Enthusiasten des technischen Fortschritts moralisch und materiell zu fördern, ihnen die nötigen Bedingungen für eine Umsetzung wertvoller Ideen in die Praxis zu schaffen. Rechtzeitig das kleinste Anwachsen von Initiative zu bemerken, das Bemühen der Menschen, Ordnung in der Produktion zu schaffen, weiterzuentwickeln – das ist Pflicht jeder Partei-, Gewerkschafts-, Komsomolorganisation. Man muß jene besorgten, für die anderen Leiter »unbequemen« Arbeiter unterstützen, die ein Vorbild für gewissenhafte Einstellung zur Sache abgeben, die niemals Schlamperei, Verschwendung durchgehen lassen. Für solche Menschen ist das Resultat wichtig. Zum Beispiel entwickelte der Zuschneider A. Aleskerov der Sardarov-Maschinenbau-Fabrik Baku eine wirtschaftlichere Technologie für den Zuschnitt von Stahlplatten und machte sich sofort daran, diese neue Arbeitsmethode seinen Genossen beizubringen. Im Ende sparte das Unternehmen Hunderte von Tonnen Metall ein. Darin liegt auch ein Verdienst der Parteiorganisation, die das Unterfangen des Kommunisten unterstützte, die Bedingungen für eine Verbreitung der Neuerung schuf. Zur gleichen Zeit wird in anderen Kollektiven die Kraft der öffentlichen Meinung nicht genügend geschätzt, man hört nicht in gebotenem Maße auf kritische Anmerkungen. In der V. Kujbyšev-Diesellokomotiv-Fabrik Kolomna haben die Arbeiter nicht bloß einmal die Aufmerksamkeit der Leiter auf Organisationsmängel bei der allgemeinen Verpflegung gelenkt, die zu großen Zeitverlusten führen. Anstatt jedoch die nötige Ordnung in der Kantine zu schaffen, beschränkt sich die Administration auf die Registrierung der Verstöße. Ebenso haben viele Male die Arbeiter der Verpackungs-Fabrik Vinnica, wo seit Jahren neuwertige Ausrüstung verrottet, gegen die Mißwirtschaft protestiert; doch ändern tut sich dort wenig. Ein solches Herangehen hilft dem weiteren Wachsen der Aktivität der Arbeiter wohl kaum. Eine Situation schöpferischer Suche entsteht dort, wo der Leiter das Kollektiv über die Sachlage informiert, brisante Fragen erörtert, der Kritik Raum läßt. Viel bedeutet auch das persönliche Vorbild an Initiative, Unternehmungsfreudigkeit, Disziplin. Alles was den Sowjetmenschen umgibt – ist sein Eigentum, das Eigentum des Volkes. Und je reicher die Kornkammern und Lager der Allgemeinheit sind, ein desto größerer Wohlstand kehrt in jede Familie ein. Mit staatsbürgerlichem Verständnis für diese Zusammenhänge legt der rechte Flügel des Fünfjahresplans Arbeitsenthusiasmus an den Tag, ist auf der unermüdlichen Suche nach Reserven, nutzt wirtschaftlich Arbeitszeit, Rohstoff und Material. Mögen sie wachsen, die Reihen der Bestarbeiter und Neuerer der Produktion. Ihre Erfahrung und ihr Können, ihre Sorge um die Zunahme der Erfolge des Kollektivs – ist ein leuchtendes Vorbild für die anderen. »Der Kommunismus, – wies V. I. Lenin hin, – beginnt dort, wo die aufopferungsvolle, schwere Mühen überwindende Fürsorge des gewöhnlichen Arbeiters um die Steigerung der Arbeitsproduktivität, um die Erhaltung jedes einzelnen Puds Brot, Eisen und anderer Erzeugnisse sich zeigt . . .« Die Lenin-Losung von Wirtschaftlichkeit und Sparsamkeit ist auch heute aktuell. Die Sowjetmenschen – sind die Herren über das Land, und Sparsamkeit, Erhaltung des Allgemeineigentums ist für sie – Sache des Gewissens, staatsbürgerliche Pflicht eines jeden. In der Verfassung wird darauf hingewiesen: »Pflicht des Bürgers der UdSSR ist es – Diebstahl und Verschwendung von staatlichem und öffentlichem Besitz zu bekämpfen, sparsam mit dem Volksgut umzugehen. Wer sich an sozialistischem Eigentum vergreift, macht sich strafbar nach dem Gesetz.« Der XXVI. Parteitag der KPdSU hob hervor, daß der erfahrenen, umsichtigen Nutzung all dessen, was es bei uns gibt, besonders wichtige Bedeutung zukommt. Partei und Staat haben den Kampf gegen solche schändlichen Erscheinungen wie Verschleuderung staatlicher Mittel, Diebstähle verschärft. Dies ist die Linie, die beständig und konsequent durchgehalten werden wird. Es stellt sich die Aufgabe, daß jeder Werktätige Wächter über den nationalen Reichtum sei, sparsam mit Material, Rohstoff und Elektroenergie umgehe. Der Mißbrauch von staatlichem, öffentlichem Eigentum und der Dienststellung mit dem Ziel der Bereicherung – ist nichts anderes, als Untergrabung des innersten Wesens unseres Gesellschaftssystems. Und für niemanden kann es hier Nachsicht geben. Hohe Verantwortlichkeit und Strenge der Leiter sind nötig, beständige Aufmerksamkeit der Parteiorganisationen und Arbeitskollektive bei diesen Fragen, effektive Arbeit der Volkskontrollorgane, Rechtsordnung und Rechtsprechung. In letzter Zeit haben viele Parteiorganisationen und Arbeitskollektive, Volkskontrollorgane, Organe des MVD, Staatsanwaltschaften und Gerichte ihre Arbeit in dieser Richtung aktiviert. In einer Reihe von Städten nahmen Ämter für Wirtschaftlichkeit ihre Tätigkeit auf. Fünf Millionen Komsomolzen gingen auf die Jagd nach Verlust und Diebstahl von Volksgut. Allerdings ist eine feste Unterstützungstruppe gegen Diebstähle bei weitem noch nicht überall aufgestellt. So verschwanden wegen unverantwortlichen Umgangs mit materiellen Wertsachen in der Akkumulatoren-Fabrik Tjumen in neun Monaten mehr als elftausend Akkumulatoren, was den Staat mehrere hunderttausend Rubel kostete. Im letzten Jahr wurden mehr als 300 Anklagen gegen Schuldige wegen Verschleuderung von Energieressourcen von der Staatsanwaltschaft im Kreis Kursk erhoben. Große Verluste tragen die Konsumvereinigungen von Mordovien. Es gibt noch viele Fakten von Diebstahl, Verlust, Gelddefizit in den Unternehmen der Leicht- und Nahrungsmittelindustrie, im Handel und im Dienstleistungsbereich. Auf einer Reihe von Baustellen wird nachlässig mit Zement, Ziegel, Holz, Glas umgegangen, nicht wenige Fälle von Materialverkauf unter der Hand wurden aufgedeckt. Lange Zeit betrieb eine Gruppe von Dieben im Kreis Rostov unbehelligt die verschiedensten Machenschaften beim Handel. Einige leitende Arbeiter nahmen dort Bestechungsgelder an, verschwendeten staatliche Mittel. Wie konnten solche Leute nur auf leitende

Posten gelangen? Die Kommunisten gaben eine klare Antwort: die Parteikomitees untersuchten und überprüften die politischen, fachlichen und moralischen Eigenschaften der an verantwortliche Stellen gesetzten Arbeiter nicht immer in der Praxis. Wie die Überprüfung zeigt, herrscht in einer Reihe von Kolchozen, Sovchozen, Unternehmen des Agrarkomplexes nicht die nötige Ordnung bei Abrechnung, Aufbewahrung und Ausgabe materieller Wertsachen. Im Resultat kommt es zu Gelddefizit und Diebstahl von Mitteln, Baumaterialien, Brennstoff, Getreide und anderer landwirtschaftlicher Produkte. Es wird Verschleuderung von öffentlichem Grund, Entwendung von technischen Einzelteilen zugelassen. Und dadurch wird der Volkswirtschaft ein ernster Schaden zugefügt. Unterdessen verhalten sich die örtlichen Partei- und Sowjetorgane duldend gegenüber solchen gesellschaftsfeindlichen Erscheinungen, nehmen Nachträge und Verdrehungen in der Rechnungsführung bezüglich der Planerfüllung hin. Die Macht des Gesetzes, der öffentlichen Meinung wird beim Kampf gegen Diebstahl, gegen die ihn hervorrufenden Ursachen nicht in vollem Maße genutzt. Sparsamkeit – ist ein kommunistischer Charakterzug, und er muß von Kindheit an in jedem Menschen erzogen werden, bei den jungen Staatsbürgern muß das Gefühl, Herr über das Land zu sein, die Fähigkeit, die Reichtümer der Heimat wie seinen Augapfel zu hüten und streng den Moralkodex des Gesellschaftssystems Kommunismus zu befolgen, geweckt werden. Die Verteilung der Mittel und Produkte muß der besonderen Kontrolle unterliegen: Hauptkriterium ist hier – die Arbeit, ihre Quantität und Qualität. Und das Grundlegendste – das Volksgut muß von allen Sowjetmenschen bewahrt werden. In unserer Gesellschaft ist den Arbeitskollektiven ein bedeutender Teil des Allgemeinbesitzes anvertraut. Gerade das Kollektiv ist verpflichtet, die Werktätigen zur Sparsamkeit zu erziehen. Es ist klar, eine große Rolle bei der Entlarvung von Dieben, bestechlichen Leuten, Verschwendern des Allgemeinguts obliegt den Organen des Inneren, und insbesondere dem BChSS. Bei seiner Tätigkeit gibt es noch einige Mängel. Der Apparat des BChSS steht vor der Aufgabe – mit allen Mitteln die Offensivität und Wirksamkeit bei der Arbeit, die Effektivität beim Kampf gegen Diebstahl, Spekulation weiterzuentwickeln. Die Bediensteten der Miliz sind aufgerufen, enger mit dem nationalen Ordnungsdienst, den Werktätigenkollektiven zusammenzuarbeiten. Das sozialistische Gut zu bewahren ist nicht nur Verpflichtung, sondern staatsbürgerliche, patriotische Pflicht jedes Arbeitskollektivs, aller Sowjetmenschen. Die Gesellschaft des entwickelten Sozialismus rühmt sich zu Recht, den Massen einen breiten Raum für wissenschaftlich-technisches Schöpfertum eröffnet zu haben. Millionen von Menschen mit mutigen Ideen, aktive Schöpfer stellen ihre Begabungen in den Dienst des Aufbaus des Kommunismus. Allein im letzten Jahr wurden mehr als 4 Millionen Erfindungen und Rationalisierungsvorschläge umgesetzt. Der ökonomische Effekt ihrer Nutzung beläuft sich in der Summe auf sieben Milliarden Rubel. Und die Erfindertätigkeit weiterzuentwickeln, ihre Früchte schnell und maximal zu nutzen, bedeutet – beizutragen zur Ausrichtung der Ökonomie auf den Weg der Intensifikation, mitzuhelfen, sie wirtschaftlich zu machen. Der elfte Fünfjahresplan hat bereits nicht wenige Beispiele hoher Effektivität der Suche der Neuerer gezeigt. So wurde in der Produktionsvereinigung »Svetotechnika« Saransk eine hocheffektive Metallhalogenlampe entwickelt und eingeführt. Allein die Einsparung von Elektroenergie durch die Benutzung des Neulings spart der Volkswirtschaft 7,4 Millionen Rubel im Jahr. Im vergangenen Jahr wurden in den Unternehmen der elektrotechnischen Industrie 18 gewichtige Erfindungen eingeführt, von denen jede mehr als eine Million Rubel an Einsparung erbrachte. Geschärft wurde die Aufmerksamkeit in bezug auf hocheffektive Erfindungen auch in einer Reihe anderer Zweige. So brachten dem Minstrojdormaš zufolge acht Erfindungen eine Einsparung von 21,8 Millionen Rubel pro Jahr. Es versteht sich, die Erfolge kommen nicht von allein. Es ist nötig, geschickt günstige Bedingungen für das Schaffen der Neuerer herzustellen, beharrlich bürokratische und andere Hindernisse auf dem gesamten Weg von der Entstehung der Idee bis zu ihrer praktischen Realisierung zu beseitigen. Zum Beispiel sind komplexe Überprüfungen der erfinderischen Arbeit von Nutzen, durchgeführt vom Goskomitee der UdSSR für Erfindungs- und Entdeckungsfragen in einer Reihe von Ministerien und deren Organisationen. Die Resultate dieser Überprüfungen werden auf gemeinsamen Sitzungen der Kollegien des Goskomitees und entsprechenden Ministerien erörtert, konkrete Maßnahmen zur Beseitigung der festgestellten Mängel werden erarbeitet. Dies beschleunigt die Realisierung der Errungenschaften der Neuerer. Es ist in besonderem Maße notwendig, verstärkte Aufmerksamkeit auf das Schicksal der allerwichtigsten Erfindungen zu richten. Das Goskomizobretenij entwirft Nutzungsvorschläge für ihre Einbeziehung in die staatlichen Pläne der UdSSR und der Unionsrepubliken zur Förderung von Wissenschaft und Technik, entsprechende Empfehlungen werden den Ministerien zugeleitet. Es muß erreicht werden, daß sie in allen Zweigen und Behörden ohne Verzögerung begutachtet sowie in maximaler Fülle genutzt werden und diese Angelegenheit auf eine Plangrundlage gestellt wird. Bisher ist dafür längst nicht alles getan. Unter anderem ist der Weg der effektivsten zweigübergreifenden Erfindungen in die Praxis oft keineswegs einfach, vor allem deshalb, weil es keinen Vorgesetzten gibt, der sich darum kümmert.

So ist vor über fünfzehn Jahren die Entdeckung »Effekt der Verschleißvermeidung bei Reibung (wahlweise Übertragung)« registriert worden, zahlreiche Erfindungen sind auf ihrer Grundlage entstanden. Die Erfahrung zeigte, daß diese Neuerungen die Zuverlässigkeit und Lebensdauer der Maschinen erhöhen und ihre Arbeitstauglichkeit verbessern. Jedoch macht sich nicht ein einziger Zweig an die komplexe Lösung des Problems. Inzwischen werden im Land jährlich mehrere Milliarden Rubel für die Reparatur von Maschinen ausgegeben, die wegen Antriebsmechanismusverschleiß vorzeitig Pannen hatten. Analog ist das Schicksal der sogenannten »Gleitgummis«, für die sich viele Zweige interessieren. Die Akademie der Wissenschaften der UdSSR, GOSPLAN der UdSSR, das Goskomitee der UdSSR für Wissenschaft und Technik haben ihre Aufmerksamkeit auf derartige Neuerungen gerichtet. Es ist anzunehmen, daß sie in nicht ferner Zukunft Wege und Möglichkeiten der schnelleren Weitervermittlung der Errungenschaften von Wissenschaft und Technik, deren Realisierung die Anstrengung einer Reihe von Zweigen erfordert, in die Praxis finden werden. Riesige Reserven verschwinden in der Auflagenbegrenzung effektiver Erfindungen. Nicht selten bleibt eine wertvolle Neuerung in einigen Exemplaren in ein oder zwei Fabriken, obwohl sie sich für Dutzende und Hunderte Unternehmen eignen würde. Es ist notwendig, sich darum zu kümmern, daß solche Erfindungen eine größtmögliche Verbreitung erfahren. Das Schicksal der Erfindungen hängt nicht nur von den Wirtschaftsleitern ab. Vieles kann die Allunionsgesellschaft der Erfinder und Rationalisatoren dafür tun, ihre Republik- und Gebietsräte, ihre Grundzellen. Dort, wo sie hohe Aktivität zeigen und sich auf den Rückhalt der Parteiorganisationen, der Wirtschaftsleiter stützen, erhalten die Erfindungen schneller das Rüstzeug fürs Leben. So stehen die

Dinge zum Beispiel in der Produktionsvereinigung »GAZ«, wo eine experimentelle Werkabteilung, unter anderem auch zur Bearbeitung komplizierter Erfindungen, tätig ist. Die tägliche Aufmerksamkeit dem technischen Schaffen als Angelegenheit von großer ökonomischer und sozialer Bedeutung zu widmen, sind die Parteikomitees aufgerufen. Ein Lob verdienen zum Beispiel die Bemühungen des Saporožer und Čeljabinsker Obkom der Partei, durch deren engagierten Rückhalt sich in diesen Gebieten eine Massenbewegung von Neuerern für die Verringerung der manuellen Arbeit entwickelte und gewichtige Resultate erbrachte. Die sowjetische Gesetzgebung sieht eine gerechte moralische und materielle Belohnung der Erfindertätigkeit vor. Leider gibt es Fälle, wo Wirtschaftsleiter die Effektivität der Erfindungen und Rationalisierungsvorschläge zu hoch ansetzen, um die Prämiensummen zu erhöhen. Andererseits können einige Erfinder manchmal über Jahre hin die ihnen gesetzlich zustehenden Belohnungen nicht erhalten. Man muß die Normbescheinigungen zu Fragen der anspornenden Belohnung für Erfinder und ihre Mitarbeiter vervollkommnen und eine strenge Kontrolle zur richtigen Verwendung der zu diesem Ziele bewilligten Mittel einführen. Die Erfinder leisten einen wertvollen Beitrag zum wissenschaftlich-technischen Fortschritt. Mögen denn die Früchte ihres Strebens und Schaffens auf bessere Weise der weiteren Steigerung der Wirtschafts- und Verteidigungsmacht des sozialistischen Vaterlandes dienen, dem Wachstum des Wohlstandes der Sowjetmenschen.

ANMERKUNGEN DES ÜBERSETZERS

Seite 9
Silentium – Gedicht von F. I. Tjutčev (1803–1873).
Seite 18
Rosenlef – finnisches Kühlschrank-Fabrikat.
Seite 21
Ai – Champagnermarke zur Zeit Puškins.
Seite 26
DK – Abk. f. *Dom kultury*, wörtl. »Kulturhaus«; eine in der Sowjetunion vielen Fabriken und Institutionen angeschlossene Einrichtung, wo den Werktätigen Veranstaltungs-, Versammlungsräume, Musikschule u. ä. zur Verfügung stehen.
Seite 27
Gumilev – Nikolaj S. (1886–1921), russ. Lyriker.
Seite 29
Pud – russ. Gewichtsmaß; 16,38 kg.
Seite 32
Garri – in Musikerkreisen Spitzname für *Heinrich Neuhaus*, einen berühmten Pianisten und Pädagogen am Moskauer Konservatorium.
Seite 43
Krokodil – sowjet. satirische Wochenzeitung, seit 1922.
Seite 49
Artek – größtes sowjet. Pionierlager an der Südküste der Krim, gegr. 1925; für besonders hervorragende Vertreter der Jugend.
Seite 53
Električka – elektrifizierter Vorstadtzug.
Seite 55
GUM – Abk. f. *Gossudarstvennyj Universalnyj Magazin*; größtes Kaufhaus der Sowjetunion am Roten Platz in Moskau.
Seite 69
Ich bin ein Truthahn . . . – Spottbezeichnung für die sowjet. Pioniere mit dem roten Halstuch.
Miška – sowjet. Pralinensorte.
Seite 87
Malčiš-Kibalčiš – Heldenjunge aus einer Erzählung des sowjet. Kinderschriftstellers Arkadij Gajdar.

Seite 94
Eskimo – sowjet. Speiseeismarke.
Seite 111
MGK – Abk. f. *Moskovskij Gorodskoj Komitet*; Moskauer Stadtkomitee der kommunistischen Partei.
Zetka – von *ZK*, Zentralkomitee der kommunistischen Partei.
Jurij Vladimirovič – Andropov; Chef des KGB von 1967–82, Nachfolger von L. Breżnev als Generalsekretär des ZK der KPdSU.
Seite 113
Večerka – Kurzform für *Večernaja Moskva*; Moskauer Abendzeitung.
Seite 114
Sunny – russ. *Solnce*; Spitzname eines bekannten Moskauer Hippies.
Seite 115
GULAG – Abk. f. *Gossudarstvennoe Upravlenie Lagerej*; staatl. Verwaltung der sowjet. Straflager.
Spasskij-Turm – Uhren- und Glockenturm an der Ostseite der Kremlmauer, die zum Roten Platz zeigt.
Seite 120
ZIL – sowjet. Kühlschrank-Fabrikat.
Seite 122
Korr – Abk. hier für *Korrespondent* aus dem westlichen Ausland.
Seite 124
Kostoglotov – Figur aus dem Roman *Krebsstation* von A. Solženicyn; Kostoglotov wird als gesund aus der onkologischen Krankenstation entlassen und schaut den Frauen auf der Straße nach.
Seite 131
Artikel 190.1 – Artikel des sowjet. Strafgesetzbuches zu »antisowjetischer Agitation und Propaganda«.
Seite 139
Rabins »Reisepaß« – Gemälde von Oskar Rabin; in expressionistischer Manier ist Rabins eigener Paß mit Foto, Stempel, Unterschrift etc. abgebildet.
Seite 146
Artmane – Via, lettische Theater- und Filmschauspielerin.
Seite 148
Stroganovka – Moskauer Höhere Kunstschule, früher Stroganov-Institut.
Seite 149
Stankin – Abk. f. *Moskovskij Stanko-instrumentalnyj Institut*; Moskauer Institut für Werkzeugmaschinen und Werkzeuge.
Seite 151
Džjana – armenisch: *Liebste*.
Seite 153
Müller – Figur aus dem sowjet. Spionagefilm *Siebzehn Augenblicke im Frühling*; Müller ist der deutsche, Stirlitz der sowjetische Spion.

Seite 158

VDNCh – Abk. f. *Vystavka dostiženij Narodnogo Chozajstvo SSSR*; Ausstellung der Errungenschaften der Volkswirtschaft der UdSSR.

Seite 182

Gamardžoba – georgisch *Grüß dich.*

Seite 186

Molodežnoe – Café auf der Gorkij-Straße in Moskau.

Seite 195

Luka Mudiščev – Poem von Ivan S. Barkov (1732–1768).

Seite 196

Sie werden ganz . . . – Zitat aus *Luka Mudiščev* von Ivan S. Barkov.

Seite 204

Lev Nikolaevič – Tolstoj.

Seite 212

Die Rose des Friedens – religionsphilosophisches Buch von Daniil Andreev (Bruder des Schriftstellers Leonid Andreev); geschrieben im Straflager während der Stalinzeit.

Seite 239

Andropyč – Jurij Vladimirovič Andropov.

Seite 249

VON RUSSLAND, DEM GROSSEN . . . – sowjetische Nationalhymne.

Seite 263

Rajkom – Abk. f. *Rajonnyj Komitet*; Bezirkskomitee der Partei.

Seite 269

Aktivist – hervorragender Arbeiter, der die Normen übertrifft und ein Musterbeispiel an Arbeitsdisziplin bietet.

Seite 284

Katjuša – volkstümliche Bezeichnung für einen Granatwerfer besonderen Systems ohne Lauf.

Seite 288

Stachanovarbeiterin – eigentl. Mitglied der Stachanov-Bewegung in der UdSSR zur Steigerung der Arbeitsproduktivität; geht zurück auf den Bergarbeiter A. G. Stachanov, der in der Nacht vom 30. auf 31. 8. 1935 die vorgeschriebene Norm um das 14fache übertraf.

Seite 291

Komtrud-Aktivist – Kurzform für *Aktivist Kommunističeskogo Truda*; Aktivist der Kommunistischen Arbeit.

Seite 293

Subbotnik – freiwillige, kollektive und unbezahlte Arbeit in der Freizeit zugunsten des Staates, urspr. nur Samstags.

Seite 296

Gorkom – Abk. f. *Gorodskoj Komitet*; Stadtkomitee der Partei.

Seite 297
Ordnungsdienst – freiwilliger ziviler Ordnungsdienst in der UdSSR zur Unterstützung der Miliz.
Seite 303
Partkom – Abk. f. *Partinij Komitet*; Parteikomitee.
Seite 306
Rote Ecke – Platz in jeder sowjet. Fabrik, Institution etc., wo Fotos der Politbüro-Mitglieder, sozialistische Losungen u. ä. aufgehängt sind.
Seite 316
BRIZ – Abk. f. *Bjuro po racionalizacii i izobretatelstvu*; Büro für Rationalisierung und Erfindungswesen.
Seite 317
Tschekisten – umgangssprachl. für Angehörige des sowjet. Geheimdienstes; von ČK, Abk. f. *Črezvyčajnaja Komissija (Außerordentliche Kommission zum Kampf gegen Konterrevolution und Sabotage)*, dem ersten sowjet. Geheimdienst 1917–22.
Seite 323
CSKA – Abk. f. *Centralnyj Sportnivnyj Klub Armii*; Zentraler Sportklub der Armee.
Seite 323
PVO – Abk. f. *Protivo-Vozdušnaja Oborona*; Fliegerabwehr.
Seite 347
PKK – Abk. f. *Političeskij Konsultativnyj Komitet*; Politisches Konsultativkomitee.
Seite 357
Ispolkom des Mossovet – Abk. f. *Ispolnitelnyj Komitet Moskovskogo Soveta Deputatov Trudjaščichsja*; Exekutivkomitee des Moskauer Sowjets der Deputierten der Werktätigen.
Seite 358
Volkskontrolle – vom Komitee der Volkskontrolle systematisch geleitete Überwachung der Planerfüllung, des wirtschaftlichen Umgangs mit Ressourcen und Mitteln, der Disziplin etc.
Seite 371
Goskomselchoztechnika – Abk. f. *Gossudarstvennaja Komissija po Selskochozajstvennoj Technike*; Staatliches Komitee für Landwirtschaftstechnik.
Seite 372
SPTU – Abk. f. *Selskochozajstvennoe Professionalno-techničeskoe Učilišče*; Höhere Berufstechnische Landwirtschaftsschule.
Seite 376
Minbyt – Abk. f. *Ministerstvo Bytovogo Obsluživanija Naselenija*; Ministerium für Dienstleistungen.
VLKSM – Abk. f. *Velikij Leninskij Kommunističeskij Sojuz Molodeži*; Großer Kommunistischer Lenin-Jugendverband, kurz Komsomol.
Seite 385
MVD – Abk. f. *Ministerstvo Vnutrennych Del*; Innenministerium.

Seite 387
BChSS – Abk. f. *Borba s chiščenijami socialističeskoj sobstvennosti i spekulaciej*; Kampf gegen Diebstahl sozialistischen Eigentums und Spekulation.
Seite 387
Minstrojdormas – Abk. f. *Ministerstvo Stroitelnogo i Dorožnogo Mašinostroenija*; Ministerium für Bau- und Straßenbaumaschinen.
Goskomizobretenij – Abk. f. *Gossudarstvennyj Komitet po delam Izobretenij i Otkrytij*; Staatliches Komitee für Erfindungs- und Entdeckungsfragen.
Seite 389
GOSPLAN – Abk. f. *Gossudarstvennaja Planovaja Komissija*; Staatliche Planungskommission.